소설은 프랑스군이 강화도를 침략한 병인양요(1866)때부터 시작한다. 열 다섯 살 소년승려 이동인이 병인양요를 목도하며 미지의 문명에 눈을 뜨는 것부터 시작하여, 유홍기, 오경석, 박규수 등 개화 1세대들의 애국심과 개화에 대한 열정, 그들의 문도로 역시 조선의 개화를 위해 헌신하고자 했던 이동인 및 김옥균, 유길준, 홍영식, 박영효 등 젊은이들의 활약이 당시 조선 정권의 핵심이었던 홍선대원군을 위시한 훈구세력과, 명성황후를 비롯한 외척 민씨 일문의 정권 다툼 속에 박진감 넘치게 그려진다.

작가는 또한 당시 서구 열강의 개항 요구라는 우리와 흡사한 처지를 맞았던 이웃 나라 일본의 예에 관심을 기울인다. 1853년 일본 동경만 우라가항에 미국의 군함이 처음 들어온 이후 16년의 세월 동안 선각의 젊은이들이 국내의 혼란을 잠재우면서 '명치유신'에 성공하여 정신적, 물질적인 근대화를 성공적으로 이루어 낸 반면, 우리는 1866년 프랑스의 군함이 한강 양화 나루에 들어온 이후 똑같은 16년을 보내는 동안 우리 역사상 가장 걸출했던 선각자 한 사람을 암살로 죽였을 뿐이라는 것이다. 작가는 그 16년간의 성공과 실패가 21세기로 들어선 오늘의 일본과 대한민국의 격차를 무려 133년이나 벌려 놓았다고 말한다. 소설속에 소개된 사카모토 료마를 비롯한 일본의 젊은 선각자들이 조국의 근대화를 이루어가는 과정은 나라를 생각하는 사람들이라면 한번쯤 곱씹어 볼 만한 교훈을 담고 있다.

Design IS

이동인의 나라

1

신봉승

1933년 강릉에서 출생하여 강릉사범학교, 경희대학교 국어국문학과 및 동 대학원을 졸업하였다. 〈현대문학〉에 시 · 문학평론을 추천받아 문단에 나왔다. 한양대 · 동국대 · 경희대 강사, 한국시나리오작가협회 회장, 대종상 · 청룡상 심사위원장, 공연윤리위원회 부위원장, 1999년 강원국제관광EXPO 총감독 등을 역임하였으며, 현재 대한민국 예술원 회원, 추계영상문예대학원 석좌교수로 재직 중이다. 한국방송대상, 서울시문화상, 위암 장지연상, 대한민국 예술원상 등을 수상하였고, 보관문화훈장을 받았다. 저서로는 《대하소설 조선왕조 5백년》(전 48권) 《난세의 칼》(전 5권) 《임금님의 첫사랑》(전 2권) 《이동인의 나라》 등의 역사소설과 시집 《초당동 소나무 떼》 《초당동 아라리》 등과 역사에세이 《역사 그리고 도전》 《양식과 오만》 《문묘 18현》 《조선의 마음》 《직언》 《일본을 답하다》와 《TV드라마 시나리오 창작의 길라잡이》 자전적 에세이 《청사초롱 불 밝히고》 등이 있다.

이동인의 나라 1

지은이 신봉승 · 발행인 김윤태 · 발행처 도서출판 선 · 교열 김민경 · 내지디자인 디자인이즈 정승연
등록번호 제15-201호 · 등록일자 1995년 3월 27일 · 초판 1쇄 발행 2010년 7월 7일
주소 서울시 종로구 낙원동 58-1 종로오피스텔 1409호 · 전화 02-762-3335 · 전송 02-762-3371

값 11,000원
ISBN 978-89-6312-028 7 04810 · 전3권 978-89-6312-027 0 04810

이동인의 나라

1

보아라
조선 개항의 햇불을 짊어지고
스스로 불덩이가 된 선각의 젊음을

신봉승 역사소설

머 리 말

국민에게 바치는 소설

'선각先覺의 젊은이' 란 얼마나 아름답고 멋진 명예인가.

강자에게는 강하고 약자에게는 자애로우며, 공명하고 정대하
여 누굴 만나도 꿀림이 없는 도덕적 용기를 가진 젊은이들……,
나라의 미래를 위해 몸소 횃불을 짊어지고 스스로 불덩이가 되
었던 선각자의 숭고한 희생이 있고 없음에 민족의 명운이 갈라
지는 것이 역사의 가르침이다.

이동인李東仁은 30세의 아까운 나이로 헐벗고 가난한 조국 조
선의 근대화를 위해 불꽃처럼 살다가 사라진 선각이지만, 이 땅
의 교과서에는 단 한 줄도 나오지 않는다. 이 점에 대해 나는 역
사학자들의 무책임을 수없이 질타해 왔다. 이동인이 없었다면

4

김옥균, 박영효, 홍영식, 서광범, 서재필 등 개화파의 젊은이가 탄생될 수 없다. 학자들이여, 왜 이 엄연한 사실을 외면하는가!

1980년, 영국 외무성에서는 비공개시효가 만료된 외교문서 『사토 페이퍼Satow Paper』를 공개하였다. 이 문건은 조선 말기의 외교사를 다시 써야 할 만큼 충격적인 내용을 담고 있다. 이 『사토 페이퍼』가 쓰인 시기가 1880년 무렵이니 장장 100년 만에 햇빛을 보게 된 셈이다.

문건을 적은 어니스트 사토Ernest Satow는 이동인이 일본국 교토에 있는 히가시 혼간지東本願寺의 승려가 되어 활동하고 있을 무렵, 주일 영국 공사관의 2등 서기관으로 근무하고 있던 37세의 외교관이다. 1880년 5월 12일, 그는 조선인 승려 이동인과 첫 대면을 한다.

"처음 뵙겠습니다. 제 이름은 아사노朝野라고 합니다."

"아사노라니요? 그것은 일본 이름이 아닙니까?"

"그렇지요. 그러나 나는 조선에서 왔으니까 조선 야만인Korean Savage이라는 뜻이지요."

너무도 구체적인 기록이다. 이동인은 어니스트 사토의 조선어 교사가 되어 그로부터 급변하는 세계의 정세를 익혀 가면서 조선의 선각자로 성장한다. 이에 앞서 「병자수호조약丙子修好條約」이 체결된 이듬해인 1877년, 일본인 승려 오쿠무라 엔신奧村圓心

과 그의 미모의 여동생 오쿠무라 이오코奧村五百子는 부산포에 상륙하여 동본원사東本願寺 부산 별원別院을 열고, 당시의 조선과 일본의 사정을 세세히 적은 『조선국포교일지朝鮮國布教日誌』라는 희귀한 기록을 남겼다. 이 기록에도 청년 이동인과의 만남과 일본으로의 밀항 과정이 세세히 적혀 있다.

이 땅의 역사학자들은 왜 이 엄연한 사실史實을 끝까지 외면하는지 내 상식으로는 이해가 되지 않는다. 불행하게도 우리의 지식인들은 일본과 일본인들의 근대화 과정을 제대로 헤아리지 못한 채, 일본적인 사고로 세상을 바라보는 데 익숙해지고 말았다. 마침내 대한민국 정부수립을 선포한 지 반세기가 지나도록 식민지 사관의 늪에서 허덕이는 우리의 참담한 현실이 되었고, 젊은 지식인들마저 거기에 물들면서 자가당착의 모순에서 헤어나지 못하고 있다.

나는 이 모순된 현실을 자성自省하는 마음으로 역사를 주제로 한 여러 장르의 작품을 써 왔다. 그것이 정사正史를 대중화하는 작업이었고, 우리의 진솔하고 아름다웠던 삶의 모습을 복원하는 일이었으며, 민족의 자긍심을 일깨우는 일이었다. 이 힘들고 고달팠던 작업을 격려하고 지지해 준 이 땅의 지식인들에게 보은의 길을 찾는 것이 나의 소임임을 단 한 번도 잊은 적이 없다.

소설 『이동인의 나라』는 우리의 정신적인 근대화가 실패로 끝날 수밖에 없었던 근원을 세세히 살피면서, 일본국의 물질적·정신적 근대화 과정인 '명치유신明治維新'의 성공을 동시에 그려 간다. 그러므로 오늘 우리가 겪어야 하는 역사교과서의 왜곡 문제 등 한일 양국의 갈등이 어디에서 비롯된 것인지의 원천을 확연하게 살필 수가 있게 구성되었다. 선각의 지식인이란 국가가 아무런 변란 없이 태평할 때는 독물毒物이 되어 제거되기도 하지만, 천하가 위급할 때는 없어서는 아니 될 묘약妙藥과도 같은 절대적인 존재임을 이 소설은 확연하게 보여 줄 것으로 믿는다.

소설 『이동인의 나라』는 아버지가 먼저 읽고, 사랑하는 아들에게 선물해 주기를 바라는 간절한 염원을 모아서 썼다. 곧 자취 없이 사라질지도 모르는 '호연지기浩然之氣'를 다시 살려 낸다면 우리의 가정과 사회, 나아가서는 국가의 미래에 꿈을 심을 수가 있을 것이라는 확신 때문이다.

지난 40여 년 세월 동안 역사드라마를 쓸 때도, 역사를 입에 담으면서 전국을 누비고 다닌 강연장에서도 한결같이 분에 넘치는 찬사와 예우로 나를 이끌어 준 이 땅의 모든 국민들에게 이 한 편의 소설을 헌정하는 것으로 그 은혜에 보답하고자 한다.

2010년 2월
관훈동 '초당서실草堂書室'에서

차례

까까머리는 열다섯 살

봉원사

"꼭 떠나야 하겠느냐?"

"그러하옵니다. 허락하여 주오소서."

"그런 철딱서니 없는 생각으로서야 목숨인들 온전하게 부지할 수가 있겠느냐."

"……!"

까까머리 소년은 총명이 물결치는 듯한 눈빛으로 스승 무공선사無空禪師를 빤히 쳐다보면서도 입을 열지 않는다. 소년의 총명이 어디 눈빛에만 있던가. 필시 오늘 이른 아침에 면도질을 했을 유리알 같은 머리통에서 이마와 미간을 지나 콧잔등을 타고 흐르는 총기는 인중에서 잠시 머물다가 굳게 다문 빨간 입술에서 영롱하게 빛나고 있다. 빈틈이라고는 어디에서도 찾을 수 없는 수려함도 소년의 총명을 보여 주는 데 모자람이 없다.

"이놈아, 죽음을 무릅쓰고라도 가겠느냐고 물었느니라."

"허락해 주오소서."

까까머리 소년은 그제야 두 손을 모아 합장하면서 상체를 깊이 숙인다. 무공 선사의 하얗고 긴 눈썹이 아래위로 살짝 움직인다. 무공 선사가 눈으로 웃을 때면 늘 그렇다. 이제 겨우 열다섯 살 된 어린 문도를 사지나 다름이 없는 전쟁터로 떠나보내려 하면서도 마음이 흡족해지는 것은 무슨 까닭인가.

무공 선사는 지난 며칠 동안 열 번도 더 다짐했던 사단을 다시 입에 담아 본다.

"한데, 네가 타겠다는 이양선異樣船이 어느 나라 배인지는 알고 있느냐?"

"법국法國의 군함이옵니다."

법국은 오늘날의 프랑스를 말한다. 프랑스의 군함이 강화도江華島에 내침해 있던 시기다.

"법국의 군함이 무슨 연유로 여기까지 왔다더냐."

"대원군께서 서학西學(천주교)을 전파하던 성직자(神父)를 학살한데 대한 보복이라고들 하옵니다."

무공 선사의 입가에 다시 보일 듯 말 듯한 웃음이 담겨진다. 까까머리 소년이 사태의 심각함까지를 빈틈없이 알고 있었기 때문이다.

"네놈의 말대로 성직자가 학살당한 것을 보복하러 왔다

면……, 제 발로 다가서는 조선의 중놈인들 살려 주겠느냐.”

“선사님, 소승은 아직 어리옵니다.”

“허허허, 어린 까닭으로 살려 준다……. 그야말로 꿈보다 해몽이 아니더냐. 허허허.”

무공 선사는 상체를 흔들면서 소리 내 웃는다. 열다섯 살 난 까까머리의 생각이 맹랑해서다.

“허허허, 네놈의 먹장삼이 언젠가는 투구로 쓰일 것이라고 짐작은 하고 있었느니라만…….”

무공 선사는 말을 마치면서 왼손에서 돌고 있던 단주短珠를 까까머리 소년에게로 휙 던진다. 툭, 하는 둔탁한 소리를 내면서 단주는 소년에게로 스르르 밀려와서 무릎에 닿는다. 밤톨만 한 크기의 묵주가 열 개나 이어진 염주였는데, 그중의 두 개에는 『반야바라밀다심경般若波羅蜜多心經』 260자가 양각으로 새겨져 있다. 언젠가 무공 선사는 소년 까까머리에게 눈웃음치면서 말한 일이 있다.

“허허허, 벼락 맞은 대추나무로 깎은 단주는 사람에게 다가오는 온갖 재앙과 액운을 물리친다고 했는데, 항차 『반야바라밀다심경』까지 새겼다면 이게 얼마나 귀한 것인지 알 만하지를 않겠느냐.”

무공 선사는 마치 분신과도 같았던 바로 그 귀한 단주를 슬하를 떠나가려는 소년 문도에게 던져 준 셈이다.

"선사님, 소승의 손에는 너무 크기도 하옵니다만……."

까까머리 소년은 감히 단주를 집어 들지를 못한다. 노선사의 손때로 단주는 반들반들 윤기를 뿜어내고 있었기 때문이다.

"이놈아. 일체의 성스러운 덕을 고루 갖추었고, 모든 존재를 두루 망라하였다면 불가사의한 진리가 아니더냐. 그래서 『반야심경』을 일러 팔만대장경八萬大藏經의 압축이라고 하느니라. 이래도 모르겠느냐."

"아무리 그렇기로……."

"손에 들기가 버거우면 바랑에 넣고 다니면 될 것을……."

"……."

"죽고 싶다는 네놈과 함께 앉아 있기도 그러니, 그만 떠나거라."

까까머리 소년의 눈에는 홍건하게 물기가 고인다. 소년은 애써 송구함을 내색하지 않으면서 노선사에게 작별의 문안을 올린다. 뚝, 눈물이 떨어지면서 방바닥에 번진다.

무공 선사는 까까머리 소년이 승방을 나가는 것을 불꽃같은 시선으로 지켜보면서도 미동도 하지 않는다. 그 모습은 언젠가는 이런 날이 오기를 기다리고 있었던 사람과도 같다.

추석이 지난 지도 벌써 보름 남짓 된 초가을이다.

봉원사奉元寺(서울 서대문구 봉원동 소재)의 경내에는 한기가 실린 바람이 불고 있다. 무공 선사의 승방을 나서는 까까머리 소년은 손에

든 단주에서 스승인 노선사의 무게를 느끼면서 눈시울을 적신다.

소년은 전각을 돌아 둔덕길을 오른다. 명부전冥府殿의 현판을 보아 두기 위해서다. 힘찬 필치로 꿈틀거리는 현판의 글씨는 조선 개국의 사상적인 배경을 불어넣었던 삼봉三峰 정도전鄭道傳의 친필이다. 소년은 조선조 초기의 개혁을 주도하였던 삼봉 정도전의 굳건하고 힘에 넘치는 그 필체를 볼 때마다 온몸에 힘이 솟구치는 것을 느끼곤 했다.

"동인 스님……."

까까머리 소년이 정도전의 환상에서 깨어날 무렵 물기에 젖은 중년 여인의 목소리가 들렸다. 그 정겨운 목소리라면 뒤돌아보지 않아도 안다. 어머니와도 같은 황 보살이 분명해서다.

황 보살은 까까머리 소년이 메고 갈 바랑을 들고 다가서면서 말한다.

"어디에 가서 무엇을 하시던, 선사님의 자애로움을 잊으시면 아니 됩니다."

"그것이 어디 선사님뿐이겠습니까. 보살님의 자애로움도 잊지 않을 것이옵니다."

15년 전, 무공 선사가 강보에 싸인 핏덩이를 안고 경내로 들어서면서 황 보살에게 말하지 않았던가.

"허허허, 아들 삼아서 키워 보시게나."

"아들이라니오?"

"허허허, 이놈이 장차 중놈이 될지, 장군이 될지를 아직은 모르기에 하는 소릴세."

그 후, 황 보살의 애틋한 보살핌에 힘입어 어린 핏덩이는 무럭무럭 자랐다. 무공 선사는 어린아이의 성을 왕실에 기여하라는 뜻으로 '이李' 가로 정했고, 동방의 현자賢者가 되기를 바라는 마음에서 이름을 '동인東仁' 이라고 지었다. 이동인은 '새 절' 이라고도 불리는 봉원사의 노리개요, 꽃으로 자랐다. 물론 황 보살의 젖을 빨면서다. 어린 까까머리 이동인은 글자를 익히면서 곧 문장을 알았고, 사서四書를 읽으면서는 불경도 함께 깨쳤다.

무공 선사는 이동인의 조숙함에 소름 끼치는 두려움을 느끼면서도 조금씩 싹터 오는 그에 대한 기대를 저버릴 수가 없었다. 아무도 가르쳐 주지 않았는데도 이동인의 사유思惟는 크고 넓게 그리고 종횡무진하게 뻗어 가고 있어서다. 무공 선사의 무진장한 사랑으로 소년 이동인은 이미 범상함을 넘어서는 재목으로 성장해 있었다.

"볼일이 끝나면……, 반드시 돌아오셔야지요."

"선사님께서는 죽을 것이라고 하신 것을요."

까까머리 소년은 입가에 웃음을 담으면서 태연하게 말한다.

"들고 계시는 선사님의 단주가 스님을 지켜 주실 것으로 믿습니다."

황 보살은 몸소 까까머리 소년의 어깨에 바랑을 지워 주면서 눈시울을 적신다. 두 사람은 천천히 발걸음을 내딛는다. 경내를 벗어나는 오른쪽에 수령 3백 년을 자랑하는 느티나무가 서 있다.

"그만 들어가세요."

황 보살은 소년의 바람을 외면하지 않는다. 지난여름 그렇게도 무성하게 피었던 원추리 꽃길에는 이제 하얀 들국화가 흐드러지게 피어 있다.

까까머리 소년은 흡사 꽃밭과도 같은 내리막길을 힘차게 달려간다. 황 보살은 어린 자식을 사지로 떠나보내는 심정으로 눈시울을 적시면서 마치 석상이 된 듯 그 자리에서 움직이지 못한다.

프랑스의 군함

"허, 그놈 참······!"

소년 이동인을 떠나보낸 무공 선사는 허허해지는 심회를 가눌 길이 없다. 까까머리 이동인의 어린 마음을 뒤흔든 사단은 지난달부터 시작되었다.

"선사님, 선사님, 양화나루楊花津에 이양선 두 척이 올라왔답니다."

까까머리 이동인이 승방으로 달려들면서 소리친다. 이양선이 양화나루에까지 들어왔다면 어찌 되는가. 도성 사람들은 떼를 지어 양화나루로 쏟아져 나온다. 그리고 눈앞에 벌어진 천지개벽에 입을 열지 못한다.

"아니······, 아니 저건······!"

마포나루에 떠 있는 황포 돛대를 보면서 그것이 배려니 하였던 조선 사람에게 산등성이 같은 검은 군함은 구경거리를 넘어서는 경이로움이 아닐 수가 없다. 그런 엄청난 군함이 두 척이나 한강을 거슬러 올라와 도성의 코앞인 양화나루에 닻을 내렸다면, 과연 조선왕조에 국가를 보위하고 백성들의 안위를 지켜 낼 능력이 있겠는가.

도성 한양漢陽이 발칵 뒤집힌 것은 말할 것도 없다. 도성 사람들은 모두 양화나루로 달려 나와 검은 연기를 뿜어 올리는 프랑스의 군함과 그 배 위에서 얼씬거리는 벽안홍모碧眼紅毛의 이양인異樣人들을 구경하면서 천지가 개벽할지도 모른다는 두려움에 젖는다.

"저게 모두 쇳덩인 모양인데……, 대체 어떻게 물 위에 뜬다는 게야!"

"허어, 보면 모르는가. 굴뚝에서 연기가 나질 않는가."

"군불을 때서……?"

"이런 젠장……, 석탄을 태워 물을 끓여서 움직인다는 게야. 그래서 증기선蒸氣船이지."

이 정도의 대화면 유식한 축에 들어가던 시절이다.

서기로 1866년이면 고종 3년이다. 흥선군興宣君 이하응李昰應이 열두 살 난 어린 아들(高宗)을 왕위에 밀어올리고 살아 있는 대원군大院君의 위세를 누린 지도 어언 3년, 섭정이라는 막강한 권력을 손아귀에 거머쥔 그는 왕권을 확립한다는 구실로 임진왜란 王辰倭亂 이래 잡초 밭으로 변한 경복궁景福宮의 중건을 명했다. 그의 독단은 개혁이라는 미명하에 자행되는 강압이며 전횡이었다. 위기감을 느낀 기득권세력들은 그를 일러 동방의 진시황秦始皇이라고까지 혹평하였다.

"서학은 혹세무민惑世誣民이다. 천주를 믿는 자 모조리 잡아들여서 처단하라!"

마침내 흥선대원군의 독단은 천주교 탄압령을 전국에 내리면서 신도에 대한 박해와 학살도 함께 명했다. 이해가 병인년이라 하여 후세의 사가들은 '병인박해丙寅迫害'라 적었고, 혹은 '병인년의 사옥邪獄'이라고도 했다. 이때 체포된 천주교 교도는 자그마치 12만여 명에 이르렀고, 그중에서 사형된 사람이 무려 8천여 명이라면 실로 엄청난 박해가 아닐 수 없다.

이 무렵 조선 땅에 밀입국하여 포교하던 프랑스인 선교사(神父) 12명 중 9명이 학살되었고, 미처 체포하지 못한 리델Ridel · 깔레 Calais · 페롱Feron 등 세 사람에 대한 특별수색령이 내려진다. 의금부와 포도청의 나장과 병사 들은 눈에 쌍심지를 켜면서 전국을 이 잡듯 수색했으나, 그들의 행방을 알 길이 없었다.

세 사람의 프랑스인 신부들은 천신만고 끝에 충청도 신창 용당리나루에서 어선 한 척을 얻어 타고 탈주에 성공한다. 조선인 신도 11명과 함께였다.

조선을 탈출한 프랑스인 신부 세 사람은 중국 땅 천진天津에 주둔하고 있던 프랑스 아시아함대 사령관인 로즈Pierre Gustave Roze를 찾아가 조선에서의 무자비한 학살을 눈물로 알렸고, 로즈는 주청駐淸 프랑스 공사 벨로네Henri de Bellonet에게 보고하면서 조선에 대한 보복을 건의한다.

마침내 조선 원정군이 편성되었고, 로즈는 8월 10일(양력 9월 18일)에 기함旗艦 프리모게 호, 통보함通報艦 데룰레드 호, 포함砲艦 타리디프 호 등 3척을 거느리고 조선으로 출진한다. 이 군함에는 통역 및 향도嚮導로 리델 신부, 물길을 안내하는 조선인 신도 최선일崔善一, 최인서崔仁瑞, 심순녀沈順汝 등이 함께 탔다.

조선 원정에 나선 프랑스 군함 3척은 8월 12일에 경기도 남양부南陽府의 앞바다에 이르렀고, 이어 강화도의 초지진草芝鎭을 넘보게 된다.

8월 15일, 기함 프리모게 호는 부평富平 물치도勿淄島 앞바다에 머무르고, 통보함 데룰레드 호와 포함 타리디프 호가 강화해협江華海峽을 유유히 통과하면서 마침내 한강 어귀에 모습을 드러낸다. 이들은 지형을 조사하고 수심을 측량하면서 계속 한강을 거슬러 올라간다. 말이 되는가. 마치 산과도 같은 서양의 함선이 수도의 젖줄을 따라 올라오는데도 경고사격을 할 대포조차도 없었다면 온전한 나라일 수가 없다. 당시 조선 조정에서 할 수 있었던 일은 오직 문정問情(사정을 알아보는 일)뿐이다. 문정을 한다 한들 저들이 속내를 드러낼 까닭도 없다.

"우리는 프랑스 사람으로 조선의 산천을 보기 위해 왔으며, 조금도 상해傷害의 뜻이 없다."

이 같은 얼치기 대답을 듣는 것으로 그나마 문정도 끝내는 한심한 지경이다.

드디어 8월 17일에는 양천현陽川縣 염창항鹽倉項(지금의 강서구)에 이르렀고, 다음 날인 18일에는 양화나루를 지나 서강西江(지금의 마포구 하중동)까지 올라와 닻을 내린다.

소년 이동인은 한강에 떠 있는 두 척의 프랑스 군함을 바라보면서 쿵쿵 가슴을 울리는 고동소리를 듣는다. 벽안홍모의 이양인들보다 군함의 거대함이 가슴을 떨리게 한다. 그것은 바다 건너에 조선도 아니며, 중국도 아닌 또 다른 세상이 있다는 사실에 눈뜸이나 다름이 없다.

소년 이동인은 강가에 몰려든 수많은 사대부들 사이를 누비면서 그들이 주고받는 얘기를 빠짐없이 들었는데, 특히 오吳 역관譯官이라고 불리는 사람을 둘러싼 중인中人들의 화제가 소년 이동인의 마음을 크게 뒤흔들었다.

"청나라는 이미 영길리英吉利(영국)에 짓밟히면서 지난 세월의 영화를 잃은 지 오래되었지."

"영길리면……?"

"저 군함은 법국의 것인데, 영길리는 바로 그 법국과 이웃하고 있는 나라지. 나라 전체가 섬이라고 들었네만……, 바다를 정복한 덕분으로 해가 지지 않는 나라가 되었다고 하더군."

"해가 지질 않는다?"

"아무렴. 수많은 남의 땅덩이를 점령하였으니, 그중의 어느 한 곳은 언제나 낮이 아니겠나."

"아무리 그렇기로 그런 섬나라가 어찌 청나라를 넘볼 수가 있다는 게야?"

"이렇게 원, 넘본 것이 아니라 이미 짓밟아 버렸다니까."

"짓밟아? 청나라를……."

"허어, 벌써 이십여 년 전의 일이라는데도!"

그랬다. 청나라는 소위 '아편전쟁阿片戰爭(1840~1842)'의 패배로 영국과 치욕의 「남경조약南京條約」을 체결하게 됨으로써 왕권은 날로 쇠약해지고 있었고, 상해上海를 중심으로 한 양자강 유역의 요충지역을 모두 영국에게 내준 형편이었다.

그날 밤, 까까머리 소년 이동인은 무공 선사의 승방 앞을 한동안 서성이다가 벌겋게 상기된 얼굴로 방으로 들어선다.

"자지 않고 웬일이더냐?"

"선사님, 소승은 법국 군함을 타고자 하옵니다."

"이런 미친놈이 있나……!"

"바다 건너에 법국, 덕국德國(독일), 영길리와 같은 새로운 문명국이 있다 하옵니다."

"무엇이 어째?"

"이미 청나라는 영길리와의 전쟁에서 패하여 땅덩이를 그들
에게 내주고 있다 하옵니다."

"……!"

무공 선사는 자세를 고쳐 앉는다. 소년 이동인의 말이 철없는
어린아이의 잠꼬대거나 생떼가 아니라, 제 딴에는 심사숙고를
거듭한 끝에 뱉어 냈을 것이라는 생각이 들어서다.

'그래, 그렇다면 다행이지. 네 또래가 되면 가슴에 꿈을 키워
야 한다. 바다 건너에 새로운 문명국이 있다는 것을 알았다면 당
연히 달려가야 할 것이고, 그래서 이루어진 포부를 한 아름 안고
와 모국을 위해 헌신하는 것이 젊은이 된 도리가 아니겠느냐.'

그러면서도 무공 선사는 어린 이동인에게 쉽사리 허락할 수
가 없다. 어쩌면 목숨을 잃을지도 몰라서다.

"선사님, 소승을 새로운 문명국으로 가게 해 주오소서."

"떠나면 죽을 것이니라. 내 어찌 네놈을 사지로 몰아넣을 수
가 있겠느냐."

그날 이후 이동인은 자지 않고 먹지도 않았다. 마치 사생을
결단한 사람처럼 법국 함선에 타는 일만을 입에 올렸다. 그러나
그런 이동인의 결단도 오래가지는 못했다. 8월 19일, 2척의 프
랑스 군함이 움직이기 시작한 때문이다. 그들은 서강을 떠나 행

주항幸州項과 김포의 신동하류新洞下流를 거처 황해로 빠져나갔다
가 중국으로 돌아간 때문이다.

까까머리 이동인의 좌절은 많은 사람들을 안타깝게 했다. 그
는 어미 잃은 병아리처럼 갈팡질팡했고, 하루에도 몇 번씩 양화
나루나 마포나루로 달려 나가곤 하면서 갈피를 잡질 못했다. 무
공 선사의 호된 꾸지람도 아무 소용이 없었다.

그로부터 보름 남짓 뒤인 9월 5일(양력 10월 13일), 다시 나타난
프랑스 함대가 강화도에 포격을 가하면서 상륙을 도모한다는 급
보가 도성에 전해진다. 조정에는 불길한 소식일 것이지만, 까까
머리 이동인에게는 가슴 설레는 소식이 아닐 수 없다.

프랑스 해군의 로즈 제독은 순양전함巡洋戰艦인 게리에르 호를
기함으로 하고, 중순양함中巡洋艦인 라플라스 호를 중심으로 1차
침입 때의 3척을 더하는 등 모두 7척으로 편성된 함대와 600여
명의 육전대陸戰隊(지금의 해병대)를 거느리고 강화도를 공격하기 시
작한다. 물론 표면적인 이유는 프랑스의 선교사를 학살한 데 대
한 응징이었으나, 실상은 함포외교艦砲外交로 조선의 문호를 열기
위한 방책이었다.

9월 7일, 로즈 사령관은 해군 소장이며 게리에르 호의 함장
인 백작 도즈리에게 명하여 강화부를 정찰하게 하면서, 그 여세
를 몰아 다음 날인 8일에 강화부성을 점령하였다. 역사 이래 천
하의 요새라고 믿었던 강화성의 성문에 프랑스의 3색 국기가 휘

날리게 되었다면 어찌 되는가.

"선사님, 소승을 강화도로 보내 주오소서."

그동안 소년 이동인의 좌절과 방황을 지켜본 무공 선사는 애
타하는 어린 문도의 간절한 소망을 저버리지 못한다. 그의 가슴
에 새로운 세계를 간직하게 하고 싶었기 때문이다.

제9로

소년 이동인은 뱃길로 양화나루를 건넜다.

그의 빠른 걸음은 나는 듯 양천을 거치면서 곧 김포로 이어지는 제9로를 줄달음친다. 조선시대의 간선도로망은 모두 아홉 길이다. 한양에서 의주義州로 가는 제1로를 시작으로, 한양에서 서수라西水羅에 이르는 함경도 길을 제2로……, 이렇게 하여 아홉 번째 간선도로가 한양에서 강화도로 이어지는 제9로다.

프랑스군 해병대가 점령한 강화도는 이미 조선 땅일 수가 없기에 도성으로 통하는 간선도로인 김포가도는 강화도와 통진通津에서 밀려나오는 피란민들로 발 딛을 틈도 없다.

근대전쟁의 실상은 고사하고 개념조차도 파악하지 못하고 있었던 조선 땅 무지렁이 백성들에게는 문자 그대로 서양 오랑캐가 자행하는 분탕질일 수밖에 없다. 그들은 오직 목숨을 부지하겠다는 일념으로 정든 고향 땅을 뒤로하고 도성과 가까운 곳으로 옮겨 가고 있다.

끝없이 이어진 우마차의 행렬 중간 중간에 남부여대한 백성들의 초췌한 모습은 공포에 질려 있었고, 안기고 업힌 어린아이들의 울음소리가 하늘을 찌르는 경황 중인데도, 그들 피란행렬을 뚫으며 강화도 쪽으로 빠른 발걸음을 옮기는 까까머리 소년 이동인의 모습은 비장할 수밖에 없다.

"원, 이래서야 어디······."

소년 이동인은 끊임없이 밀려오는 피란행렬에 부대끼면서 가쁜 숨결을 토해 낸다. 키가 훤칠하면서도 탄탄하게 벌어진 두 어깨가 그를 무척 강인하게 보이게 했어도 솜털이 보송한 열다섯 살 애티는 감출 수가 없다.

소년 이동인은 피란민의 행렬에 밀리면서도 다가오는 촌로에게 말을 걸 만큼 여유를 보인다.

"저어······, 강화부성에서 오시는 길입니까?"

"그렇소만······, 그건 왜 묻소!"

"정말로 전쟁이 나긴 났습니까?"

"허어, 이런 땡초가 있나! 저들의 화포 한 방이면, 집채가 날아가는 지경인데, 그 무슨 잠꼬대 같은 소리야!"

승복을 입고는 있었어도 나이 어려 보여서인가, 촌로는 땡초라고 비아냥거리는데도 소년 이동인은 집요하게 다시 묻는다.

"하면, 저들의 도륙屠戮이 민가에도 미쳤다는 말씀입니까!"

"아니면, 다 늙어서 죽을 날만 기다리는 내가…… 미쳤다고 정든 고향 땅을 떠났겠나."

"……!"

소년 이동인의 애티 어린 얼굴에 노기가 스치자 이번에는 촌로가 타이르듯 말한다.

"승적이 강화거든……, 서두를 게 없네……."

"아닙니다. 소승은 새 절에 있는 이동인이라는 돌중입니다. 아미타불."

"새 절에 있다는 사람이 이 난중에 강화부성에는 왜 가는가?"

"서양의 함선도 보고 싶고, 신식 소총을 쏘아 댄다는 이양인의 몰골도 보아 두어야 하겠기에……."

어디를 살펴도 아직 애티가 가시지 않은 소년 이동인이 다부지게 대답하자 촌로는 어이없다는 듯 노성일갈을 토해 낸다.

"예끼……! 죽기 싫으면 당장 발길 돌리라니까!"

소년 이동인은 물결에 실린 듯한 뒷걸음질을 멈추면서 길섶으로 물러선다. 물론 촌로의 피란길을 터 주기 위해서였지만, 아무리 둘러보아도 강화도 쪽으로 가는 사람의 모습은 눈에 띄지 않는다.

"그런 생각으로서야 목숨인들 온전하게 부지하겠느냐!"

소년 이동인은 스승 무공 선사의 카랑카랑한 목소리를 상기하면서 옹골찬 다짐을 거듭한다. 그의 뇌리에는 연안을 떠도는 프랑스 함대의 위용이 어른거린다. 대체 그들은 무슨 힘으로 천연의 요새라는 강화도를 단숨에 유린할 수가 있었는가. 불길한 생각이 꼬리를 물고 이어지는데도 소년 이동인은 어금니를 물면서 기우는 햇살을 가슴에 안고 전지戰地로 향하는 발걸음을 힘차게 옮겨 놓는다.

소년 이동인이 프랑스 함대에 관심을 보인 것은 양화나루까지 올라온 함선의 위용 때문만은 아니다. 그는 새남터의 형장에서 망나니의 칼을 맞으면서 죽어 가던 프랑스인 신부들의 마지막 모습에서도 큰 감동을 받았었다. 소년 이동인은 그들의 의연하고 담대한 마지막 모습에서 신라의 고승 이차돈異次頓의 순교를 떠올리기도 했다. 비록 그들의 목에서는 하얀 핏줄기가 솟아오르지 않았지만……, 목숨을 버리면서까지 믿음을 구하려는 순교정신은 적어도 이동인에게는 충격이자 새로운 세계로의 눈뜸이었다.

'바다 건너에는 새로운 문명국이 있다.'

중국만이 천하의 전부인 것처럼 생각해 온 조선이다. 그 밖의 나라는 모두가 야만이요, 오랑캐로 여기질 않았던가. 임진왜란 때 왜장 고니시 유키나가小西行長를 따라왔던 스페인 신부 세스페데스Céspedes가 조선 땅을 밟았던 이래, 표류하여 상륙한 이양인도 있었고, 근자에는 비밀리에 입국하여 선교에 이바지한 프랑스인 신부들도 있다.

더구나 최근 들어서는 통상을 요구하는 이양선도 있었지만, 특히 평양의 대동강을 거슬러 올라왔던 미국 상선 제너럴셔먼 General Sherman 호를 화공火攻으로 격침한 다음부터 조선에서는 서양의 이양인들을 짐승만도 못한 오랑캐쯤으로 여기는 풍조가 팽배해 있다.

'아니야. 그게 아니야.'

새남터에서 참수斬首된 프랑스인 신부들의 신념에 찬 최후는 적어도 소년 이동인에게는 또 다른 문명국이 있음을 보여 주는 실증이고도 남았다.

박진령

고개 하나만 더 넘어서면 통진이다.

이젠 피란민의 행렬도 끊어지고 없다. 적막강산이나 다름이 없는 빈 길을 소년 이동인은 길게 늘어진 그림자를 밟으며 걷는다. 조용함도 겹겹이 쌓이면 두려움이 되는가. 소년 이동인이 불현듯 무섭다는 생각이 들었을 때, 해맑은 여인의 목소리가 들렸다.

"저어, 스님……."

초가집 사립문 앞을 몇 발짝 지나쳤던 소년 이동인이 뒤돌아본다. 옥돌로 깎아서 만든 듯한 미색의 여인이 입가에 웃음을 담으면서 다가서고 있다. 무인지경에서 사람을 만나면 짐승보다 더 무섭다는 말이 있다. 소년 이동인은 그 여인이 자신과 동갑이거나, 아니면 한 살쯤 위일 것이라는 직감이 들면서도 머리를 올린 것이 이상하게 느껴진다.

"송구합니다만……, 스님께서는 어디로 가시는 길이신지요?"

옥쟁반에 구슬 구르는 소리, 그 해맑은 목소리에는 정감이 실려 있다. 이동인은 그 앳된 여인에게서 불현듯 연정戀情을 느낀다.

"보면 모르십니까. 통진을 거쳐서 강화도로 가는 길입니다만……."

"거긴 전쟁이 한창이라는데……, 잠시 평상에라도 걸쳐 주시면……."

무슨 말을 하겠다는 것인가. 여인은 사립문 안을 가리키며 웃는다. 소년 이동인은 미색에 홀린 사람처럼 여인의 뒤를 따른다. 마당은 넓지 않았어도 꽤 쓸 만한 평상이 놓여 있다. 집주인이 피란을 갔다면 여인의 정체는 무엇인가. 미모의 여인은 이동인이 앉기를 기다렸다가 사정하듯 입을 연다.

"스님께 꼭 당부드릴 일이 있어서 이 같은 결례를 저지르고 있사옵니다. 노여워 마오소서."

아, 정말 아름답구나. 소년 이동인은 손을 뻗으면 품 안으로 안겨들 듯한 여인과 마주 앉으니 마치 허공을 떠가는 구름 같은 황홀함으로 빠져 든다. 여인의 정수리로 뻗어 간 하얀 가르마는 눈을 시리게 하였고, 갸름한 얼굴에 오목조목하게 자리 잡은 이목구비는 어디 하나 나무랄 데 없는 미인도나 다름이 없다. 한 번 안아 보았으면 하는 충동을 느낄 때 여인이 다시 입을 연다.

"통진이나 강화부성에 이르시면……, 백의정승白衣政丞 유대치劉大致 어른을 만나실 것입니다."

"소승은 백의정승도 모르고, 유대치 어른은 더욱 모르는데, 어찌하여 만날 수가 있다는 건지……?"

그때 여인의 얼굴에 밝은 웃음기가 돌았다.

"꼭 만나신다니까요."

"아미타불."

소년 이동인은 무공 선사로부터 받은 단주를 바랑에 넣어 둔 것을 후회한다. 이럴 때 벼락 맞은 대추나무로 만든 단주를 돌리면 얼마나 여유만만하게 보이겠는가.

"그 어른을 만나시면 서둘러 돌아오시라고 전해 주세요. 그냥 계시면 큰 액운이 따를 것이라고요."

"액운……?"

"그러하옵니다. 돌아오셔야 무사하실 것이옵니다."

소년 이동인은 미모의 여인에게 더더욱 빨려 들고 있다. 포연으로 가득할 전장에서 백의정승은 무엇이며, 대치 선생은 또 무엇이란 말인가. 더구나 '돌아와야만 무사할 것이다'라는 것은 참언讖言이나 다름이 없다. 그렇다면 이 미모의 여인이 무당인가, 점쟁이인가. 아니라면 사람으로 환생한 구미호란 말인가. 이동인은 갈피를 잡을 수가 없다.

"스님, 소녀의 당부를 거두어 주시겠습니까?"

"글쎄요. 소승은 도무지 뭐가 뭔지……."

"스님께서 백의정승을 만나시면 대치 어른이시냐고 물으면 될 것이옵고……, 오는 길에 박진령을 만났다고 말씀 여쭈시면 알아서 하실 것이옵니다."

"박진령……?"

"제 이름입니다. 밀양 박朴가에 참 진眞자, 방울 령鈴자를 쓰옵니다."

박진령. 소년 이동인은 갈피를 잡질 못한다. 나이 어린 조선의 여인이 처음 만난 외간의 사내에게 거침없이 자신의 이름을 밝힐 수가 있다면……, 적어도 조선 여인의 행실과는 상당한 거리가 있다. 게다가 그녀가 만나기를 당부한 유대치가 백의정승이면 학덕을 고루 갖춘 거인일 것임이 분명하다. 그렇다면 박진령은 누구인가.

태어나서 철들 때까지 봉원사의 경내를 맴돌면서 염불소리만을 들어 온 이동인이었다. 스승 무공 선사는 이동인의 총명함에 체머리를 흔들고 있었어도, 소년 이동인에게는 난세로 접어든 세상일을 읽기에는 혼란이 따르게 마련이다. 바다 건너에 새로운 문명국이 있을 것이라는 확신을 믿고 보금자리를 떠나 온 이동인에게 박진령은 또 다른 혼란이고도 남았다.

"꼭 당부드리옵니다. 그럼……."

미모의 여인은 자신이 해야 할 모든 것이 끝났다는 듯 다소곳이 몸을 일으킨다. 까까머리 이동인은 혼란에서 깨어난다. 아쉽고 서운하다는 생각이 연정이 되어 타오르는 것을 어찌하랴.

박진령은 가볍게 고개를 숙여 보인 뒤 장옷長衣(조선의 부녀자들이 외출할 때 얼굴을 가리는 쓰개치마)으로 온 얼굴을 가리면서 몸을 돌린다. 사립문을 나선 박진령은 도성 쪽을 향해 빠른 발걸음을 옮겨 놓기 시작한다. 까까머리 이동인은 멀어지는 박진령의 뒷모습에 넋을 빼앗기며 오랫동안 움직이지 못한다.

백의정승

소년 이동인이 통진부에 들어선 것은 해질녘이었다.

아직도 매캐한 초연硝煙이 코를 찌르고, 그의 눈에 비쳐진 통진 거리는 폐허 바로 그것이었다. 관아도 민가도 이미 잿더미로 변해 있고 여기저기에서는 마치 귀기鬼氣 어린 신음소리가 들려오는 것 같다. 아니 실제로 들려오고 있다.

'이런 변이……!'

건물이 있어야 할 자리에는 함포사격으로 인한 웅덩이가 파여져 있다. 토막 난 시체들이 즐비한 거리의 참상은 소년 이동인을 전율하게 했다. 그는 비로소 프랑스군 해병대의 화력에 두려움을 느낀다.

'무지했음이로세.'

소년 이동인은 탄식한다. 조정의 무능함을 원망하는 것이 아니라 자신의 무지가 부끄러워서다. 그는 밀려오는 어둠 속을 천천히 걷는다. 바다 건너 강화섬에서 총소리가 울릴 때마다 소년 이동인은 몸을 움츠리며 사위를 둘러보곤 한다.

어디선가 신음소리가 들렸다. 멀지 않은 곳에 사람이 있을 것이지만 반갑다는 생각보다 두려움이 앞선다. 소년 이동인은 조심스럽게 신음소리가 나는 쪽으로 발걸음을 옮긴다.

"게 누구요!"

신음소리가 아닌 또렷한 사내의 목소리는 함포사격으로 반파된 헛간에서 들려오고 있다. 소년 이동인은 비로소 긴장을 푼다. 그리고 천천히 소리 난 쪽으로 걸음을 옮긴다. 반파된 헛간의 잔해가 어둠 속에 잠겨 있었던 탓으로 어렴풋이 트여 오는 시계는 어지럽기만 하다.

"여, 여기외다……."

어둠 속에서 사내의 목소리가 다시 한 번 들렸다. 이동인은 내려앉은 서까래 사이를 누비며 사내의 앞으로 다가간다.

중년으로 보이는 사내는 벽에 등을 기댄 채 두 발을 뻗고 있었으나 무척 반가워하는 기색이다.

"아니……, 스님이 아니시오이까."

"아직은 스님이랄 것도 없사옵니다만……, 이 난중에 용케 무사하지를 않으셨습니까."

"무사하다니요. 이 같은 폐허에서 스님의 구원을 받았으니 그야말로 구사일생이지요. 허허허…….”

“…….”

소년 이동인은 그제야 사내의 모습을 세세히 살펴본다. 그는 허벅지에 큰 상처를 입고 있었다.

“지혈은 되었습니다만……, 움직일 수가 없으니 이양인을 만났으면 영락없이 죽었을밖에요…….”

“아미타불…….”

소년 이동인은 바랑을 열고 『반야바라밀다심경』260자가 새겨진 단주를 꺼내 들었다. 벼락 맞은 대추나무로 만든 단주가 재앙을 물리쳐 줄 것이라는 스승 무공 선사의 목소리가 상기되어서다. 소년 이동인은 사내의 환부를 살펴본다. 살점이 떨어져 나간 허벅지에 솜뭉치와 수건을 대고 새끼줄을 촘촘히 동여맨 그의 용의주도함에 놀라지 않을 수가 없다.

“의원이십니까……?”

“허허허, 바로 보셨습니다. 광통방廣通坊 공동恭洞(지금의 삼각동)에 약국을 차려 놓고 있지요.”

“하면……, 도성에서?”

“그렇습니다만, 한데, 스님께서는……?”

“아, 예. 소승은 새 절에서 온 이동인이라고 합니다.”

“이 같은 난중에……, 무슨 연유로 예까지 오셨습니까?”

“바다 건너에 새로운 문명국이 있다면……, 법국의 군함이라도 얻어 타 보고 싶어서요."

"……!"

중년의 사내는 경이로운 눈빛을 굴린다. 아직 애티도 가시지 않은 승려의 입에서 어찌 그런 대담한 말이 흘러나오는가.

"왜 그리 놀라십니까. 지피지기知彼知己라는 고사도 있지를 않습니까."

사내는 감동하지 않을 수가 없다. 지피지기가 무슨 뜻인가. 적의 내정을 살펴서 나의 내정을 알겠다는 것이라면 싸움터의 한복판에서 새로운 동지를 만난 것이나 다름이 없다. 게다가 쇄국鎖國의 기미가 보이는 암울한 여건에서 서양 문명의 실체를 알아보기 위해 프랑스의 군함을 타겠다면 평생을 함께해도 무방한 동반자가 아니고 무엇이랴.

"지피지기. 하면, 스님께서 저들의 실체를 체험하고자 죽음을 무릅쓰고 예까지 오셨다는 말씀입니까!"

"그렇기는 하옵니다만……, 폐허가 된 통진부가 어디 웬만해야지요. 저같이 참혹한 만행을 저지르는 오랑캐 놈들인 줄 알았다면, 소승은 칼을 들고 달려왔을 것이옵니다."

"아무튼 반갑습니다. 정말 잘 오셨습니다. 제 이름은 유홍기劉鴻基라고 합니다만……, 사람들은 대치大致(유홍기의 호) 선생이라고들 부르지요."

"……!"

소년 이동인은 모든 동작을 중지하고 유홍기의 모습을 찬찬히 살핀다. 통진에서 만났던 박진령이 입에 담은 대치 선생이었기 때문이다.

박진령은 대치 어른을 만나면 서둘러 귀경하지 않으면 액운을 면치 못할 것이라고 전하라 했었다. 참으로 기막힌 노릇이 아닐 수가 없다. 유홍기는 이미 살점이 떨어져 나갈 만큼 큰 부상을 당하고 있질 않은가.

"백의정승……, 대치 어른이."

"허허허, 진령이를 만나셨군요. 그 아이의 참언이 때로는 기막히게 들어맞곤 해서 수많은 곤혹을 겪고 있습니다만……, 그 아이가 스님을 만나서 무엇이라고 했습니까?"

"서둘러 귀경하지 않으시면 큰 액운을 맞을 것이라고 하였사옵니다."

"허허허, 글쎄 그렇다니까요. 그 아이 말대로 서둘러 돌아가지 않아서 이런 액운을 당하지 않았습니까. 허허허."

소년 이동인은 갈피를 잡을 수가 없다. 살점이 떨어져 나갈 정도의 큰 부상을 당하고서도 아무 거리낌 없는 대치 어른, 그래서 백의정승이라는 말인가.

소년 이동인에게는 박진령의 참언이 실제의 일로 드러나고 있다는 신기함과 아울러 태산교악泰山喬嶽과도 같은 유홍기의 언동에 주눅이 들 지경이다.

"잠시 전 스님께서는 불란서佛蘭西의 병사들을 일러 만행을 저지르는 오랑캐 놈이라고 하셨습니다만……, 저들은 우리의 적이 아님을 알아야 합니다."

"적이 아니라니요. 강화부성과 통진부가 이미 저들의 분탕질로 폐허가 되었다지를 않으셨습니까!"

소년 이동인은 비로소 정신이 든 사람처럼 유홍기의 앞으로 한 무릎 다가앉으면서 항변 같기도 하고, 울음 같기도 한 거친 목소리를 토해 낸다.

"이건 무지가 자초한 전란이에요."

"무지라니요. 저들은 천주교 신부들의 처단을 응징하겠다고 공언하였다질 않습니까!"

"누가요. 그런 말을 스님께서 몸소 들으셨습니까!"

유홍기의 목소리에 노여움이 실리기 시작한다. 소년 이동인은 그에게 압도되고 있음을 스스로 깨닫는다. 그러나 자신의 목소리에 힘이 빠지는 것을 느끼면서도 안간힘을 쓰듯 다시 묻는다.

"대치 어른께서도 저들의 분탕질을 지켜보시지를 않으셨습니까!"

"보았지요. 보다마다요. 그래서 허벅지의 살점이 떨어져 나간 게 아니겠습니까."

"……!"

"나어린 스님께서야 모르시는 게 당연하지요. 그래서 저들을 오랑캐라고들 합니다만……, 이 나라의 사대부들이 오랑캐보다 나은 게 무에 있답니까. 지금을 슬기롭게 넘기지 못한다면 이 나라 조선은 큰 불행을 자초하게 될 것으로 압니다."

소년 이동인은 유홍기의 확신에 찬 변설을 들으면서 가슴이 쿵쿵거리는 전율감에 젖어 든다. 비로소 백의정승이라고 불리는 그의 학덕을 조금은 짐작할 수가 있을 것만 같아서다. 그러나 소년 이동인은 프랑스군의 실체가 무엇인지를 알고 싶은 애초의 의구심을 떨쳐 내지 못한다.

"대치 어른께서 보신 저들의 행패를 소상히 알려 주셨으면 하옵니다만……."

"그러지요."

유홍기는 어둠 속에서도 소년 이동인의 모습을 요모조모 살핀다. 수려한 얼굴은 아니었어도 눈빛에서는 총기가 넘쳐흐르고 있었고, 한번 결기를 세우면 무너지지 않을 만큼 당찬 데도 있어 보인다.

"첫째는, 저들 불란서 병사들이 치밀하게 훈련이 되어 있었다는 점을 간과할 수가 없어요. 상륙할 때의 용병用兵을 보았는데 그 용의주도함과 신속함이 일사불란함을 넘어서고 있었어요. 여기에 비하면 조선 병사들은 오합지졸이나 다를 바가 없으니 백 번을 싸워도 질 수밖에요."

소년 이동인은 세밀하면서도 날카로운 유홍기의 통찰에 몸을 움츠리면서 두 귀를 곤두세운다.

"그 다음은 신식 장비인데, 저들의 사령관은 소위 천리경千里鏡 (지금의 망원경)이라는 것으로 조선 병사들의 진용을 소상히 살피고 있는데……, 그게 오백 보, 천 보 앞에 있는 모든 것을 바로 눈앞으로 당겨서 보이게 한다니 속수무책이 아니고 무엇이겠습니까!"

"……!"

"뿐만 아니라 바다에 떠 있는 함선에서 화포를 쏘면 눈앞은 초연으로 가득한데……, 신식 소총까지 불을 뿜어 대는 판국이면 그까짓 화승총火繩銃이야 무용지물일 수밖에요. 더구나 활을 쏘면서야 대적이 되겠습니까. 이건 분명히 문명과 무지의 싸움이었어요."

"문명……, 그렇게 강하다는 말씀입니까?"

"강하다마다요. 지금까지 우리가 알 수 있는 나라로는 청나라와 왜국, 그리고 유구琉球(지금의 일본 최남단에 있는 오키나와)가 고작이 아니었습니까. 하나, 사정은 달라졌어요. 바다 건너에는 불란서라고 일컬어지는 법국이 있고, 또 영길리라는 나라가 있는데 이들 문명국이 우리가 하늘같이 섬기던 대국大國(청나라)을 이미 쑥밭으로 만들어 놓질 않았습니까."

"……!"

"어디 그뿐입니까. 미리견米利堅(미국)이라는 큰 나라도 있고, 난국蘭國(네덜란드)이라는 문명국도 있어요. 게다가 바로 북쪽에는 아라사俄羅斯(러시아)라는 더 큰 나라도 있지를 않습니까. 그들이 모두 새로운 문명으로 무장하고 동양으로 몰려오고 있지를 않습니까."

"동양이라니요?"

"동방이라고 해도 무방하겠지요. 나는, 지난번 대동강으로 거슬러 올라왔던 미리견의 상선이 화공을 당하는 것을 이 두 눈으로 똑똑히 지켜보았습니다만……, 싸워서는 이길 수가 없어요!"

"아무리 그렇기로……, 이미 강화도가 저들의 수중에 있다면 퇴치부터 하고 볼 일이 아니옵니까!"

"그야 이를 말입니까만……, 저들이 순순히 물러간다면 모를까 싸워서 물리치지는 못합니다."

"……!"

소년 이동인은 깊은 수렁으로 빠져 드는 당혹감에 젖는다. 대체 유홍기라는 백의정승은 어디까지 알고 있는 것일까. 그는 조선 조정의 무능함을 탄식하면서도 서구 열강의 문명을 세세히 입에 담고 있다. 소년 이동인의 얼굴에 절망감이 실린다. 그는 자신의 무지를 소리치며 울부짖고 싶어진다.

"저들은 싸우자는 것이 아니라, 통상을 요구하고 있었어요. 통상이 무엇입니까. 장사가 아닙니까. 우리가 중국 땅에 인삼을 내다 팔고 그 대신 중국으로부터는 비단과 약재를 사오지 않았습니까. 그게 장사라면 당연히 서양 사람들이 쓰고 있는 천리경이나 소총을 사와서 나라를 부강하게 하는 것이 치자治者의 도리가 아니겠습니까.”

소년 이동인은 깊고도 아득한 미궁 속으로 빠져 드는 느낌이다. 그러나 다시 더 물어서 알지 않으면 어둡고 답답한 수렁 속에서 헤어날 길이 없을 것만 같았기에 안간힘을 쓰면서 다시 입을 열어 본다. 그것은 무지에서 벗어나려는 발버둥이나 다름이 없다.

“하오나……, 조정이나 사대부들은 그런 교역이 나라를 망치는 일이라고 하질 않았사옵니까. 더구나 대원위大院位 대감은 아직 우리 조선은 그런 것들을 받아들일 처지가 못 된다고 했고요.”

“바로, 그 점이 무지의 소치라는 게지요. 저 많은 서양 각국이 모두 조선 땅으로 몰려와서 대포를 쾅쾅 쏘아 대면 어찌 됩니까. 그때는 항복을 해야만 살아남을 수가 있어요. 나라에 영토가 없는데 살아남은들 살아 있다고 하겠습니까. 오백 년 사직은 고사하고 백성들은 무엇에 의지하면서 살아야 하고요!”

“……!”

소년 이동인은 더 말을 이어 갈 수가 없다. 그리고 가슴이 불타는 것과도 같은 심한 갈증을 견디기 어려운 듯 마른 침을 꿀꺽 삼켰다. 유홍기는 품에서 약인 듯싶은 종이 봉지를 꺼내 이동인에게 주면서 말한다.

“한 알만 입에 넣으세요. 갈증이 가실 것으로 알아요.”

소년 이동인은 자신의 마음속까지 꿰뚫어 보고 있는 유홍기의 면전에서 어린아이가 된 듯한 심정으로, 아니 알몸이 된 듯한 수치감을 추스르며 약봉지를 연다. 그리고 하얀 낱알을 집어서 입에 넣었다. 백반白礬이었던 모양으로 이동인의 입 안은 순식간에 화해지는가 싶더니 배 속에서부터 시원한 기운이 차오르면서 갈라질 것만 같았던 목 줄기의 갈증도 씻은 듯이 가신다.

유홍기는 순조 31년(1831) 10월 14일에 역관인 유익소劉益昭의 둘째 아들로 태어났다. 그는 가계에 따라 역관이 되어야 할 운명인데도 스스로 한의漢醫의 길로 들어설 만큼 자신의 삶을 소중히 할 줄 아는 선각자先覺者였다. 어려서는 홍대용洪大容의 실학사상에 심취하였고, 그의 영향으로 양명학陽明學의 대가로 성장할 수가 있었다.

양명학이란 중국 명나라 중기 사람인 양명 왕수인王守仁이 이룩한 신유가철학新儒家哲學으로 송대에 확립된 정주학程朱學과 대립적인 성격이 있어 '심학心學'이라고도 불린다. 인식과 실천이 둘이 아니라 하나이므로 앎과 행함이 또한 하나라는, 이른바 지행합일설知行合一說이 강조된다.

양명학의 성격을 보다 극명하게 설명하자면 맹자의 선천적인 도덕심과 마음의 발양發揚을 통해 타인들, 나아가서 인간세계와 우주를 성실하고 바르게 하자는 이상을 구현하는 것이라고 할 수 있겠지만, 청대의 실학자들에게 비판의 대상이 되었던 탓에 조선에서도 양명학을 탐탁히 여기지 않았다. 그러나 유홍기의 경우는 인식과 실천이 하나라는 의미에서 이를 적극적으로 수용하고 있었다.

그러면서도 유홍기가 국제정세에 능통하고 조선의 개항開港을 누구보다도 앞서서 생각할 수가 있었던 것은 미래를 향하는 진취적인 사고와 정세를 분석할 수 있는 조직적이면서도 탁월한 두뇌의 소유자였고, 청나라를 자주 내왕하는 역관 오경석吳慶錫(葦滄 吳世昌의 父)과 같은 죽마고우가 가까운 이웃에 살고 있었기 때문이다. 금석학金石學과 서예에 능했던 오경석은 청나라에 다녀올 때마다 수많은 전적典籍들과 서양의 기물들을 가지고 왔다.

유홍기는 오경석을 통해 중국에서 일어나고 있는 격동적인 국제정세를 비록 문자로나마 터득할 수가 있었다. 그러므로 역시 오경석에 의해 조선 개화에 눈뜨고 있었던 환경桓卿 박규수朴珪壽(제너럴셔먼 호 사건 때의 평안도 관찰사) 또한 유홍기와 함께 급변하는 대륙의 정세를 분석하기를 즐겨 했다. 눈앞으로 밀려오고 있는 새로운 변화에 눈뜨면서 낙후된 조선의 진로를 모색할 수 있다면 그보다 더 큰 보람은 다시 없지를 않겠는가.

이때 유홍기의 나이 서른여섯. 사람들은 그의 높은 학문과 고매한 인품에 감동하여 대치 선생 혹은 백의정승이라고 높여 부르고 있었지만, 아직 나어린 이동인이 그런 사정을 알 까닭이 없다.

통진에서의 하룻밤

"그렇다면 무슨 방도가 있어야 하질 않겠사옵니까?"

소년 이동인은 잃었던 총기를 다시 가다듬으면서 입을 연다. 그에게는 모든 것이 새롭고 경이로울 뿐이다.

"당연하지요."

"하교해 주셨으면 하옵니다."

그때 탕! 탕! 탕! 하는 세찬 총소리가 울린다. 두 사람은 동시에 몸을 움츠린다. 소년 이동인의 어조가 공손하게 변하는 순간이었지만, 밤의 정적을 깨뜨리며 울려오는 프랑스군의 총소리는 나라의 앞날을 걱정하는 두 사람의 뜨거운 가슴을 후벼 파는 칼날이고도 남았다.

강화섬 쪽으로 고개를 돌렸던 소년 이동인의 시선이 다시 유홍기에게로 돌아오면서 그들은 평정을 찾는다.

"사람은 태어날 때부터 평등하다는 것을 스님께서는 어찌 생각하십니까!"

"……!"

"느닷없는 물음이었다면 말을 바꾸지요. 불가에서는 즉심시불即心是佛이라고 하는데……, 그것은 마음이 곧 부처라는 뜻일 테지요. 그렇다면 스님께서는 신분이 중인中人이라 하여 마음까지 중인으로 사시렵니까. 또 그 같은 신분의 제도가 세세만년 변함없이 이어진다고 보십니까."

"……?"

"우리가 믿음을 구하는 것은 현세의 삶을 가지런히 하여 내세의 평안을 구하자는 것인데……, 서양의 신부들을 죽이는 것은 고사하고 스님들의 도성출입을 금하고 있는 작금의 세태를 정녕 온당하다고 보시느냐 이 말씀이에요."

소년 이동인의 가슴이 세차에 쿵쿵거린다. 자신은 승복을 걸치고 있으면서도 배불숭유排佛崇儒로 인한 고달픈 노정을 기정사실로 받아들이고 있었는데, 불도도 아닌 유홍기가 배불의 부당함을 뼈아프게 지적하고 나섰기 때문이다.

"사람이 태어날 때부터 평등한 것처럼 나라와 나라도 동등하다는 점을 먼저 깨달아야 할 것으로 알아요."

"인종이 다르고, 문명에 강약이 있는데 동등하다니요?"

"허어, 교역이란 무엇입니까. 서로 똑같은 조건으로 장사를 하자는 것이 아닙니까. 문명의 강약으로만 생각하면……, 약탈은 있으되, 교역은 성립되지 않을 게 아닙니까."

"……?"

"그 실례로 평양에 왔던 미리견 상선은 자명종과 천리경, 유리그릇 등을 가지고 와서 조선의 인삼, 호피, 종이 등과 교역하자고 하질 않았습니까. 저들의 요청이 그러하다면 교역의 시늉이라도 해서 우리 조선도 저들과 다름이 없는 인종이 살고 있는 나라임을 만방에 알려야 하지 않겠느냐 이 말이지요. 바로 이 점을 깨닫지 못한 탓으로 오직 자신들만이 중화中華라고 일컬어 온 청나라도 전대미문의 전란에 휩싸이면서 망국亡國의 길을 가고 있지를 않습니까."

소년 이동인은 자신의 무지에 수치감을 느낀다. 그는 사바娑婆의 일을 눈여겨 살피면서 자신의 진로를 모색하는 것을 불공보다도 소중히 여겨 왔다. 그런데도 나라 밖의 일에 자상한 것은 고사하고 통상과 평등의 일을 입에 담는 유홍기의 도도한 변설 앞에서 이해는커녕 몸 둘 곳을 찾지 못하고 있다.

소년 이동인은 안간힘을 쓰듯 다시 물어본다.

"그와 같은 말씀을 상소문으로 올려서, 조정부터 깨우치게 한다면……."

"상소문……, 허허허……."

유홍기는 소리 내 웃는다. 소년 이동인은 공연한 말을 한 것

같아서 얼굴이 화끈하게 달아오른다.

"때 묻지 않은 스님의 생각이 마음에 들긴 합니다만……, 상소 한 장으로 신분의 벽이 무너질 수 있다면 우리가 이런 지경으로 살고 있었겠습니까!"

"신분의 벽……?"

이동인은 상체를 곧추세우면서 두 눈을 크게 뜬다.

어찌 놀랍지 않으랴. 유홍기는 자신의 처신은 아랑곳하지 않은 채 계급하사회의 규범을 뒤흔들고 있어서다. 그러면서도 당연한 말을 하고 있다는 듯 안색 하나 변하지 않는다.

소년 이동인은 깨달음보다도 두려움이 앞섰기에 유홍기의 얼굴에 던져진 강렬한 시선을 거둘 수가 없다.

"하오시면……?"

"허허허, 스님이 중인이어서 과거에 응할 수 없듯이 저 또한 중인이어서 평생을 관직에 나갈 수가 없습니다. 게다가 중인만도 못한 천민도 얼마든지 있질 않습니까."

"……!"

"허허허, 스님께서도 학덕을 고루 갖추었다면 과장에 나갈 수가 있어야 하고, 그래서 판서나 정승의 자리에 오를 수가 있어야 제대로 된 평등이 아니겠습니까."

소년 이동인은 유홍기의 안총眼聰에서 뿜어져 나오는 파란 불빛을 보았다. 그 불빛은 자신의 답답하고 황량한 가슴을 밝혀 주는 등불로 다가오고 있음도 확연히 깨달을 수가 있었다.

"스님들이 계시는 절에서 불공을 드릴 때 판서의 자리를 따로 마련하지 않듯이……, 천주교에서 미사를 올릴 때도 정경부인의 자리를 따로 마련하지 않습니다. 이 나라 천주교의 신도를 보세요. 사대부보다 천민이 더 많은 것은 그들이 평등을 갈망하기 때문이 아니겠습니까!"

"그 말씀은 아직……."

"그들이 아직 평등까지는 깨닫지 못하고 있을 것이라는 지적일 것으로 압니다만……, 아무리 그래도 그것은 엄연한 현실이 아닙니까. 사람은 모두 평등하다는 사실은 알게 모르게 실행에 옮겨지고 있다는 것을 직시해야 한다니까요."

"……!"

"신분의 벽은 오래지 않아서 무너집니다. 아니 그것을 앞당겨서 무너뜨려야 비로소 우리가 다른 모든 나라와 동등하다는 자긍심을 갖게 되지를 않겠습니까."

소년 이동인은 유홍기의 확신에 찬 단정에 충격을 받는다. 그가 진실로 바라고 있는 것은 무엇인가. 조선의 천민들은 대대손손 핍박을 받으면서 살아왔듯……, 그들이 사대부와 평등하다는 사실을 깨닫게 된다면 그간의 원한을 도륙으로 보상받고자 하지는 않을지……, 그 모든 것이 소년 이동인에게는 미궁迷宮을 넘어서는 불안으로 다가오고 있다.

유홍기는 그런 이동인의 충격을 어루만지듯 웃으면서 말한다.

"내일 일을 생각해서라도 눈을 좀 붙여야지요."

유홍기는 벽에 기댄 모습 그대로 눈을 감는다. 잠시 전까지 열혈 같은 정열을 뿜어 올리던 모습과는 사뭇 다른 평온함 속으로 잠겨 들고 있음이다. 소년 이동인은 밤을 새워서라도 새로운 세계를 탐지해 보고 싶었으나 왠지 입이 열리지 않았다. 그는 한참 동안이나 그림 같은 유홍기의 모습을 지켜보고 있다가 조용히 묻는다.

"누우시겠습니까?"

"제 심려는 마세요."

유홍기가 눈을 감은 채 대답했으나 입가에는 잔잔한 미소가 담겨 있다. 소년 이동인은 불현듯 두려움을 느낀다. 지금까지는 무공 선사만을 살아 있는 스승으로 섬겨 왔었는데, 지금은 단 한 번도 경험해 보지 못한 태산교악과 마주 앉아 있다는 위압감에서 헤어날 길이 없기 때문이다.

프랑스군의
분탕질

동행

유홍기는 잔잔하게 밀려오는 파도소리를 들으면서 눈을 뜬다. 무너진 헛간의 잔해 사이로 먼동이 스며들어 있었고, 얼굴을 스치는 싱그러운 새벽바람이 한기를 느끼게 한다. 새끼줄로 동여맨 허벅지의 통증이 가신 탓일까, 포탄이 작렬하는 화염 속을 헤매고 다녔던 어제의 악몽이 까마득한 옛일로 묻혀 버리는 듯한 투명하고도 쾌적한 여명이다.

유홍기는 환하게 밝아지는 주위를 살피다가 쓴웃음을 짓는다. 까까머리 소년의 모습이 보이지 않아서다.

"아직 어렸던 것을……!"

유홍기는 소리 나지 않게 중얼거리면서 지난밤의 일들을 떠올려 본다. 생면부지의 초대면인, 그것도 나이 어린 승려에게 지나치게 많은 말을 했다는 후회가 일었으나, 호기심에 가득한 눈

망울을 굴리면서 진지하게 경청하던 소년 승려의 모습이 또렷하게 기억되는 것을 어찌하랴.

어디로 갔을까. 충격이 지나쳐서 도망을 갔을까. 아니면 프랑스군의 전력을 탐지하기 위해 혼자서 강화섬으로 건너갔을까. 강화도에는 유서 깊은 전등사傳燈寺와 정수사淨水寺, 월명사月明寺 등의 명찰名刹이 많다. 소년 이동인은 승려의 복색이었으므로 그런 곳에 가서도 기거할 수가 있을 것이었고, 그렇게 된다면 보다 가까이서 프랑스군의 실체를 지켜볼 수가 있을지도 모른다.

까까머리 소년 이동인의 행방에 대한 유홍기의 상념이 끝없이 이어지는 것은 그에 대한 관심이 아직 건재하다는 뜻이다. 실제로 유홍기는 소년 이동인의 총기와 그의 외모에서 풍기는 기백에 얼마간의 기대를 걸었기에 내심을 털어놓을 수가 있었질 않았는가.

"찾아오겠지……."

유홍기는 자신의 약국이 광통방 공동에 있음을 밝혀 둔 것을 다행으로 여기면서 몸을 일으킬 궁리를 한다. 그러나 쉬운 일일 수가 없다. 통증은 가시었다 해도 상한 발에 체중을 실을 수가 없어서다.

유홍기가 난감하다는 생각에 빠져 들고 있을 때 폐허나 다름이 없는 헛간으로 다가오는 발자국소리가 들렸다. 유홍기는 두 귀를 곤두세우면서 입구를 주시한다.

들어서는 사람은 소년 이동인이다. 그는 놀랍게도 잘 차려진 밥상을 들고 있다.

"시장하시지요?"

소년 이동인은 티 없는 웃음을 흘리면서 유홍기의 앞에 밥상을 내려놓고 단정한 자세로 무릎을 꿇는다.

유홍기는 비로소 소년 이동인의 모습을 찬찬히 살펴볼 수가 있었다. 그가 비록 밝아 오는 여명을 등지고 있었어도 아직 애티가 가시지 않은 순결한 얼굴임을 알 수가 있었고, 지난밤에는 전혀 느껴 보지 못했던 강인한 기상과 칼날 같은 예지를 뿜어내고 있는 것을 감지한다.

'동반同伴을 얻었음이로세.'

유홍기는 내심 흡족해하면서 소년 이동인이 마련해 온 밥상을 살펴본다. 명문대가의 부엌을 지키는 찬모饌母의 솜씨만큼이나 정갈하게 차려진 밥상 가운데에 어울리지 않게도 푸짐하게 보이는 닭찜 대접이 놓여 있다.

유홍기는 터지려는 웃음을 애써 참으면서 비아냥거려 본다.

"이거야 원……, 스님께서 살생을 하시질 않으셨습니까."

"소승의 살생이 아니라 이양인의 살생이겠지요. 닭장이 온통 피바다였으니까요."

유홍기는 선문답禪問答을 기대하며 승려의 살생을 입에 담았으나, 돌아오는 소년 이동인의 대답은 뜻밖으로 장중하고 진지한 것이어서 어리둥절한 표정을 지어 보인다.

"스승님, 입문의 예를 올리고자 하옵니다."

"입문의 예를 갖출 것까지야……."

"소승의 여망餘望을 거두어 주소서."

소년 이동인은 굵은 단주 알을 왼손에 든 채 마치 부처에게 예를 올리듯 큰절을 한다. 유홍기는 맞절을 할 생각이었으나 몸을 움직일 수가 없었기에 엉거주춤 상체만 숙인다.

"아직은 편협하고 어리석사옵니다. 바른 길로 인도해 주소서."

"사제의 도리는 입에 담지 않으렵니다. 우리는 동반이어야 할 것으로 알아요. 선각의 길은 멀고도 험합니다. 서로를 믿고 의지하노라면 낙오하는 불행은 없을 것으로 압니다만……."

"명심하겠사옵니다. 소승은 잠시 서둘러야 할 일이 있어서. 어서 드십시오."

소년 이동인은 명쾌한 대답을 마치자 곧 몸을 일으킨다. 유홍기는 그가 서둘러야 할 일이 무엇인지를 묻고 싶었으나, 이미 밖으로 나서고 있는 까까머리의 등판만을 바라볼 수밖에 없다. 그러나 소년 이동인의 언동에서 풍겨져 나오는 신뢰감을 확인할 수 있었던 것은 큰 보람이고도 남았다.

유홍기는 수저를 놀리면서도 소년 이동인의 상념을 떨쳐 내지 못한다. 그가 비록 중인의 신분이었으되 승려의 몸이었으므로 불경을 읽을 수 있는 학문을 갖추고 있을 것이며, 불공을 올렸거나 올리려는 고관대작들의 가솔과도 접촉이 있을 것이고 보면 개항의 불가피성을 전파하는 데 앞장을 세울 수가 있을 것이라는 생각이 들어서다. 게다가 남다른 총명을 갖추었고, 성품이 또한 활달하여 일을 밀어붙이는 기백까지 있다면 일기당천一騎當千의 동반자를 얻은 것과 무엇이 다른가.

유홍기는 이미 두 끼를 거르고 있었던 탓으로 소년 이동인이 마련해 온 조반을 배부르게 먹을 수가 있었고, 구수한 숭늉을 마시면서는 소년 이동인의 치밀한 성품을 다시 곱씹을 수가 있어 웃음이 절로 났다.

소년 이동인이 돌아온 것은 청명한 아침 햇살이 폐허를 뒤덮었을 때다. 그는 정성을 다해 만든 지팡이를 유홍기의 앞으로 밀어 놓는다. 지팡이는 정T자 모양으로 되어 있는데 어깨가 실릴 부분에는 폭신하게 털이 있는 소가죽이 감겨져 있다.

"거동하시기에 불편하실 것 같아……, 서툴지만 다듬어 봤습니다."

"허어, 서툴다니. 이렇게 정성을 담을 수가 있나."

"궁리가 모자란 탓으로……, 쓰임이 어떨지."

"허허허, 어린 스님께서 나이 든 의생을 놀라게 했소이다. 대단한 솜씨예요."

유홍기는 소년 이동인이 만들어 온 송엽장松葉杖에 대한 찬사를 아끼지 않았으나, 이동인이 토해 내는 다음 말이 그를 다시 한 번 놀라게 한다.

"작은 거룻배를 한 척 봐 두었습니다만……, 강화섬으로 가실 의향이시면 소승이 노를 젓겠습니다."

"……!"

"거동을 하시기가 불편하시면 소승이 다녀올 때까지 보다 안전한 곳으로 거처를 옮기시던가요."

어찌 이리도 세심할 수가 있는가. 소년 이동인은 유홍기의 내심을 송두리째 읽고 있었던 모양으로, 그 모든 것을 실행에 옮길 궁리를 하고 있었던 것으로 보인다.

"떠납시다. 우리가 가야 할 곳은 강화섬이에요."

유홍기는 송엽장을 당겨 세우면서 몸을 일으킨다. 소년 이동인은 재빨리 유홍기에게 다가서며 그를 부액扶腋한다.

"괜찮으시겠습니까……?"

"곧 익숙해질 것으로 알아요. 제백사除百事하고 갈망하던 일이니까요. 자, 가십시다."

소년 이동인은 부액을 풀지 않은 채 유홍기를 인도하고 폐허의 헛간을 나선다.

갑곶나루

청명한 하늘, 투명한 가을 햇빛이 유홍기의 눈뿌리를 시큰거리게 한다. 유홍기는 잠시 멈추어 서서 싱그러운 바닷바람을 가슴 가득히 쓸어 담는다.

"거룻배는 문수산성文殊山城 쪽에 있습니다."

"다행이에요. 거기서 떠나야 갑곶甲串나루가 가까울 테니까요."

유홍기는 소년 이동인의 부액을 받으면서 힘겨운 발걸음을 옮겨 놓기 시작한다. 두 사람은 위험을 자초할지도 모르는 행로에 접어들면서도 두렵다는 기색을 보이질 않는다.

"이곳 통진부는 본시 평회압平淮押으로도 불렸고, 비사성比史城이라고도 했습니다. 서쪽은 갑곶을 등지고, 동쪽으로 진류산鎭流山, 여금산餘金山, 마적산馬赤山의 세 봉우리를 바라볼 수가 있지요. 푸른 바다가 오른편으로 둘렸고, 왼편으로 큰 강이 흐릅니다.

……건너다보이는 갑곶나루의 지명에도 유래가 있답니다."

"들려주셨으면 합니다."

유홍기는 통진부의 해안을 걸으면서도 강화섬의 자연을 명료하게 설명한다. 소년 이동인으로서는 그의 박식이 어디까지 이어져 있는지를 알 수 없었기에 주눅이 들 수밖에 없다.

"강화부성에서 갑곶까지의 거리는 9리입니다만……, 천하의 아름다움을 간직한 곳이지요."

멀리 갑곶나루 언덕에 세워진 이섭정利涉亭이 그 유서만큼이나 아름답게 보인다. 한강과 임진강의 흐름이 합쳐져서 조강祖江이 되고 서쪽으로 구부러지면서 바다로 들어가는데, 따로 흐르는 물줄기가 모여서 갑곶이 되었다고 전한다.

"고려조 때, 원나라의 침공을 받은 일이 있었지요. 그때 조정은 강화도에 몽진蒙塵하여 난을 피했는데……, 원나라의 병사들이 쫓아와서 저 해협을 바라보면서, '우리 갑옷만 쌓아 놓아도 건널 수가 있겠다'라고 말한 데서 기인되었다고도 하지요."

소년 이동인에게는 모든 것이 새롭기만 하다. 그는 고개를 끄덕이면서도 유홍기가 걱정된다.

"잠시 쉬어 가시렵니까……?"

"배를 타게 되면 그게 쉬는 것이 아니겠습니까."

두 사람은 어느덧 거룻배가 있는 바닷가에 당도해 있다. 소년 이동인은 유홍기를 거룻배 위로 인도하고, 무릎까지 차는 바닷물에 뛰어들어 배를 민다. 힘겨워하는 모습이 완연했으나 유홍기는 그를 돕지 못하는 것이 안타까울 뿐이다.

거룻배가 물결에 실리자 소년 이동인은 배 위로 뛰어 올라와서 노를 젓는다. 익숙한 솜씨는 아니었어도 배는 방향을 잃지 않은 채 강화섬을 향해 미끄러지고 있다.

"스님……, 두렵지 않으십니까?"

"우리 땅으로 가는 것을요."

"우리 땅……!"

유홍기는 가슴이 뭉클해지는 감동을 느끼면서 소년 이동인의 확신에 찬 대답을 다시 중얼거려 본다. 프랑스군에 의해 강점된 강화섬으로 스며들어 가면서 거기가 '우리 땅'임을 확신에 찬 목소리로 말할 수 있는 소년이 이 땅에 있다는 사실이 유홍기에게는 눈물이 나도록 고마운 노릇이다.

"불란서군 소총의 사정거리에 들어 있어요."

만에 하나라도 강화섬 나루에 프랑스군의 초계병哨戒兵이 있다면 거룻배에 몸을 실은 유홍기와 소년 이동인의 모습은 그들의 천리경에 포착되었을 게 분명하다. 아니 그들의 총구는 이미 두 사람의 가슴팍을 노리고 있을지도 모른다.

유홍기는 강화섬의 연안을 뚫어지게 살피면서 노를 젓고 있는 소년 이동인이 승복을 걸치고 있다는 사실에 최선의 기대를 걸 수밖에 없었고, 또 갈매기 떼가 끼룩거리며 거룻배의 바로 위를 유유히 날고 있는 것이 어쩌면 강화섬의 사정이 평온 속에 있을지도 모른다는 실낱같은 기대를 걸게 했다.

마침내 거룻배는 아무 저항도 받지 않은 채 갑곶나루에 당도한다. 소년 이동인은 다시 바다에 뛰어들어 거룻배를 뭍으로 밀어올리고 유홍기를 부액하여 배에서 내리게 한다.

탕! 탕! 탕!

그 순간 세찬 총소리가 두 사람의 귀청을 찢는다. 소년 이동인은 재빠르게 유홍기의 몸뚱이를 덮치며 바닷물 속으로 몸을 던진다. 얼마의 시간이 흐르고서야 두 사람의 머리가 물 위로 솟아오른다.

"법국 병사들은 보이질 않사옵니다."

소년 이동인이 숨 가쁜 목소리를 토해 낸다.

"허허허……, 스님의 발원에 효험이 있었나 봅니다."

유홍기는 소년 이동인의 재빨랐던 임기응변에 찬사를 보낸다.

"당치 않습니다. 길이 험할 것으로 압니다만……, 그래도 전등사로 가셔야지요."

막연한 가운데서도 소년 이동인은 전등사로 갈 것을 청한다. 스승 무공 선사를 따라서 전등사에 묵었던 일이 있어서다.

"우선은 그게 좋겠습니다."

몸이 성하지 않은 유홍기로서는 소년 이동인의 배려가 오직 고마울 따름이다. 바로 그때, 10여 명이나 되는 부민들이 사방에서 우르르 달려 나온다. 어린아이를 업은 아낙들의 모습도 있다. 그들은 몸을 숨긴 채 섬으로 다가오는 거룻배를 지켜보고 있었던 모양이었지만, 불안과 공포의 표정을 떨쳐 내지 못하고 있다.

"저 거룻배를……, 소인들에게 주셨으면 합니다. 적선한다고 생각하시고요."

유홍기는 그들의 불안에 동정을 표시하듯 고개를 끄덕이고 있었지만, 소년 이동인의 반문은 날카롭기만 하다.

"이양인들이 진을 치고 있는 곳은 어디쯤입니까?"

"그들은 섬에 머무르지 않는 것을요."

"하면……?"

"낮에만 뭍으로 기어 올라와서, 총질하고 방화하는 분탕질을 치다가……, 해가 지면 모조리 함선으로 돌아갑니다. 우리네 백성들이야 어디 의지할 곳이 있어야지요."

그랬다. 프랑스군 해병대는 강화섬을 점령하고, 그들의 국기를 성루에 게양하기까지 했으나 병력을 주둔하게 하지는 않았다. 사령관 로즈 제독은 병력을 모선母船에 승선시키는 것으로 조선군의 기습에 대비하면서도 종선從船을 움직여서 조선군의 동향을 예의 주시하는 빈틈없는 용병술을 과시하고 있었다.

"배를 드리겠소. 어서들 떠나시오!"

소년 이동인의 시원한 대답이 있자 부민들은 우르르 뭍으로 올린 거룻배로 달려든다. 살아야 한다는 필사적인 몸부림이 아닐 수 없다. 유홍기는 절름절름 그들의 곁으로 다가서서 당부한다.

"통진에 가면……, 지원군이 당도해 있을 것으로 압니다. 어떤 어려움이 있어도 순무사巡撫使나 중군中軍을 찾아가서 강화섬에서 겪은 일들을 빠짐없이 고해 올리도록 하세요. 그게 국난에 임한 백성들의 소임임을 명심하시고요."

"그야 이를 말씀입니까요. 그럼……, 부디 몸조심들 하세요."

거룻배는 10여 명의 피란민들을 싣고 갑곶나루를 미끄러지듯 떠나간다. 유홍기와 소년 이동인은 적지에 들어섰다는 두려움도 잊은 채 멀어져 가는 거룻배를 바라보며 오랫동안 움직이지 못한다.

양이 · 보국

고종 3년(1866) 9월 11일(양력 10월 19일).

마침내 프랑스국 인도지나함대印度支那艦隊 사령관 해군 소장 로즈에 의해 작성된 한 장의 서한이 조선 조정을 벌집 쑤시듯 뒤흔들어 놓는다.

귀국은 우리 프랑스의 성직자들을 무참히 학살한 책임을 면할 길이 없다. 우리는 우리 국민이 부당하게 해를 입은 것을 묵과할 수 없어서 거병하였다. 조선국은 그 만행의 주모자를 처단하고 그 결과를 우리에게 알려 주는 것은 물론, 속히 전권을 위임받은 대신을 보내어 우리와 협상하고 조약을 체결해야 할 것이다.

조선 조정으로서는 분통이 터질 일이 아니고 무엇인가. 흥선 대원군 이하응의 진노는 하늘을 찌르고도 남았다.

"이런 못된……! 아무리 무도한 오랑캐들이기로 어찌 이리도 무례할 수가 있는가. 남의 나라에 총 뿌리를 들이대고서도 오히려 큰소리를 친대서야 말이 되는가."

홍선대원군은 잠시 말을 멈추고 거칠어진 숨결을 가다듬는 것으로 보였으나, 그의 하얀 수염발은 바늘 뭉치로 보일 만큼 곤두서 있다.

"저들이 무력으로 위세를 보이면 우리가 무릎을 꿇고 머리를 조아리며 협상에 응하리라 믿었는가. 저들이 천벌을 면치 못할 무리들이라면 마땅히 우리가 응징해야 옳지를 않겠는가!"

대소 신료들은 숨소리마저 멈추어야 할 지경이다.

홍선대원군 이하응은 불같은 시선으로 탑전榻前에 몸을 움츠린 연약하고 우스꽝스러운 신료들의 면면들을 쏘아보다가 마침내 저 유명한 '양이攘夷 · 보국保國'의 네 개 조항을 봇물 터트리듯 쏟아 놓기 시작한다.

독자들이여, 여기서 우리는 '보국'이라는 어휘에 주의를 기울여야 한다. 외국과의 통상을 불허하고 개항의 부당함을 소리 높여 외쳤던 홍선대원군의 정책을 논할 때 우리는 흔히 '쇄국鎖國' 혹은 '쇄국정책鎖國政策'이라고 말하는 데 익숙해 있다. 그러나 홍선대원군을 비롯한 당시의 지도층은 이를 '보국'이라고 했다는 사실에 유념해야 한다는 뜻이다. 그 정책의 당위성이나 후세에 미친 영향 등에 관한 문제는 두고두고 논란이 될 일이겠으나, '쇄국'이라고 부르는 것과 '보국'이라고 부르는 것에는 천양지차가 있기 때문이다.

'쇄국'이란 조선 조정으로부터 통상을 거절당한 외부의 세력과 식민지 사관에 물든 사람들이 그 정책을 비난하는 의미가 내포되어 있는 것이며, '보국'이란 통상을 불허할 수밖에 없었던 조선 조정 내부의 주관적인 표현이 아니고 무엇인가. 그러므로 '이조李朝'라는 수치스러운 용어 대신 '조선'으로 써야 하는 것처럼, '쇄국정책'은 당연히 '보국정책'으로 기술되어야 마땅하지를 않겠는가.

홍선대원군의 '양이·보국'의 4대 원칙은 이렇다.

1. 不耐其苦 若許和親 則是賣國也.
   첫째, 괴로움을 참지 못하고 화친한다면 이는 곧 나라를 팔아먹는 것이다.

2. 不耐其毒 若許交易 則是亡國也.
   둘째, 해독을 참지 못하고 교역을 허락한다면 이 또한 나라를 망하게 하는 것이다.

3. 賊迫京城 若有去邠 則是危國也.
   셋째, 적이 경성에 닿았다고 도성을 버리고 달아난다면 이는 나라를 위태롭게 하는 것이다.

4. 若有雜術 六丁六甲 喚鬼喚神 設奇逐賊 日後之弊 尤甚於邪學.

   넷째, 만약 육정, 육갑으로 귀신을 불러, 그 기운으로 양이洋夷
   를 쫓으려 든다면 일후의 폐는 사학보다도 더욱 심할 것이다.

   앞의 두 조항은 보국의 원칙을 확실히 한 것이고, 세 번째는
만약의 경우 국운을 걸고라도 싸울 각오를 밝혔으며, 그리고 네
번째는 어떠한 편법도 쓰지 않고 정정당당하게 난국을 헤쳐 나
가겠다는 각오를 다짐한 것이나 다름이 없다.

   그리고 9월 14일에 흥선대원군 이하응은 자신의 의지를 내
외에 과시하듯 형을 미루어 오던 천주교의 교도 이의송李義松과
그의 가족들을 효수梟首하라고 명했다. 프랑스인 신부들을 단죄
한 것이 프랑스군의 내침을 불러들였다면, 더욱더 천주교를 용
납하지 않겠다는 경고의 의미까지 담겨진 초강경의 보국정책을
실행해 보인 셈이다.

   로즈 제독은 이 같은 소식을 전해 듣고 경악을 금치 못한다. 강
화섬을 방어하지도 못한 조선의 군비가 아니던가. 내륙의 관문인
통진부에 병력을 배치할 줄도 모르는 은자隱者의 나라 조선이 어찌
이같이 무모한 강경정책을 표방하고 나서는지 이해할 길이 없다.

   "통진부를 공격하라!"

   로즈 제독은 통진부를 다시 공격하면서 조선의 반응을 지켜
보리라고 다짐한다.

전등사에서

마침내 9월 18일(양력 10월 26일).

강화섬 정족산鼎足山 봉우리에 여명이 돌았다. 단풍이 들기 시작한 초가을의 정취는 한가롭기 그지없고, 유서 깊은 전등사의 법고法鼓소리는 숲으로 울창한 산자락에 차곡차곡 스며들 만큼 울림이 길고 아름답다.

가을을 몰고 오는 소린가. 계곡을 흐르는 물은 손끝을 시리게 한다. 세수를 마친 유홍기는 천천히 허리를 펴며 며칠째 머물고 있는 명찰 전등사를 돌아다본다. 노랗게 물든 아름드리 은행나무 뒤로 대조루對潮樓가 눈부신 아침 햇살을 보듬어 안고 있다. 대조루는 돌기둥이 떠받히는 2층 구조로 된 목조건물로 전등사의 경내로 들어서는 입문 구실을 한다.

전등사가 신라의 고승 아도화상阿道和尙에 의해 창건되었다는 설이 있으나 확실하지는 않고, 고려조의 원종 7년⁽¹²⁶⁶⁾에 중창되기까지 진종사眞宗寺로 불렸다. 충렬왕의 원비元妃가 불전에 등잔을 올린 것을 계기로 절의 이름이 전등사로 바뀐 것으로 전해지고 있다.

유홍기가 송엽장에 의지하여 대조루로 이어지는 돌계단을 오르고 있을 때 소년 이동인이 다가오면서 말한다.

"선생님, 이젠 지팡이가 거추장스럽게 보이옵니다."

"그러게요. 내일부터라도 혼자 힘으로 걸어 볼 작정입니다."

"아, 예. 공양을 드셔야지요."

소년 이동인의 합장이 채 끝나기도 전에 천지가 요동치는 듯한 포성이 울린다. 두 사람은 황급히 소리 나는 쪽으로 몸을 돌린다. 프랑스군 함대가 쏘아 대는 함포소리는 남문南門 쪽에서 들려온다.

"상륙을 기도할 모양이옵니다."

소년 이동인이 총기에 가득한 두 눈빛을 굴리면서 입에 담은 말에 대해 유홍기는 미처 대답할 말을 찾질 못한다. 이동인이 다시 부연한다.

"산으로 오르실 수가 있겠사옵니까. 어느 쪽인지 확인을 해야 난을 피할 수가 있지를 않겠사옵니까."

"동감입니다. 서두릅시다."

소년 이동인은 재빨리 유홍기를 부액하면서 급한 걸음을 옮겨 놓기 시작한다. 비록 송엽장에 몸을 의지하고 있다고는 해도 유홍기의 움직임은 빠르고 민첩하다.

정족산은 그다지 높지 않다. 요즘 식으로 말하면 해발 220미터에 불과하다. 한기가 도는 울창한 숲 속인데도 오르막길을 뛰어오르고 있었던 탓으로 두 사람의 몸은 순식간에 땀으로 젖어든다.

마침내 바다가 보인다. 두 사람은 숨을 멈출 수밖에 없다. 프랑스군 해병대를 가득 실은 함선이 초지진, 덕진진德津鎮, 광성보廣城堡의 포대 앞을 유유히 지나면서 소총을 난사하고 있었고, 이미 선발대의 공격이 있었는지 아득히 멀리에 보이는 통진부에서는 검은 연기가 치솟고 있다.

소년 이동인은 굳어진 유홍기의 표정을 살피며 조심스럽게 묻는다.

"통진부에 순무군이 들어와 있을까요?"

"당연히 그리 되어야 전쟁이 되지를 않겠습니까."

"……."

"오늘이 이번 싸움의 고비가 될 것으로 알아요."

"고비라 하오시면……?"

"어차피 승전의 함성은 강화섬에서 올려야 하는데……, 그러기 위해서는 더 뒤로 물러설 수가 없지를 않습니까."

두 사람으로서는 짐작도 할 수 없는 일이었지만, 120여 명으로 편성된 프랑스군 해병대는 함포사격의 지원을 받으면서 통진부에 상륙한다. 이들은 로즈 제독으로부터 정찰과 함께 내륙으로 뚫고 들어갈 수 있는 데까지 진격하여 조선군을 궤멸하는 것으로 프랑스군의 위용을 과시하라는 특명을 받고 있다.

상륙한 프랑스군 해병대는 통진부의 문수산성 남문 근처로 접근한다. 소총을 쏘아 대는 검은 제복의 프랑스군 해병대의 군율은 일사불란하기 그지없다. 진격해 오는 프랑스군은 승전의 기세가 등등했으나, 팔도에서 징발되어 온 조선군의 포수들은 짐승을 잡는 데만 능란했을 뿐, 실전의 경험이 없었으므로 프랑스군의 화력에는 속수무책일 수밖에 없다. 전의를 상실하는 것은 당연하다.

지휘에 임한 한성근韓聖根도 시시각각 더해 오는 불안감을 떨쳐 내지 못한다. 그는 조급해진 나머지 프랑스군의 선두가 미처 사정거리에 들어서기도 전에 화승총의 심지에 불을 댕기게 한다.

"방포!"

심지가 타들어 가면서 조선군의 화승총이 일제히 불을 뿜는다. 무인지경이라고 믿고 있었던 프랑스군은 혼비백산한 듯 사방으로 흩어지며 몸을 숨긴다. 선두의 몇 사람이 피를 흘리며 쓰러지는 것이 보인다. 그러나 화승총은 연발이 되지 않는다. 총알을 장전하고 다시 심지에 불을 댕겨야 하는 시간은 짧지가 않다. 그것을 알고 있는 프랑스군은 재빨리 진용을 산개하며 응사를 시작한다. 게다가 조선군의 화승총과 프랑스군의 신식 소총은 사정거리는 물론 조준의 정확도에서도 비교가 되지 않는다.

"방포!"

조선군의 두 번째 사격이 있었지만 이미 프랑스군에게는 아무런 위협도 되지를 못한다. 전세의 불리함을 간파한 지홍관地弘寬은 재빨리 한성근에게 진언한다.

"퇴각을 명해야 하오이다!"

"당치 않아. 이제 겨우 시작인데 퇴각이라니!"

"방비태세가 되어 있음을 충분히 과시하지를 않았습니까. 지금 퇴각하는 것은 패퇴가 아니오이다."

잠시 망설이던 한성근이 퇴각하라고 소리치자 포수들은 재빨리 달아나기 시작한다. 결국 문수산성은 다시 프랑스군에게 유린되었으나, 조선군의 저항이 만만치 않다는 경고의 의미만 전달되었을 뿐 지리멸렬이나 다름이 없다. 이 전투로 조선군은 3명이 전사하고 2명이 부상하였고, 프랑스군 역시 10여 명의 부상자를 냈다.

정족산 산정에서 불타는 통진부의 원경을 종일토록 바라보고 있던 유홍기와 소년 이동인은 참담해지는 심중을 가늠할 수가 없다. 조선군의 패퇴를 확인할 수가 있어서다.

프랑스군의 보트가 파도를 헤치면서 모선으로 돌아가기 시작했다. 병사들이 부르는 군가소리가 바람에 실리면서 산허리를 감돈다. 비로소 소년 이동인은 유홍기에게 묻는다.

"이기고 돌아가는 것으로 보이옵니다."

"저렇게 기세가 등등한 것으로 봐서는……, 다시 통진부는 공략하지는 않겠지요."

"하오시면……?"

"다시 공략을 하겠다면 강화섬을 도륙하질 않겠습니까."

"……?"

프랑스군은 통진부에서 입은 타격에 충격을 받았음일까. 그로부터 열흘이 지나도록 아무 움직임도 보이지 않는다. 아무리 그렇기로 바다 위에 떠 있는 7척의 프랑스국 함대가 두렵지 않대서야 말이 되는가. 조선군은 함대의 움직임을 면밀히 살피면서 다음 전투에 대비할 수밖에 없다.

소년 이동인과 유홍기는 초조한 하루하루를 전등사의 경내를 거닐면서, 혹은 승방에서 밤을 새우면서 조선의 개항과 세계정세를 논의하였고, 때로는 정족산 산정에까지 올라가 프랑스군 함대의 위용을 지켜보면서 그들의 조선기술과 무기산업에 관해서도 토론했다. 그런 와중에서도 눈에 띄게 달라진 것이 있다면 유홍기가 송엽장에 의지하지 않고서도 거동할 수 있게 되었고, 소년 이동인은 가늠할 수 없는 유홍기의 수령으로 더 깊이 빠져들고 있다는 점이다. 그리고 전등사의 많은 승려들도 그들이 주고받는 말에 상당한 관심을 가지게 되었다는 사실도 큰 변화가 분명하다.

9월의 마지막 밤도 이동인에게는 가슴 뭉클해지는 감동의 연속이었으나, 그는 서운함을 달래며 스승의 귀가를 입에 담는다.

"이젠 환저하셔야지요. 너무 오래 머무신 것 같사옵니다."

"허허허, 진령이라는 아이의 참언이 마음에 걸리십니까?"

"꼭 그런 것은 아니옵니다만……."

"그 아이의 참언이 사실이라면 이미 크게 다치질 않았습니까. 그러니 액운도 지나갔다고 보아야지요."

소년 이동인의 얼굴에 환한 웃음이 돌았다. 전란을 당하여도 몸을 사리지 아니하는 유홍기의 굳건한 모습도 소년 이동인에게는 큰 감동이었으나, 무엇보다도 소년 이동인을 감동하게 한 것은 신문명을 향한 유홍기의 탐구열이다.

"저들과 만나서 우리 조선의 진정한 소망을 알려 주고 싶었는데……."

"……!"

"내가 도성을 떠나 올 때는 그것을 염두에 두고 있었는데……, 뜻밖의 부상으로 뜻을 이룰 수가 없었어요."

유홍기의 저리도록 서운해하는 심중을 소년 이동인은 헤아리고도 남는다. 그 또한 막연하게나마 프랑스군의 함선에 올라 바다 건너에 있는 새로운 문명국을 체험하고자 하였기 때문이다.

"저들의 함선에는 소승이 뫼시겠습니다."

"정말 그래 주시겠습니까."

"이를 말씀입니까. 내일 아침에 떠나시지요. 모든 차비는 소승이 알아서 하겠습니다."

"고맙습니다. 꼭 성사되었으면 합니다."

그날 밤, 유홍기는 잠을 이루지 못한다. 비록 조정을 대표할 수는 없다고 해도 프랑스군 사령관을 만나면 개항을 열망하는 조선 지식인의 의지만은 충분히 전달할 수가 있을 것이라는 자신감 때문이다. 그리하여 프랑스군 함대가 순순히 회항해 준다면, 아니 소년 이동인의 소망을 함께 싣고 돌아가 준다면……, 비록 중인의 신분이라 해도 흥선대원군 이하응과 마주 앉아 개항의 필요성을 역설할 수가 있지를 않겠는가.

프랑스군 함대 사령관을 설득하리라고 다짐하며 뒤척이는 유홍기에게는 무척도 긴 밤이 아닐 수 없다.

살생과 분탕질

또 날이 밝는다. 한기가 느껴지는 10월의 첫날(양력 11월 7일)이다.

유홍기는 서둘러 경내를 나선다. 소년 이동인의 모습은 이미 보이질 않는다. 배를 마련하기 위해 바닷가를 맴돌고 있을 것이 분명하다.

"선생님, 함선이 움직입니다요……!"

나이 어린 사미승沙彌僧이 혼비백산한 모습으로 달려오면서 비명을 토해 낸다. 유홍기가 미처 움직이기도 전에 경내 가까이서 작렬하는 굉음이 귀청을 얼얼하게 한다.

"모두들 피해야 될 것 같소이다. 저들이 정족산성을 노리고 있질 않습니까!"

유홍기는 사미승에게로 몰려드는 승려들에게 고함치듯 말한다. 전등사는 삽시간에 혼란 속으로 빠져 들 수밖에 없다.

단군檀君의 세 아들이 쌓았다 하여 삼랑성三郎城이라고도 불리는 정족산성에는 전등사와 사고史庫가 있다. 또 초지진에서 10여 리 남짓한 거리에 있는 첫 번째 요새였으므로 프랑스군의 표적이 되는 것은 당연하다. 정족산성을 공격하는 프랑스군 해병대는 통진부를 공략할 때와는 사뭇 다른 양상이다. 그들은 완벽한 승리를 다짐한 듯 척후병을 앞세우고 정족산성의 동문과 남문으로 접근하면서도 진격의 속도를 늦출 만큼 신중을 기하고 있다. 그러나 조선군의 그림자도 없었던 정족산성이었으므로 그들의 노고는 도로徒勞에 그칠 수밖에 없다.

프랑스군 해병대는 정족산성을 점령했으면서도 승전의 기쁨을 맛볼 수가 없다. 무인지경을 헤치면서 진군한 것이 마치 조선군에게 기만을 당했다는 심한 불쾌감을 일게 했을 정도다. 그 불쾌감이 엉뚱하게도 긴장이 풀어지는 허탈감으로 연결된다면 큰 곤혹을 치르게 될지도 모른다는 불안감까지 일게 했다.

"제1대는 전등사를 유린하고, 제2대는 사고를 뒤져라. 모든 보물을 모선으로 운반한다!"

마니산摩尼山의 사고가 실화失火로 많은 서책이 소실되자, 헌종 1년(1660)에 『실록實錄』 등 귀중문서를 정족산성의 사고로 옮겨 보관하고 있다.

전등사와 사고를 표적으로 삼은 프랑스군 해병대는 순식간에 도적 떼로 변한다. 전등사를 유린한 제1대는 경내로 들어서면서부터 소총을 난사한다. 대항세력이 없음을 확인한 프랑스군 해병대는 거침없이 대웅보전大雄寶殿(보물 178호)을 범하기 시작한다.

자연석을 잘 맞추어 쌓아서 기단을 높이고 그 정면 중앙에 계단을 설치하여 큰 법당의 댓돌로 오르게 되어 있다. 덤벙주추에 민흘림의 기둥을 그레질하여 세웠는데 귀솟음을 한 모습이 잘 드러나 보이는 조선조 중기 목조건물의 특징을 그대로 보여 주고 있다. 이 아름다운 대웅보전이 프랑스군의 군화에 짓밟히는 수모를 겪는다.

금빛 찬란한 석가여래상釋迦如來像은 그들에 의해 법당 밖으로 내던져지면서 불길에 휩싸였고, 건너편 대조루에 보관된 보물과 서책은 물론 기명器皿까지 약탈하는 지경이다. 또 그들의 흙 묻은 군화는 승방의 구석구석에서 약사전藥師殿(보물 179호)에 이르기까지 미치지 않는 곳이 없다.

"저, 저런 무도한……!"

약사전 뒷동산에 즐비한 아름드리 노송에 몸을 숨긴 채 프랑스군의 분탕질을 지켜보고 있던 주지승 도련到蓮은 80노구를 벌떡 일으키며 몸을 떤다. 그는 난을 피하기를 거부하고 문하승 근초瑾肖와 함께 경내에 남아 있었다.

"법사님……!"

근초는 노스승의 승복 자락을 잡으며 좌정하기를 청한다.

"놓아라. 더는 두고 볼 수가 없음이니라!"

근초의 만류를 뿌리친 주지승 도련은 법장을 휘두르면서 광태狂態가 번득이는 프랑스군에게로 달려 나간다. 죽음을 초월한 성자의 모습이다.

"멈추어라. 네놈들이 짐승이 아니라면 천벌을 면치 못하리라. 당장 멈추라는데도, 이놈들!"

주지승 도련의 호통소리가 채 끝나기도 전에 총성이 울렸고, 80노구는 피보라를 뿜으며 자신이 가꾸어 온 성지의 울안에서 무릎을 꺾는다. 만행이 아닐 수 없다. 그의 뒤를 따르던 근초는 발악하는 듯한 울부짖음을 토하며 총을 쏜 프랑스군 병사를 향해 돌진한다. 사생을 결단한 비장한 결기가 아닐 수 없다.

"네 이 노옴……!"

프랑스군 병사는 달려드는 근초의 가슴팍을 향해 다시 방아쇠를 당긴다. 핏발이 솟구쳐 오르면서 근초의 몸뚱이는 나무토막처럼 나동그라진다. 프랑스군 해병대는 그들의 죽음도 아랑곳하지 않는다. 그들은 오직 약탈에만 몰두해 있다.

분탕질과 살인까지도 서슴지 않았던 100여 명이 넘는 프랑스군 해병대는 경전과 서화, 불구佛具와 도자기는 물론 승복과 기명 등을 한 아름씩 안고 썰물이 빠지듯 전등사를 빠져나갔다. 도적 떼의 분탕질과 조금도 다르지 않다.

여기서 우리는 로즈 제독이 본국의 해군성 장관에게 보낸 서신의 한 구절을 읽어 볼 필요가 있다.

본인은 강화에 도착하자마자 위원회를 조직하여 역사적, 과학적 견지에서 관심을 불러일으킬 수 있는 물건들을 수색하고 수집했습니다. 〈중략〉 청컨대 이것을 황제폐하에게 바쳐 주십시오.

프랑스 황제에게 보낸 약탈품의 목록도 소상하다. 가철假綴된 큰 책 3백 권, 가철된 작은 책 9권, 한중일韓中日지도, 평면천체도 平面天體圖, 족자 7개, 대리석관 3개, 소상자 3개, 은괴 19상자, 3개의 갑옷과 투구, 가면 등으로 표기하고 있으니까.

그로부터 1백27년이라는 세월이 흐른 1993년에 이르러 프랑스의 미테랑 대통령은 그때 약탈해 간 한국의 문화재를 반환할 수도 있다는 견해를 피력하였다.

그해 9월 10일자 서울신문의 기사는 이렇다.

〈파리=박강문 특파원〉 프랑수아 미테랑 프랑스 대통령은 8일, 1866년 병인양요丙寅洋擾 때 프랑스 해군이 강화도에서 약탈해 간 조선시대의 주요 고문서들의 반환문제에 대해 긍정적인 입장을 밝혔다.

오는 14일로 예정된 방한訪韓을 앞두고 이날 하오(현지시간) 엘리제궁에서 한국 특파원들과 가진 공동회견에서 미테랑 대통령은 "개인적으로 나는 한국민이 문화와 역사에 중요하다고 여기는 문서들이 되돌려진다면 기쁘겠다"라고 말하면서 이 문제를 검토하도록 에두아르 발라뒤르 총리에게 지시했다고 말했다.

현재 프랑스에는 강화도의 외규장각에서 가져간 1백91종 2백97권, 『왕오천국국전』 2권 등 고문서 3백 권이 있는 것으로 알려지고 있으며 우리 정부는 외교경로를 통해 이들의 반환을 요청한 바가 있다.

천총 양헌수

유서 깊은 전등사는 프랑스군 해병대의 분탕질로 폐허로 변했다. 전황을 살피러 왔던 나이 어린 사미승은 주지승 도련의 싸늘한 시신을 안고 통곡한다.

"대사님, 대사님……!"

그때 소년 이동인이 헐레벌떡 경내로 들어선다. 그는 프랑스군 해병대가 모선으로 돌아가는 것을 지켜보고서야 득달같이 달려왔다.

"선사님……, 법사님께서……!"

사미승은 소년 이동인에게 달려와 안기면서 울음을 토한다. 소년 이동인은 사시나무 떨 듯하는 사미승의 가녀린 몸을 감싸 안아서 다독이며 처참하게 흐트러진 경내를 둘러본다. 태어나서 처음으로 경험하는 몸서리침이 아닐 수가 없다. 피투성이로 쓰러져 있는 주지승 도련과 근초의 시신이 그의 자책감을 더하게 한다.

"소승에게 과실이 있었음이옵니다……."

이동인은 프랑스군 해병대가 상륙하는 것을 지척에서 지켜보면서도 몸을 숨기는 데만 급급했다. 전등사가 그들에 의해 폐허가 될 것이라는 생각은 꿈에도 짐작하지 못했기 때문이다.

"다들 어디 계십니까?"

"대치 어른께서 잠시 난을 피하자고 하시는데도……, 대사님께오서는 경내를 떠나지 않으셨사옵니다."

"그러셨겠지요. 부처의 경지에 계셨던 대사님이 아니셨습니까. 어서 가서 대치 어른과 스님들을 모셔 오도록 하세요."

"예……."

사미승은 부어오른 눈두덩을 팔뚝으로 훔치며 재빠르게 몸을 돌린다. 소년 이동인은 끓어오르는 분통을 추스를 수가 없었으나 두 구의 시신을 언제까지나 맨바닥에 버려둘 수가 없다. 그는 승방을 수습하고 주지승과 근초의 시신을 옮긴다. 그리고 폐허나 다름이 없는 경내를 둘러본다. 그의 뇌리에는 자신감으로 소리치던 유홍기의 목소리가 쿵쿵거리며 울린다.

"불란서는 적이 아니에요. 싸워서는 이기지 못합니다."

무장하지 않은 80노구의 성직자에게 총격을 가하는 무리들이 적이 아니라면 무엇이란 말인가. 소년 이동인에게는 프랑스군의 분탕질이 폭도나 도둑 들의 만행일 수밖에 없다. 그는 주먹을 불끈 쥐면서 몸을 떤다. 소년 이동인은 귀중품을 보관했던 대조루의 앞에 이르러 다시 한 번 몸서리친다. 남아 있는 보물은 없었고, 설혹 있었다고 하더라도 성한 것이 없다.

"오랑캐라고 하더니……!"

소년 이동인의 분노는 주체할 수 없을 만큼 들끓어오른다. 그가 눈시울이 젖어 드는 것을 느끼며 대조루를 나섰을 때다. 피신했던 승려들이 돌아오는 것이 보인다.

"대사님의 시신은……?"

"승방으로 옮겨 모셨습니다."

승려들은 서로 앞을 다투듯 승방 쪽으로 달려가고 있었지만 소년 이동인은 망연자실해진 모습으로 그들의 뒷모습을 지켜보고 있을 뿐이다. 곧 승방에서는 곡성이 울려 나왔다.

유홍기가 경내로 들어선 것은 그로부터 한참이나 지나서다. 아직은 보행이 자유롭지 못했기 때문이다.

소년 이동인은 불같은 시선을 앞세우고 유홍기에게로 다가간다. 그리고 분노로 날 세운 거친 목소리로 따져 묻는다.

"저들이 적이 아니라니요. 성직자에게 총질하는 저들의 만행을 지금도 문명이라고 하시겠소이까!"

"……!"

아, 그토록 애티가 넘치던 아름답고 순한 얼굴에 어찌 저 같은 노기가 끓어오를 수가 있던가. 유홍기는 그렇하게 고인 소년 이동인의 눈물 어린 항변을 들으면서 참담해지는 자신의 몰골을 가누기 어렵다. 그러나 예서 물러선다면 소년 이동인의 호연지기浩然之氣에 상처를 내게 될지도 모른다.

"피해갈 수가 있었어요……. 과실은 이쪽에도 있었질 않았습니까."

"아니, 과실이라니요. 대체 뭐가 과실이랍니까!"

이동인의 격노는 이미 소년의 그것일 수가 없다. 그는 눈을 부릅뜨며 스스로 입문의 예를 올렸던 유홍기의 앞으로 다시 한 발 다가선다. 팔을 휘저으면 유홍기의 면상을 후려칠 수 있는 거리다.

"나를 때려서 분풀이가 된다면……, 피하지 않을 것입니다."

유홍기의 안색은 너무도 평온하다. 이동인은 왕방울 같은 눈알을 붉히면서 몸을 떤다. 불끈 쥔 두 주먹을 풀지도 않았는데 뜨거운 눈물부터 쏟아져 흐르는 것을 어찌하랴.

"우리가 좀 더 서둘러서 저들의 함선에 당도해 있었다면……, 이 같은 참변은 능히 피할 수가 있지를 않았겠습니까."

"헛소리 그만 하세요. 보시면 알 것이 아닙니까!"

소년 이동인의 어투는 더욱 거칠게 튕겨져 나온다. 그는 문도가 되겠다고 자청한 사실까지도 까맣게 잊고 있을 만큼 격분을 거듭하고 있다. 그러나 유홍기의 대답은 사태의 전후를 면밀하게 살피고 있다.

"또 한 가지는 통진부에 들어와 있는 순무군이 강화섬으로 옮겨 와서 정족산성을 지키고만 있었어도 전등사는 저들의 표적이 되지는 않았을 것으로 알아요."

"……!"

유홍기는 소년 이동인의 분노는 아랑곳하지 않은 채 승방 쪽으로 느릿한 발걸음을 옮겨 놓기 시작한다. 이동인은 거칠어진 숨결을 추스르지 못하면서도 유홍기의 발길을 막질 못한다.

가을 햇볕은 쥐꼬리와 같아서 짧기만 하다.

정족산 계곡으로 땅거미가 스며들기 시작하면서 전등사는 다시 정적에 잠긴다. 타종도 불공도 정지된 채 헤아릴 수 없는 설움에만 잠겨 들고 있었기 때문이다.

두 구의 시신이 안치되어 있는 승방에서만 불빛이 새어 나오고 있을 뿐, 사위는 초하룻날의 칠흑 같은 어둠 속에 묻혀 있다. 20여 명의 승려들이 승방에 모여 앉아 있었으나 아무도 입을 열지 않는다. 그들은 한결같이 이승을 떠난 주지승 도련의 다비茶毘(승려의 장례(화장) 의식)를 걱정하고 있으면서도 화제의 실마리를 풀지 못하고 있다.

"아무리 난중이기로 불가의 도리까지 소홀히 할 수는 없지를 않겠습니까."

소년 이동인은 객승의 처지이면서도 다비를 서둘 것을 거침

없이 제안하고 나선다.

"불길이 종일 타오를 것인데……, 이양인의 함선에서도 보일 것이 아니겠습니까. 다시 화를 자초할 수는 없어요."

"……."

소년 이동인은 머쓱해진 표정으로 승려들의 면면을 살폈으나 자신의 제안에 동조하는 사람은 아무도 없다. 그때 방문이 벌컥 열리면서 유홍기가 황급히 들어섰다. 그는 불문곡직하고 등촉부터 끈다.

"무례하지 않소!"

어둠 속에서 소년 이동인의 앙칼진 고함소리가 울렸으나, 유홍기의 목소리는 낮고 침중하다.

"잠시 다시 피신을 하셔야겠습니다."

"피신이면……?"

"또 저들이 몰려옵니다!"

승려들은 누구라 할 것 없이 동요하기 시작한다.

"아직 자세히는 모르나, 한두 사람이 아닌 떼를 지어서 올라오고 있어요. 서둘러 주셨으면 하오이다!"

누군가가 방문을 차고 나가는 것을 신호로 승려들은 앞을 다투어 허둥거린다. 유홍기는 칠흑 같은 어둠 속에서 미동도 하지 않는 소년 이동인의 모습을 찾아낸다.

"스님께서도 피하셔야지요."

"걱정 말아요. 나는 저 오랑캐 놈들을 한 놈이라도 죽이고, 대사님의 뒤를 따를 작정입니다."

소년 이동인은 유홍기를 향한 감정의 앙금이 가시지 않았던 모양으로 고집스럽다기보다는 우직한 반발을 하고 있다. 유홍기는 그를 탓할 생각은 없었으나 치미는 웃음을 참기가 어렵다.

"허허허……, 어려운 결심을 하시지 않으셨습니까."

"아니……!"

"위중한 지경이 되면 다시 모시러 오지요."

유홍기는 소년 이동인을 남겨 둔 채 승방을 나선다. 그가 정적과 어둠이 켜켜이 쌓여 가는 경내를 돌아서 대웅전의 앞마당으로 나섰을 때다.

무장을 한 일단의 무리들이 유홍기의 앞으로 우르르 밀려든다. 지척을 분간하기 어려운 어둠 속이었어도 그들이 조선 순무군임을 알아볼 수가 있었으므로 유홍기는 그나마 안도한다.

"전등사의 피해는 어느 정도이오이까?"

"그 참경을 어찌 다시 입에 담을 수가 있겠소이까. 날이 밝으면 아시게 될 것을요."

유홍기의 어조에는 순무군을 책망하는 무게가 실려 있다.

"나는 순무군 천총千摠 양헌수梁憲洙라고 하오만, 스님이시오이까?"

"어투가 불공하여 송구스럽게 되었습니다만……, 한양에서

95

온 의생 유홍기라고 합니다."

"의생……?"

양헌수는 뜻밖인 모양으로 유홍기의 모습을 뚫어지게 살핀 연후에 다시 부연한다.

"스님들은 어디에 계시오이까."

"피신을 하실 수밖에요. 저들의 살생이 어디 웬만했어야지요."

"……!"

양헌수에게는 할 말이 없다. 그가 들었던 피해의 도를 넘어서고 있었기 때문일 것이리라.

그때 소년 이동인의 고함소리가 들렸다.

"대체 뭣들 하고 있다가 인제야 기어들어 와! 강화섬도 조선의 땅덩이거늘, 전등사를 이런 지경으로 만들어 놓고서도 병사의 소임을 다했다 할 터인가!"

양헌수의 주위에 늘어섰던 병사들이 움칫거린다. 유홍기는 재빨리 소년 이동인을 막아선다. 여러 가지 정황으로 미루어 난동을 부릴 수도 있을 것이기 때문이다.

"고정하시오. 스님……!"

"고정이라뇨. 소 잃고 외양간을 고쳐도 분수가 있지."

"말을 삼가라는데도!"

마침내 유홍기는 노기를 토해 낸다. 소년 이동인에게는 뜻밖의 일격이 아닐 수 없다.

"군령여산軍令如山이라 했거늘……, 어딜 함부로 나서는 게야. 당장 가서 등촉 밝히지 못하겠느냐!"

천총 양헌수는 소년 이동인을 몰아치는 유홍기의 존재를 검증할 수가 없다. 다만 예사롭지 않은 인물임을 직감했을 뿐이다.

"천총께서는 잠시 승방으로 드시지요."

양헌수는 묵묵히 유홍기의 뒤를 따른다.

승방 밖에는 등촉을 밝힌 소년 이동인이 거친 숨결을 몰아쉬면서 엉거주춤 서 있다. 승방으로 들어선 양헌수는 소스라치게 놀란다. 두 구의 시신이 안치되어 있어서다.

양헌수는 침통한 모습이었으나 분향을 망설이고 있는 것으로 보였다. 유홍기는 그를 편하게 해 주고 싶다.

"앉으시지요. 분향은 제가 대신하겠습니다."

"고맙소."

유홍기가 향을 사르고 재배를 마치는 동안 양헌수는 두 손을 앞으로 모으고 눈을 감는다. 덕장의 모습이 아닐 수가 없다.

"스님들께는 송구한 말이나……, 내일 하루도 피신해 계셔야 할 것으로 압니다."

"피신이라 하오시면?"

"사생을 결단하는 격전이 예상되어서요."

"……."

"저들은 우리가 정족산성에 진을 친 것을 이미 탐지하고 있을 것으로 알아요."

"밤에 도하를 하셨는데도요?"

"첩자가 있어요. 천주교의 신도들이 저들과 내통하고 있는 흔적이 나타나고 있어요."

유홍기는 착잡해지는 심중을 가눌 길이 없었으나, 양헌수의 지적은 엄연한 사실이다. 교도教徒 소탕령에 위기감을 느끼고 있던 천주교의 신도들은 조정의 움직임에서부터 병력의 이동까지를 프랑스군 진영에 있는 리델 신부에게 세세히 전하고 있었다.

"나는 정병을 거느리고 있어요. 어떠한 경우에도 물러서지 않을 것이오. 내 당부를 잊지 마시오."

양헌수는 필승의 다짐을 남기고 전등사를 떠난다. 정족산성의 산문에 병력의 배치를 서둘기 위해서다. 초관哨官 17명, 경초관京哨官 1백21명, 표하군標下軍 38명을 비롯하여 포수 3백67명으로 구성된 정병들은 비장한 결기를 다지면서 날이 밝기를 기다린다.

조선군의 대승

    프랑스군 사령관 로즈 제독은 리델 신부로부터 통진부의 조선군 800여 명이 정족산선으로 옮겨와 매복하고 있다는 정보를 입수하고 쾌재를 부른다. 비록 정확한 수치는 아니라고 하더라도 조선군의 화력이 보잘것없다는 사실을 알고 있었기 때문이다. 그는 올리비에Ollivier 대령을 부른다.

    "부르셨습니까."

    "조선군 팔백여 명이 정족산성으로 들어왔다는 정보다. 공격 부대를 편성하라."

    올리비에 대령은 1백60명의 정병을 선발한다. 지금까지의 경험으로 미루어 그만하면 낙승할 수 있다는 자만심의 발로나 다름이 없다.

    10월 2일.

프랑스군은 유유히 강화섬에 상륙하여 정족산성의 남문으로 접근한다. 그들은 함포의 지원도 받지 않았고 더구나 포병도 거느리지 않을 정도로 자신감에 넘쳐 있다.

정찰조를 앞세운 올리비에 대령의 공격대가 진로를 열고 있고, 사령관인 로즈 제독은 지휘본부를 거느리고 후미를 따르는 진용이다. 그러나 병사들의 음식을 실은 몇 필의 말이 공격대의 뒤를 따르는 광경은 일전불사一戰不辭의 결기라기보다는 차라리 유람을 나온 병사들의 소풍처럼 한가롭게 보인다.

반면 정족산성의 남문과 동문에 배치된 조선군의 사기는 프랑스군과 판이하게 다르다. 이들은 패전의 쓰라린 경험을 다시 되풀이하지 않기 위해 핏발을 곤두세우고 있다.

천총 양헌수는 그동안에 있었던 패전의 원인을 명확히 분석하고 있었기에 프랑스군의 허를 찌를 수 있는 비책을 강구해 놓고 있다.

"기다려라. 더 가까이로 다가올 때까지 기다려야 한다."

양헌수는 포수들을 다독이며 프랑스군이 사정거리에 들어서기를 기다리게 한다. 지금까지의 패전은 화승총의 사정거리를 고려하지 않은 채 허둥거린 데 있었기 때문이다.

프랑스군은 조선군의 선제공격이 없는 것에 안도한 것일까, 앞장을 선 정찰조는 허공에 대고 공포空砲를 쏘아 대며 방만하게 다가온다. 양헌수의 입가에 회심의 미소가 담긴다.

"더 기다려야 한다. 본대를 공격할 것이니라."

프랑스군의 정찰조가 성문 앞에 이르자 마침내 올리비에 대령의 공격대가 사정거리로 들어선다.

"방포!"

참고 참았던 양헌수의 군령이 떨어지자 포수들의 총구가 불을 뿜기 시작한다. 프랑스군은 혼비백산하며 사방으로 흩어지면서도 화승총의 약점을 이용하려는 듯 몸을 일으키며 맹렬히 응사를 한다. 양헌수의 작전에 말려든 셈이다.

"제2대 방포!"

조선군의 포수들은 방포 조를 교대로 투입하고 있었으므로 연발의 위력을 유감없이 발휘한다. 프랑스군 병사들이 피투성이로 쓰러지기 시작한다. 참담한 패전이 아니고 무엇인가. 올리비에 대령은 퇴각을 명할 수밖에 없다. 이날의 정황을 리델 신부는 세세히 적어서 남기고 있다.

〈전략〉 성문을 앞에 둔 1백 미터 지점에 이르자 뜻밖으로 조선군이 성 위에 나타나 우리를 향해 일제사격을 개시하였다. 비 오듯 쏟아지는 탄환 속에서 아군은 땅에 엎드려 응사하면서 보다 나은 지점을 얻기 위해 차츰 퇴각하였다. 그러나 군세가 혼란되어 호령이 시행되지 않았고, 그 위에 퇴각하는 속도가 느렸기 때문에 조선군의 포화에 싸여 부상자가 많이 생겼다. 지휘관은 재차 군병을 정돈하여 집 뒤와 바위틈으로 피신케 하는 동시에 부상자 32명(그중 2명은 중상)을 후송케 하였다. 장병은 불과 80여 명으로 감소되었으나, 조선군이 만일에라도 우리의 귀로를 차단한다면 그야말로 진퇴유곡에 빠질 지경이라 서둘러 군의관은 부상자에게 응급치료를 한 후 들것에 실어 후송시키며 전군도 그 뒤를 따라 후퇴하게 하였다. 이 전투 중에 짐을 실었던 말이 달아났으므로 전군은 모두 먹지도 못하였다. 아군이 퇴각하게 되자 조선군은 모두 산성으로부터 달려 나와 수차 사격을 가해 왔으나, 우리 후방군의 응전으로 그 이상 추격을 중지하고 산성으로 되돌아가 크게 개가凱歌를 올렸다.

이 전투에 대하여 나는 그다지 언급하고 싶지 않으나, 이처럼 천험天險의 요지에 나라 안의 선방포수善放砲手가 잠복 대기한 데 대하여 불과 1백60명의 부대로 대포의 준비도 없이 이를 함락시키고자 한 것은 애당초부터 위험천만한 일이었다고 아니할 수가 없다.

리델 신부의 이 기록으로 미루어 프랑스군의 패전은 자만심에서 비롯되었음을 알 수가 있다. 어찌 되었건 조선군의 대승이 아닐 수가 없다.

프랑스군의 사기는 급격히 저하된다. 근 한 달 동안이나 조선의 연안을 떠돌고 있은 데다가 기습과 약탈로만 공급되는 급식의 문제도 여간 심각하지 않았다. 게다가 정족산성에서의 패전이 불러일으킨 부상병의 신음소리는 지옥을 방불케 하였다. 그 같은 함상에서의 고통은 날로 더해지기만 하는데 조선군의 사기가 욱일승천의 기세라면 어찌 되는가. 더구나 겨울이 눈앞으로 다가와 있는 것도 큰 부담이 아닐 수가 없다.

로즈 제독은 출병한 목적을 하나도 이루지 못한 것이 못내 아쉬웠으나 함대의 퇴각을 명하지 않을 수가 없다.

"아니 됩니다. 프랑스인 성직자라도 구출해야지요."

리델 신부는 성직자의 구출을 이유로 함대의 퇴각을 반대하고 나섰으나, 로즈 제독의 굳어진 결심을 되돌려 놓지는 못한다.

10월 4일.

프랑스군 해병대는 마지막 발악을 하듯 강화부성의 남문 안의 여러 민가를 기습하여 방화하고, 궁궐 장녕전長寧殿과 관아官衙까지 불태우며 가축과 기물을 약탈하는 만행을 거침없이 자행하였다. 그리고 외규장각外奎章閣에 보존되어 있던 귀중문서의 약탈까지 감행한다.

"회항한다."

로즈 제독은 조선 연안을 어지럽히던 함선 7척을 거느리고 강화섬을 떠난다. 그것은 조선 땅에서 완전히 철병하는 것이나 다름이 없었다. 미국 상선 제너럴셔먼 호가 대동강을 거슬러 올라왔다가 화공으로 격침을 당하고, 프랑스의 남지나함대南支那艦

隊가 강화도를 유린하면서 근 한 달 동안이나 은둔의 나라 조선의 조야朝野를 들끓게 했던 일련의 사태를 역사는 '병인양요丙寅洋擾'라고 적고 있다. 이 병인년의 양요는 개항의 물결을 헤쳐 나가야 하는 동방의 작은 은둔의 나라 조선왕조에게 있어 서양 문명과의 최초의 조우이자 갈등이었고, 앞으로 개항을 주도하게 될 유홍기, 오경석, 이동인 등 신지식인들의 등장에 촉매 역할을 하였다는 사실을 간과할 수 없다.

신분의

벽

새남터에서

　양화나루에 내려서는 소년 이동인의 모습은 파리하게 보일 만큼 야위어 보인다. 근 달포 동안이나 전지戰地를 떠돌아다니는 동안 프랑스군의 분탕질에 치를 떨었고, 전등사의 도련 선사를 다비로 모시면서는 통한의 눈물을 수없이 쏟았다. 그가 생각했던 새로운 문명국은 사람의 목숨을 파리 목숨보다 못하게 여기는 오랑캐의 무리가 모여 사는 곳일 것이라는 생각……, 또 프랑스군의 분탕질과 약탈은 그대로 금수禽獸의 소행으로 소년 이동인의 뇌리에 각인되었다.

　소년 이동인은 스승 무공 선사에게 허황하고 참담하였던 전등사에서의 일을 어찌 복명復命했으면 좋을지를 궁리하면서 느릿하게 걷는다. 노랗게 물든 은행나무 한 그루가 늦가을의 파란 하늘을 더욱 청명하게 한다.

소년 이동인은 잠시 걸음을 멈추어 선다. 자신의 옷자락을 스치듯 지나가는 한 떼의 사람들 때문이다. 남녀가 고루 섞인 그들의 얼굴은 침울함으로 가득해 보였고, 더러는 울고 있다. 소년 이동인은 그들이 새남터로 가고 있을 것이라고 직감하면서 소름 끼치는 전율감에 젖는다. 천주교의 신도들일 것이라는 생각이 들어서다.

아, 천주교의 신도들을 다시 처형한다면, 강화도에 침입하였다가 물러난 프랑스군에게 경고의 뜻을 전하는 것이 아니고 무엇인가. 조선 땅에서 자행되는 천주교도의 학살이 북경北京에 주재하고 있는 프랑스 공사관에 낱낱이 전해지고 있다는 사실에 흥선대원군 이하응은 치를 떨고 있다.

새남터의 형장에는 구경 나온 사람들로 인산인해를 이루고 있다. 물론 천주교의 신도들도 있을 것이지만, 대부분이 구경을 나온 도성 안 백성들일 수도 있다. 소년 이동인은 사람들을 헤치면서 의금부의 낭청郎廳들이 있는 곳으로 걸음을 옮긴다. 그들이 형을 집행하면서 공초供招(죄인이 범죄사실을 진술한 문건)라도 읽어 준다면 사태의 전말을 소상히 알 수가 있을 것이기 때문이다.

산발한 죄인은 세 사람, 모두 스무 살을 갓 넘긴 청년들이다. 죄인들의 찢어진 옷자락이 피투성이로 물들어 있었다면 그들의 몸뚱인들 성한 곳이 있을까. 늦가을의 엷은 햇볕만이 그들의 참담한 몰골을 따뜻하게 감싸 안고 있을 뿐이다.

"뭣들 하느냐. 어서 시행하질 않고……!"

의금부의 낭청 조긍식趙肯植이 망나니들에게 소리친다. 기다리고 있던 망나니들이 일월도를 흔들며 덩실덩실 춤을 춘다. 형장을 에워싸면서 빼곡히 둘러선 구경꾼들은 춤을 추는 망나니가 아닌 다른 쪽을 살피면서 숨을 멈춘다. 그 정적을 누비면서 죄인들의 곁으로 다가서는 장년의 사내가 있어서다. 사람들은 웅성거린다.

"죽기로 작정을 하지 않고서야……."

사람들은 다가서는 사내를 천주교도의 우두머리쯤이라고 여기는 모양새다.

"아……!"

그 순간 소년 이동인의 입에서 비명 같은 탄식이 흘러나온다. 죄인의 곁으로 다가서고 있는 장년의 사내는 분명히 유홍기다. 대체 어찌 된 일이기에 박학다식한 그가 죽음을 무릅쓰고 죄인의 곁으로 다가선다는 말인가. 전등사의 참변이 있은 다음 날부터 소년 이동인은 스승으로 뫼시겠다면서 입문의 예까지 올린 유홍기를 본 체도 하지 않았다. 아니 경원했다는 쪽이 옳을지도 모른다. 야차夜叉와 같았던 프랑스군의 분탕질을 지켜보았으면서도 유홍기는 조선인의 무지만을 입에 담았을 뿐, 단 한마디도 프랑스군을 나무라지 않았다. 소년 이동인의 뇌리에 미지의 세계로 새겨졌던 새로운 문명국은 그대로 야만국으로 돌변해 가는데도 유홍기는 나이 어린 문도를 교화하려 하지 않았다. 아니 교화는 고사하고 그 야만국을 옹호하지 않았던가. 소년 이동인은 그런 유흥기의 동태를 배신으로 여겼었다.

참담한 몰골로 꿇어앉은 젊은 죄인에게로 다가서는 유흥기의 모습은 이상하게도 소년 이동인의 가슴을 뜨겁게 달아오르게 했다. 이동인은 유흥기에게서 시선을 뗄 수가 없다. 그때 병사 한 사람이 달려 나오면서 유흥기의 앞을 막아선다.

"웬 놈이냐. 당장 멈추지 못하겠느냐!"

"물러서라!"

유흥기는 무서운 얼굴로 병사를 뿌리치며 젊은 죄인에게로 다가가 눈높이를 맞추면서 상체를 굽힌다.

"뭣들 하느냐. 저놈을 당장 내치지 않고!"

낭청 조긍식의 곁에 서 있던 서리書吏가 달려 나간 병사에게 소리친다. 소년 이동인은 낭청의 표정을 살펴본다. 그의 한마디에 유흥기의 생사가 걸렸을 것이기 때문이다.

낭청 조긍식은 싸늘한 시선으로 유흥기를 지켜보면서 중얼거리듯 말한다.

"내버려 둬라. 제 발로 걸어온 천주쟁이 두목이 아니겠느냐!"

아, 소년 이동인은 비로소 유흥기의 정체를 알 것만 같다. 그가 프랑스군의 분탕질을 지켜보면서도 비난하지 않았던 것이 천주교도의 두목이었던 때문인가. 그래, 그렇다면 할 수 없지. 소년 이동인은 시선을 옮겨 유흥기의 동태를 주시한다. 상체를 굽힌 유흥기는 죄인의 두 손을 덥석 잡으며 입을 연다.

"문호야!"

"스승님……, 송구하옵니다."

젊은 죄인은 유홍기의 가슴팍에 얼굴을 묻으며 단장斷腸의 오열을 토해 낸다.

"두려워하지 마라. 네가 품었던 아름다운 꿈은 기필코 이루어질 것이니라."

"선생님……!"

두 사제 간의 모습은 아름다울 정도로 당당하다. 창칼같이 쏟아지는 햇빛……, 그들을 향한 수많은 시선들. 새남터의 한낮은 투명한 유리병 속과 같이 조용하였기에 유홍기의 말도, 문호라고 불리는 젊은 죄인의 말도 선명하게 들렸다.

"문호야. 내게는 너를 구해 낼 힘이 없어도……, 네 영혼은 살아서 이 땅의 개항을 지켜볼 수가 있을 것이니라."

"원통하옵니다. 선생님. 선생님의 곁을……, 끝까지 지켜 드리지 못하는 이 못난 제자를……. 용서해 주오소서. 으흐흐흑……!"

유홍기는 물결처럼 흔들리는 문호의 어깨를 세차게 감싸 안으면서 다독인다.

"천주님은 너의 승천을 기쁘게 맞아 주실 것이며……, 나는 너의 신심信心을 목숨이 다하는 날까지 가슴에 간직할 것이니라."

"시생, 죽어 원혼이 되어서라도 선생님께서 가시는 길을 따를 것이옵니다!"

"그래, 길이 없어도 떠날 것이니라. 내가 가는 길에는 언제나 네가 함께 있을 터인즉……!"

이젠 더 들을 것도 없다. 그만하면 두 사람의 신심을 알고도 남는다. 낭청 조긍식이 번쩍 손을 들면서 소리친다.

"무엇 하고 있느냐. 당장 저놈을 끌어내어 포박하질 않고!"

병사들이 우르르 유홍기에게로 몰려든다. 그들은 유홍기에게 세찬 손찌검과 발길질을 함께 하면서 포박을 지운다. 이 무렵 천주교도에 대한 의금부의 낭청들과 서리들의 동태는 살인마에 비해도 과장이랄 수가 없을 만큼 잔혹하였다. 천주교도의 추포를 위해서라면 천 리 길도 마다하지 않고 달려가는 지경인데, 항차 제 발로 걸어 들어온 천주교도의 괴수魁首라면 현장에서 죽인다 해도 아무 하자가 없지를 않겠는가.

그때 구경하던 사람들 중에서 한 젊은이가 달려 나오면서 소리친다. 유홍기의 아들 유운두劉運斗다.

"아버님. 아니라고 하소서! 이것들 보시오. 내 아버님은 천주교도가 아니오이다!"

병사들은 유홍기에게로 가기 위해 발버둥을 치는 유운두에게까지도 매질을 가한다. 문호라고 불리는 젊은 죄인이 피를 토하면서 소리친 것도 그때다.

"아니 되오. 선생님을 풀어 주시오. 선생님은 천주교도가 아니오이다!"

낭청 조긍식은 피투성이가 되어 쓰러져 있는 유홍기에게로 다가가 일으켜 세우기를 명한다. 그리고 거친 목소리로 쏘아 댄다.

"방자한 놈. 내 네놈들의 짓거리를 지켜보고 있었느니라. 당장 이놈을 끌어내렷다!"

"아니오. 아니오이다. 하늘에 맹세코 말하리다! 선생님은 천주교도가 아니오이다. 우리 선생님을 풀어 주시오!"

낭청 조긍식은 몸부림을 치면서 일어서려는 문호의 가슴팍에 발길질을 한다. 문호는 나무토막처럼 쓰러지면서 다시 움직이지 못한다.

"거행하라!"

낭청 조긍식의 명이 있자 둥! 둥! 둥! 처형을 알리는 북소리가 울린다. 소년 이동인은 몸을 돌린다. 빠른 걸음으로 형장을 벗어나고서야 소년 이동인은 다시 혼란의 수렁으로 빠져 든다.

유홍기, 그의 정체는 대체 무엇인가. 광통방 공동에 약국을 차린 의원인가, 아니면 천주교도의 괴수인가. 소년 이동인은 걸음을 멈추고 뒤돌아본다. 새남터의 형장을 둘러싼 사람들의 모습이 까마득히 멀리 보였고, 북소리는 점점 사납게 들리는데 어디선가 먹구름이 몰려오기 시작한다. 축축한 바람이 모랫바람을 일으키며 형장 쪽으로 쏠려 가고 있다. 번쩍 번갯불이 스치면서 천둥소리까지 지면에 깔리듯 낮게 들리는 스산한 광경이 펼쳐지고 있다.

박진령의 기지

의금부에 수감된 유홍기는 혹독한 문초에 시달린다.

낭청과 서리 들은 천주교의 괴수임을 자백할 것을 매질로 강요한다. 자백은 곧 효수와 직결되는 일, 유홍기는 옥사를 당하는 일이 있어도 시인할 수가 없다. 그러나 유홍기는 죽을 고비를 넘나들면서도 낭청들을 교화하는 것도 자신의 소임임을 잊지를 않는다.

"나는 천주교를 믿지 아니하오. 하나, 그대들은 이 나라의 많은 백성들이 왜 천주를 믿고 따르려고 하는지를 먼저 알아야 하지를 않겠소."

"죄인은 그 연유를 아는가."

"공초에 적지 않는다면 말하리다."

유홍기가 자신의 말을 공초에 적지 말 것을 요청한 것은 사담私談임을 전제로 낭청들을 교화하려는 생각이었고, 조긍식이 회심의 미소를 보인 것은 즉석에서 받아쓰지 않는다 해도 얼마든지 재현할 수 있으리라고 믿었기 때문이다.

"지필묵을 치우라."

공초를 담당한 서리들이 지필묵을 챙겨 들고 자리를 뜬다. 낭청 조긍식은 비열한 웃음을 흘리며 유홍기를 회유한다.

"자, 어디 한번 말씀해 보시게나. 무슨 연유로 백성들이 그토록 쉽사리 사교邪敎(여기서는 천주교)에 빠져 드는가?"

유홍기는 티 없이 맑은 눈빛으로 자신을 주시하고 있는 의금부의 형리들과 문초에 임한 낭청들의 표정을 살핀다. 모두가 한없이 선량한 이 나라 조선의 백성들이었기에 그는 조용히 입을 연다.

"서양에는 기차汽車라는 것이 있지요. 철로를 두 줄로 깔아 놓고 그 위를 쇠로 된 수레가 달리는데……, 한 번에 수백 명씩을 태우고도 눈 깜짝할 사이에 천 리를 갈 수 있어요."

"……!"

우마차에 짐을 실어 나르는 것을 최선의 운반수단으로 아는 사람들에게 기차를 이해시키기는 불가능하다. 그래서 모두들 뜬금없는 표정들이 된다. 유홍기는 마치 나무토막과도 같은 그들에게 진솔하게 말을 이어 간다.

"그런 엄청난 기계를 만들어 낸 서양 사람들은 엿새 동안 열심히 일하고 하루를 쉽니다. 그 쉬는 날을 일요일이라 합니다만……, 천주교를 믿는 사람들은 주일이라고 하지요. 그대들은 말할 것도 없고……, 우리네 조선 백성들은 평생을 뼈 빠지게 일하면서도 단 하루도 편하게 쉴 수 있는 날이 없으니 기막힌 일이 아닙니까. 그러니 천민일수록 천주교에 빠져 들게 되는 것이지요. 어디 그뿐이겠습니까."

조긍식을 비롯한 사람들의 표정이 조금씩 수긍하는 기색으로 변해 간다. 이해하기 쉽게 문명을 풀어 가는 유홍기의 호소력이 작용한 때문이다.

"서양 사람들에게는 양반이니 상놈이니 하는 반상班常이라는 게 없어요. 그들은 태어나면서부터 모든 사람이 평등하다는 사실을 자랑으로 여기고 있어요."

"서양 사람 모두가 그런지, 천주교가 그런지를 분명히 하라!"

낭청 조긍식은 유홍기의 의도를 분명히 알고자 한다.

"그야 당연히 서양 사람들이지요. 우리 조선 사람들과 서양 사람들은 엄연히 다르지만……, 우리 조선에서도 이미 백여 년 전에 천주학이 자생自生으로 생겨났다는 사실을 먼저 알아야 합니다."

"자생……?"

"암, 자생이지요. 서학西學이 바로 그것입니다. 그것은 태어난 모든 사람이 평등하다는 것을 스스로 깨달았기 때문이 아니겠습니까."

"하면, 천주라는 것이 정녕 있다는 말이더냐!"

"나는 천주교도가 아니어서 그 실체를 입에 담을 수가 없으나, 옛날 우리 도학에서는 상제(玉皇上帝)가 천지만물을 창조하였다고 하질 않았습니까. 그래서 서학에서는 상제를 천주라고 했던 것이지요. 생각해 보면 우리가 상제를 경외하는 것과 같은 이치로 생각하면 될 일이지요."

박식과 설득을 동반한 유홍기의 변설은 의금부의 서리와 옥사정 들의 찌들고 단조로운 삶에 안식을 심어 주기에 충분하였지만……, 공을 세우는 일에 혈안이 된 낭청 조긍식은 그의 말을 과장하여 공초에 옮겨 적음으로써 유홍기를 천주교도의 우두머리로 만들기로 이미 작정하고 있으니, 이젠 단죄하는 일만 남은 셈이 아니겠는가.

유홍기가 의금부에 하옥되어 갖가지 고초에 시달린 지 여드렛째가 되는 날, 천하절색의 미녀 한 사람이 그를 찾아온다. 박진령이다. 놀랍게도 박진령은 의금부 당상堂上을 거느리고 유홍기의 옥사로 들어선다.

유홍기는 박진령의 동태를 주시할 수밖에 없다. 박진령은 비단장옷을 벗어 들면서 사뿐한 발걸음으로 다가서고 있었고, 의금부 당상 최준명崔俊明이 그녀의 수행원쯤으로 보인다면 어찌 되는가.

"나으리……."

"아니, 네가……!"

박진령은 유홍기의 발아래에 털썩 무릎을 꿇으며 옥사의 창살을 잡는다.

"나으리, 나으리께서 천주교도라니요. 이 무슨 변괴시오니
이까!"

"네가, 네가 예까지 어인 일이냐고 묻질 않았느냐!"

"어제 평안도 관찰사觀察使 환경桓卿(박규수의 자) 대감께서 귀경하
셨사옵니다."

"아니, 무에야……!"

"대감께서는 구름재를 다녀 나오면서 의금부 당상을 동행하
게 하였사옵니다."

의금부 낭청 조긍식은 순간 귀를 의심한다. 구름재란 흥선대
원군 이하응의 주거이자, 고종 임금의 잠저潛邸(임금이 되기 전에 살던 집)
인 운현궁雲峴宮이 아니던가. 평안도 관찰사 박규수가 운현궁으
로 달려가 유홍기의 일을 고하고, 그리하여 이하응의 명으로 의
금부 당상 최준명이 예까지 동행을 했다면 어찌 되는가. 유홍기
를 혹독하게 문초했던 의금부의 하급관리들에게는 청천벽력이
나 다름이 없다.

박진령의 고운 입술을 울리면서 흘러나오는 말들은 한마디
한마디가 그녀를 에워싸고 둘러선 의금부의 낭청들을 난감하게
할 뿐이다.

"대동강에 들어온 미리견 상선을 불태우는 데 대공을 세우신
나으리가 아니시옵니까. 그런 나으리께서 천주교도라니요. 죄
없는 민초들을 사교도로 몰아서 태장을 치는 것은 곧 그 어른의

실인심失人心을 부추기는 일이 아니리까. 대원위 대감의 진노가 계실 것이오니 너무 심려치 마오소서!"

유홍기는 박진령의 임기응변에 내심 혀를 내두르고 있었으나, 자리를 같이한 낭청 조긍식의 몰골은 이미 사색이 되어 가고 있다. 유홍기가 천주교도라는 물증은 어디에도 없었지만, 조긍식은 공초를 조작하면서까지 그를 처형의 대상으로 지목하지를 않았던가.

"저 사람의 공초는 어디에 있는가."

사태를 짐작한 의금부 당상이 난감해진 몰골의 조긍식에게 몰아치듯 묻는다.

"아, 아직 혐의가 밝혀지지를 않았사온지라……."

"이렇게 칠칠치 못한 낭청이 있나. 혐의가 없다면 마땅히 방면하는 것이 도리가 아니더냐."

"……."

낭청 조긍식이 허리를 굽혀 보이는 것으로 자신의 과실을 수긍하자, 의금부 당상 최준명은 유홍기의 앞으로 한 발 다가서며 정중한 어조로 사죄의 말을 입에 담는다.

"아이들에게 크나큰 과실이 있었나 보이……. 내가 대신 사죄할 것이니 너무 책망은 말게나."

대저 상전의 눈치를 살피는 것으로 입신양명의 기회를 포착하는 관리들의 속성은 예나 지금이나 다름이 없다.

"나는 의금부 당상 최준명일세만……, 서로 알고 지내세나."

"시생은 광통방 공동에서 약국을 내고 있는 의생 유홍기라고
합니다."

"오, 그래. 환경 대감께서 의생을 백의정승으로 예우하시다
니……. 허허허, 이 나라에도 자네와 같은 의생이 있었던가."

"모두가 분에 넘치는 상찬의 말씀이라 몸 둘 바가 없을 따름
이옵니다."

유홍기는 자신의 심회를 솔직하게 토로하고 있었지만, 최준
명은 의금부 당상의 위엄도 벗어던질 모양이다.

"당장 백의정승 유 의원을 댁으로 뫼시지 않고 뭣 하고 있는가."

"예. 분부 거행하겠사옵니다."

낭청 조긍식은 황급히 몸을 돌린다. 방면의 채비를 서두를 모
양이다. 박진령은 치미는 웃음을 애써 눌러 참으며 술렁거리는
옥사를 천천히 둘러보고 나서야 최준명의 내심을 떠본다.

"서둘 일이 아니질 않사옵니까. 곧 대원위 대감의 불호령이
당도할 것을요."

"아닐세. 무고한 사람이 다치는 것은 나도 원하는 일이 아니
라니까."

박진령의 얼굴에 맹랑하지만 싸늘한 웃음이 돌았다. 스스로 자
신의 기지에 만족하고 있음이 아니고 무엇인가. 곧 낭청 조긍식이
다시 돌아와서 몸소 옥문을 열면서 떨리는 목소리로 말한다.

"어서 나오시지요. 시생이 인도하겠습니다."

"인도라니요……. 당치 않습니다. 나으리께서는 환경 대감 댁으로 가셔야 합니다. 대원위 대감의 분부 받자와야지요."

박진령의 임기응변은 끝까지 빈틈을 보이지 않는다. 유홍기 와 박진령은 의금부 당상 최준명과 낭청 조긍식의 정중한 전송 을 받으면서 의금부의 옥사를 나선다.

두 사람은 붉게 물들어 가는 도성의 저녁 하늘을 바라보며 박 규수의 거택이 있는 재동齋洞을 향해 느릿한 발걸음을 옮긴다.

"허허허……, 네 기지가 참으로 놀랍질 않느냐."

"소녀의 기지라기보다는 세속에 물든 관원들의 속성이 아닐 는지요."

"아무리 그래도 그렇지. 네가 감히 천하의 대원위 대감을 거 명하다니……, 그러다가 들통이라도 나면 어쩌려고."

"환경 대감께서 운현궁으로 가신 것은 엄연한 사실이옵고, 또 두고 보오소서. 저들은 머지않아 봉물封物을 챙겨 들고 나으리를 찾아와서 아첨을 죽 먹듯 할 것으로 아옵니다!"

"허허허, 어찌 되었거나 네 담력에는 놀랄 뿐이로구나."

"기방에 몸담고 있으면, 남정네들의 허세쯤 얼마든지 다스릴 수가 있사옵니다."

"아니, 무에야……. 허허허……."

행색은 어울리지 않았으나 두 사람의 가가대소는 행인들의 시선을 끌고도 남았다.

혹독한 스승

눈이 내린다. 병인년의 겨울을 부르는 첫눈이다.

저녁 공양을 마친 승려들은 빗자루를 들고 나와 경내의 눈을 쓴다. 함박눈은 승려들이 쓰고 있는 털모자와 장삼 위로 탐스럽게 쏟아져 내린다.

"그러게 내가 뭐랬더냐. 눈이란 멈추었을 때 쓸어야 하느니……."

무공 선사는 눈을 쓸고 있는 승려들의 법석을 나무라지 않는다. 모두가 파적 삼아 나선 것임을 선사가 모른대서야 말이 되는가. 무공 선사는 법당의 돌계단을 내려와 탐스럽게 내리는 눈 속을 걷는다. 맨머리에 내린 눈송이가 녹을 때마다 선사는 짜릿한 한기를 느낀다.

승방에는 이미 등촉이 밝혀져 있다. 문창호에 사람의 그림자가 어른거린다. 무공 선사는 승방의 등촉을 밝힌 것이 이동인이기를 바라면서 문고리를 당긴다. 황 보살이 엉거주춤 일어서는 것이 보인다.

"보살이 웬 일이야……."

"여쭈어 올릴 말씀이 있어서요."

"끄음……!"

무공 선사는 가슴을 긁는 듯한 신음소리를 토하면서 좌정을 한다. 황 보살이 마치 큰 죄를 지은 사람처럼 다소곳이 자리에 앉자 촛불이 꺼질 듯 일렁거리다가 겨우 제자리를 찾는다.

"선사님, 동인 스님을 어찌해야 하올지……."

"왜. 무슨 큰일이라도 저질렀는가?"

"무슨 일이라기보다는……, 강화섬에 다녀오고부터 아주 딴사람이 된 듯하옵니다."

"딴사람이 아니라, 헝클어진 심신을 추스르지 못하는 게지……!"

무공 선사는 애써 태연해하면서도 목소리에는 노여움이 실려 있다. 황 보살은 무공 선사의 눈치를 살피면서 조심스럽게 말을 이어 간다.

"아침저녁으로 산에 뛰어올라가서 울부짖기도 하고, 때로는 알아듣지 못할 소리로 고함치기도 하는데……; 차마 입에 담기 민망하오나 실성을 했다는 말도 들리옵니다."

"······!"

"아직은 어린 스님이신지라······, 선사님께서 잘 타이르신다면 총명했던 옛 모습을 다시 찾을 것만 같아서······."

황 보살은 더 말을 이어 가지 못하고 눈시울을 적신다. 지난 열다섯 해 동안 자신의 품 안에서 자라난 이동인이 아니던가. 무공 선사가 그녀의 마음을 헤아리지 못할 까닭이 없다.

"이제 그놈은 중이 아닐세."

"선사님······!"

황 보살은 흠칫 놀란다. 무공 선사의 어투로 미루어서는 이미 이동인을 파문破門(문하에서 쫓아내는 것)한 듯한 어투로 들려서다.

"그게 어디 하루 이틀에 터득할 일이겠는가만······, 울고불고 하노라면 자신이 짊어진 업보와 그에 따르는 번뇌를 벗어던지게 될 것이며······, 마침내 큰 깨달음을 얻게 될 것이 아니겠는가. 부처님도 그랬으니까. 그러나 분명한 것은 이미 그 아이는 내 손 안에서 벗어났다는 점일세······."

무공 선사의 목소리는 무겁게 잠겨 들고 있다. 황 보살이 아니라면 이동인의 번민을 이렇게 소상하게 입에 담을 까닭이 없다.

무공 선사는 소년 이동인이 강화도에서 돌아오던 날, 미궁을 헤매듯 허둥거리던 몰골을 확연히 기억하고 있다. 그날, 소년 이동인은 벼락 맞은 대추나무로 만든 단주를 죄인처럼 공손하게 무공 선사의 앞으로 밀어 놓으면서 울먹이었다.

"선사님, 소승은 다시는 선사님의 슬하를 떠나지 아니할 것이옵니다. 용서해 주오소서."

"이런 미친놈이 있나. 바다 건너에 새로운 문명국이 있기에 비록 오랑캐의 군함이라도 타야 하겠다던 결기는 어찌하고……!"

무공 선사는 찌렁하게 울리는 목소리로 소년 이동인을 일갈하고 나선다. 마치 장도壯途를 빌 듯 조심스럽게 떠나보내면서도 얼마나 대견히 여겼던가. 무공 선사는 나이 어린 문도에게서 배신감을 느끼고 있다.

"법국은 문명국이 아니라, 야차와 같은 이양인들이 모여 사는 야만국임을 소승은 두 눈으로 똑똑히 보았사옵니다."

"죽는 것이 그렇게도 두려웠더냐!"

"……!"

무공 선사의 목소리에 실린 노여움이 소년 이동인에게 모멸감을 들게 한다.

"그렇지가 않느냐. 오늘 이 같은 일이 있을까 두려워서 죽고 싶으냐고 몇 번이고 다짐하였거늘……, 그 단주가 네놈의 목숨을 지켜 줄 것이라고 했거늘……. 나이가 열다섯이요, 경서와 불경을 읽은 놈의 언동이 그런 모양이면, 배우지 못한 무지렁이들은 무엇으로 살아간다는 것이야!"

소년 이동인은 무공 선사의 노여움이 두렵기만 하다. 선사의 슬하에서 문자를 익힌 이래 이같이 혹독한 꾸지람은 들은 건 고사하고 구경조차도 한 일이 없다.

"장부의 한평생이라는 말이 있느니라. 이놈아, 한번 다짐한 일은 끝까지 밀고나가야지. 그래서 이루어 놓고서야 장부로 태어난 보람을 얻음이 아니겠느냐!"

"선사님……!"

소년 이동인의 눈빛에는 두려움이 가득히 고여 가고 있다. 무공 선사에게서 버림을 받는다면 잠시도 살아갈 수가 없을 것이라는 무서움 때문이다.

"무루지를 갖추라고 그렇게 일렀거늘……!"

무루지無漏智가 무엇인가. 모든 번뇌를 여의는 청정한 슬기로움이 아니던가. 무공 선사는 소년 이동인에게 오직 무루지만이 살아가는 힘이 될 것이며, 학문을 읽었으되 쓸 곳을 찾지 못하는 것은 호연지기를 갖추지 못했기 때문임을 거듭거듭 가르쳤었다. 호연지기는 또 무엇인가. 공명하고 정대하여 누굴 만나도 꿀림이 없는 도덕적인 용기를 말하지 않던가.

소년 이동인은 자신의 방황이 자신의 미욱함에서 비롯되는 것임을 뼈저리게 느끼기 시작한다.

"단주를 들어라."

"선사님."

"들라고 일렀거늘!"

마침내 무공 선사는 칼날 같은 일갈을 토해 낸다. 소년 이동 인은 선사의 앞으로 밀어 놓았던 단주를 집어 들 수밖에 없다.

"나가거라."

"선사님."

"당장 나가지 못할까!"

스승의 목소리는 천둥과도 같다. 소년 이동인은 그렇게 승방 을 쫓겨난 지 한 달 동안을 안절부절못하면서 지내게 된다. 무엇 이 무엇인지를 헤아릴 수가 없어서다. 아직 열다섯 살, 무공 선 사는 사랑하고 아끼는 소년 이동인에게만은 혹독한 스승이었다.

무공 선사는 비로소 온 얼굴에 웃음을 담으면서 황 보살을 안 도하게 한다.

"허허허, 지켜보면 알 것이니, 심려할 것 없네."

"선사님, 정녕 심려를 놓아도 되겠사옵니까."

"내버려 두면 될 것이라는데도. 허허허."

황 보살은 무공 선사의 말이 믿어지지가 않았으나, 선사의 언 동은 점입가경으로 들어선다.

"허허허, 두고 보면 알 것일세만……, 그놈의 머리가 길어야 도성출입을 하질 않겠나."

"……?"

"중놈의 신분으로야 도성출입인들 온전하게 할 수가 있어야 지. 부처야 마음속에 있어서 심즉시불心即是佛이지, 가사장삼이야 누군들 못 걸치겠는가. 아니 그렇던가. 허허허."

조선왕조는 배불숭유의 나라, 승려는 도성출입을 함부로 할 수가 없다. 소년 이동인이 스스로 깨달았던 '바다 건너에 새로운 문명국'이 있다는 사실을 보다 세세히 궁구窮究(파고들어 연구하는 짓)하기 위해서는 사대문四大門을 자유롭게 드나들 수가 있어야 한다. 그러기 위해서는 하루라도 빨리 머리가 자라야 할 것임을 생각하는 무공 선사의 도량이 얼마나 자비로운가. 황 보살은 뜨거운 눈물을 흥건하게 쏟아 흘리면서 선사를 향해 공손하게 합장한다.

뜻밖의 방문

이동인은 발길질로 승방의 장지문을 열어젖힌다.

동짓달의 모진 찬바람이 방 안 가득 몰아치면서 등잔불을 꺼 버린다. 칠흑 같은 어둠 속으로 눈가루가 날아드는 것을 몸으로 느낄 수가 있다. 소년 이동인은 희붐한 어둠 속으로 뛰쳐나가 눈 속에 얼굴을 쑤셔 박는다. 그래도 달아오른 심신은 식지를 않는다.

'죽었는가. 살았는가.'

소년 이동인은 근 한 달 동안 백의정승 유홍기의 환상에 시달렸다. 마치 태산교악과도 같았던 그 박식함……, 살인도 마다하지 않는 분탕질로 전등사를 쑥밭으로 만든 프랑스군을 적으로 보아서는 안 된다던 괴변……, 그리고 천주교도가 아니라면서도 곧 목이 떨어져 나갈 어린 문도의 마지막 가는 길을 어쩌면 그리도 절절하게 다독일 수가 있던가. 그리고 백의정승 유홍기는 천주교도의 괴수가 되어 의금부의 낭청들에게 포박이 되는 것을 똑똑히 보지를 않았는가.

소년 이동인은 그런 유홍기의 상념에서 헤어나기 위해 지난 한 달 동안 미궁을 헤매고 다녔다. 공양은 고사하고 물 한 모금 입에 대지 않은 날도 있었고, 몇 날 며칠을 뜬눈으로 새운 날도 있었으며, 산길을 오르내리면서 아우성치듯 소리치기도 했었다. 그것은 고행苦行이나 다름이 없다. 스승 무공 선사의 관심과 자애가 아니었다면 소년 이동인은 승려들의 몰매를 맞았을지도 모른다.

소년 이동인은 눈 속에 쑤셔 박았던 얼굴을 든다. 스치는 찬바람이 그의 볼을 쓰리고 아리게 한다. 그는 천천히 방으로 들어와 벽과 마주하고 앉는다. 여전히 백의정승 유홍기의 상념은 그의 뇌리를 떠나지 않고 맴돌기만 한다. 바람소리가 잠잠히 가라앉는 정적을 맞으면서 소년 이동인은 비로소 잡념에서 헤어난다.

새벽 예불을 알리는 법고소리가 들렸다. 법당으로 향하는 승려들의 발자국소리도 사각사각 들렸다. 바로 그때 어둠에서 깨어나려는 잡다한 소리에 섞인 또 다른 소리를 소년 이동인은 들었다. 귀로 들은 것이 아니라 마음이 알아낸 기척이었다.

소년 이동인은 천천히 고개를 돌리다가 소스라친다. 아, 이 무슨 변괴인가. 문밖에 박진령이 서 있어서다. 김포가도에서 백의정승 대치 선생을 만나면 서둘러 귀경하라고 전해 달라던 소녀, 소년 이동인은 문득 그 청순하고 아름다운 입술을 울렸던 참언을 상기한다. 유홍기는 박진령의 참언대로 허벅지의 살점이 떨어져 나가는 큰 상처를 입고 있었질 않았던가.

그 박진령이 승방을 찾아왔다면 유홍기로부터 자신의 얘기를 들었음이 분명하다. 유홍기가 살아 있다는 말인가, 아니면 형장으로 끌려가기 전에 자신의 거처를 입에 담았다는 말인가. 소년 이동인은 가슴이 쿵쿵거린다. 아니 설레고 있다.

"잠시 들겠사옵니다."

박진령은 사뿐하게 승방으로 들어서면서 빠르게 장지문을 닫는다. 아무리 나이 어려도 이동인은 사내임이 분명하다. 많은 승려들과 함께 기거하는 사찰의 경내임을 박진령은 배려하고 있다.

"느닷없이 찾아뵙게 되어 송구하기 그지없사오나……, 무공 선사님의 허락이 계신 일이라 심려하실 일은 아니옵니다."

"……?"

맹랑하지 않은가. 소년 이동인이 어리둥절해하는 동안에도 박진령은 거침없는 말투로 이동인을 몰아세우기 시작한다.

"장부의 한평생이라는 말이 있지를 않사옵니까. 한번 다짐한 일이라면 끝까지 밀고나가는 것이 장부의 기개인데……, 항차 하찮은 계집아이만도 못해서야 말이나 될 일이옵니까."

계집아이만 못하다니. 그 계집아이가 대체 누구인가. 보자 보
자 하니 못하는 소리가 없지를 않은가. 소년 이동인은 반발한다.

"무례하질 않소. 대체 내 결기가 어느 계집아이보다 못하다는
게요?"

"그야 소녀가 아니겠사옵니까."

"뭐, 뭐라……!"

박진령의 얼굴에 함박 같은 웃음이 담긴다. 그리고 마치 어린
아이 다루듯 말을 이어 간다.

"소녀는 평양관아의 동기童妓였습니다. 소녀가 신해辛亥 생이
면……, 동인 스님께서는 소녀보다 한 살 밑이 분명하지를 않습
니까."

"……?"

"지난 칠월……, 대동강을 거슬러 올라온 미리견국 상선을 불
태워 없앨 때……, 소녀는 대치 선생님을 기방에서 처음 만났습
니다."

지난 7월이면 넉 달 전이다. 미리견국 상선 제너럴셔먼 호가
대동강을 거슬러 올라왔다가 평양부민들의 화공火攻을 받고 무
참하게 격침되면서 승무원 23명이 모두 사망한 사건이 있었다.
그 화공을 지휘한 평안도 관찰사 박규수는 실학의 거벽 연암燕巖
박지원朴趾源의 손자다.

"그 어수선한 중에서도 평안도 관찰사 박규수 대감께서는 소

녀가 있던 기방으로 대치 선생님을 모시고 오셨는데……, 대치 선생님을 예우하시기를 정승과 같이 하시면서 미리견 상선을 어찌했으면 좋겠느냐고 하문하셨습니다."

"……!"

"그때 대치 선생님은 미리견 상선이 요구하는 대로 통상에 응하지 않으면 조선은 살아남을 길이 없다고 충언하셨습니다. 죽어 마땅한 망언이 분명한데도……, 대감께서는 오히려 얼굴을 붉히면서 '미안하이, 내게는 그럴 힘이 없어' 라고 하셨습니다. 스님, 이 나라의 대관대작이 하찮은 의원 따위를 그같이 예우하신다면 이미 반상의 벽이 무너지고 있음이 아니겠습니까."

쿵, 하고 소년 이동인의 가슴이 울린다. 아니 곤두박질치기 시작한다. 종2품의 당상관堂上官이 그야말로 하찮은 중인에게 그같이 예우를 할 수가 있던가. 설혹 그런 황당한 일이 있었다고 하더라도 '반상의 벽' 이 무너지고 있다는 박진령의 맹랑함은 또 무엇인가.

"스님, 관기官妓의 처지야 중인中人만도 못하질 않사옵니까. 억눌려 사는 것이 치가 떨려서 소녀는 환경 대감께 눈물로 호소하였지요. 대치 선생님의 문도로 살게 해 주십사 하고요. 그분의 약국에서 사는 사람들은 신분의 벽이 없이 모두가 평등하다고 들었기 때문입니다."

"평등……."

"이 나라의 상것들이야 양반 댁 가축이나 깨진 기왓장만도 못하질 않습니까. 바다 건너에 있는 문명국의 사람들은 모두가 평등하다고 들었습니다. 소녀는 하루를 살다가 죽어도 사람 대접을 받고 싶었고요."

"하면, 환경 대감께서 허락을 하셨다는 말인가……."

"그 어른의 태산 같은 은혜를 입어 소녀는 열여섯 살의 나이를 딛고 평양을 떠나 도성으로 왔습니다. 하온데 스님께오서는 대치 선생님과 보름 동안이나 기거를 같이하면서도, 또 법국 병사들의 일사불란한 군율을 지켜보았으면서도, 대치 선생님을 다시 찾지 않는 연유는 고사하고……, 아니지요. 바로 그런 우유부단함이 하찮은 계집아이보다도 못한 것이 아니고 무엇입니까. 그런 결기로야 어찌 장부의 삶이라고 하겠습니까."

"……!"

소년 이동인의 얼굴이 빨갛게 상기된다. 스승 무공 선사의 모진 책망을 들을 때와는 전혀 다른 수치감을 느끼고 있다. 반발하려 해도 뱉어 내야 할 합당한 말이 없다.

소년 이동인은 마치 백기를 들고 적진으로 투항하듯 관심사를 묻는다.

"대치 선생님의 약국에서 일하는 사람들은 정말로 모두가 평등하던가."

"이를 말씀입니까. 대치 선생님의 약국은 그야말로 사람이 사는 곳이었습니다. 우리 조선도 언젠가는 신분의 벽을 타파하고, 만민이 평등한 나라가 되어야 하지를 않겠습니까."

소년 이동인은 비로소 지난 한 달 동안 겪어야 했던 혼미의 구렁텅이에서 벗어날 수 있는 실낱같은 빛을 찾는다. 아직 눈부신 것은 아니지만 하나의 희열이었다.

"대치 선생님은 아직 살아 계신가?"

"살아 계시다니요?"

"새남터에서 포박되지를 않으셨던가."

"아, 그 일 말씀이십니까. 의금부에 끌려가서 모진 풍상을 겪으셨지만……, 잠시 귀임하셨던 환경 대감의 배려로 무사히 방면되셨습니다."

"아, 그렇던가……."

소년 이동인의 얼굴에 너무도 순진한, 그야말로 때 묻지 않은 안도의 웃음이 담긴다. 그리고 화사한 생기까지 돌았다. 백의정승 유홍기가 살아 있다면 이젠 고통받지 않아도 될 것이기 때문이다.

"무례한 점이 있었다면 용서하소서."

박진령은 자신이 해야 할 일을 모두 마쳤다는 듯 조용히 일어서서 방을 나간다. 소년 이동인은 몸을 움직일 수가 없다. 오직 형언할 수 없는 설렘만 있을 뿐이다. 박진령의 모습이 사라진 장지문에는 밝은 아침 햇살이 스며들고 있다.

광통방의 약국

　도성 한가운데를 동서로 가로지르는 냇물을 예전에는 '개천開 川'이라고 불렀다. 세월이 흐르면서 하상이 높아지고 장마 때마다 범람하는 지경에 이르자 영조 때 대대적인 준설을 하고부터 '청계천淸溪川'으로 불리게 되었다는 기록이 보인다. 봄부터 가을까지 휘늘어진 수양버드나무 가지가 둑방의 운치를 돋우고, 겨울이 되면 철부지 아이들의 얼음지치기 놀이터로 변하는 청계천이다.

　"광통방 공동에서 약국을 차려 놓고 있지요……."

　소년 이동인은 유홍기의 목소리를 상기하면서 청계천의 둑방으로 들어서고 있었다. 그는 한쪽 어깨에 지게를 걸치고 있다.

　광통방은 청계천에 놓인 첫 번째의 다리이자 인적의 내왕이 잦은 혜정교惠政橋의 건너편에 위치하고 있지만, 재동 쪽에서 오자면 대광교大廣橋를 건너야 한다.

"기다리고 있었사옵니다."

앳되고 맑은 목소리가 들렸다. 그제야 이동인은 걸음을 멈추고 소리 나는 쪽으로 몸을 돌린다. 추위 때문인가, 옥돌을 깎아 빚은 듯한 하얀 얼굴의 박진령이 서 있다.

"소녀가 선생님 댁으로 뫼시겠사옵니다."

이동인이 올 것임을 미리 알고 기다리고 있었다는 말인가. 소년 이동인은 그녀의 정수리에 그어진 하얀 가르마에서 한기를 느끼면서 반문한다.

"소승이 올 것임을 알고 있었는가?"

박진령의 입가에 피식 웃음기가 스치자 소년 이동인의 가슴이 쿵 하고 울린다. 더벅머리가 된 몰골에 때 묻은 솜 바지저고리를 입은 알량한 변장도 그녀에게는 장난처럼 보인 모양이다.

"따르소서."

박진령은 조용히 몸을 돌려 앞장서서 걷는다. 소년 이동인은 그녀의 뒤를 따르면서 다시 전율감에 젖는다. 분명히 평양감영의 관기 출신이라고 스스로 밝혔는데 어디 하나 나무랄 데 없는 양가 규수의 언행과 법도가 몸에 배어 있었기 때문이다.

그리 크지 않은 솟을대문을 지나자 한약 냄새가 물씬 풍겼다. 박진령은 약국으로 쓰이는 사랑채로 들어서고 있다. 소년 이동인은 그녀의 뒤를 따르면서 집 안을 살펴본다. 함께 있는 모든 사람들이 평등하게 살고 있다는 박진령의 목소리가 상기되어서다.

"어서 오세요."

최우동이 다가서면서 소년 이동인을 반갑게 맞는다. 그 선량한 최우동의 얼굴에 아무 구김살이 없다면, 비록 약국의 허드렛일을 하고 있어도 살아가는 보람을 만끽하고 있음이 아니겠는가.

"선생님께서 스님을 많이 기다리셨습니다."

소년 이동인에게는 민망한 노릇이 아닐 수 없다. 박진령은 그렇다 치고 최우동마저 소년 이동인을 반기는 지경이면, 자신의 모든 것이 드러나 있음이 아니고 무엇인가.

"선생님, 동인 스님 드셔 계시옵니다."

약국으로 쓰이는 사랑채에서는 유홍기를 비롯한 몇 사람이 화들짝 달려 나온다. 부인 최씨와 새남터의 형장에서 본 유운두, 그리고 초대면인 강창균이다. 그들은 모두 몸을 굳힌 채 입을 열지 못한다.

"허허허, 혹시나 했습니다만……, 어서 오세요. 반갑습니다."

유홍기는 놀라움 반, 반가움 반으로 소년 이동인을 맞는다. 전등사가 프랑스군들에게 쑥밭이 되던 날……, 소년 이동인은 극심한 반발로 유홍기를 몰아세우지를 않았던가. 게다가 박진령이 봉원사에 다녀온 것을 모르고 있었기에 유홍기의 놀라움과 반가움이 도를 더했을 터이다. 그러나 최씨 부인은 달랐다. 분명 스님이라고 들었는데, 찾아온 당사자의 행색은 가난한 집 머슴과도 같아서다.

"부인께서는 어서 주안상을 마련하세요."

"아직은 어리신 스님이 아니십니까."

"곡차야 어떠려고요. 자, 자 우린 서재로 갑시다."

"예."

소년 이동인은 정중히 합장하며 유홍기의 뒤를 따른다. 최씨 부인과 유운두 등은 이동인의 뒷모습에서 시선을 뗄 수가 없다. 보기에는 아직 사미沙彌(어린 스님)가 분명했으나, 누추한 행색과는 달리 당당한 체격에서 뿜어내는 총기가 눈부시어서다.

소년 이동인은 유홍기의 서재 밖에서 어깨에 걸친 지게를 벗어 세우고 댓돌을 오른다. 마루를 지나 서재로 들어선 소년 이동인은 숨 막히는 놀라움에서 헤어나지 못한다. 가지런하게 쌓인 수천 권의 장서와 온 방 안에 깔려 있는 지도와 깨알 같은 글자를 읽기 위한 확대경 등, 그로서는 상상할 수도 없는 기물들이 가득 했기 때문이다.

"어서 앉으세요. 허허허, 쉽게 무너질 방은 아닙니다."

소년 이동인은 마치 초대면의 상전을 대하듯 정중한 예를 올리고 단정하게 무릎을 꿇는다.

"선생님……, 소승의 용렬함을 용서하소서."

"경황이 없었기 때문이겠지요. 사람은 누구나 다를 것이 없지를 않겠습니까."

"당치 않으시옵니다. 지난 한 달 동안 소승은 미궁을 헤매듯 선생님의 환영幻影에 짓눌려 있었사옵니다. 용서하소서."

소년 이동인은 두 손으로 방바닥을 짚으며 상체를 깊이 숙인다. 유홍기는 그의 몰골을 지켜보면서 소리 나지 않게 웃는다. 장삼 대신 무명옷을 걸친 것은 성문을 들어서기 위한 변장일 것이지만, 자라난 더벅머리가 아주 안성맞게 어울려서다.

"편안하게 앉으시게나……"

"선생님, 저들의 살생을 보는 순간……, 더구나 대사님의 시신을 승방으로 옮기면서 원한을 품은 것이, 저도 모르게 선생님에게로 옮겨 갔사옵니다. 용서하소서."

"허허허, 내가 저들을 적이 아니라고 했기 때문일 것으로 압니다만……, 그게 무지의 소치라면 나무랄 바가 못 되질 않겠습니까. 하나, 무지에서 벗어나는 일은 스스로 무지한 것을 깨닫는 것이 최선일 것으로 압니다."

"……!"

"게다가 승적에 의탁했다면……, 부처의 말씀을 따르는 것이 도리일 테고요."

유홍기의 나무람은 소년 이동인의 폐부를 찌르고도 남는다. 더구나 부처의 말씀을 따르라는 지경에 이르러서는 가슴까지 섬쩍지근해지는 것을 어찌하랴.

유홍기는 얼굴을 붉히는 소년 이동인의 모습을 한참 동안이

나 쏘아보고 나서야 조용한 목소리로 『법구경^{法句經}』의 한 구절을
암송한다.

사랑하는 사람을 가지지 말라.
미워하는 사람도 가지지 말라.
사랑하는 사람은 못 만나 괴롭고
미워하는 사람은 만나서 괴롭나니.

참으로 절묘한 비유가 아닐 수 없다. 비록 법구의 참뜻은 아
니었어도, '미워하는 사람은 만나서 괴롭다^(不愛亦見憂)'라는 뜻을
서양 제국에 적용한다면 닥쳐올 앞날의 괴로움을 예견하고 있음
이 아니고 무엇이랴.
유홍기의 진의를 알게 된 소년 이동인은 마음을 경건히 한다.
그러나 한편으로는 소리 나지 않게 아미타불을 수없이 중얼거린
다. 유홍기는 무릎걸음으로 반닫이 앞으로 다가가서 한 아름이
나 되는 책을 꺼내 들고 이동인의 앞으로 돌아온다.
"이 책을 모두 외고서야 나와 개항의 뜻을 같이할 수가 있을
것입니다."
유홍기는 소년 이동인의 앞으로 스물세 권이나 되는 책을 밀
어 놓는다. 책제는 '해국도지^{海國圖志}'라고 적혀 있었으나 소년 이
동인으로서는 듣도 보도 못 한 아주 생소한 책일 수밖에 없다.

"청나라 학자 위원魏源이라는 사람이 쓴 것이지요. 모두 쉰 권이라고 들었으나 불행하게도 내게 있는 것은 이 스물세 권이 전부입니다."

『해국도지』는 문자 그대로 서양 제국의 역사와 지리를 기술한 것으로 당시로서는 희귀함은 물론 함부로 대할 수도 없는 책이다. 게다가 아편전쟁이 끝나고 「남경조약」이 체결된 1842년에 쓰인 것이었으므로, 청국은 물론 일본과 조선의 지식인들에게는 서국 열강의 실체가 처음으로 소개되는 내용이라 충격을 줄 수밖에 없었고, 그 영향 또한 막중하여 후일 개화사상가들에게는 교과서나 다름이 없는 귀중한 문헌이다.

"평안도 관찰사로 계시는 환경 박규수 대감의 수역首譯이었던 오경석의 후의로 입수한 것입니다만⋯⋯, 스님께서 정녕 내 문도가 되겠다면 그 책의 내용을 숙지한 뒤에 소중히 간직할 것이고, 그게 싫다면 읽고 난 다음에 내게 돌려주면 될 것입니다."

"⋯⋯!"

유홍기의 눈빛은 뜨거운 열기를 뿜어내며 타오르고 있다. 소년 이동인은 커다란 바윗돌에 짓눌리고 있다는 압박감에서 헤어날 수가 없다. 또 그것은 태어나서 처음으로 느껴 보는 두려움이나 다름없다. 대체 무엇이 자신을 이토록 무력하게 만드는가.

소년 이동인은 안간힘을 다해 유홍기의 모습을 찬찬히 살펴본다. 지난 보름여 동안 통진부와 강화섬에서 생사를 함께하며 조선의 미래에 대해 교감할 수 있었던 유홍기의 따뜻하고도 세심한 배려는 이미 어디에도 없다.

자신의 문도가 되려거든 스물세 권이나 되는 『해국도지』를 숙지한 연후에 몸소 간직할 것이며, 그렇게 못하겠거든 그저 돌려주면 될 것이라는 단호함이 무엇을 뜻하는가. 소년 이동인에게는 지금까지의 만남은 무위로 돌리고 새롭게 시작하겠다는 선언으로 받아들여질 수밖에 없다.

"선생님, 소승의 무지와 용렬함이 지나쳤음을 용서하소서."

소년 이동인은 다시 한 번 사죄의 말을 입에 담았으나, 유홍기는 그것마저도 용인하지 않는다.

"사죄를 받자는 것이 아닙니다. 그 책을 독파하고 나면, 새로운 다짐이 생길 것이 아니겠습니까. 하나, 강요할 생각은 조금도 없습니다. 다만 소명召命의 기쁨이라도 맛볼 수 있다면 그 또한 깨달음이 아니겠습니까."

"소명이라 하오심은……?"

"사람이 시대를 이끌어 간다고 믿는 것처럼 큰 오만은 없을 것으로 압니다. 시대가 사람을 소명해 쓰는 것이 역사이듯이……, 소명 받은 사람은 반드시 버림을 받는 것으로 소임을 끝내는 것도 또한 역사가 아니겠습니까."

"……!"

"그리 알고, 오늘은 곡차나 마시면서 강화섬에서의 여독이나 풀어 보도록 하십시다."

마치 기다리고 있었다는 듯 박진령이 소담한 주안상을 들여온다. 그녀의 동태를 지켜보는 소년 이동인의 눈빛에서 불꽃이 일기 시작한다.

유홍기는 그 짧은 순간의 변화도 감지한다.

"오늘은 네가 수발을 들어야 할까 보다."

다소곳이 고개를 숙인 박진령의 얼굴이 새빨갛게 물든다. 유홍기는 뭔가 새로운 사실을 알게 될지도 모른다는 기대에 젖으면서 박진령을 화두로 삼는다.

"허허허, 이 아이가 참언하기를……, 스님께서 오늘쯤 내 집에 당도할 것이라고 확언을 했답니다."

"모르긴 해도, 저분은 소승과 연이 있을 것으로 압니다."

박진령이 소년 이동인을 뚫어질 듯이 살핀다. 대체 무슨 말을 하려고 연緣까지 입에 담는가. 유홍기도 의아해진 표정으로 다시 묻는다.

"연이라면……, 전생에서 맺은 인연이란 말입니까."

"당치 않으십니다. 선생님께서도 잘 아시는 선도仙道로 보셔야지요."

"선도라……. 신이 내린 것은 아니고?"

"소승이 거처하는 새 절에 스스로 무공이라고 하시는 고명하신 선사가 한 분 계신데, 신기하게도 땅 밑을 환히 들여다보는 눈을 가지고 계시옵니다. 수맥을 찾아서 우물을 파는 일은 말할 나위도 없고, 심지어 무덤 속의 썩은 시신까지도 들여다보는 경지인데……, 그건 학문으로 얻은 것이 아니라 참선으로 깨우친 것이니…… 무巫에서 말하는 신이 내린 것과는 다른 경지일 것으로 아옵니다."

유홍기가 선도의 경지를 모를 까닭이 있을까. 그러나 소년 이동인은 스승 무공 선사의 깨우침을 애써 박진령과 비교하려는 것이 분명하다.

"저분이 김포가도에서 소승을 만났을 때, '대치 선생님을 만나시면 서둘러 귀경하시라고 전할 것이며, 그렇지 않으면 큰 재앙을 당할 것'이라고 하였는데, 모든 것은 그대로가 아니었습니까."

"그게 바로 참언이 아니겠습니까."

"참讖이 곧 무巫일 수는 없음이지요."

"그렇다고 저 아이가 참선을 한 것은 아니질 않습니까."

"『역易』에 이르기를 내닫지 않아도 빠르고, 움직이지 않아도 도달한다(不疾而速 不行而至)고 하지를 않았습니까."

"……!"

백의정승 유홍기는 소년 이동인의 학문이 만만치 않음에 놀라움을 감추지 않는다. 그러면서도 소년 이동인을 궁지로 몰아갈 모양이다.

"당치 않은 소리. 저 아이는 천주를 믿네!"

순간 박진령은 쏘아보는 듯한 안총을 유홍기의 얼굴에 던진다. 소년 이동인은 지지 않고 부연한다.

"아직은 이루지 못했음일 테지요."

"하면, 저 아이에게서 무엇을 바라는가?"

"······!"

유홍기와 소년 이동인의 선도문답仙道問答이 끝없이 이어질 기미가 보이자 박진령은 살을 맞은 아이처럼 얼굴을 붉힌 모습 그대로 놋 주전자를 들면서 소년 이동인에게 권한다.

"따라 올리겠사옵니다."

"오, 그래. 허허허, 어서 따라 올려라. 내 오늘은 곡차나 마시며 전장의 회포를 풀자 했느니."

"소승은 아직······."

"허허허, 좀 이르긴 합니다만, 입문의 잔으로 받으세요."

박진령이 소년 이동인의 술잔을 채우자 방 안은 온통 꽃 내음과 소나무 향기로 가득해진다. 가을에 담근 송절주松節酒에는 국화 꽃잎이 들어가기 때문이다.

"아무리 송절주기로 대단한 향기가 아니옵니까."

"허허허, 나이 어린 스님께서 향기로 술을 가리다니요. 그게 원기를 보하고 팔다리를 못 쓰는 사람들에게 효험이 있다는 약주지요. 곡차라고 생각하면 못 마실 것도 없지를 않겠습니까."

"입문의 잔이라고 생각하겠습니다."

순배巡杯가 돌았다. 박진령은 옥석을 다듬어서 만든 인형과 같은 모습으로 비어 있는 술잔을 채우면서 자신의 앞날을 생각해 본다. 뭔가 말하고 싶고, 말하고 나면 그것이 사실로 드러나는 이치를 소년 이동인은 선도라고 설명하면서 무공 선사의 도통과 맥을 같이하고 있다고 한다. 그렇다면 차라리 비구니가 되어 참선을 해 보는 것이 어떨지……. 생각은 꼬리를 물고 소용돌이치고 있어도 잡히는 것은 없다.

"저 아이를 무공 선사님께 맡겨 보는 것이 어떨지요?"

"맡기다니……?"

유홍기는 들었던 술잔을 내리며 소스라친다. 박진령을 무공 선사에게 맡기라는 소년 이동인의 대담한 저의를 알 수가 없어서다. 박진령 역시 새치름해진 눈초리로 소년 이동인을 뚫어지게 쏘아본다. 심기가 상한 것이 분명하다.

"기가 성하여 화근을 자초하는 지경이면, 기를 다스려서 혹세무민惑世誣民이 되지 않게 하는 것이 저분을 위한 현책이라고 봅니다만……."

"……!"

박진령의 눈빛에서 인광燐光이 뿜어지고 있었으나 소년 이동인은 미동도 하지 않은 채 부연한다.

"옛 풍속에……, 어수선한 시절에 태어난 장사에게는 상해를 가해서 화를 모면하게 한 일이 비일비재했고, 왕기설王氣說을 타고나면 살해를 해서라도 가문을 보존한 일이 얼마든지 있지를 않았사옵니까."

"하찮은 계집아이 하나를 두고, 장사는 무엇이며 또 왕기설은 무엇이야."

"저 아이가 천주교도라면서요!"

"이젠 아닙니다. 배교背教를 해서라도, 선생님의 곁에 있고자 다짐한 소녀이옵니다!"

박진령은 떨리는 목소리로 항변한다. 아니 자신의 기를 죽이겠다는 소년 이동인에게 대들고 있는 언동이나 다름이 없다. 그러나 이동인은 천근 같은 무게로 박진령의 항변을 짓눌러 버린다.

"소승의 말을 따르지 아니하고서는 명이 온전치 못할 것이기에 드리는 말입니다. 대저 어설픈 개안開眼이 화근을 자초하여 스승님과 그 가솔들에게 누를 끼치게 된다면, 무엇으로 그 엄청난 죗값을 감당하시겠습니까!"

"……!"

박진령은 왈칵 눈물을 쏟는다. 몸서리치는 배신감을 떨쳐 내지 못해서다. 박진령은 소년 이동인을 탐내는 유홍기의 내심을 헤아렸기에 스스로 봉원사로 달려갔었고, 오래 헤어져 있던 척분을 만나게 하는 기쁨으로 스승의 면전에 인도했는데, 마치 화

근의 덩어리로 자신을 매도하는 소년 이동인의 버릇없음에 반감
이 치밀어 올랐기 때문이다.

"진령이 너는 어찌 생각하느냐?"

이윽고 유홍기는 상기된 목소리로 박진령에게 묻는다. 물론
무공 선사에게 맡겨 달라는 소년 이동인의 당돌한 일격에 합당
한 대답을 해 보겠느냐는 물음이 아니고 무엇인가.

"결단코 따르지 않을 것이옵니다."

박진령의 대답은 야멸치게 튕겨져 나온다. 유홍기의 불같은
시선은 소년 이동인의 얼굴로 옮겨진다.

"도리가 없지요. 장차 저분이 불러들일 화근이 걱정스러울 따
름입니다. 그럼, 소승은 이만 물러갈까 하옵니다."

소년 이동인은 자세를 고쳐 앉으며 상체를 숙여서 작별의 예
를 올린다. 그리고 스물세 권이나 되는 책을 가슴에 안으며 몸을
일으킨다.

유홍기는 더 오래 소년 이동인과 마주 앉아 있고 싶다. 열다
섯 살 어린 승려의 언동이 마치 부처와 같아서다. 그러나 유홍기
는 몸을 일으키는 소년 이동인을 만류하지 않는다. 『해국도지』
를 읽고 나면 다시 찾아올 것이라는 확신 때문이다.

해국도지

땅거미가 스며드는 청계천변은 아름답다.

소년 이동인은 매캐하게 번지는 저녁연기를 헤치면서 발걸음을 재촉한다. 그는 지게를 걸치고 있으면서도 『해국도지』를 가슴에 안고 있다. 내용이 궁금해서다. 그러면서도 박진령의 얼굴에 담겨진 액운의 그림자를 지워 낼 수가 없다. 오직 무공 선사만이 그 액운을 덜어 줄 것이라는 신념도 흔들리지 않는다.

봉원사의 경내는 하얀 눈 속에 잠겨 있다. 소년 이동인은 무공 선사의 승방으로 조심스럽게 다가서며 기척을 한다.

"선사님, 동인이옵니다."

"들어오너라."

소년 이동인은 선사의 승방으로 들어서면서 가슴에 안았던 스물세 권의 책을 문가에 내려놓고 단정하게 앉는다.

"허허허, 내가 뭐랬더냐. 네놈은 승적에 이름을 올렸으되, 중놈일 수가 없다고 했거늘!"

무공 선사는 온화한 목소리로 풀쑥풀쑥 던지듯 말하지만 언제나 면대한 사람들을 주눅 들게 한다. 그가 선도를 깨우친 도승임을 아는 소년 이동인으로서는 스승의 앞에 이르면 언제나 오금이 저린다.

"선사님, 얼마 동안 소승은 불경 대신 저 책들을 읽어야 하옵니다. 허락해 주오소서."

"하기야 이젠 불도가 못 되니 벌을 내릴 수도 없는 것을……."

소년 이동인은 고개를 숙인다. 언젠가는 무공 선사의 슬하를 떠나야 할 것이 분명하지만, 파문破門으로 밀려나는 것이 싫어서다.

"네게는 지금 큰 액운이 따르고 있음을 명심해야 하느니. 알았으면 물러가렷다!"

"선사님의 자애로움에는 결초보은하겠사옵니다."

소년 이동인이 식은땀으로 등판을 적시면서 『해국도지』를 가슴 가득히 안아 드는데, 무공 선사의 찌르는 듯한 경고가 다시 들렸다.

"그 책을 읽어서 혼자 익힌다면 모르되, 네놈의 세 치 혓바닥이 춤이라도 추는 날이면……, 혹세무민이라는 죄명으로 모가

지가 성문에 매달릴 것이야!"

무공 선사의 승방을 나서면서 소년 이동인은 무릎이 후들거
리고 있음을 느낀다. '읽어서 혼자 익힌다면 모르되, 네놈의 세
치 혓바닥이 춤이라도 추는 날이면, 혹세무민의 죄명으로 모가
지가 성문에 매달릴 것이니라!' 라는 경고가 무엇을 뜻하는가.

무공 선사는 방문 앞에 놓인 『해국도지』에 시선 한 번 주지를
않았는데 거기에 적힌 내용을 꿰뚫고 있다는 말인가. 더구나 배
교를 입에 담고 있는 천주교도인 박진령을 무공 선사에게 데려
오고자 했던 자신의 경솔함이 액운을 부르게 된다면 어찌 되는
가. 이동인은 고개를 절레절레 저으면서도 꼬리를 물고 일어나
는 상념을 지워 낼 수가 없다.

승방으로 돌아온 소년 이동인은 거처를 깨끗이 치우고 면벽하
는 자세로 연상과 마주 앉았다. 그리고 눈을 감으며 단전丹田에
힘을 모은다. 마음은 잡념을 헤치며 서서히 맑아지기 시작한다.

격동하는
일본국

대오각성

『해국도지』는 이동인에게 충격을 주는 내용으로 가득했다. 특히 정밀하게 그려진 지도가 그러하다. 중국과 일본, 조선의 지정학적인 관계를 한눈에 살펴볼 수가 있다는 것도 놀라운 일이지만, 그것을 그리기 위해서는 이미 오래전부터 이양선이 조선 앞바다에 출몰하여 실측을 했다는 증거가 아니고 무엇인가. 조정은 그런 사실을 알고나 있는지, 소년 이동인에게는 소름끼치는 일이 아닐 수가 없다.

유럽의 지도도 소년 이동인에게는 경이롭기 그지없다. 강화도를 유린했던 프랑스의 땅덩이와 이어진 여송^{呂末}(스페인)이란 나라는 또 무엇인가. 게다가 해가 지지 않는다는 영길리는 바다에 떠 있는 몇 개의 섬으로 구성되어 있지를 않은가.

소년 이동인은 『해국도지』에 매달리면서부터 침식을 잊는다.

미지의 세계로 이어지는 미로迷路가 그의 몸을 화석처럼 굳어지게 했다. 경서를 읽으면서는 살아가는 도리를 깨닫게 되었고, 불경을 읽으면서는 인연설과 구원에 심취하였던 소년 이동인이었으나, 지금은 자신의 무지를 통탄할 수밖에 없는 성찰의 강물에서 끝없이 허덕이고 있는 무지하고 초라한 몰골로 느껴져서다.

미지의 세계로 들어선 소년 이동인은 미로를 뚫어 가기도 어려운 일이었으나, 무지가 빚어내는 수치감에서 벗어나기는 더욱 어려웠다. 다만 미래를 내다볼 수 있는 뜨거운 감동이 아직도 까마득히 먼 곳에 있음을 알았기에 소년 이동인은 안간힘을 다해 『해국도지』에 도전할 수가 있었는지도 모른다.

1860년(철종 11), 영국과 프랑스의 연합군이 청나라의 도성인 북경을 점령하게 되자, 천자로 일컬어 온 함풍제咸豊帝가 서둘러 열하熱河로 피란을 떠나갔다. 소년 이동인은 이 대목을 읽으면서 불끈 쥔 주먹으로 연상을 내려쳤으나 그래도 치밀어 오르는 울분은 가시지를 않는다. 그토록 무력한 청나라를 상국으로 섬기면서 온갖 수모를 자초한 조선의 지난날이 한심하다는 생각이 들어서다.

'우물 안의 개구리로세!'

그랬다. 서구 열강은 식민지의 확장을 시도하며 대항해大航海의 시대를 열어 가고 있는데도 조선의 수구세력들은 깊은 잠에서 깨어나지를 못하고 있다. 그토록 섬겨 왔던 중화中華의 상국

마저 지리멸렬 망국의 수렁으로 빠져 들고 있는 판국인데도, 조선은 오직 그들만을 상국으로 섬기면서 밀려오는 서양 제국의 문물에는 아무 대비책도 강구하지 않고 있다. 대비책을 강구하지 못하는 것은 고사하고 그 실상조차도 파악하지 못했다면 어찌 되는가.

『해국도지』가 소년 이동인으로 하여금 침식을 잊게 한 또 한 가지는 그 서술방법이 절묘하였기 때문이다. 정밀하게 그려진 지도를 보면서 서구 열강의 역사와 문화를 접할 수도 있었지만, 「주해편籌海篇」에 담긴 해방사상海防思想은 소년 이동인의 무지를 질타하는 비상이나 다를 바가 없었다. 동양으로 밀려오는 서구 열강의 통로는 바닷길뿐이다. 저들의 침공을 저지하기 위해서는 바다를 장악할 수 있는 장기長技를 배우고 힘을 비축하여야 한다.

『해국도지』는 저들의 장기를 전함戰艦과 화기火器, 그리고 양병養兵 · 연병練兵의 세 가지로 규정하고 있다. 그러므로 광동廣東에 조선창造船廠과 화기국火器局을 설치하고 서양의 기술을 도입하여 전함과 거기에 부수된 화포를 만들어야 하고, 그것을 운영할 수 있는 정병을 양성하되 그들에게는 국록을 후하게 주어야 한다는 대비책까지 제시하고 있다. 비로소 소년 이동인은 유홍기가 입에 담았던 선견을 헤아리게 된다.

'싸워서는 이기지 못한다. 지금은 오직 저들의 문물을 배우는

것이 시급할 뿐이다!'

소년 이동인은 몇 날 며칠을 승방에만 묻혀 있었다. 『해국도지』의 모든 것을 자신의 것으로 만들겠다는 불같은 집념이 마침내는 나라를 구하리라는 소명의식召命意識으로 불타오르기 시작한다. 그것은 소년 이동인의 인생항로를 바꾸는 일대 전기일 수도 있었고, 나아가서는 새로운 선각자의 탄생을 의미하는 것이기도 했다.

역관 오경석

동짓달의 하늘은 청명하다.

이동인은 봉원사의 승방을 나서면서 자신도 모르게 등판이 서늘해지는 것을 느낀다. 더벅머리는 자라서 이마를 덮었고, 무명 바지저고리가 더 어울리는 행색이라면 무공 선사의 호통을 들어도 할 말이 없지를 않겠는가.

"허허허, 그게 어디 중놈의 행색이더냐?"

무공 선사가 대법당의 돌계단을 내려서며 웃는다. 소년 이동인은 두 손을 모아 공손하게 합장한다.

"대치 선생님께 다녀오겠사옵니다."

"허허허, 진령이가 보고 싶어서냐?"

"다, 당치 않으시옵니다. 『해국도지』를 모두 익혔사온지라……."

"서둘러라. 네가 만나고자 하는 사람이 참스승일 것이나, 오늘은 또 한 사람의 귀인이 계실 것이니라!"

"또 한 사람이면……?"

말을 마친 무공 선사는 석장錫杖의 방울소리를 울리면서 태연히 극락전極樂殿으로 오르는 비탈길로 들어선다. 소년 이동인은 선사의 굽은 등판을 향해 두 손을 모으면서 상체를 깊게 숙인다.

소년 이동인은 봉은사의 경내를 벗어나면서 스승이자 아버지와도 같은 무공 선사의 말뜻을 곰곰이 되새겨 본다. 또 한 사람의 귀인이라면 대체 누굴 말하는 것일까. 아무리 생각해도 자신의 앞날을 예견하는 말 같아서 마음을 둘 곳이 없다.

이른 아침이었던 탓일까, 도성 안은 한적했다. 소년 이동인은 광통방 공동을 향해 걸음을 재촉하면서 유홍기와의 만남을 그려 본다. 『해국도지』의 독파가 그와의 교유를 돈독히 할 것이라는 확신이 들었던 것도 사실이지만, 무공 선사의 당부가 또한 그에게 자신감을 불어넣어 준다. 또 그것은 개항에 눈뜨는 지식의 차원이 아니라 결기의 선언을 전제로 한 것이기에 소년 이동인의 발걸음에는 비로소 힘이 실리고 있다.

이윽고 멀리에 혜정교가 보인다. 놀랍게도 다리 난간에 박진령이 서 있는 것이 보인다. 소년 이동인은 소스라치게 놀라며 발걸음을 재촉한다.

"선생님 댁에 손님이 오셔 계시옵니다."

"손님……, 누구시라 하시던가?"

"환경 대감의 수역을 지내신……, 원거 선생님이시라 하옵니다."

"아니, 무에야?"

"청나라에 다녀오시는 길이라고 하옵니다."

아, 선사님. 오늘 이 같은 광영이 있을 것임을 어찌 아셨사옵니까. 또 한 사람의 귀인이 원거 선생님임을 선사께오서는 어찌 아셨사옵니까. 소년 이동인의 얼굴에 형언할 수 없는 기쁨이 어른거린다.

박규수의 수역을 지낸 원거元秬라면 오경석吳慶錫이 아니던가. 지난 보름여 동안을 밤새워 읽었던 『해국도지』를 유홍기에게 전해 주었던 사람, 게다가 청나라에 갔다가 돌아오는 길이라면 또 새로운 정보를 전할 것이 분명하다.

'이 무슨 길조야…….'

소년 이동인은 얼굴에 함박 같은 웃음을 담으면서 빠른 걸음으로 혜정교를 지나 모교毛橋를 건너가고 있다. 박진령은 소년 이동인의 환희를 자신의 것으로 간직하며 뒤를 따른다.

약국의 안마당에서는 오경석이 가지고 온 짐을 부리고 있다. 유운두는 물론 강창균, 최우동까지도 태어나서 처음 보는 진귀한 물건들을 조심스럽게 서재로 옮기고 있는 중이다.

"오, 어서 오게나……."

유홍기는 약국의 마루에 나와 서서 오경석과 귀엣말을 주고받고 있다가 마당으로 들어서는 소년 이동인을 반긴다.

소년 이동인은 허리를 굽혀서 문안을 올린다.

"별고 없으셨는지요?"

"허허허, 스님을 기다리는 일로 소일을 했습니다만……, 마침 때맞추어 오시질 않았습니까. 우선 올라와서 인사부터 여쭈세요."

오경석은 두 사람의 짓거리를 흥미롭게 지켜보고 있다. 승려라고 들었던 소년 이동인의 행색이 가관이어서다.

"허허허, 원거에게도 긴요히 쓰일 인재일 것이야……."

"스님이시라고 하질 않았나."

"허허허, 도성출입이 여의치 않아서 변장을 하셨나 보이."

"허허허, 변장을."

"원거가 마련해 주었던『해국도지』를 스님에게 아주 주었거든……."

"오, 그래. 이거 반갑소이다그려. 내가 바로 역관 오경석이오이다."

오경석은 저간의 사정을 모두 알겠다는 듯이 소년 이동인에게 손을 내밀며 서양식 악수를 청한다. 소년 이동인은 엉거주춤 두 손으로 오경석의 손을 잡았으나, 그가 왜 잡은 손을 흔드는 것인지는 알지 못한다.

오경석! 평안감사 박규수의 수역으로 청나라를 내왕하면서 서구 문물을 조선 땅에 소개한 선각의 한 사람이었고, 근세의 걸출한 서예가이자 3·1운동 때 독립선언을 한 33인 중의 한 사람이었던 위창 오세창의 아버지이기도 하다. 백의정승 유홍기와는 어려서부터 중인들이 모여 사는 광통방 공동에서 함께 뛰놀았던 그야말로 죽마고우다.

"아……."

소년 이동인은 하마터면 비명을 토할 뻔했다. 지난 가을, 프랑스의 군함 두 척이 양화나루에까지 올라왔을 때, 인파에 섞인 사대부들에게 유창한 설변으로 서양의 문물을 일깨워 주던 그 오역관이……, 바로 오경석이었음을 이제야 기억해 냈기 때문이다.

"자, 드세나……."

세 사람은 송죽재松竹齋로 자리를 옮겼다. 유홍기와 오경석이 상석에 좌정한다.

"우선 원거장에게 인사를 여쭈세요. 천하제일의 스승으로도 손색이 없을 것으로 압니다."

소년 이동인은 오경석에게 정중한 예를 올리고 앉는다.

"소승은 이동인이라 하옵고, 원거 선생님의 함자는 익히 듣고 있었사옵니다. 많은 가르침을 주셨으면 하옵니다."

"가르침이랄 것까지야……."

"두 분 어른의 분부를 천명으로 받들 것이옵니다. 문도로 거두어 주소서."

소년 이동인의 목소리에는 개항을 열망하는 결기가 담겨 있다. 오경석은 흡족한 표정으로 유홍기를 바라본다.

"맨몸으로 들어선 것을 보고, 내 소망이 헛되지 않았음을 기뻐하고 있었습니다. 이젠 문도라기보다는 동반이 아니겠습니까."

유홍기는 문도를 받아들이는 의례적인 말보다는 자신의 심중을 솔직하게 털어놓는 것으로 소년 이동인을 감동하게 한다.

"광영이옵니다."

"허허허……, 내 아직 원거와 긴한 얘기를 못하고 있었던 터이라……. 스님께서는 듣기만 하시면 될 것입니다만, 불연이면 돌아가셨다가 다시 오시든가요."

"소승의 심려는 마오소서. 큰 공부가 될 것이라고 사료되옵니다."

"그렇다면 다행이지요."

이 순간부터 해질녘까지 유홍기는 단 한 번도 소년 이동인에게 시선을 주거나 말을 걸지 않았다. 오경석은 유홍기가 궁금해하는 것이 무엇인지를 알고 있었기에 청나라의 사정부터 입에 담는다.

"연경燕京(청나라의 수도 북경)의 거리에는 이양인이 활보하고 있었으이. 그것도 아주 여러 나라의 이양인들이 말일세."

"……?"

"그냥 활보를 하는 것이 아니라, 경천동지할 문물까지 선보이고 있으니, 이젠 전쟁의 유무를 따지기보다는 앉아서 당해야 하는 지경이 아니겠나."

"이를테면……?"

"영길리 사람들이 연경에 철도를 설비하고 달리는 기차를 운전해 보이는가 하면……, 상해上海에 전선電線을 가설했다네."

모두가 사실이다. 지난해(1865), 영국의 철도회사에서는 북경에 소철도小鐵道를 개설하여 기차를 운항해 보였고, 역시 영국인들에 의해 상해와 황포강黃浦江 사이에 전선이 가설되었다. 이 두 가지 획기적인 사실이 잠자는 동양에 최초로 전해진 철도라는 운송수단과 전선이라는 교신수단의 실체였다.

"전선이란 전류라는 것이 흐르는 철선을 말함인데, 그 전선이 가설되는 곳은 아무리 멀리 떨어진 곳이라도 서로 의사를 소통할 수가 있다는 것이야."

유홍기는 자세를 고쳐 앉으며 마른침을 꿀꺽 삼켰다. 그가 『해국도지』를 비롯한 수많은 전적들을 섭렵하여 서양 문명의 실상을 파악하였고, 오경석과 박규수로부터 서양의 세력이 중원을 소용돌이치게 하고 있음을 전해 듣고는 있었다고 해도, 그 같은 새로운 변화에 접하고 보면 신기하다는 생각보다 조선의 앞날이 우려되는 것은 당연하지를 않겠는가. 더구나 아직은 소외되어 있는 소년 이동인에게는 말뜻은 고사하고 철도니 전선이니 하는 용어조차도 생소한 것이 아니겠는가.

오경석은 담담한 어조로 부연한다.

"이건……, 대치 자네가 관심을 두어야 할 일일세만……, 미리견의 사람들이 상해에 동인병원同仁病院이라는 신식 병원을 개원하고 치료에 나섰는데…….."

"치료라면……, 청나라 사람들도 그 병원에 출입을 한다던가?"

"그야 이를 말인가. 몸속에 박혀 있는 철환鐵丸을 수술로 제거하는 것은 밥 먹듯 쉬운 일이라고 하였고, 더욱 놀라운 것은 재귀열은 예방으로 다스리면 평생을 다시 앓는 법이 없다는 것일세!"

"……!"

어찌 놀랍지 않으랴. 재귀열再歸熱은 오늘날 말라리아라고 불리는 돌림병을 말한다. 청나라는 말할 나위도 없었고, 조선에서도 수많은 사람들의 목숨을 앗아 내는 천형天刑(하늘의 형벌)이라 여겼기에 왕자나 공주 같은 귀한 몸도 학질(재귀열)에 걸리면 속수무책인 시절이다. 그 무서운 학질을 예방으로 다스린다면 서양의 의술이 어느 수준인가를 짐작하고도 남을 일이다.

유홍기는 의원의 처지였으므로 가슴이 쿵쿵거리는 수치심과 참담한 패배감을 맛볼 수밖에 없다. 오경석은 품에서 종이 봉지를 꺼내서 반짝반짝 빛나는 가루약을 보여 준다.

"이게 바로 재귀열을 치유하는 금계랍金鷄蠟일세. 저쪽에서는 '키니네'라고 한다더군……."

유홍기는 의원답게 손가락에 키니네를 찍어 맛을 보는 순간 오만상을 찌푸린다. 소년 이동인은 '나무관세음보살'을 입 안에서 뇌며 키니네라는 가루약이 무척 쓴맛일 것이라고 짐작될 뿐이다.

유홍기는 비장한 어투로 오경석에게 묻는다.

"전선이나 병원의 사정은 그렇다 치고……, 서양 제국에 대한 청국의 대책은 무엇이라는 게야!"

"대책이랄 게 무에 있겠나, 벌써 무너졌다고 보아야지. 워낙 땅덩이가 큰 나라이기도 하지만……, 서양의 문물과 싸우기에는 모든 것이 역부족이니 나라가 온통 어지러울 수밖에."

"이거야 원……, 하면, 조선의 외교는 어찌 되는 게구!"

유홍기는 자신도 모르게 언성을 높인다. 그는 나라와 나라가 동등하고서만이 외교와 통상도 동등하게 이루어지는 것이라고 주장해 왔는데, 청나라가 혼돈을 겪고 있다면 조선의 처지는 더욱 난감해질 것이라는 우려가 짜증을 토해 내게 한 모양이다.

"엊그제만 해도 기세등등한 상국이었거늘!"

"청조가 무너지면……, 근대화된 새 정부가 세워질 것이 아니겠나."

"……!"

"저들 청나라가 근대정부를 세운다면……, 당연히 우리 조선도 근대화된 정부를 세워야만 저들과 대등한 외교를 펼칠 수가 있질 않겠나!"

소년 이동인은 얼굴을 붉히고 있는 유홍기의 모습을 말없이 지켜볼 수밖에 없다. 대체 무엇이 근대화된 정부란 말인가.

"그게 어디 청나라뿐이라던가. 바다 건너의 왜국도 개항세력開港勢力들이 막부幕府를 때려 부수겠다고 궐기하여, 내란에 버금가는 혼란을 겪고 있다고 들었어."

"무슨 소리야. 지난 이백칠십 년 세월을 이어 온 덕천德川(도쿠가와) 막부가 무너진다는 말인가!"

유홍기는 벌겋게 상기된 얼굴로 비로소 소년 이동인을 바라본다. 무엇에 홀린 듯하면서도 총기를 빛내는 소년 이동인의 모습은 깎아 놓은 돌조각과도 같다.

"대체 그게 언제 일이라는 것이야. 왜국이 내란에 휩싸인 게?"

"왜국에 미리견의 군함이 처음 나타난 것이 지난 계축癸丑(1853)년의 일이라니까……, 벌써 십삼 년 전이 아닌가."

"십삼 년……, 그런 세월 동안 내란을 겪으면서 개항으로 간다?"

유홍기는 내란이라는 말에 신음을 담았다. 그 내란이 바로 계급사회를 타파하는 갈등이 아니고 무엇인가.

"하긴……, 껍질이 깨지는 아픔이 없고서야 어찌 새로운 시대를 열어 갈 수가 있겠는가."

오경석의 탄식이 소년 이동인의 가슴을 뭉클하게 한다. '껍질이 깨지는 아픔이 없이는 새로운 시대를 열어 갈 수가 없다'라는 말이 자신에게 진로를 정해 주는 영감이었기 때문이다.

젊은 선각자

일본국의 개항은 무력하게 무너지는 청나라와는 달랐다.

사정은 오경석의 지적처럼 13년 전으로 거슬러 올라간다. 즉 1853년(일본 연호 嘉永 6), 미국의 동인도함대東印度艦隊 사령관인 페리 Matthew C. Perry 제독이 기함 서스퀘해나를 비롯한 미시시피, 새러토가, 플리머스 등 4척의 군함을 이끌고 에도 만江戸灣(지금의 동경 만) 어귀인 우라가浦賀 앞바다에 닻을 내리고, 미국 대통령 필모어 Millard Fillmore의 친서를 전하겠다고 위협하면서 개항의 바람에 불씨를 댕겼다.

당시의 일본인들은 이양인들이 타고 온 군함이 검다 하여 '구로부네黑船'라고 불렀으나, 단 4척의 미국 군함이 일본국 조야를 벌집 쑤시듯 뒤집어 놓을지는 아무도 몰랐다.

그 후 다른 지역의 해안에도 영국과 프랑스의 군함이 출몰하면서 마침내 '구로부네'의 소동은 수구와 개항이라는 국론의 분열을 야기했다. 탄압과 부패로 얼룩진 3백 년 세도의 도쿠가와 막부德川幕府를 쓰러뜨리고, 유명무실했던 황실을 일으켜서 근대화된 일본국을 열어야 한다는 이른바 '존황토막尊皇討幕'의 거센 물결은 탄압에 시달려 온 농민(백성)들을 자극하고도 남았다.

기득권으로 무장한 사무라이들의 가혹한 탄압까지를 운명이라고만 여겨 왔던 무지렁이 농민들이 그 사무라이들과 어깨를 나란히 하여 부패와 권위의 상징인 막부를 때려뉘고 새로운 시대를 열어 간다는 사실은 평등권을 확보하는 혁명이나 다름이 없다.

이른바 일본국 근대화의 모태인 '명치유신明治維新'은 이렇게 시작되었다.

당시의 일본은 중앙집권제가 아닌 각 지역에 번藩(지역을 다스리는 장군가의 영토)을 두고 다스리는 봉건국가체제였으므로 구로부네와의 접촉은 각 번의 형편에 따라 판이하게 달랐다. 바다를 끼고 있는 지역이냐, 아니면 내륙 깊숙이 있는 지역이냐에 따른 지정학적인 필요에 의해 접촉의 강도가 달라지는 것은 당연하였고, 또 개항을 열망하는 선각자가 있었느냐, 없었느냐에 따라서도 큰 차이가 날 수밖에 없었다.

개항에 앞장섰던 조슈 번長州藩(지금의 야마구치 현)의 경우 요시다 쇼인吉田松陰이라는 걸출한 선각자가 있었기에 다른 지역보다 일찍 개명할 수가 있었다. 요시다 쇼인은 열한 살의 어린 나이로 번주藩主(지역을 다스리는 장군이자 지방 영주)와 가로家老(가신들)의 앞에 나아가 병법兵法을 강의할 정도의 수재로 어려서부터 신망이 자자하였다.

쇼인은 에도江戶(막부가 있었던 곳, 지금의 동경) 유학을 허락받고 고향을 떠났다. 에도에서 서양의 포술砲術을 연구하며 난학蘭學(네덜란드의 학문과 문화)에 정통한 선각의 사상가 사쿠마 소산佐久間象山을 만나 신지식에 눈뜨게 된다. 1854년, 미국의 페리 제독은 7척의 군함을 거느리고 두 번째로 에도 만 아래쪽의 시모타下田 항에 들어와 「미일화친조약美日和親條約」의 체결을 요구하였다. 그러나 막부는 선뜻 동의하지 못한다.

소식에 접한 요시다 쇼인은 이윽고 3월 27일, 자신을 따르는 하급무사 가네코 시게노스케金子重輔와 함께 시모타 항으로 달려가 손바닥만 한 나무배를 마련하여 세찬 바람과 산 같은 파도 속으로 뛰어든다. 나뭇잎같이 흔들리는 나무배의 노를 젓는 가네코 시게노스케는 기진맥진할 수밖에 없다. 두 사람은 생사를 결단하는 노고를 다하고서야 기함에 올라 페리 제독과 만난다.

비에 젖은 요시다 쇼인은 자신들을 미국으로 데려가 줄 것을 애원했으나, 페리 제독의 응대는 냉담하였다.

"청년들의 기분은 알고도 남는다. 그러나 일본인이 외국으로 나가는 것은 금지되어 있으므로 나는 청년들의 소망을 들어줄 수가 없다. 이제 곧 미국과 일본은 공식적으로 내왕할 수가 있을 것이다. 그때 미국으로 가는 것이 옳지를 않겠나."

"우리는 국법을 어기면서 여기까지 왔습니다. 이대로 돌아가면 우리는 반드시 죽습니다."

"지금은 밤이 아닌가. 누구도 모를 것이니 어서 돌아가라."

"이젠 타고 온 배도 없어지지를 않았습니까. 제발 우리를……"

"그렇다면 할 수 없지. 우리 군함의 보트를 내주겠다."

요시다 쇼인은 분루憤淚를 삼켰다. 나라의 미래를 생각했던 호연지기浩然之氣가 무너진 것이 참담해서다.

육지로 돌아온 두 사람은 날이 밝기를 기다렸다가 밀항을 시도했음을 관아에 자수했고, 곧 투옥된다. 구로부네를 타고 서양의 신문명과 그 신문명을 누리는 강대국의 실상을 몸소 체험하지 않고서는 일본국의 미래를 가늠할 수가 없을 것이라는 생각……, 얼마나 대견한 선각의 젊은이던가. 이때 요시다 쇼인의 나이 25세였다.

요시다 쇼인은 고향인 하기萩로 압송되어 중죄인들이 수감되는 노야마 옥野山獄에 수감되었고, 신분이 미천했던 가네코 시게노스케는 노야마 옥의 길 건너에 있는 이와쿠라 옥岩倉獄에 수감되었다가 에도에서 얻은 폐병이 악화되어 25세의 아까운 나이

172

로 세상을 떠난다.

요시다 쇼인은 옥중에서도 학업에 열중한다. 그가 1년 2개월 동안 옥중에서 읽은 책은 모두 620여 권……, 한 달에 무려 40여 권을 독파하는 초인적인 독서량이었다.

"쇼인은 출옥하여 근신하라."

번에서는 그의 천재성을 인정하여 곧 출옥하게 하였다. 비록 근신이라는 꼬리표가 달렸어도 요시다 쇼인은 학업을 중단할 수가 없었다. 그는 근 1년 동안 집안 어른들과 아이들에게 『맹자』를 강의하면서 소일하다가, 1857년에 저 유명한 명치유신의 산실인 '쇼카 손주쿠松下村塾'를 열게 된다.

낡은 고가古家를 한 채 마련하여 선생과 제자들이 벽을 바르고 천장을 올려서 말끔히 단장하고, 다다미 8장 넓이의 강의실을 마련하였다. 우리 평수로 4평 남짓 되는 좁은 방에 19∼24세의 청년 13명이 모여 앉아 공부를 시작했다.

그 당시 모든 학자들은 젊은이들에게 번주藩主에게 충성하라고 가르치던 시절이었으나, 요시다 쇼인은 "번藩은 곧 없어질 것이며, 일본이라는 새로운 국가가 탄생한다. 우리는 모든 힘과 정열을 일본이라는 새 나라에 쏟아 부어야 한다"라고 가르쳤다. 수구의 집단인 번 쪽에서 본다면 혹세무민이 아닐 수 없다.

28세의 젊은 스승 요시다 쇼인은 동년배의 숙생塾生들에게 감동적인 깨달음을 선물하였다.

"너는 무슨 연유로 학문에 임하는가?"

"책을 읽기가 어려워서……, 잘 읽어지도록 진력할 생각입니다."

요시다 쇼인은 단순한 생각뿐인 숙생들에게 학문보다는 호연지기를 깨우치도록 각별히 노력했다.

"너는 학자가 되려는 것이 아니질 않은가. 학문 자체보다 익히고 닦은 학문을 어떻게 실행하느냐 하는 것이 더 중요하다는 사실을 명심해야 한다. 시詩도 좋겠지만 서재에서 시를 짓고 있는 것만으로는 뜻을 펼 수 없다. 사나이는 자기의 일생을 한 편의 시로 이루어 내는 것이 중요하다. 구스노키 마사시게楠正成(『太平記』에 나오는 전략가)는 한 줄의 시도 쓰지 않았으나, 그의 일생은 그대로 웅대한 한 편의 시가 아니었는가!"

얼마나 멋있는 가르침인가. 그는 또 "하늘 높이 솟아올라 세상의 모든 소리를 들으면서 큰 눈을 떠야 할 것이다飛耳長目"라는 말로 젊은 인재들을 감동하게 하였고, 마침내 그들로 하여금 미래의 일본을 위해 몸과 마음을 함께 내던지게 하였다.

요시다 쇼인은 젊은 후학들에게 낡은 학문보다는 호연지기를 심어 주는 데 열중하였다. '호연지기'란 무엇인가. 공명하고 정대하여 누구를 만나도 꿀림이 없는 도덕적인 용기가 아니던가.

"죽어서 불후不朽가 되려거든 때와 장소를 가리지 말라. 국가의 대업大業을 이루려거든 오래 살아서 뜻을 이루라!"

대단한 가르침이 아닐 수 없다. 젊은 문도들인 구사카 겐스이 久坂玄瑞, 다카스기 신사쿠高杉晉作, 가쓰라 고고로桂小五郎(후일의 木戸孝允), 이노우에 가오루井上馨, 야마가타 아리토모山縣有朋, 이토 히로부미伊藤博文 등, 후일 명치정부의 총리대신과 각부 대신, 장성 들이 바로 이들이라면, 요시다 쇼인의 가르침이 얼마나 선각자적이며, 국가관에 투철한 젊은이를 길러 내고자 했던가를 짐작하고도 남는다.

명치유신의 스승 요시다 쇼인은 젊은 후학들에게 "죽어서 불후가 되려면 때와 장소를 가리지 말라"라고 가르쳤다. 그러므로 구사카 겐스이, 다카스기 신사쿠는 일본의 근대화를 위해 각각 25세, 29세의 꽃 같은 나이로 불타듯 산화했다.

또 "나라를 위해 대업을 이루려면 오래 살라"라는 가르침에 따라 이토 히로부미는 명치정부의 총리대신까지 지내면서 조선과 만주를 집어삼킬 때까지 오래 살았고, 잡병雜兵 출신이었던 야마가타 아리토모 또한 육군대신, 내무대신, 총리대신을 거치면서 오래 살았으며, 이노우에 가오루 또한 조선 공사, 외무대신 등을 거치면서 조선 침략의 원흉이 될 때까지 오래 살지를 않았는가.

다다미 8장 크기의 4평짜리 방에서 28세의 젊은 선각자가 13명의 청소년을 모아 놓고 호연지기를 가르쳤다. 그것도 겨우 2년여 개월을 가르치고, 스승인 요시다 쇼인은 안세이의 대옥安政

の大獄으로 30세의 젊은 나이에 할복割腹(스스로 배를 째고 죽는 것)하는 불운을 겪으면서 마지막 시를 남긴다.

　나는 지금 나라를 위해 죽으나, 군왕과 부모에게 폐를 끼쳤다고 생각하지 않는다. 천지는 영원하다. 내 참마음도 이 영원의 신이 알고 있기에 조금도 부끄러움이 없노라!

　바로 이 요시다 쇼인의 애제자들이 이른바 '명치유신'을 성사하게 하는 주인공들이었다.

　또 조슈 번과 함께 개항세력의 주축을 이루었던 사쓰마 번薩摩藩(지금의 가고시마 현)에서는 바다에 둘러싸인 지역적인 특성으로 일찍부터 개항의 필요성을 절감하고 있었으므로, 다른 번에 비해 보다 빨리 근대산업에 눈을 뜨게 되어 사족士族(일본에서는 사무라이(武士)를 말함) 출신인 오쿠보 도시미치大久保利通, 미천한 신분이었던 사이고 다카모리西鄉隆盛 등과 같은 걸출한 젊은이들을 길러 냈다.
　"번의 앞날이 아니라, 일본이라는 새로운 나라를 위해 몸을 던져라!"
　번주인 시마즈 나리아키라島津齋彬라는 개명한 현군賢君이 있었기에 가능하였다. 그는 사쓰마 번의 번영이 새로운 일본국의 미래로 이어질 것이라고 믿었기에 미천한 신분이었던 사이고 다카

176

모리에게 각별한 후원을 아끼지 않았다.

"있을 수 없는 일이오이다. 어찌 미천한 사이고 따위에게 중책을 맡기면서 비호할 수가 있소이까!"

사족들의 불만이 커지면 신분이 미천한 사이고 다카모리는 암살을 당할 위험이 있었다. 현군 시마즈 나리아키라는 사이고 다카모리에게 위기가 닥칠 때마다 외딴 섬에 그를 유배하는 것으로 목숨을 부지하게 하였다. 언젠가 다시 불러서 쓰겠다는 의도였다.

시마즈 나리아키라의 혜안慧眼은 정확했다. 후일 교토京都로 진출한 사이고 다카모리는 사쓰마 번의 지도자가 아니라, 명치유신의 주력인 근왕파勤王派의 지도자로 성장하여 막강한 영향력을 행사하게 된다.

존황토막의 바람

선각자란 얼마나 아름답고 영광스러운 명예이던가.

조슈 번의 선각자 요시다 쇼인과는 전혀 다른 또 한 사람의 선각자가 있었다. 그의 이름은 사카모토 료마坂本龍馬, 쇼인이 선각의 이론가라면 사카모토 료마는 스스로 몸을 던져 실천해 보인 행동가였다.

1835년, 시코쿠四國의 고치 현高知縣에 해당하는 도사 번土佐藩에서 태어난 사카모토 료마는 울기를 잘하는 오줌싸개 시골 아이였다. 누님 오토메乙女는 어린 료마를 사내답게 성장하도록 무진 애를 쓰면서 단련시켰다.

그런 덕분인가. 늦깎이 소년 사카모토 료마는 19세가 되어서야 검술을 배우기 위해 에도로 진출한다. 치바도장千葉道場에서 호쿠신잇토류北辰一刀流라는 검술을 익히고 있던 와중에 그 또한 우라가 항에 닻을 내린 구로부네에 관심을 갖게 된다. 그 무렵 조슈 번에서 파견된 가쓰라 고고로와 알게 되면서 급변하는 국제정세에 눈뜨게 되지만, 사카모토 료마는 그 변화가 무엇을 뜻하는지를 깨닫지 못했다.

"뭔가 변하고 있다. 그 변화의 한가운데로 뛰어들지 않고서는 살아남지를 못할 것이다!"

고향으로 돌아온 사카모토 료마는 미칠 것만 같았다. 뭔가 분명히 일어나고 있는데 그것이 무엇인지를 알 수가 없었다. 그러고서야 어찌 대장부 사내라고 할 수가 있겠는가.

"우물 안의 개구리로 살 수는 없다!"

마침내 사카모토 료마는 탈번脫藩(고향을 떠나는 짓)을 감행한다. 당시의 법도로는 탈번하다 잡히면 사형과 같은 중벌을 받게 되지만, 료마는 칼 한 자루에 자신과 국가의 미래를 걸고 격동하는 세상 속으로 몸소 뛰어들었다. 그는 먼저 조슈 번으로 달려가 구사카 겐스이, 다카스기 신사쿠 등 선각의 젊은이들을 만나 새로운 일본에 대한 것을 배우고자 했으나 뜻을 이루지 못하자, 다시 사쓰마 번으로 달려가서 사이고 다카모리 등 선각의 젊은이들과 교유하였으나 역시 뜻을 이룰 수가 없었다.

'변화의 본거지가 어딘가.'

사카모토 료마는 근왕파의 본거지인 오사카大坂와 교토에서 '존황토막'이 새로운 일본국으로 가는 길임을 어렴풋이 깨달으면서 도쿠가와 막부가 있는 에도로 간다. 새로운 문물의 정체가 무엇인지를 탐구하기 위해서는 목숨도 아끼지 않겠다는 호연지기가 아닐 수 없다.

성품이 열혈과도 같았던 사카모토 료마의 운명을 바꾸게 한 것 역시 후일 일본국의 해군을 창설하게 되는 개화의 선각자이자 12년 연상인 가쓰 가이슈勝海舟라는 걸출한 선각자와 만나게 되면서다. 가쓰 가이슈는 1860년 간린마루咸臨丸를 타고 태평양을 횡단하여 미국이라는 문명국을 눈으로 확인하고 온 당대 제일의 개명사상가였다.

두 사람의 만남은 운명적인 결합이 아닐 수 없었다.

사카모토 료마는 치바도장 스승의 아들인 지바 주타로千葉重太郎와 함께 가쓰 가이슈를 암살하기 위해 그의 저택에 스며든다. 가쓰 가이슈가 선각의 사상가면서도 막부에 고용되어 있다는 평계로 개항을 적극적으로 지지하지 않고 있어서다.

5척 단구의 가쓰 가이슈는 자신을 죽이기 위해 왔을 것이라는 것을 잘 알고 있을 것인데도 칼을 들지 않고 두 젊은이의 앞으로 다가와 앉는다.

사카모토 료마는 오히려 자신이 기만을 당하는 기분이다. 어찌 저리도 당당할 수가 있는가.

"오, 허허허, 이리들 다가와 앉아서 이걸 좀 보게나."

가쓰 가이슈는 칼을 든 젊은 자객들을 자신의 앞으로 다가앉게 하고, 지구의地球儀를 천천히 돌려 보이면서 부연한다.

"모두들 세계, 세계 하지만……, 사실은 좁은 땅덩이보다 대부분이 망망대해가 아닌가. 바로 그 바다에서 보물이 마구 쏟아져 나온다는 사실을 알아야 해."

"……!"

이 무슨 뚱딴지같은 소린가. 사카모토 료마는 어리둥절할 수밖에 없다.

"거짓말이라고 생각되거든 여기 영국을 보게나. 세계 제일가는 대국이라고 하면서도 이렇게 조그마한 섬이 아닌가. 영국 놈들은 일찍부터 바다를 정복하겠다고 생각을 했거든. 그래서 바다 위를 육지처럼 달리는 화륜선을 무려 몇천 척을 가지고 활발하게 외국과 장사를 했어. 거기서 올린 이익 덕분으로 해가 지지 않는 대영 제국이라는, 인간의 역사가 시작된 이래 가장 빛나는 번영을 자랑하고 있지 않은가. 그런데 우리 일본은 어떤가."

28세의 열혈청년 사카모토 료마는 가쓰 가이슈의 열변에 넋을 잃을 정도의 감동에 젖어 든다. 가쓰 가이슈는 욕설에 능하면서도 상대를 설득하는 능변의 사내였다.

"나는 일본국의 백년대계를 위한 번영책을 만들어서 막부에 제출했지. 일본 열도의 방위를 위해 바다를 동북해, 북해, 서북해, 서해, 서남해 등의 여섯 구역으로 나누고, 여섯 함대를 바다에 띄운다 이 말이지. 이 여섯 함대의 배는 무려 2백여 척에 이르고 승무원은 6만1천2백5명, 이 밖에 운송선, 측량선, 해방선海防船만 해도 일흔다섯 척에 이르는데, 그 바보 같은 막부의 늙은이들은 기겁을 했어. 돈이 없다는 것이지. 뭘 모르니까 그런 소리를 하는 것이 아니겠나. 돈은 육지에서 만드는 것보다 바다에서 만드는 것이 훨씬 더 쉽거든. 우리 일본국은 하루라도 빨리 개국하여 활발하게 무역을 하고서만 살아남을 수가 있을 것일세!"

사카모토 료마는 가쓰 가이슈의 앞으로 한 걸음 다가가 앉으면서 상체를 깊이 숙인다.

"선생님, 이 못난 놈을 제자로 받아 주소서."

"아니, 허허허, 네놈은 날 죽이러 왔으면서 제자라니……. 응, 허허허."

"선생님, 용서하소서."

가쓰 가이슈를 암살하기 위해 찾아왔던 사카모토 료마는 오히려 그의 개명사상에 감동하여 제자가 될 것을 자청하게 된다. 가쓰 가이슈는 이날 사카모토 료마의 사람됨에서 일본국의 희망을 보았다고 술회하였다.

"허허허, 고맙구먼. 이것 봐. 돈을 만들기 위해서도 개국은 해야 하고, 그래서 군함을 사들이게 되면 결국 그런 군함을 일본에서 건조할 수 있게 되지를 않겠나. 그러자면 제철소나 공작기계창을 만들어야 하고, 그러면 자연히 기술자가 양성될 것이 아닌가. 이것이 내가 주장하는 흥국론興國論이야. 알아듣겠는가."

"명심, 명심하여 신명을 바치겠습니다."

"허허허, 됐어. 양약良藥 속에는 독성毒性이 있게 마련이거든……. 영웅이란 국가가 아무런 병 없이 태평할 때는 독물이지만, 천하가 위급할 때는 없어서는 안 될 묘약妙藥이다 이 말이야. 인간의 독성만 좀스럽게 캐는 것은 소인배가 하는 짓이고, 군자는 모름지기 상대의 쓸 만 한 점을 알아보아야 하질 않겠는가."

이날을 계기로 열혈청년 사카모토 료마는 급변하는 세계정세를 정확하게 읽고 행동할 수 있는 모든 논리와 체험의 길을 터준 후원자요, 선각의 스승인 가쓰 가이슈의 신임과 총애를 받게 된다.

사카모토 료마는 곧 가쓰 가이슈의 사숙私塾인 고베神戶 해군 조련소의 우두머리로 후진을 양성하면서 해원대海援隊 대장의 중책을 맡게 된다. 그 후 사카모토 료마는 가쓰가 주선해 준 군함을 타고 일본국 국토의 연안을 누비고 다니면서 국제공법國際公法을 익힌다. 그것은 곧 일본국의 미래를 설계하는 일과 다름이 없었다.

그런 와중에서도 이른바 '명치유신'의 거센 바람은 전쟁에 버금가는 내란으로 발전한다. 도쿠가와 막부는 조슈 번의 정벌을 명하면서 관군을 파견하였고, 조슈 번의 대항도 결사항전이었다. 내란에 버금가는 혼란의 양상이 거듭되자 교토의 근왕파가 곤경에 빠지면서 조슈 번과 사쓰마 번의 사이가 벌어진다. 이 두 번이 화해하지 않고서는 명치유신은 성공할 수가 없다.

"이건 안 돼. 조슈와 사쓰마의 분열은 백해무익이야. 자, 화해하시오. 어려운 조건을 내지 마시오. 유신은 당신들 두 번을 위해서 하는 것이 아니라, 일본이라는 근대국가를 만들기 위한 것이오. 자, 어서 손을 잡으시오!"

사카모토 료마는 조슈와 사쓰마를 오가면서 양진영을 설득하는 데 성공한다. 이 엄청난 성공도 실상은 배가 있었기에 가능했던 일이다. 이른바 '삿초동맹薩長同盟'이라는 회천回天의 대업을 이루어 낸 일은 명치유신을 성공하게 하는 핵심이 되고도 남는 일대 사건이 아닐 수 없다.

어찌 그뿐이랴. 일본 상사商社의 원형이라고도 평가되는 '가메야마샤추龜山社中'를 조직하여 군함과 무기를 사들이고 파는 등의 구매업을 대행하기도 했다. 후일 그를 연구하는 사람들은 가메야마샤추의 활동을 상법감각商法感覺을 익힌 정보력의 승리라고까지 높이 평가하였다.

토막, 유신의 화신이자 일본국 근대화의 상징인 사카모토 료마는 그야말로 '명치유신'의 설계자라 해도 손색이 없다. 그는 배를 타고 다니면서 유신을 방해하는 요건들을 하나하나 제거해 나갔다. 유신을 지지하는 각 번들은 사카모토 료마의 열정적인 활동에 신뢰감을 담아 주었다.

위대한 선각자의 빛나는 행적은 그렇게 하나하나 쌓여 갔다.

그것은 곧 명치유신이 성공할 수 있는 굳건한 발판을 만들어 가는 일이었고, 나아가서는 일본 제국이라는 새 강국을 만드는 모태이기도 하였다.

이웃나라 일본국이 근대화되는 과정인 '명치유신'이 1853년, 미국의 동인도함대 사령관인 페리 제독에 의해 불붙기 시작한 지 불과 15년 만인 1868년에 소위 '명치개원明治改元'을 선언할 수 있는 새로운 시대, 새로운 나라를 열어 갈 수가 있었던 것은 위에서 기술한 20대의 젊은 인재들에게 불타는 가슴을 열어 주었던 선각자들이 있었기 때문이다.

후일, 사카모토 료마의 스승이자 선각의 한 사람인 가쓰 가이슈는 "명치유신은 사카모토 료마 한 사람이 이룩한 것이나 다름이 없다"라고 술회하였다.

개항의 불씨를 살리지 못한 조선

그렇다면 조선의 경우는 어떠한가.

일본국의 '명치유신'이 성공하기 2년 전인 1866년 7월, 대동강을 거슬러 올라온 미국 상선 제너럴셔면 호를 화공으로 격침하면서 개항의 불씨를 살리기는커녕 오히려 승리감에만 도취하였고, 그로부터 한 달 남짓 뒤인 8월, 경기도 남양부의 앞바다에 프랑스군 군함 3척이 나타나서 닻을 내리더니 급기야 데룰레드 호와 타리디프 호는 한강을 거슬러 올라와 도성의 문턱에 이르러 물자를 요구하는 지경에 이르러도 속수무책이었으며, 9월에는 강화부가 프랑스 해병대에 유린되는 참담한 패배를 경험하면서도 '개항開港'이라는 개념조차도 정립하지 못한 채 오히려 흥선대원군에 의해 '양이 · 보국'이라는 강도 높은 보국정책이 채택된다.

이같이 어려운 여건에서 백의정승이라고 불리는 의원 유홍기와 역관 오경석이 서양 문명과의 접촉 수단으로 통상을 염두에 둔 것은 선각자의 출현이라고 할 만한 일이고도 남았다. 그러나 두 사람 모두 중인中人의 신분이었으므로 그들의 탁견이 조정이나 중신들, 혹은 양반 댁 자제들인 젊은 지식인들에게 전해질 통로가 없었는데, 이제 겨우 열다섯 살인 이동인이라는 나이 어린 승려 한 사람이 가세한 형편이다.

　"하면, 왜국의 막부가 무너졌다는 말인가."

　유홍기는 상기된 표정으로 오경석에게 다시 묻는다.

　"무너지지 않을 수가 없어. 존황토막을 내세우는 진보된 개항 세력과 기득권을 지키려는 막부의 훈구들 간에 내란에 버금가는 혼란을 겪고 있기는 하지만……, 그게 오래갈 까닭이 없지를 않겠나."

　"젊은 진보세력들이 막부에 대항하다니, 대체 그런 힘이 어디서 나온다는 게야."

　유홍기는 미궁에 빠져 들 수밖에 없다.

　"서양의 문물을 전쟁으로는 물리칠 수 없다는 사실을 경험을 통해서 깨닫고 있기 때문이 아니겠나."

　"경험을 토대로……?"

　"그럴 수밖에. 왜국의 젊은 인재들은 영길리에 유학을 하여 그쪽 본고장의 문명과 산업을 몸소 체험하고 왔거든……!"

"……!"

모두가 사실이다. 조슈 번의 젊은 선각자 요시다 쇼인은 자신이 이루지 못한 밀항의 꿈을 어린 문도들인 이노우에 가오루, 이토 히로부미로 하여금 영국에 유학하게 하여 새롭게 일어나는 산업의 현장을 익히고 체험하게 하였다.

유홍기는 낙후된 조선의 실상에 통곡하고 싶은 심정일 뿐이다.

'이대로 주저앉아야 하는가!'

유홍기와 오경석이 주고받는 이 엄청난 정보가 당시 조선의 처지로는 가장 새롭고, 가장 정확한 국제정세였어도 또 다른 통로로 번져 갈 길이 없다. 나라를 경영하는 훈구대신들, 이른바 수구세력으로서는 상상도 할 수 없는 의논들이 도성의 한복판인 광통방의 약국에서, 그것도 벼슬길에 나설 수 없는 중인들의 입에서 흘러나오고 있다면 이보다 더 한심하고 참담한 노릇이 있을까.

소년 이동인은 가슴이 두근거려서 견딜 길이 없다. 그가 읽었던 『해국도지』의 세계를 보완할 수 있는 것도 놀라운 일이었으나, 조선을 둘러싼 동양 삼국의 변화를 오경석이 실증을 들어 가면서 입에 담고 있었기에 소년 이동인의 충격은 미궁을 헤맬 수밖에 없다.

유홍기는 상기된 목소리로 화제를 돌린다.

"그런 엄청난 일들을 환경 대감께도 고해 올렸는가?"

"환경 대감께는 더 급한 사정을 고해 올렸네."

"더 급한 사정이라니?"

"북경에 주재하는 미리견 공사가 평양에서 불타 없어진 자국 상선의 행방을 조사하고 있다고 말일세."

"아니……! 그렇다면, 조선에서 불태운 것도 알고 있더라는 말이 아닌가?"

"아직 소상한 내막이야 모를 테지만……, 평양에서 이양선 한 척이 불탔다는 소문은 이미 북경에서도 나돌고 있다는 게야. 게다가 그 상선이 조선으로 간다고 행선을 알리고 떠났다면, 의심이야 하고도 남을 일이 아니겠나."

소름끼치는 일이 아닐 수가 없다. 프랑스인 신부를 학살하였다 하여 저들의 함대가 강화도를 유린하지 않았던가. 만에 하나라도 미국 상선인 제너럴셔먼 호가 조선인들에게 화공을 당하여 격침되었다는 사실이 알려진다면 미국 함대의 공격이 있을 것임은 불을 보듯 뻔한 노릇이 아니고 무엇인가.

"우리가 명심해야 할 일은 먼저 저들의 정체를 정확히 알아야 한다는 점일세. 앞장선 무리들은 모두가 장사꾼이거나 도적 떼들임을 알아야 해."

"……!"

"저들은 우리 조선을 뚜껑을 닫아 놓은 보물 상자로 보고 있어. 저들이 폭력을 수반한 수작을 걸어서 교역을 하게 되면 그것으로 이득을 챙기면 그만일 것이고, 그것이 실패하면 꼬투리를 잡아서 함대를 보낼 것이 아니겠나. 이미 청나라는 그런 환란에 휘말려 있는 것이고, 우리가 '천축국天竺國'이라고 부르던 인도라는 나라는 이미 영길리의 식민지가 되고 말았어. 다만 왜국만이 모든 혼란과 고초를 감내하면서 스스로 개항하고자 발버둥을 치고 있지를 않나. 이건 우리에게 큰 교훈이기도 남을 일일세."

"……!"

"그러니, '양이·보국'이라는 말로 문을 닫아걸고, 저들과 싸우겠다는 생각이 얼마나 우매한 것인가. 싸워서 이기지 못한다면 선무당이 사람 잡는다는 식자우환識字憂患이 아니고 무에야!"

"그래서 환경 대감의 의향을 묻고 있질 않은가."

"밤잠을 이루지 못하시는 날이 태반이라 하시더구먼……."

"끄음……."

유홍기가 신음을 토해 내자 소년 이동인은 핏기둥이 솟구치는 듯한 흥분을 참아 내지 못한다. 소년 이동인은 두 주먹을 불끈 쥔다. 그리고 소리치고 싶다.

'두 분 선생님께서 지도해 주신다면 소승이 앞장서서 싸우겠습니다. 우리 조선도 개명하지 않으면 살아남질 못합니다. 나아가 싸우라고 분부해 주십시오. 소승이 앞장서 싸우겠사옵니다!'

오경석은 소년 이동인의 결기를 살피면서도 유홍기를 향한 박규수의 속내를 전한다.

"미리견 상선을 화공하는 과정에서……, 대치장의 권고를 따르지 못한 것이 못내 아쉽다는 후회의 말씀도 계셨고. 그때 대감께서는 되도록 시일을 끌면서 대치장의 의향대로 형식적으로라도 교역을 시도하려 했지만, 백성들의 분노가 뜻밖으로 빨리 터져 올라서 뜻을 이루지 못했다고 하시면서, 불타기 전의 함선을 더 정밀하게 살펴 두지 못한 것이 뼈아픈 실책이라는 말씀도 계셨어."

유홍기는 내심 박규수의 칭송에 감동하기도 했으나 그것은 일순의 일일 뿐, 통한의 한숨이 쏟아지는 자신의 허허한 심중을 다스리기가 어려웠다. 그때 좀 더 간곡히 청하지 못한 것이 뼈아픈 후회로 남아 있기 때문인지도 모른다.

"그러나 미리견에서 화공으로 격침된 상선의 행방을 구태여 조선에서 찾겠다면, 우리로서는 '양이·보국'의 불가피성을 내세울 수밖에 없다는 말씀도 계셨네만……."

"아니야. 그건 정도가 아니야!"

유홍기가 벌컥 언성을 높이는 순간, 소년 이동인은 자세를 가다듬으면서 불같은 시선으로 그를 주시한다. 실학의 대가 환경 박규수에게까지 개항사상이 미치고 있다는 사실이 소년 이동인에게는 경천동지할 일이 아닐 수가 없어서다.

"환경 대감께서는 달아 놓은 문을 열되……, 그것으로 나라가 부강해진다는 사실을 구체적으로 제시하여 모든 수구세력을 설득하는 것이 급선무인데, 그 또한 난감한 노릇이라고 하셨네. 그리고 또 한 가지는 대원위 대감의 '양이·보국'도 조선의 처지로는 불가항력이지만, 10년을 버티기 어려울 것이라고 단언하시더군."

"10년을……!"

소년 이동인은 망연자실한 모습으로 중얼거린다. 10년 후라면 자신의 나이 스물다섯이 된다. 그때까지도 조선의 개항정책이 미궁을 헤매게 된다면, 왕조의 운명을 장담하기 어렵다는 지극히 절망적인 말로 들렸기 때문이다.

"딱한 노릇이구면. 그 십 년 안에 천여 년을 전해져 내려 온 우리의 전통과 관행이 서구의 문물에 일시에 무너질 수도 있음을 왜 모르는가! 그것을 원하고 바랄 사람은 이 나라 조선엔 아무도 없을 것이야!"

오경석도 참담해하는 표정이다. 소년 이동인은 견딜 수가 없다는 심정으로 유홍기에게 다가앉으면서 조심스럽게 입을 연다.

"감히 한 말씀 올리겠사옵니다. 하오시면 그러한 혼란을 앉아서 기다리기보다, 조정의 중신들과 이 나라 모든 민중들에게 이 양인들에 대한 실체를 바로 알게 하여 우리 스스로 개항을 이끌어 나가면 되지를 않겠습니까."

"스님은 더 딱한 소릴 하는구먼. 조정의 수구세력들이 짐승만도 못한 민중들과 함께 공생을 도모할 것이라고 보십니까."

"그땐, 싸워서라도 평등사상의 실행을 쟁취해야 할 줄로 아옵니다!"

"······!"

오경석은 소년 이동인의 그 순수한 패기가 부러웠던 모양으로 입가에 웃음을 담는다. 그때 유홍기의 단호한 말소리가 다시 새어나온다.

"반드시 우리 힘으로 개항을 이루어 내야 하겠지······. 하나, 지금 우리의 처지로 저들 수구들과 맞서서 이길 수 있다고 보는가. 통로가 없질 않은가. 저들과 마주 앉아 서로의 의향을 밝힐 수 있는 길이 없다는 것을 왜 몰라!"

"그렇다면 싸워야지요!"

"그건 개죽음일 터이고!"

"······!"

세 사람은 우울해질 수밖에 없다. 10년 후의 조선은 유홍기가 열망하는 대로 서구의 문물을 받아들인 근대적인 문명국가가 되어야 하는 것이며, 모든 백성들이 반상班常의 구분 없이 평등하게 살아가는 근대국가로 진입해야 한다. 그러나 흥선대원군의 '양이 · 보국'이 아무 대안 없이 무너진다면 내란에 버금가는 큰 혼란을 겪거나, 강대국의 식민지로 전락할 위험이 있음을 어찌하랴.

권총

　유홍기의 약국을 나온 이동인은 육조관아의 큰 길을 걸으면서 분통에 젖는다. 저 육조관아에서 거들먹거리는 양반 부스러기들은 대체 뭐하는 부류들인가. 그들로 인해 나라가 망하고 있다는 사실을 깨닫고 보니 도무지 몸을 기댈 곳이 없겠다는 생각뿐이다.

　"물럿거라! 대원위 대감 행차시다!"

　이동인은 나무 밑으로 몸을 옮기면서 소리 나는 쪽으로 시선을 돌린다. 참으로 놀라운 광경이 벌어지고 있다. 당연히 큰 갓을 써야 할 흥선대원군은 작은 갓을 머리 위에 댕그라니 올려놓고 있다. 옷도 그렇다. 소매가 반쯤으로 짧아진 두루마기를 걸치고 있지를 않은가. 입에 문 장죽은 또 어떤가. 한 발은 되어야 할 장죽의 길이가 한 자 남짓으로 짧아져 있다.

"물렀거라. 대원위 대감 행차시다."

어릿광대와 같은 흥선대원군을 에워싼 천하장안千河張安(대원군을
호종하는 네 사람을 이르는 말)은 거구를 흔들면서 키득키득 웃고 있다. 그
제야 백성들도 웃음을 토해 내기 시작한다.

"저거 보게……. 국태공國太公의 갓이 중인들의 갓일세."

"담뱃대는 어떠하구……. 상것들의 것도 저것보다는 길질 않
겠나."

"헛! 갑자기 웬 광대짓이야. 저까짓 갓 테나 줄이고, 담뱃대를
자른다고 다락같이 치솟은 물가가 잡힌다던가!"

"누가 아니래. 제 놈들이 저따위 허세나 부리고 다닐 때, 백성
들은 피를 토하며 죽어 가고 있음을 알아야지!"

흥선대원군이 당시의 지배세력인 훈구와 양반 들의 허례와
낭비를 줄이라는 명을 내리고, 몸소 어릿광대와 같은 모습으로
백성들의 앞으로 나타난 것이지만, 정작 백성들은 모두들 냉소
와 볼멘소리를 뱉어 낼 뿐이다.

소년 이동인은 발밑에 구르는 돌덩이 하나를 집어 들며 중얼
거린다.

"미친놈 같으니!"

유홍기와 오경석의 울분을 상기하노라면 바로 눈앞에서 거들
먹거리는 흥선대원군만 없애 버린다면 뭔가 세상이 바뀔지도 모
른다는 생각이 들어서다. 이제 손아귀에 움켜쥔 돌덩이로 흥선

대원군의 면상을 후려친다면 그는 피투성이가 되어 쓰러질 것이
아니겠는가.

"못된 놈!"

소년 이동인은 오른팔에 힘을 실었다. 그러나 팔이 움직이질
않는다. 누군가에게 잡힌 것이 분명하다.

"고정하소서."

뒤를 밟고 있었던 모양으로 박진령이 소년 이동인의 돌 든 팔
을 잡고 있다.

"이 손 놓질 못하겠는가!"

"답답하십니다. 저들 패거리를 당해 낼 성 싶사옵니까."

박진령은 소년 이동인의 팔을 비틀어서 돌을 떨어지게 한다.
대단한 악력이다.

"어서 약국으로 다시 가세요."

"방금 거기서 나오는 길이네."

"중국에서 가지고 오신 짐을 부리고 계시다니까요."

"짐을······!"

이동인은 세차게 몸을 돌리며 오던 길을 달리기 시작한다.

오경석이 청나라에서 가지고 온 물건 중에서 둥근 공을 떠받
치고 있는 모양새의 기물을 유홍기의 앞으로 옮겨 놓고 있을 때
이동인이 헐레벌떡 방으로 들어와 앉는다.

둥근 공에는 푸른색과 누른색으로 그림이 그려져 있었고, 비

스듬한 축이 있어서 그 공은 손으로 움직이면 빙글빙글 돌게 되어 있다.

"지구의라는 것일세."

유홍기가 웃음이 담긴 얼굴로 헐레벌떡 들어선 소년 이동인에게 말한다.

"우리가 살고 있는 땅덩이의 모양이지. 땅덩이가 둥글다 하여 지구의라고 하질 않던가."

"……!"

『해국도지』를 읽으면서 종이에 그려진 흑백의 지도에만 익숙해 있던 이동인에게 채색된 지구의의 입체감은 형언할 수 없는 두려움을 느끼게 한다. 오경석은 지구의를 느릿하게 돌려 보면서 부연한다.

"여기 푸르게 칠해진 곳이 바다고, 누른 곳이 내륙일세. 보게나. 여기가 미리견의 땅덩인데……, 이렇게 바다를 건너면 우리 조선의 땅덩이가 있지. 그 크기를 견주어 보게나."

어찌 놀랍지 않으랴. 소년 이동인은 비로소 5대양 6대주의 배치와 국토의 크기를 실감할 수가 있었다. 이동인은 강화섬에서 보았던 프랑스군 함대를 떠올린다. 그 큰 쇳덩이가 수많은 군인과 병장기를 싣고 망망대해를 건너와서 조선의 땅덩이를 쑥밭으로 만들었다는 사실……. 그 야차와 같았던 프랑스군 해병대의 분탕질이 악몽처럼 되살아나는 것을 어쩌랴.

"우리도 군함을 만들어야 합니다!"

급기야 소년 이동인은 상기된 목소리로 참견하고 나선다.

"쓸데없는 소리……."

오경석은 일언지하에 소년 이동인의 참견을 묵살한다.

"쓸데없다니요. 청나라에서도 조선창을 세워서 함선을 만들자는 의견이 분분하다면서요!"

"청나라가 서양의 문물에 눈뜬 것은, 벌써 이십 수년 전의 일일세. 우리는 아직 서양이 뭔지도 모르고……!"

오경석은 소년 이동인을 책망하는 것이 무의미하다고 생각한 듯, 갑자기 말을 멈추고 또 다른 상자의 뚜껑을 연다. 그리고 한 자쯤 되어 보이는 기물을 꺼내 든다. 유홍기는 쇠와 나무만으로 만들어진 아주 정교한 총임을 한눈에 알 수가 있었다.

"아, 그건……?"

"권총이라는 것일세. 백 보 앞의 목표를 정확하게 쏘아 넘길 수가 있는 아주 위력 있는 무기지."

유홍기는 그 권총이라는 것을 오경석으로부터 받아 들면서 싸늘한 촉감과 만만치 않은 무게에 전율하며 중얼거린다.

"살기가 느껴지는군."

물론 소년 이동인도 강화섬에서 프랑스군 해병대가 권총을 쏘는 것을 보았었다.

"여기 탄환도 있네."

오경석은 상자 속에서 60여 발이나 되는 실탄을 꺼내 놓는다. 이동인이 그것을 몇 개 집어 들고 만지작거리고 있을 때다.

"발사를 해 보지 않고서는 실감하기 어려울 것일세."

"발사……. 원거 선생께서는 권총을 쏘실 수가 있사옵니까?"

"쏠 수가 없다면……, 그야말로 무용지물이 아니겠나. 백문이 불여일견이라면 나가서 쏘아 볼밖에……!"

오경석이 먼저 몸을 일으킨다. 두 사람은 엉거주춤 그의 뒤를 따른다. 세 사람은 서재를 나선다. 그리고 청계천의 둑방 길을 한참이나 걸어서 수표교水標橋를 건너자 곧 영희전永禧殿으로 올라가는 비탈길이 나온다. 그것을 지나면 목멱산木覓山의 계곡으로 들어설 수 있다.

영희전은 유서 깊은 전각이다. 원래는 세조의 따님인 의숙공주懿淑公主가 살던 곳이지만, 중종 때에는 왕비의 자리에서 물러난 단경왕후端敬王后가 살았다. 그 후 광해조에 이르러 공빈恭嬪의 묘당廟堂으로 쓰이게 되었고, 태조와 세조의 어진을 모시게 되면서 '남별전南別殿'이라 하였는데, 백성들이 함부로 범접할 수 없는 신성한 곳으로 알려진 곳이기도 하다.

오경석은 그 영희전을 지나서 한참 동안이나 비탈길을 오르다가 계곡으로 내려선다. 목멱산의 깊은 계곡은 지금과 달라서 수많은 산짐승들이 서식하는 심산유곡이나 다름이 없다. 늦은 가을이라 낙엽이 떨어져 발목이 빠지는 계곡에는 엊그제 내린

잔설 위로 스산한 바람이 불고 있다.

"이쯤이면 되겠군……."

유홍기와 이동인은 걸음을 멈춘 오경석의 곁으로 다가선다.

"대치. 이건 자네가 간직할 권총이니 유념해서 들어야 할 것일세."

"무슨 소리야. 그게……?"

"큰일을 하자면, 때로는 호신해야 할 일도 있을 것이 아닌가!"

"……!"

유홍기는 끄덕이는 것으로 대답을 대신한다. 꽁꽁 얼어붙은 수구세력들의 숲을 헤치며 개항이라는 험로를 열어 가기 위해서는 때로 목숨을 보전해야 하는 경우도 있지를 않겠는가.

"먼저 여기를……."

오경석은 탄환을 장전하는 방법에서부터 권총의 쓰임과 명칭에 관한 갖가지 설명을 마치고 실탄을 장전한다. 안전장치가 풀어지는 쇳소리가 소년 이동인의 가슴을 두근거리게 한다.

오경석은 목표물을 찾으려는 듯 사방을 두리번거린다.

"저기……."

소년 이동인이 손을 들어 가리키는 곳에 토끼 한 마리가 기어나오고 있다. 족히 백 보는 넘어 보이는 거리다.

"서툰 솜씨라서……."

오경석은 두 손으로 권총을 잡고 총신을 가슴께까지 들어 올린다. 그리고 숨을 멈추며 목표물을 겨냥한다. 모든 움직임이 정지된 듯한 정적이 한참 동안이나 계속되고서야 마침내 권총은 불을 뿜는다.

탕! 소년 이동인은 귀청이 얼얼해지는 총성에 혼비백산하면서도 목표물에서 시선을 떼지 못한다. 토끼는 한 자나 뛰어올랐다가 바위 아래로 굴러 떨어진다.

"적중입니다!"

소년 이동인이 감탄을 연발하며 목표물로 달려가 참담하게 찢겨진 토끼를 들고 온다. 총탄은 복부에 명중한 모양이다.

유홍기는 다시 핏기가 돌아온 얼굴로 오경석을 바라본다.

"이거 대단한 솜씨가 아닌가."

"창피를 면해서 다행일세만……, 이 같은 권총은 미미한 화력에 불과한 것이고, 장총이나 대포는 상상을 초월하는 신무기가 아니겠나. 이런 판국에 활이나 화승총으로 '양이·보국'에 임한다면 저들 이양인이 보기에는 천만 번 가소로운 일이고도 남을 것일세."

유홍기가 허공으로 시선을 돌리면서 한숨을 토해 내자 소년 이동인은 들고 있던 토끼를 숲 속으로 던지며 항변하듯 소리친다.

"그러게 우리 조선도 서둘러 화기창을 만들어서……."

"무엇으로! 기술이 있는가, 재력이 있는가!"

노기가 담긴 오경석의 목소리가 이동인을 주눅 들게 한다.

"……방법은 단 한 가지. 하루속히 저들과 교역을 하여 새로운 기술과 제도를 받아들이고서만 살아남을 수가 있을 것일세."

"……!"

소년 이동인은 오경석의 타박을 민망해하면서도 더는 대꾸하지 못한다. 아직은 자신의 개항의지가 결기만 앞세우고 있을 뿐, 경험과 논리는 태부족의 지경임을 알고 있었기 때문이다.

오경석은 들고 있던 권총을 유홍기에게 내밀면서 말한다.

"간직하게나. 긴요히 쓰일 날이 있었으면 하네."

"고맙기 한량없는 일일세만……, 원거에게 더 소용되지를 않겠는가."

오경석은 청나라에서 귀국한 지 얼마 되지 않았으나 곧 의주義州의 감세관監稅官으로 떠나야 할 처지다. 의주는 조선 반도의 최북단, 청나라로 가거나 조선으로 들어서는 관문이자 밀무역이 성한 지역이기 때문에 유능한 역관이 필요한 곳이었다.

"내가 쓸 것은 따로 마련되어 있으니까 염려할 것은 없네."

"그렇다면 고맙게 받겠으이."

유홍기는 비로소 권총을 받아 든다. 아직도 총신이 식지 않은 듯 따뜻한 온기가 남아 있다.

"얼마간 훈련을 해야 할 것으로 아네. 우선은 손에 익혀야 할 테니까."

유홍기는 오경석의 배려에 고마움을 표시하듯 결기를 다짐한다.

"선생님도 한번 쏘아 보시지요."

소년 이동인은 관심을 돋우며 채근한다.

"허허허……, 그게 좋겠군. 어디 한번 쏘아 보시게."

"그럴까."

유홍기는 안전장치를 풀고 두 손으로 권총을 잡는다. 물론 오경석의 동작을 흉내 내고 있는 것이지만, 안색은 벌겋게 달아올라 있다.

유홍기는 멀리 있는 바위를 겨냥하며 방아쇠를 당긴다. 바위를 스치는 탄흔이 보인다.

"허허허……, 대단한 솜씨야!"

오경석은 찬사를 아끼지 않는다. 그것은 명중에 대한 찬사가 아니라 처음으로 경험한 발사를 축하하는 말이다. 유홍기는 허리춤에 권총을 찌르며 만족해하는 표정을 지어 보인다.

세 사람은 계곡을 나와서 수표교로 향하는 내리막길을 걷는다.

서쪽 하늘이 붉게 타고 있다.

"언제쯤 다시 떠나시려는가?"

"동짓달 그믐 전에는 떠나야겠지."

"다행이구먼……. 스님의 길도 열어 주어야 할 테니까."

"고맙습니다. 소승은 사카모토 료마를 배우고 싶습니다."

"오, 허허허, 료마는 논객이 아니라, 행동파였지……!"

"바로 그 점이옵니다. 소승도 논객이 아니라, 지행知行을 소중히 하는 행동파가 될 것이옵니다."

"암, 그래야지요. 나 또한 선사가 말보다 행동을 앞세우는 선각의 젊은이가 되도록 도와 드리겠습니다."

"고맙습니다. 선생님……!"

소년 이동인은 감격할 수밖에 없다. 지난 보름여 동안 『해국도지』라는 새로운 세계를 경험하면서 조선의 개항에 몸을 던지리라고 다짐하였는데, 오늘 오경석이라는 역관을 만나는 것으로 두 사람의 스승을 모시게 된 것은 하늘의 돌보심과 무엇이 다르겠는가.

세 사람의 선각자는 긴 그림자를 드리우며 불타는 석양을 가슴에 안고 느릿하게 걷고 있다.

우울한
세월

내우

먹장구름이 하늘을 시커멓게 뒤덮고 있고, 도성의 남북을 이어 주는 아름다운 혜정교에는 오늘따라 인적이 뜸하다. 그 남쪽 건너편인 광통방 공동에 자리 잡은 유홍기의 약국은 벌써 며칠째 우울한 기운 속에 묻혀 있다. 집주인의 심기가 미편한 지경인데 희색이 피어날 까닭이 없다.

박진령은 약국을 치우던 걸레질을 멈추고 덩그렇게 놓인 지구의를 살펴보고 있다가 화들짝 놀라면서 뒤를 돌아다본다.

"네 이년, 그 아이로 네 목숨을 잃을 것이니라!"

박진령은 앙칼진 여인의 목소리를 들었으나 약국에는 아무도 없다. 어디서 들려온 소릴까. 박진령은 천천히 몸을 일으키면서 소리 나는 쪽을 향해 선다.

'북쪽이면?'

창덕궁昌德宮이다. 박진령이 다시 시작되는 참언에 몸서리치고 있을 때다.

"선생님, 소승입니다."

이동인의 목소리가 들렸다. 어언 열일곱 살. 이동인은 상투를 틀어 올린 건장한 사내로 변해 있다. 무공 선사는 그의 몰골을 나무라지 않는다. 봉원사에 승적을 둔 이동인의 몰골은 불가佛家의 법도를 벗어난 것이 분명하였어도, 도성출입이 자유로워야 유홍기나 오경석의 뒤를 이을 수 있을 것이라는 무공 선사의 배려는 자애를 넘어서는 파격이나 다름이 없다.

"마음이 곧 부처임을 명심하렷다!"

무공 선사는 이동인의 총명을 대견히 여긴다. 그러므로 그에게만은 언제나 파격의 특례를 적용하곤 한다.

박진령은 구원해 줄 사람의 품 안으로 뛰어들려는 심정으로 툇마루로 달려 나간다. 당찬 걸음으로 마당에 들어선 이동인은 환하게 피어나는 박진령의 눈웃음에서 요기를 느꼈음인지 본능적으로 사방을 두리번거리면서 다급하게 물어본다.

"선생님께서는 출타를 하셨는가."

이동인은 제법 위엄 넘치는 목소리를 토해 냈으나 박진령의 대답에는 웃음기가 걷히질 않는다.

"송죽재로 드셨습니다."

물론 송죽재松竹齋는 조선의 개항과 근대화의 산실인 유홍기의 서재를 말한다. 자신의 죽마고우이면서 개화사상을 일깨워 주었던 오경석의 서재가 천죽재天竹齋였으므로, 유홍기는 두 사람의 우정을 기리기 위해 자신의 서재를 송죽재로 명명하였다.

"내객이 계시던가!"

"아니옵니다. 범묘犯墓(남연군묘의 도굴 사건)한 이양인들이 돌아갔다는 소식을 들은 다음부터는 통 말이 없으신 것을요."

"그러시겠지……."

이동인은 툇마루에 걸터앉으면서 알 만하다는 듯이 탄식을 토한다. 다시 한 번 통상과 교류의 기회를 놓친 것이 이동인에게도 아쉬움으로 남아 있었던 때문이다.

박진령은 이동인의 곁으로 살며시 다가와서 몸을 기댈 듯 붙어 앉는다. 이동인은 그녀를 안아 보고 싶은 마음으로 들뜨고 있었으나, 애써 눌러 참으면서 애초의 간격을 유지한다.

"궐 안에 산기가 있사옵니까?"

"산기라니……?"

"중전 마마의 노기가 어디 어지간 하셔야지요."

"……!"

이동인은 상기된 박진령의 얼굴을 뚫어지게 살펴본다. 얼굴 가득히 요기가 피어나고 있다.

'큰일 아닌가.'

이동인은 박진령의 요기를 세세히 살피면서 곤두박질치는 듯한 가슴의 동요를 감지한다. 따지고 보면 무공 선사의 도력을 빌려서라도 그녀의 기를 다스리고자 하지를 않았던가. 박진령은 그 같은 이동인의 속마음을 희롱하듯 태연하게 말을 이어 간다.

"윤 4월 초열흘에 왕자 아기씨가 태어납니다."

"중전께서 회임을 하셨느냐?"

"모르기에 여쭈어 보고 있지를 않사옵니까."

이동인은 미궁으로 빠져 들 듯 혼미해진다.

"하면, 누가 회임을 하였다는 것이야?"

"그걸 몰라서 여쭈어 보는데도요."

"이렇게 원……, 왕자가 태어난다면서?"

"태어나서는 아니 될 왕자이기에 하는 소리지요."

"정녕 죽기로 작정을 하지 않고서야, 그 무슨 요망한 입방아야!"

"외환外患보다……, 내우內憂가 두렵사옵니다."

이동인은 상체를 곧추세운다. 외환보다 내우가 두렵다면 적전분열敵前分裂이 아니고 무엇인가.

"무슨 소리야. 그게……!"

"대체 전하의 핏줄을 회임한 분이 누구옵니까."

"허어, 이렇게 방정맞은 사람이 있나!"

이동인의 얼굴에 노기가 일었다. 그러나 박진령은 명령하듯 뱉어 낸다.

"당장 알아보소서."

"닥치지 못할까!"

이동인은 박진령을 호되게 나무랄 생각이면서도 자신의 목소리가 너무 큰 것에 당혹감을 감추지 못한다. 그때 유홍기가 약국의 마당으로 들어서면서 두 사람의 동태를 싸늘한 시선으로 쏘아본다.

이동인과 박진령은 죄진 사람처럼 엉거주춤 몸을 일으킨다. 그러면서도 유홍기의 굳어진 표정을 살피기에 급급하다. 그러나 유홍기는 아무 말 없이 그들의 앞을 지나서 약국으로 들어간다.

"언동 각별히 유념하렷다!"

이동인은 자신을 쏘아보고 있는 박진령에게 찌르듯 말하고 유홍기의 뒤를 따른다.

유홍기는 인광을 뿜어내는 눈빛으로 지구의를 느릿하게 돌리고 있을 뿐, 이동인이 가까이로 다가와 앉는데도 아는 체를 하지 않는다. 이동인은 잠시 전에 있었던 박진령과의 입씨름 때문일 것이라는 불길한 예감을 떨쳐 내지 못한다.

"자넨 어찌 생각하는가?"

한참 동안의 침묵이 있고 나서야 유홍기는 지구의에서 시선을 떼면서 느닷없이 묻는다. 이동인은 당황하지 않을 수가 없다.

"무슨 하문이신지……?"

"남연군묘의 도굴 말일세."

남연군南延君(흥선대원군의 父) 도굴 사건이란 1868년(고종 5) 4월에 독일인 오페르트Ernst J. Oppert 등이 작당하여 남연군의 무덤을 파헤친 사건을 말한다. 서양인들은 남연군의 시신을 담보로 조선과의 통상을 요구할 생각이었으나, 선조의 산소를 소중히 하는 조선인들의 정서를 몰랐던 게 문제였다. 남연군이 흥선대원군의 아버지라면 군왕(고종)에게는 친조부가 아니겠는가.

"아, 예……. 없어야 했던 일이 아닐지요."

유홍기는 이동인의 견해에 동조하듯 고개를 주억거리더니 크게 한숨을 토하면서 부연한다.

"나뭇가지는 조용히 있고자 하는데도, 거센 바람이 그냥 두지를 않는구먼……. 왜 하필이면 남연군의 무덤이야."

이동인은 유홍기의 난감해하는 모습을 지켜보면서 다시 시작된 박진령의 참언이 바람을 몰고 올 것이라고 예감한다. 또 그것은 박진령이 입에 담은 왕실에서의 불화를 확인해 보고 싶은 심정이기도 했다.

"……차라리 지난 병인년의 양요처럼 포화를 동원해서라도 통상을 요구하든가, 불연이면 대관을 보내서 교섭을 청한다면 모를까, 남연군의 무덤을 파헤치는 것으로 스스로 무도한 오랑캐임을 자처하고서야 국태공은 고사하고 우리네 백성들의 동정인들 사겠습니까."

212

"옳게 보았느니……, 저들이 우리에게 더 무거운 짐을 지워 놓았음일세."

"어차피 헤쳐 나가야 할 먼 길이옵니다. 심기를 굳건히 하셔 야지요."

"암, 여부가 있겠나……."

개항을 다짐하는 유홍기의 결기는 이동인에게 있어서는 언제나 감동이다. 아직은 작은 실마리조차도 풀지 못하고 있었지만 언젠가는 유홍기에 의해 개항의 꽃이 피리라는 기대는 이동인의 뇌리를 한시도 떠난 일이 없다.

유홍기는 다시 지구의를 돌리면서 오랜 침묵 속으로 빠져 든다. 이동인은 박진령의 참언을 입에 담으리라고 다짐한다. 외환보다 내우가 두렵다는 그녀의 말이 아무래도 심상치 않아서다.

"궐 안에 산기가 있사옵니까?"

유홍기는 이동인의 얼굴을 흘깃 쳐다보고 나서 고개를 끄덕인다.

"전하의 혈손이옵니까?"

"당연하지……. 영보당永保堂이라는 당호까지 내렸으면 당당한 후궁일 테니까."

"만일, 왕자를 생산하게 된다면……, 중전께서 진노를 하실 수도 있사옵니까?"

"어느 왕조에도 투총鬪寵(임금의 사랑을 다투는 일)은 있었질 않았는가……."

이동인은 지나가는 말처럼 중얼거리는 유홍기의 내심을 곱씹어 보면서 박진령의 참언이 정확하다는 사실에 새삼 소름끼치는 두려움을 느끼게 된다. 궐 밖에 살면서도 구중궁궐이라고 일컬어지는 지밀至密의 일들을 눈에 본 듯이 그려 낸다면 예사로운 일일 수가 없다.

이동인은 내친걸음이라는 생각으로 다시 묻는다.

"하오시면 지금의 중전 마마의 성품이 투총을 앞세워서 영보당을 박해할 만큼 모진 분이신지요?"

"그걸 낸들 어찌 알겠는가만……, 아직은 어리다고 보아야 할 중전께서『자치통감資治通鑑』이나『춘추좌전春秋左傳』과 같은 고전을 즐겨 읽으신다는 것이 마음에 걸릴 뿐이라네."

"……?"

"모두가 역사를 적은 전적들이 아닌가. 게다가 권부를 휘어잡고, 권문세도들을 호령했던 여인들의 옳지 않은 행적을 즐겨 읽으신다면 과연 거기서 얻을 것이 무엇이겠는가. 두려운 노릇일 뿐이지……."

나이 어린 중전이 탐독하고 있는『춘추좌전』에는 이른바 중국의 대표적인 여걸이자 독부毒婦로 알려진 여태후呂太后는 물론 측천무후則天武后와 같은 요화妖花, 독부 들의 악명 높았던 행적들이 소상히 적혀 있다. 만의 하나라도 총명이 뛰어난 중전 민씨가 그러한 역사적인 사실을 몸에 익혀서 자신이 가야 할 길을 찾겠다면 어찌 되는가. 그러기에 이동인의 표정이 창백하게 변하는 것이리라.

이동인은 한숨을 짓는다. 중전 민씨가 『춘추좌전』을 탐독하면서 여태후의 길을 가려 한다면 어찌하는가. 박진령의 참언대로 태어나서는 아니 될 왕자라도 태어나면 어찌 되는가.

무녀의 집

빗줄기는 거칠어지고 있다. 이동인은 터벅터벅 진창을 걸으면서 갖가지 상념에 잠긴다. 박진령의 참언과 요기가 마음에 걸려서다. 윤 4월 초열흘이면 아직 사흘이 남았다. 박진령의 참언대로 영보당의 몸에서 왕자가 태어나면, 정말 중전 민씨의 진노가 터져 오를 것인가. 이동인은 갈피를 잡질 못한다.

모교毛橋는 오랜만에 쏟아지는 빗물에 씻기어 하얀 돌빛을 드러내고 있다. 놀랍게도 그 난간에 박진령이 서 있다. 그녀 또한 빗줄기에 시달린 탓으로 마치 알몸을 드러내 보이는 듯한 관능적인 행색이다.

이동인은 비켜갈 수가 없다.

"기다리고 있었는가."

박진령은 고개를 끄덕여 보인다. 이동인의 가슴으로 뛰어들고 싶어 하는 욕정을 드러내 보이고 있다. 이동인은 거의 본능적인 시선으로 사방을 둘러본다. 비가 내리고 있었기 때문인가, 행인들의 모습은 그다지 눈에 뜨이지 않는다.

"동인 스님……!"

박진령의 목소리는 애잔하게 젖어 있다.

"들리실 곳이 있사옵니다."

"……들릴 곳이라니?"

"드릴 말씀도 있사옵고요."

"앞장서려무나."

이동인이 탄식이 섞인 목소리로 대답하자 박진령은 처량한 발걸음을 옮겨 놓기 시작한다. 이동인은 빗속에 잠긴 광통방 공동을 뒤돌아보고서야 천천히 그녀의 뒤를 따른다.

빗줄기를 헤쳐 가는 두 사람의 모습은 동행으로 보이지 않을 만큼 거리를 두고 있다.

박진령이 발걸음을 멈춘 곳은 뜻밖으로 인적이 번다한 수진방壽進坊의 뒷골목으로, 제법 규모가 있는 기와집의 솟을대문 앞에서다.

"뉘 집인가?"

"드오소서……."

박진령은 거침없이 대문을 밀고 안으로 들어간다. 이동인은 상서롭지 못하다는 느낌을 안고 조심스러운 발걸음을 옮긴다.

박진령은 이미 대청에 올라서서 들어오는 이동인의 모습을 지켜보고 있다.

"뉘 집이냐고 묻질 않았는가?"

"무가巫家이옵니다."

"무, 가……?"

이동인이 충격을 받은 사람처럼 머뭇거리자 박진령은 대청에서 내려서며 그의 손을 잡는다. 그리고 형언할 수 없는 요기를 입가에 담으면서 다시 입을 연다.

"스님께서도 잡귀를 두려워하시옵니까?"

"잡귀라기보다는……."

"드오소서."

이동인은 박진령에게 잡힌 손목을 뿌리치지 못한 채 끌리듯 대청으로 오르자 우당탕하고 뇌성이 울린다. 그리고 먹장구름이 용트림을 치면서 빗줄기를 더욱 거세게 쏟아 놓기 시작한다. 이동인은 그런 분위기에 휩쓸리듯 박진령에게 이끌리어 방으로 들어선다. 순간 그는 기겁을 하듯 몸을 움츠린다.

벽면은 당신堂神의 그림으로 울긋불긋 어수선하였고, 마련되어 있는 제단에는 갖가지 무구巫具들이 즐비하게 놓여 있어서다. 게다가 방 안이 따뜻한 온기로 가득하다면 사람이 살고 있음이 아니겠는가.

"좌정을 하시지요. 해동 제일이라는 무당 할멈의 거처이옵니다."

"아니……, 무에야?"

"할멈은 해주에 갔사옵니다. 얼마 동안은, 돌아오지 않을 것이오니 아무 심려도 마오소서."

박진령은 요기로 가득한 웃음을 흘리면서 젖은 옷을 하나하나 벗기 시작한다. 곧 그녀의 탐스러운 알몸이 드러난다. 이동인은 태어나서 처음으로 처녀의 알몸을 지켜보게 되었음인가, 장승처럼 선 채 감당할 수 없이 치솟는 욕정을 추스르지 못한다.

박진령은 흐느적거리는 몸짓으로 이동인의 가슴을 파고들면서 그의 목덜미를 세차게 휘감아 안는다. 이동인은 마다할 겨를이 없다. 아니 기다리고 있던 사람처럼 그녀의 욕정을 자극하고 나선다. 박진령은 이동인의 건장한 가슴에 안긴 채 그의 옷가지를 벗겨 내기 시작한다. 곧 두 사람의 알몸은 방바닥을 구른다.

먹장구름이 용트림을 치면서 한 덩어리로 엉기면서 기서 뇌성벽력과 같은 격정이 발호되고 마침내 세찬 빗줄기를 아 놓고서야 평정을 찾게 된다. 이와 같은 천지자연의 형상이 그 에서 사는 사람들에게인들 발호되지 않으랴.

이동인의 양력은 박진령의 깊고 아늑한 질곡을 아낌없이 자극하며 넘나든다. 기방 출신이어서 그런가, 박진령의 요본과 감창은 이동인의 온몸을 빨아 당기듯 격렬하다. 방 안은 거칠어진 숨소리로 가득해진다. 박진령은 촉촉하게 젖은 이동인의 알몸을 놓아 주지 않는다. 그토록 자지러지는 몸부림을 쳤으면서도 또 새로운 담금질을 시도할 모양이다.

"얼마간……, 몸을 숨기고자 하옵니다."

"숨기다니, 대체 무슨 소리야. 그게!"

"더 묻지 마오소서."

"대치장께도 말씀을 여쭈었느냐."

"아니옵니다. 소녀가 몸을 숨기는 것은 선생님과 동인 스님을 위한 일임을 유념하소서."

"……."

이동인은 박진령의 가슴을 밀어내며 그녀의 속내를 살펴보려 하였지만 뜻을 이루지 못한다. 박진령이 그것을 용인하지 않아서다.

"두 분 어른의 개항의 뜻을 받들면서, 소녀 또한 미력을 다할 생각이옵니다."

그리고 박진령은 아무 말도 하지를 않는다. 다만 그녀는 다시 타오르는 욕정에만 매달려 있을 뿐이다.

왕자 탄생

그리고 윤 4월 초열흘(양력 5월 31일).

박진령의 참언대로 영보당 이씨가 왕자를 생산한다. 순조, 헌
종, 철종의 3대를 거치는 동안 후사後嗣(대를 이어 갈 왕자)를 두지 못
했던 왕실이었으므로 비록 후궁의 몸에서 태어난 왕자라 하더라
도 이보다 더한 경사가 없다.

창덕궁은 숨죽였던 긴장이 풀리면서 들뜨기 시작한다.

대왕대비 조씨가 영보당 이씨의 산실청으로 득달같이 달려갔
다는 소식, 흥선대원군이 고종의 거처에 들러 가가대소하더라
는 소식은 빠짐없이 중궁전으로 전해진다.

중전 민씨는 아무리 예상하고 있었어도……, 괴롭다는 생각,
분하다는 생각, 가슴이 조여드는 답답함을 넘어서는 모멸감으
로 몸서리칠 수밖에 없다. 그렇다고 하더라도 산실청으로 가서

영보당을 치하해야 하는 국모의 도리를 소홀히 할 수도 없다.

"직제학을 뫼시어라."

사가의 양오라버니 민승호閔升鎬는 직제학直提學으로 승차해 있다. 중전 민씨는 영보당의 곁에 누워 있을 핏덩이를 떠올리면서 입술을 문다. 흥선대원군의 독선이라면 그 핏덩이를 후사로 지목할지도 모른다. 그런 어처구니없는 대원군의 독단을 잠재우기 위해서는 자신의 몸에서 왕자가 태어나는 것이 최선이겠지만, 그 일을 장담할 수 있는 사람은 아무도 없다.

직제학 민승호는 중전의 앞에 이르러서도 얼굴을 들지 못한다. 나이 어린 중전에게 이미 예견하고 경계했던 최악의 사태가 현실의 일이 되어 밀려들었기 때문이다. 그러나 중전 민씨는 그의 난감해하는 모습을 싸느란 시선으로 지켜보면서도 아무 말도 입에 담지를 않는다. 민승호에게는 가시방석과 같은 자리가 아닐 수 없다.

"중전 마마……."

"위안이나 받고 있을 한가한 때가 아니질 않습니까. 척분, 형제 들의 뜻을 하나로 모아야지요. 그 뜻과 결기가 타문他門에 밀리지 아니하고서야, 중전의 자리가 보전된다는 사실을 한시도 잊어서는 아니 될 것으로 압니다."

중전이 말하는 척분, 형제 들이란 민승호를 비롯한 태호台鎬, 규호奎鎬, 겸호謙鎬 등을 말한다. 여흥 민문驪興閔門의 흥망성쇠가

이들에 의해 좌우될 것이라는 사실을 중전 민씨가 상기시킨다. 게다가 타문에 밀리지 아니하고서야 중전의 자리가 보전된다는 것이 무엇을 뜻하는가.

"그야……, 명심하겠사옵니다. 중전 마마."

민승호는 얼굴을 붉히면서 다짐한다. 중전 민씨를 정점으로 하는 외척의 기반을 다지고, 그 세력으로 막강한 권세를 창출하겠다는 맹세가 아니고 무엇이랴.

"나는 강보에 싸인 핏덩이를 용인하지 않을 것입니다. 환저하시는 길에 운현궁에 들러 보세요. 터무니없는 말을 들으실 것으로 압니다."

"아, 예……."

민승호가 다시 상체를 숙이면서 다짐할 때, 중전 민씨의 칼날 같은 목소리가 찌렁하게 울린다.

"산실청으로 갈 것이니라. 자비를 놓으라!"

그리고 튕겨지듯 방문을 나서는 중전 민씨의 모습을 지켜보면서 민승호는 등판에 식은땀이 흐르고 있음을 깨닫는다.

쏟아져 내리는 햇빛은 눈뿌리를 시큰하게 한다.

민승호는 운현궁으로 발걸음을 옮기면서 나이 어린 중전이 보여 준 여걸의 풍모에 넋을 잃어 가고 있다.

경복궁이여

1868년^(고종 5) 7월 2일^(양력 8월 19일).

고종을 태운 어가가 중건된 경복궁의 정문인 광화문에 당도한다. 그 뒤로 대왕대비 조씨, 중전 민씨, 영보당 이씨를 태운 가마와 호종하는 내시, 상궁, 나인 등의 행렬이 끝없이 이어지고 있었는데, 가마의 휘장이 걷혀 있었으므로 그녀들의 상기된 표정과 화려한 의상은 눈부시게 아름답다.

"천세!"

"천천세!"

우렁찬 환성이 퍼져 오른다. 육조관아를 가득 메우고 있던 백성들이 감격에 사무친 듯 두 손을 추켜올리며 소리친다.

얼마나 선량한 백성들인가. 경복궁을 중건하던 지난 3년 4개월 동안 형언할 수 없는 핍박과 고초에 시달리지를 않았던가. 더러는 공사장에서 목숨을 잃었고……, 자고 나면 새로 생기는 세금으로 살림마저 피폐해진 백성들인데도 지금은 그 핍박의 주범들을 향해 천천세를 외치면서 목메어 하고 있다.

이동인은 「경복궁타령」을 떠올리며 지그시 입술을 문다.

을축乙丑 4월 갑자일에
경복궁을 이룩했네.
을축 4월 초삼일에
경복궁 대궐 짓는데 헛방아 찧는 소리로다.
조선 여덟도 좋다는 나무
경복궁 짓느라고 다 들어간다.
석수장이 거동 보소.
망치를 갈라 잡고 끔벅거린다.
도편수란 놈의 거동 보소.
먹통을 들고 갈팡질팡한다.

병인년의 양요가 있은 지도 벌써 두 해가 된다. 조선의 고관대작들은 프랑스군의 분탕질을 까마득한 옛일로 잊어 가고 있는데, 청나라를 통해 들려오는 바다 건너 왜국의 소식은 참으로 놀라움 그 자체다.

'유명무실한 황실을 일으켜서 막부를 타도' 하겠다는 기치를 흔들면서 농민들이 앞장을 섰다는 대목에서 이동인은 목이 메곤한다. 울보 오줌싸개로 불리던 사카모토 료마의 열정적인 행동이 이동인에게는 무척도 부러운 노릇이다. 보잘것없는 농민의 아들인 이토 히로부미가 유신대열에 앞장을 서고, 신분이 미천한 사이고 다카모리가 근왕파의 지도자로 활약한다는 대목은 이동인의 가슴을 더욱더 들끓게 한다.

지난 3백 년 동안 자신들을 핍박해 온 막부를 타도하고 새로운 정부를 세우는 것은 이름 없는 백성들의 권리를 확보하자는 일념이다. 이를 마다할 농민들이 있을까. 이에 힘입은 많은 농민과 그 농민의 자식들이 유신의 대열에 앞장서게 된다. 이로 인해 '명치유신'을 '농민혁명'이라고 부르는 사람도 있다.

시퍼런 칼날을 휘두르며 상대의 목을 베어 던지는 사무라이(武士階級)들의 권위와 위엄은 백성들의 숨소리를 멈추게 할 정도였다. 그 위엄당당한 사무라이들이 어찌하여 일개 농민 출신인 이토 히로부미를 지도자로 받들 수가 있으며, 하찮은 농민들과 어깨를 나란히 하면서 생사를 같이할 수가 있는가.

이동인은 두 주먹을 불끈 쥐며 부르르 몸을 떤다.

지난 순조 · 헌종조 이래 장장 60여 년 동안 세도를 누리면서 권력을 전횡하고, 영화를 독점했던 장김(壯金(安東 金氏 일문)은 정권이 바뀌어도 피 한 방울 흘리지 아니하였고, 경복궁의 중건을 빌미로 백성들의 고혈을 짜낸 흥선대원군의 '양이 · 보국'에 대해서도 누구 한 사람 반발하지 않는다.

'백성들이여, 눈을 떠라. 백성들의 어육을 떠서 권좌權座를 이어 가려는 무리들을 몰아내야 한다. 우리 앞에 새로운 시대가 열리고 있다. 힘을 모아 나아가야만 살길이 열린다!'

이동인의 내심을 뒤흔드는 고동소리는 천천세를 외치는 백성들의 환호에 묻히고 만다. 고종의 어가 뒤로 흥선대원군 이하응을 비롯한 홍순목洪淳穆, 김병학金炳學 등의 훈구대신들이 따르고 있다. 그들이 조선의 미래를 가장 정확하게 예측하고 있는 백의정승 유홍기에게 정승의 자리는 고사하고 판서의 자린들 내줄 수가 있겠는가.

막바지에 접어든 유신

유홍기는 세월의 **빠른** 흐름에 넋을 잃는다.

개항세력을 규합하여 근대화된 새로운 조선을 펼쳐 보이겠다는 웅지를 실현하고는 싶지만, 그것은 언제나 마음뿐이다. 지난 5백 년 동안을 이어 온 반상의 체제 속에 안주하는 것으로 실익을 지키려는 사대부들, 이른바 수구세력들의 벽은 성벽보다 더 높고 탄탄하다. 그런 사대부들의 세력 못지않게 구태에서 벗어나지 못하는 백성들의 무기력도 수구의 벽 못지않게 탄탄하다.

지난여름 동안 역관 오경석이 두 번이나 도성을 다녀가면서 이웃나라 일본국의 소식을 전해 주곤 했다.

"왜국의 유신은 막바지에 이르렀다는군⋯⋯."

오경석의 목소리에는 부러움이 묻어 있다.

일의대수—衣帶水(한 줄기의 띠와 같은 좁은 바닷물)라고 일컬어지는 현해

탄을 사이에 두고 있는 조선과 일본국의 사정이 어찌하여 이리도 다르다는 말인가. 일본국의 근대화를 지향하는 유신이 성공한다면 조선에게는 큰 위협이 될 것이 분명하다.

"이웃에 사나운 범을 두게 되지를 않았는가."

"이를 말인가. 저들이 개항을 한다면 문명국을 향해 매진할 것일세!"

왜국에 대한 역관 오경석의 정보가 유홍기로 하여금 동양 삼국의 미래를 점치게 하는 유일한 통로다.

"어찌하여 삼백 년 막부가 그리도 쉽게 무너진다는 것이야."

"백성들의 호응이 있기 때문일 테지."

"백성들이……?"

유홍기는 고개를 끄덕이면서도 믿기질 않는다. 조선의 사정과 비교되어서다.

"개항이 명분이 아니질 않던가. 유명무실해진 왕실을 일으켜 세우고, 막부를 때려눕히자는데……, 아무리 무지렁이 백성인들 호응을 하지 않을 까닭이 없다."

바로 이 점이 조선의 처지와 다른 점이다.

조선의 백성들은 장김의 60년 세도에 시달리면서도, 흥선대원군의 독선에 피눈물을 흘리면서도, 그들 양반들의 전횡에 저항하며 힘으로 뒤엎을 생각을 하지 못한다.

"암담해. 이 나라의 앞날이……!"

"올 가을쯤이면……, 왜국에는 새로운 정부가 들어설 것으로
보이네."

　실제로 1868년은 바다 건너 일본국이 내란에 버금가는 혼란을
수습하면서 유신의 완결을 선언한 해다. 유신의 화신으로 자처했
던 사카모토 료마는 백방으로 노력한 끝에 조슈 번과 사쓰마 번,
그리고 도사 번을 하나로 묶어 이른바 '토막연맹討幕聯盟'을 성사되
게 하였다. 누구도 불가능하게 여겼던 대업을 이루어 낸 셈이다.
　막부의 숨통을 조이는 일대 쾌거를 이루어 낸 사카모토 료마
는 1867년, 해원대의 군함 위에서 소위 '선상팔책船上八策'이라고
일컬어지는 유신 전후의 일본국 근대화의 기본설계를 완성했
다. 이 과정에서 막부의 모든 권한을 피 한 방울 흘리지 아니하
고 왕실에 되돌려 주는, 이른바 '대정봉환大政奉還'이 제시되었다.
　"사카모토 료마가 죽일 놈이다!"
　"암, 그놈만 죽인다면 토막동맹은 반드시 와해될 것이다!"
　막부의 위엄을 지키기 위한 비밀결사가 있었다. 이름 하여
'신센구미新選組'라고 일컬어지는 불법조직은 막부의 명을 거역
하는 무리들을 찾아 무자비하게 살해하는 공포의 집단이었다.
　"대정봉환을 받아들일 수밖에 없다!"
　마침내 도쿠가와 막부의 마지막 장군이었던 도쿠가와 요시노
부德川慶喜는 유신세력의 강청을 받아들이기로 결정한다. 2백 70

년 막부의 권위가 무너지는 순간이었다. 도쿠가와 막부를 떠받치는 충번忠藩들의 좌절과 충격은 이만저만이 아니었다. 지금까지 누려 왔던 모든 기득권을 잃어야 하기 때문이다. 그 충번(특히 아이즈 번會津藩이 심했다.) 출신의 사무라이들로 조직된 신센구미의 분노는 칼끝으로 모아질 수밖에 없었다. 그들은 혈안이 되어 유신세력의 중심인물들을 찾아다니면서 잔인한 살상을 감행한다.

11월 15일(양력 12월 10일), 사카모토 료마는 마치 그림자와 같이 붙어 다니던 나가오카 신타로中岡慎太郎와 함께 교토의 오미야近江屋에 여장을 풀었다.

"오미야를 포위하라!"

유신세력의 우두머리를 찾기 위해 혈안이 된 신센구미에서 이 절체절명의 기회를 놓칠 까닭이 없다. 겨울 해는 짧기만 했다. 인적이 뜸하기를 기다리던 신센구미는 일곱 사람의 자객을 오미야로 잠입하게 한다.

"자객이닷!"

자객들의 침입을 눈치 챘을 때는 이미 출구가 봉쇄된 다음이었다. 약간의 감기 기운으로 자리에 누워 있었던 사카모토 료마는 무거운 몸을 일으키면서 자신의 파란 많았던 생애에 종지부가 찍히는 날임을 직감한다. 료마는 애검愛劍을 뽑아 들었다. 호쿠신잇토류北辰一刀流의 면허를 소지한 검법의 달인 사카모토 료마에게도 이날만은 중과부적이었다.

유신의 화신이자 '대정봉환'이라는 무혈혁명을 이끌어 낸 사카모토 료마는 일곱 사람의 자객들에 의해 무참하게 살해된다. 향년 33세, 그가 열망하던 '명치개원'이 선포되기 10개월 전의 일이다. 그와 함께 목숨을 잃은 또 한 사람의 검객 나가오카 신타로는 30세였다.

이른바 일본국 근대화의 상징인 명치유신의 성사를 위해 물불을 가리지 않았던 젊은이들은 이렇게 꽃다운 나이로 죽어 가면서 조국의 미래를 열었다.

12월이 되면서 교토의 왕실정부는 대장군 도쿠가와 요시노부의 사임을 허가하면서 왕정복고^{王政復古}를 선언하였다. 아직 모든 내란이 수습된 것은 아니었어도 막부는 완전히 무너진 것이나 다름이 없었다. 유신을 열망하면서 생사의 기로에 섰던 젊은이들은 새로운 정부의 건설에 매달리게 되었다.

그리고 일본국에는 급격한 변화의 바람이 불기 시작하였다. 난학^{蘭學}(네덜란드의 학문과 문화)에 매료되었다가 영어 쪽으로 방향을 틀었던 선각자 후쿠자와 유키치^{福澤諭吉}(일본 화폐 1만 엔권에 그려진 초상화의 주인공)는 자신이 경영하던 학숙^{學塾}을 시바^芝로 옮기면서 '게이오의숙^{慶應義塾}'이라고 이름을 고치고, 미국인 교수를 초빙하여 신학문을 강의하게 한다. 오늘날의 게이오의숙대학^{慶應義塾大學}이다. 이 사실로 미루어서도 신문물을 받아들이는 일본국의 변화가 얼마나 빠르고 거세었던가를 짐작할 수가 있다.

개항의 새싹

　대발이 흔들리면서 이동인이 들어와 앉는다.

　유홍기는 심술이 뒤엉킨 듯한 이동인의 얼굴을 건너다보면서 입가에 웃음을 담는다. 요즘 들어 이동인의 모습은 불만의 덩어리나 다름이 없어서다.

　"허허허, 왜 또……?"

　"선생님께서는 국태공 대원위의 전횡이 언제까지 갈 것으로 보시옵니까."

　"그야 상께서 성년이 되셔야 물러나시질 않겠나."

　"헛, 그 안에 나라가 망할 것인데도요!"

　"스님은……, 말조심해야겠어요. 허허허."

　"누가 나서도 나서야 한다니까요. 국태공을 내몰지 않고서는 나라가 개명되지 않습니다."

이동인은 흥선대원군의 퇴진을 입에 담으면서도 도무지 조심
스러워 하는 기색이 없다. 유홍기의 문하로 든 지도 벌써 2년, 그
의 사상적인 성장은 실로 눈부시다. 이 땅의 개혁세력을 이끌어
갈 선봉임이 분명하였기에 유홍기는 피붙이처럼 이동인을 아끼
고 있다.

"설혹 그렇기로 대원위의 퇴진을 추진할 수 있는 세력이 있던
가. 이제 겨우 싹트고 있다면 모를까……."

"싹이라도 트고 있다니요. 대체 어디서 말입니까."

"헛, 이거야 원, 스님이 그 싹이 아니고 무엇인가."

"……!"

이동인은 숨이 막힌다. '대원위 분부'라면 산천초목이 떤다는
지경인데, 그를 쓰러뜨릴 싹으로 자신을 지목했기 때문이다. 아
직은 승적에 이름이 걸려 있는 중인에 불과한데, 어느 세월에 대
원군의 퇴진을 부르짖는 선봉이 되겠는가.

"역사를 보면 전횡만을 일삼던 치자治者들이 더러 있었지.
그런 시절에는 만사가 그 한 사람의 독단으로 이루어지지
만……, 누구도 그 힘 있는 자가 망하여 비참한 몰골로 퇴진하리
라고는 믿지 않는 것이 세상의 이치가 아니겠나."

유홍기의 표정에 비장감이 감돌고 있다. 그는 이 나라의 개항
을 이끌어 갈 새싹에게 역사의 준엄함을 가르치고 있다.

"……독단하는 자에게 아첨하는 소인배가 많은 것은 눈앞의

실익을 탐하는 것으로, 나라의 장래를 병들게 하는 것이 아니겠나. 그와 같은 소인배들이 득세하는 것은 오늘만 있고 내일을 염두에 두지 않기 때문일 것이지만, 어떠한 경우에도 독단하는 자의 권력은 유한有限한 것이며, 그 말로가 비참했던 것이 역사의 가르침이 아니겠나. 역사를 적은 책에 '거울 감鑑' 자를 쓰는 까닭을 알아야 할 것일세."

"……!"

"역사를 적어서 후세에 전하는 참뜻은 그 내용을 거울로 삼아서, 전 시대에 저질러진 악업을 되풀이하지 말라는 뜻이 아니겠나. 사마천司馬遷은 죽고 없어도 그의 뜻은 살아서 꿈틀거리고 있다는 것을 나는 천명으로 받들고 있다네."

이동인은 총명한 눈빛을 굴리면서 유홍기의 가르침에 넋을 잃는다. 유홍기의 말솜씨에는 명료하면서도 상대를 압도하는 힘이 실려 있다. 해박한 지식을 동반하면서도 설득력을 갖추고 있기 때문이다.

"대원위의 퇴진은 사대부들에 의해 이루어질 것이나, 그것이 곧 개항으로 이어지지는 않을 것일세."

"하오시면……?"

"먼저 눈을 떠야 하질 않겠나. 조선의 장래를 내다볼 줄 아는 피 끓는 젊은 세력이 나와서 대원위를 밀어낸 수구세력을 다시 밀어내고서만이 이 나라 조선에 개항의 바람이 불 것이야."

“……!”

“이 소망이 이루어지지 않고서는 우리 조선도 인도의 전철을 밟게 되지를 않겠나.”

“인도의 전철이면……?”

“식민지가 된다는 뜻이지.”

“식민지면…….”

이동인의 가슴은 콩 튀듯 두근거린다. 조선이 강대국의 식민지가 된다면 대체 어느 나라의 지배를 받게 된다는 말인가. 또 그런 난국을 피해 갈 방법은 없다는 말인가.

“내가 열망하는 것은 스님과 같은 젊은 혈기들이 분기奮起하여 선조 대대로부터 이어받은 반상의 벽을 깨부수고 평등한 사회를 열어 가야 한다는 것뿐이야. 그것이 어렵다면…….”

유홍기는 여기서 잠시 말을 끊고 허공을 바라본다. 그리고 곧 이어 상기되어 있는 심중을 여과 없이 드러낸다.

“……반정反正이 아니겠나.”

“바, 반정……!”

“그렇지. 백성들이 뜻을 같이하여 낡은 왕조를 뒤엎어서 새로운 나라를 세울 수 있다면 그보다 좋은 일이 어디에 있겠나. 이웃나라 일본국은 삼백 년 세도의 막부를 백성들의 힘으로 때려 눕었어.”

반정에 연루되면 대역 죄인이 되어 목숨을 잃어야 하는 것이

이 나라의 법도인데도 유홍기는 그 반정에 염원을 걸게 될지도 모른다는 사실을 암시하고 있다.

"권력을 탐하자는 반정이 아니야. 내가 진정으로 바라는 것은 나라다운 나라를 만들어서 모든 백성들이 평등하게 살기 위한 반정일세. 그런 반정이라면 하늘도 도와주실 게 아니겠나. 또 그래야만 민심을 얻을 수가 있을 것이고. 바로 불란서혁명이 그랬지. 그런 덕분에 오늘의 불란서는 저같이 부강한 나라가 되지를 않았나."

이동인은 혁명적인 방법까지를 거론하는 유홍기의 결기를 혼자만 듣는 것이 안타깝다는 생각이 들었다. 뜻을 같이하는 많은 사람들이 그의 불타는 결기와 가르침을 배우고 따른다면 조선의 밝은 미래가 하루라도 빨리 열려 올 것이기 때문이다.

이동인은 상기된 얼굴로 스승에게 진언한다.

"선생님, 일본국의 요시다 쇼인처럼 의숙義塾을 열어서 젊은 문도들에게 호연지기를 심어 주소서."

일본국 조슈 번의 젊은 선각자 요시다 쇼인이 '쇼카손주쿠松下村塾'를 열어서 피 끓는 젊은이들에게 모국의 미래를 일깨우는 호연지기를 심어 주는 것으로 명치유신의 선봉에 설 수 있는 젊은 선각자들을 길러 낼 수가 있었다는 사실이 이동인의 가슴에 하나의 등불처럼 자리 잡고 있어서다.

"좋겠지……!"

"문도는 소승이 모아오겠사옵니다."

"하나, 아직은 때가 무르익질 않았어. 내 한 사람의 목숨이야 무에 대수로울 것이 있겠는가만……, 나로 인해 인명의 손실이 있대서야 말이 되겠나."

"그건 손실이 아니라 응집凝集일 것이옵니다."

"이렇게 딱한 사람이 있나. 오늘의 이동인이 있기까지 햇수로 꼬박 이 년이나 걸리지 않았나. 지금 동인을 잃으면 또 그만한 세월이 있어야 하는데……, 그런 허송세월이 아깝다는 것이야. 알아들으시겠나."

"……!"

"아직은 더 기다려야 하네. 대원위의 퇴진으로 '양이 · 보국' 이 무너진다면 그때를 시작으로 삼아도 늦지 않을 것이야."

유홍기는 비로소 얼마간 후련하다는 표정을 지어 보인다. 언젠가는 조선의 개항을 이끌어 나갈 이동인에게 계단을 오르듯 한 단 한 단 조심스럽게 일깨워 가노라면 반드시 큰 성과가 있을 것이라는 것이 유홍기의 확고한 신념이기도 하다.

유홍기는 밀어 놓았던 감초토막을 다시 집어 들면서 작두질에 매달린다. 일정한 크기로 잘라지는 노란 감초조각을 보면서 이동인은 스승 유홍기의 모습에서 준엄하면서도 상서로운 기운을 읽는다.

최익현의 상소

유홍기는 슬하에 아들 하나와 딸 둘을 두고 있다.

큰딸 다슬이는 후덕하게 보이는 외모 못지않게 학문을 익혔기에 오빠 유운두를 도와 약국의 일을 대신 보기도 했고, 아버지 유홍기의 심부름으로 역관 오경석의 집에 자주 드나들었던 탓에 서양 제국에 관한 정보에도 제법 소상한 편이다.

그 다슬이가 빨래터에서 돌아오는 길에 담장 너머로 약국의 동태를 살피는 사내를 발견한다. 사내는 훤칠한 키에 도포를 입고 있었고, 뒤꿈치를 올리면서 약국의 담장 너머를 기웃거리고 있다.

"뉘십니까?"

사내가 흠칫 놀라면서 몸을 돌리는 순간 다슬은 다급하게 소리친다.

"도둑이야……!"

"아니, 저런 못된 것이!"

사내는 당장이라도 요절을 낼 듯이 다슬에게 다가선다. 다슬은 담장 너머를 향해 "도둑이야!" 하고 다시 한 번 소리친다. 때를 같이하여 이동인과 강창균이 달려 나온다.

"꼼짝 마!"

이동인이 사내에게 달려들면서 멱살부터 움켜잡는다.

"이런 못된 것이 있나!"

이동인의 손을 뿌리치는 사내의 완력이 만만치 않다. 이동인은 사내의 명치끝을 후려치면서 선제를 가한다. 비틀하는 사내에게 강창균이 주먹을 휘둘렀으나 밀리면서 쓰러진 것은 오히려 강창균이다. 사내는 이동인에게 찌르듯 말한다.

"공무를 보고 있느니라. 당장 물러서렷다."

"이런 적반하장이 있나. 민가를 염탐하면서 공무라니?"

"염탐이 아니라 혹세무민하는 자……."

"무, 무엇이……!"

이동인은 긴장한다. 조선의 개항을 위한 일이라면 반정까지 서슴지 않겠다던 유홍기의 말이 흘러나갔다면 어찌 되는가.

"또한 천주교도를 찾고 있었느니라."

사내는 기세등등하게 호령하면서 몸을 돌리려 한다. 이동인이 그의 앞을 막아서며 단호하게 따진다.

"공무라고 했으면, 관직과 함자는 밝히고 가는 것이 도리일 것이오."

"뭐라?"

"끝까지 못 한다면……, 내가 버릇을 가르칠밖에!"

사내는 망설이는 기색이 완연하였으나 에워싸고 있는 눈초리가 만만치 않았다고 느꼈던 터이라 순순히 관직과 이름을 입에 담는다.

"나를 만나려거든 의금부로 와서 낭청 이승준을 찾으면 될 것이니라."

"내 반드시 찾아가 확인할 것이외다."

사내는 몸을 돌린다. 이동인과 강창균은 그의 모습이 사라질 때까지 지켜보면서 불길한 생각을 떨쳐 내질 못한다. 곧 이동인은 송죽재로 빠른 걸음을 옮긴다. 스스로 의금부 낭청이라고 밝힌 이승준李承俊의 일을 고해 올리기 위해서다.

"허허허, 나야 그만한 의심은 받아서 마땅하지를 않겠나."

"그자는 혹세무민이라고 했사옵니다."

"암, 혹세무민이지. 반상의 벽을 때려 부수고 만민이 평등하게 살 수 있는 시대가 온다고 장담했으면……, 그보다 더한 혹세무민이 있겠는가. 허허허."

"선생님……!"

"반상의 벽을 허물지 않고서는 살길이 열리지 않을 것인데……, 그 소망을 이루자면 대의를 위해 목숨을 던질 줄 알아야 하질 않겠나."

유홍기의 단호한 말이 채 끝나기도 전에 최우동의 고하는 소리가 들렸다.

"아뢰옵니다요."

"무슨 일인가?"

"저, 대원위 대감의 실정失政을 통박하는 상소가 있었다고 하옵니다."

"아니, 무에야."

유홍기와 이동인은 강렬한 시선을 마주친다. 대원위의 퇴진을 요구하는 사대부가 있어야 하고, 또다시 그 사대부를 물리치고서야 이 땅에 참다운 평등의 시대가 올 것임을 예감했던 두 사람이다.

"누구라는 게야. 그 상소를 올린 사람이……?"

"사헌부 장령 최익현이라고 하옵니다."

"최익현, 못 듣던 이름이 아니옵니까."

이동인은 유홍기의 안색을 살피면서 일거에 모든 것을 알고 싶어 하였으나, 유홍기는 그가 염원하던 일 중의 하나가 현실문제로 등장한 것에 크나큰 감개를 맛보고 있을 뿐 입을 열지 않는다.

1868년 10월 10일(양력 11월 23일), 사헌부 장령掌令 최익현崔益鉉이 올린 상소는 이른바 '시폐사조時弊四條'를 통박하는 강렬한 내용이었다. 그 '시폐사조'라는 것이 토목지역土木之役, 취렴지역聚

242

斂之役, 당백지전當百之錢, 사문지세四門之稅를 거론하는 것이었으니, 주로 경복궁 중건에서 비롯된 흥선대원군의 독단과 전횡으로 인한 실정이 얼마나 많을 사람들의 목을 조였는가를 조목조목 지적하며 그의 실정을 통박하는 내용이었지만, 따지고 보면 물러나라는 상소와 다름이 없었다.

흥선대원군은 최익현이 올린 칼날 같은 상소문을 읽으면서 몸서리친다.

"대체 이자가 무엇을 하던 자야!"

"화서 이항로의 문도라고 하옵니다."

"화서의 문도면……!"

흥선대원군은 최익현이 화서華西 이항로李恒老의 문도라는 사실에 다시 한 번 몸서리친다. 올 3월에 생을 달리한 이항로도 그에게는 목의 가시와 같은 존재가 아니었던가. 이항로는 목에 칼이 들어와도 할 말은 하고야마는 곧은 인품과 가없는 학문으로 유림에 문명을 떨친 대석학이었다. 그와 같은 스승을 둔 제자가 자신의 실정을 통박하고 나섰다면 이는 예사로운 일일 수가 없다.

최익현이 사헌부의 지평持平과 장령을 지낸 것은 그 스승 이항로와 같고, 더구나 사간원 정언正言과 이조정랑吏曹正郎를 거쳤다면 아무리 작은 비리도 용인하지 않는 칼날 같은 선비일 것이었고, 목숨을 버려서라도 직언을 서슴지 않을 언관言官의 표상일 것임이 분명하다. 실제로 후일에 이르면 최익현에 의해 위정척시衛正斥邪의 불길이 타오르게 되고, 또 70 노구를 이끌고 의병장義兵將으로 나서는 등 조선 선비의 귀감을 보이게 된다.

"아무리 면암勉菴(최익현의 호)의 상소가 있어도 대원위 대감은 자리보전에 여념이 없다고 하옵니다. 노탐老貪일 것이옵니다. 노탐이 패퇴를 자초한다는 사실을 모르다니요!"

이동인은 흥선대원군에 대한 논박이 잠잠해지고 있는 것이 마음에 걸렸던 모양으로 유홍기를 만날 때마다 그를 극렬하게 비방하곤 한다.

"당연히 패퇴를 자초할 것이지만, '양이·보국'을 통박하는 젊은 언관들이 없다는 것이 아쉬울 뿐이야."

"면암이라면……, 할 수가 있지를 않겠습니까. 분부가 계신다면 소승이 그를 한번 찾아보겠사옵니다."

"허허허, 딱한 스님이 있나……. '양이·보국'이라면 면암도 대원위 못지않을 것임을 왜 몰라."

이동인의 얼굴에는 불만의 표정으로 가득하다. 사실이 그러하다면 이 땅의 개항을 누구와 더불어 논의한다는 말인가. 서구 열강과의 통상을 해야 하는 당위성은 고사하고, '개항'이라는 말뜻을 알아들을 수 있는 사람이라야 겨우 네 사람뿐이 아니던가. 평안도 관찰사 박규수, 의원 유홍기, 역관 오경석 그리고 나 이 어린 승려 이동인이 전부라면 얼마나 딱한 지경이란 말인가.

비 오는 날의 나막신

이동인은 유홍기의 서재인 송죽재에 머물면서 서양 문물이 적힌 서책을 탐독하는 일, 혹은 그들이 만든 문명의 이기利器를 탐닉하는 것으로 소일하고 있다. 유홍기는 이동인의 열정을 고맙게 여긴다. 그의 탐구력으로 본다면 반드시 큰일을 할 것이라는 기대가 들어서다. 그날도 유홍기는 이동인의 의지를 자극하는 말을 주고받으면서 하루하루가 달라지는 그의 성장에 만족감을 표시하고 있다.

"젊은 내객 한 분이 선생님 뵙기를 청하옵니다."

이동인은 불길한 예감이 들었다. 이승준과의 다툼 이후, 뭔가 상서롭지 못한 기운이 일고 있다는 생각이 들어서다.

"병색이 있어 보이더냐?"

유홍기는 조용하지만 의미심중하게 묻는다.

"아니옵니다. 의관이 단정한 반가의 자제옵니다."

"그래……. 어서 듭시라고 여쭈어라."

유홍기는 가슴이 두근거린다. 의관이 단정한 반가의 자제가 찾아와서 칭병稱病을 하지 않았다면 다른 목적이 있을 것이 분명해서다. 그 점은 이동인이라 하여 다를 바가 없다.

이윽고 강창균의 인도로 외모가 단정한 젊은이가 방으로 들어섰다. 그는 유홍기의 앞에 좌정을 하면서 상체만 약간 숙여 보인다. 그나마 중인을 향해 상체라도 숙였다면 대단한 용기가 아니고 무엇인가.

"김굉집이라고 하옵니다만……."

김굉집金宏集이라고 자신의 이름을 밝힌 젊은이는 머뭇거리고 있다. 유홍기는 그를 편하게 해 주고 싶다.

"아직은 반상의 법이 지엄한 때가 아닙니까. 저 또한 중인의 처지라 공을 홀대할 생각은 없습니다. 다만 어느 댁의 뉘신지, 그것을 먼저 말씀해 주신다면 저로서도 화제를 풀어 가기가 수월하겠다는 생각이 듭니다만……."

"고맙습니다. 시생의 처지를 말씀 여쭙기 전에 찾아뵙게 된 연유부터 고해 올리는 것이 상정인 줄로 압니다."

젊은이는 잠시 말을 멈추었다가 어렵게 다시 이어 간다.

"얼마 전에 광통방 공동에 백의정승 한 분이 계시다는 말을 듣고, 세상 이치에 눈을 뜰 수 있는 가르침을 청할 생각으로 오늘 이런 결례를 저지르고 있사옵니다."

"백의정승이라는 말은 당치 않습니다만……, 젊은 인재들을 만나고 싶었던 것은 사실이니까 저로서는 큰 광영이겠지요."

김굉집은 1868년 사월 열하룻날에 있었던 경과經科에 급제를 했다. 경과급제란 명문대가의 자제들을 선발하여 어전에서 경전을 암송케 하는 과거를 말한다. 후일 김홍집金弘集으로 개명하여 이 나라 조선의 외교관으로, 또 개화내각의 총리대신으로 갑오경장甲午更張을 이끌어 가게 되는 바로 그 사람이다. 그러나 지금의 처지로야 그때의 일을 짐작할 사람은 아무도 없지를 않겠는가.

이동인이 상기된 모습으로 김굉집에게 환영의 말을 입에 담는다.

"정말 잘 오셨습니다. 소승 또한 스승님의 가르침을 따르면서 격변하는 세계정세에 눈뜨고 있으며, 아울러 우리 조선의 앞날을 걱정하고 있사옵니다. 공께서는 이제야 우물 안의 개구리 신세를 면하게 되셨습니다. 허허허."

"……!"

김굉집은 이동인의 진보적이면서도 직설적인 표현에 충격을 받은 모양으로 긴장감을 감추지 못하였으나, 유홍기는 다독이는 듯한 어조로 얘기의 실마리를 풀어 간다.

"중종조 때의 일입니다만……, 정암(조광조의 호) 선생께서는 갖

바치皮匠(백정의 부류)와 사귀시면서 학문과 국사를 의논하셨지요. 저는 오늘 공을 대하면서 정암 선생의 파격을 다시 보는 심정입니다. 공께서 제 뜻을 얼마나 이해하실지는 별개의 일이 되겠습니다만……."

김굉집은 자신이 정암靜庵 조광조趙光祖에 비교되는 것이 몹시 쑥스러웠던 모양으로 얼굴을 붉힌다. 유홍기는 환한 웃음을 만면에 담으면서 그의 마음을 편하게 해 준다.

"공께서 저를 찾아 주신 것은……, 그것만으로도 큰 용기이자 파격이 아니겠습니까!"

"……."

김굉집의 시선은 유홍기의 얼굴에 못 박혀 있었으나, 스스로 화제를 이끌어 갈 생각은 없는 것으로 보인다.

"기왕에 찾아 주셨으니, 몇 가지 말씀을 드리겠습니다만……, 대답은 하셔도 좋고, 아니 하셔도 무방합니다. 공께서는 대원위 대감의 퇴진을 어찌 보십니까."

"어차피 친정親政의 시기는 다가와 있지를 않습니까."

"그건 분명합니다만……, 전하의 친정이 시작되면 대원위 대감의 '양이 · 보국'은 어찌 된다고 보시느냐는 뜻이었습니다."

"무슨 말씀이신지……?"

"이미 말씀드린 대로 대답은 아니 하셔도 무방합니다. 다만 저는 '양이 · 보국'의 정책이 철폐되고서만 이 나라 조선의 밝은 미래가 열릴 것이라고 확신하고 있습니다."

순간 김굉집의 얼굴은 굳어진다. 그리고 종사에 관한 일이라면 밀릴 수 없다는 기세로 강하게 반발하고 나온다.

"저는 그리 생각하지 않습니다. 지금의 처지로는 '양이·보국' 만이 조선을 지킬 수 있는 유일한 길이라고 믿습니다. 그 까닭은 이러합니다."

"이보십시오. 젊은 양반!"

이동인이 김굉집의 논조를 비난하고 나설 기미가 보이자 유홍기는 지체 없이 언성을 높여 그를 책망한다.

"자네가 나설 자리가 아니질 않은가. 계속하세요."

"우리 조선의 여러 사정이, 이양인의 문물을 받아들일 처지에 있지 못하다고 봅니다. 먼저 내치를 튼튼히 하여 우리 나름의 저력을 키우고 나서 교역에 임하는 것이 상책이 아니겠습니까!"

"하면……, 공께서는 서구 열강들의 제도나 문물을 어느 정도 소상히 아십니까?"

"내 쪽을 먼저 알고 가다듬는 것이 순리라고 봅니다만……."

"그건 허송세월일 테지요. 저들의 문물이 이미 눈앞까지 밀려와 있지 않습니까!"

"……?"

"그 허송세월이 저들의 식민통치를 자초하는 일이라면 어찌하시겠습니까!"

"내치를 다지는 일은 치도의 근본이요, 국론을 하나로 묶는 첩경이 아닙니까."

김굉집의 논리는 유홍기가 우려하고 있었던 보수세력의 벽, 바로 그것이었다. 그가 비록 젊은 나이라고 할지라도 이미 등과까지 한 처지라면 이 땅의 사대부가 생각하고 있는 가장 고루한 부분을 대변하고 있음이 아니겠는가. 그래서 유홍기는 화제가 되어야 할 핵심을 거론하고 나선다.

"그렇다며 공께서는 반상의 법도가 지엄하여 중인이나 상민들로 하여금 평등한 삶을 누리지 못하게 하는 신분의 벽은 어찌 생각하십니까!"

"……!"

"이건 제가 중인이어서 시샘을 하거나 저항하는 말이 아닙니다만, 사람은 태어나면서부터 누구나 평등한 것이므로 우리 조선도 서양 제국과 같이 모든 백성들이 평등하게 살 수 있는 근대국가를 세워야 하는 것이 세계의 열강들과 어깨를 나란히 할 수 있는 첩경이 아니겠습니까!"

김굉집은 어이없어 하는 표정으로 변하면서 입을 다문다. 그가 유홍기의 진의를 헤아리지 못한다 하여 비난을 들어야 할 까닭이 없다. 그것이 조선 사대부가 누리는 기득권이기 때문이었으므로.

"저는 중인으로 태어났기에 과장에 나갈 수가 없으나, 그것을 탓해 본 일은 없습니다. 배움에 임하고 배운 바를 행하는 일은 사대부에게만 주어진 특권은 아니질 않습니까. 설사, 빼어난 학덕과 경륜이 있어 위중지경에 처한 이 나라 종사를 구할 수 있음에도 그 신분이 미천하다 하여 우국충정憂國衷情의 길을 막아 놓고 있다면……, 종사로 보아서도 큰 손실이 아니겠습니까. 이 나라는 사대부들만이 사는 나라가 아니라 상민도 천민도 다 함께 사는 나라라면 반상의 제도는 마땅히 철폐되어야 하질 않겠느냐, 이 말씀이지요."

"……!"

"잘못된 제도나 관행은 서둘러서 고쳐야 합니다. 알고도 고치지 않는 것은 죄악일 수밖에 없어요. 제 신분으로 미루어 본다면 공으로부터 존경을 받을 처지가 못 되는데도, 공께서 저를 찾아주신 것은 신분의 벽을 넘어서시겠다는 의지가 조금은 있었을 것으로 생각됩니다만……, 그것이 공의 진심이라면 공의 가노家奴들에게도 차별을 두어서는 아니 되질 않겠습니까. 그런 용단이 선행되고서만 조선이 나아가야 할 길을 함께 의논할 수가 있다고 봅니다. 이를테면 그와 같은 선각의 젊은이를 저는 기다리고 있었습니다."

유홍기는 난감해하는 김굉집의 모습을 빠짐없이 지켜보면서 부연한다.

"……지금 당장 대답을 구하는 것은 아닙니다. 얼마의 시간이 흐른 다음에라도 대답을 주신다면 저는 공과 더불어 이 나라 조선의 앞날에 대해 흉금을 터놓고 얘기할 것을……, 아니 목숨을 버릴 것을 약조하겠습니다. 그러나 너무 늦으면 선각일 수가 없겠지요."

김굉집은 안색을 붉히면서 시선 둘 곳을 찾지 못한다.

5백 년 동안이나 지켜져 내려온 보수라는 온상에서 곱게만 자랐을 김굉집으로서는 유홍기의 진보적인 생각이 충격적이어야 마땅하다.

유홍기는 낙망으로 기울어지는 김굉집의 표정을 읽으면서 자신이 추구해야 하는 이상의 세계가 얼마나 멀리 있는가를 다시 한 번 실감하지 않을 수가 없다.

"김 공, 제 말을 허황하다거나 서운하게 듣질 마세요. 왜냐하면 신분의 벽은 곧 무너질 것이며, '양이·보국'이 얼마나 잘못된 것인지도 미구에 아시게 될 것이기 때문입니다. 역사에도 섭리라는 것이 있으니까요."

"……!"

김굉집에게는 폭탄선언으로 들릴 수밖에 없다. 그는 유홍기의 단언을 혹세무민의 괴변이라고 치부한다. '양이·보국'의 정책을 철폐하여 이양인들의 문물을 받아들이는 것은 고사하고, 반상의 벽이 무너질 것임을 확언하는 유홍기의 도도한 설변은 김굉집의 사유思惟를 쑥밭으로 만드는 폭언이 아니고 무엇인가.

그는 지체 없이 자세를 고쳐 앉으며 당혹감을 드러내 보인다.

"말씀이 지나치셨습니다. 그럼……."

"공의 마음이 제 곁으로 다가오는 것은 쉽지 않을 것으로 압니다. 다만 한 가지만 더 당부를 드리고자 합니다."

몸을 일으키려던 김굉집이 다시 좌정을 하는 모습에는 명문의 후예다운 범절이 넘치고 있다.

"공께서는 부디, 비 오는 날의 나막신이 되어 주셨으면 합니다. 나막신은 비가 오지 않으면 아무도 거들떠보지 않는 무용지물일 것이나, 궂은 날에는 반드시 유용하게 쓰이질 않습니까. 구태여 맑은 날과 궂은 날을 국가의 일에서 찾아야 한다면 바로 지금이 비 오고 바람 부는 불순한 일기로 보시면 될 것으로 압니다."

"……."

유홍기의 간곡한 당부가 김굉집의 가슴속으로 스며들었음인가, 그는 연민의 시선으로 화답을 대신하고 있었으나 끝내 아무 반응도 보이지 않은 채 작별의 말을 입에 담는다.

"잠시 길을 잘못 들었습니다. 그럼……."

"허허허, 선대의 명현들은 못 들을 말을 듣게 되면, 냇가로 달려가서 귀를 씻었다는 고사도 있기는 합니다만……, 아무튼 조심히 가세요. 일어서지 않으렵니다."

김굉집은 명문의 법도를 흩뜨리지 않는 단아한 모습으로 송죽재를 나간다. 이동인이 황급히 그의 뒤를 따른다.

유홍기는 한숨을 놓으면서 허공에 시선을 던진다. 아쉽다는 생각이 들어서다. 그가 몽매에도 기다리던 젊은 인재의 출현을 김굉집의 모습에서 발견했기 때문이다. 그러나 김굉집은 길을 잘못 들었노라는 말을 남기면서 돌아서지를 않았는가.

"다시 오려나⋯⋯."

유홍기는 혼잣소리로 중얼거리면서 한숨을 놓았지만 아쉽고 서운하다는 생각은 좀처럼 가시질 않는다. 그는 내심 뒤따라 나간 이동인이 김굉집을 다시 데리고 들어설지도 모른다는 막연한 생각에 젖어 본다.

이동인은 빠른 걸음으로 대광교大廣橋 쪽으로 달려 나간다. 멀어지는 김굉집의 등판에 노기가 서려 있는 것으로 보인다. 이동인은 그를 향해 열화 같은 목소리를 토해 낸다.

"이보시오. 김 공⋯⋯!"

김굉집은 걸음을 멈추고 뒤돌아선다. 그리고 다가서는 이동인을 쏘아보며 노기로 가득한 일갈을 쏟아 낸다.

"참으로 해괴한 언동이 아니더냐. 하찮은 너 따위가 감히 뉘더러 하게를 써!"

"⋯⋯!"

"내 잠시 길을 잘못 들었기로, 어찌 너 따위와!"

"헛……!"

이동인은 화통 같은 눈알을 부라리며 김굉집에게로 다가선다. 매질이라도 할 기세였으나, 놀라운 것은 김굉집의 담력이다. 체구는 크지 않았어도 수려한 외모가 돋보이는 김굉집의 눈빛에는 범접할 수 없는 위엄이 서려 있었고, 주먹을 불끈 쥔 이동인이 다가서는데도 그는 미동도 하지 않는다.

이동인은 그를 윽박지르는 것으로 자신의 강인함을 과시한다.

"헛! 평안감사 환경 대감께서도 대치장을 백의정승으로 예우하고, 그분과 더불어 조선의 개항을 의논하시거늘……!"

"……!"

"그대가 명문의 후예요, 등과한 것을 내세울 모양이나 세 사람이 함께 길을 걸으면 그중의 한 사람은 스승이라는 고사가 있는데도 끝까지 신분만을 내세울 생각인가!"

"이런 무례한 것이 있나!"

"그대가 정녕 서구 열강의 문물을 아는가. 그들이 어디서 온 누구인지, 또 무슨 연유로 조선 연안을 어지럽히는지를 조금이라도 아는가!"

"……?"

"대치장께서는 그대와 같은 젊은 인재를 모아서, 격동하는 세계정세에 눈뜨게 하려 하시는데, 배움을 청하기는 고사하고, 길을 잘못 들었다니. 젊었으면 큰 눈을 번쩍 뜨고 앞을 내다보아야지. 우물 안의 개구리에서 벗어나라 이 말일세!"

이동인의 불같은 노여움 때문인가, 김굉집의 상기된 얼굴은 핏기를 잃어 가고 있다.

"미구에 우리들 선각의 젊은이가 이 나라를 이끌어 가게 된다는 사실을 명심하시게. 뭘 알아야 우매한 백성들을 바로 이끌어 갈 수가 있질 않겠는가. 골똘히 생각하면 해답을 얻을 것일세!"

"이자가……."

"왜 매질이라도 하겠는가. 어림없는 소리. 환경 대감께서 약국으로 납시셨다는 소문이 들리거든 지체 없이 달려오게. 그대에게도 경천동지할 변화가 있을 테니까!"

김굉집은 더 참지를 못한다. 마치 더러운 것을 본 것처럼 빠르게 몸을 돌리며 멀어져 간다. 이동인은 멀어지는 김굉집의 등판을 향해 고함을 토해 낸다.

"이것 봐. 그대가 정녕 젊었거든 때를 놓치지 말게!"

하늘은 뿌옇게 흐려 오고 있다.

육조관아로 나서고서야 김굉집은 걸음을 늦춘다. 이동인과의 손찌검을 피한 것은 다행이었으나, 유홍기의 도도한 변설은 아직도 귓가를 맴돌고 있다.

5백 년 동안이나 지켜져 내려온 반상의 벽이 무너지면 어찌되는가. 주종을 이루면서 살아온 머슴이나 하인 들과의 관행과 법도가 무너지고서도 이 사회가 온전할 수가 있겠는가. 그러나 유홍기는 그런 시대가 눈앞으로 다가와 있다고 단언하였다.

　김굉집이 광통방 공동에 학덕을 고루 갖춘 백의정승이 한 사람 살고 있다는 말을 들을 것은 지난해 가을이다. 그가 수소문 끝에 유홍기를 찾으리라고 다짐한 것은 면암 최익현의 상소문을 읽은 다음의 일이었고, 항간에 무성하게 떠돈다는 흥선대원군의 퇴진에 관한 소문의 진상을 알아보려는 생각에서였다. 그런데 막상 유홍기와 대면을 하였을 때는 흥선대원군의 퇴진보다 이 나라 조선의 개항에 관한 새로운 지식을 접하는 계기가 된 셈이다.

　'정녕 반상의 벽은 무너지는가.'

　생각만 해도 끔찍한 일이 아니고 무엇인가. 서얼庶孼(첩의 자손)을 등용해 써야 한다는 주장이라면 동조할 수가 있을 것이었으나, 신분의 벽을 무너뜨려서 어제의 가복家僕과도 평등하게 살아야 한다면……, 더구나 천민들과의 구분이 없어지고 만다면 그 혼란을 어찌 감당해야 하는가.

　"눈을 뜨게. 우물 안 개구리에서 벗어나게."

　이동인의 강렬했던 어조가 다시 김굉집의 귓전을 때린다.

　당연히 눈을 떠야 한다. 우물 안의 개구리에서 벗어나야 하는 것은 필연이다. 더구나 '선각의 젊은이' 라는 말은 가슴을 설레게 하고도 남았다.

　"뭘 아는 게 있어야지."

김굉집은 조선의 사대부가 읽어야 할 전적은 모두 섭렵하였다고 자부하고 있다. 해석의 깊이에는 선현에 못 미친다고 하더라도 원전의 모든 것을 두루 살펴본 바가 있었는데, 이동인은 자신을 무지한 사람으로 몰아붙이질 않았는가.

"그대가 서구 열강의 문물을 아는가. 그들이 어디에서 온 누군지를 아는가. 저들이 무슨 연유로 조선의 연안을 쑥밭으로 만드는지 그 연유를 조금이라도 아는가!"

아, 아무것도 아는 것이 없다. 김굉집은 불현듯 수치감에 젖는다. 약국의 의원이 알고, 절간의 어린 승려가 아는 것을 등과한 사대부가 모르고 있다면 어찌 되는가. 그는 발걸음을 멈추고 오던 길을 뒤돌아본다.

"……다시 가야 하는가."

김굉집은 중얼거려 본다. 그러나 몸이 말을 듣질 않는다.

스물일곱 살, 이미 등과하여 홍문관弘文館에 몸담고 있다면 조선 제일의 지성인이어야 옳다. 그런 김굉집의 뜨거운 가슴에도 절실하게 느껴지지 않는 조선의 개항, 그 엄연한 현실의 벽은 높고 험준한 산맥이나 다름이 없다.

무당할멈

박규수의 귀향

봄은 잠시 머물다가 지나가는 것일까.

만산은 어느새 신록으로 가득했으나 눈앞을 가로지른 험난한 보릿고개를 넘어야 하는 백성들의 신음소리는 애처롭기만 하다.

아무리 큰 선정善政도 보릿고개 앞에서는 속수무책일 수밖에 없다. 흥선대원군의 서슬 푸른 전횡도, 그의 퇴진을 주장하는 상소문도 보릿고개를 넘어야 하는 백성들에게는 아무 보탬이 되지 않는 허튼소리에 불과하다.

1870년^(고종 7), 평안도 관찰사 박규수가 예문관藝文館 제학提學에 제수되어 도성으로 돌아왔다. 유홍기와 이동인이 환희에 들뜨는 것은 당연하다. 그들의 개항의지를 뒷받침해 줄 수 있는 유일한 사대부이자 고위관직이기 때문이다.

두 사람은 재동齋洞에 있는 박규수의 사저로 달려갔다.

역사의 흔적을 찾을 수가 없을 만큼 많이 변한 재동 83번지, 옛 창덕여고의 교정이 있었던 자리에 지금은 헌법재판소가 들어서 있다. 건물의 뒤편에는 수령이 6백 년이나 되고, 그 자태가 조선 땅에서 가장 아름답다는 백송 한 그루가 옛 모습 그대로 서 있다.

바로 이 자리가 유홍기, 오경석, 이동인 등 개화 1세대와 김옥균, 박영효, 유길준 등 개화 2세대로 이어지는 선각의 젊은이들이 조선 근대화의 진로를 논의하면서 개항의 꿈을 키운 유서 깊은 곳이다.

유홍기와 이동인은 객사에 들어 있었으나 사랑에서의 하회下回는 좀처럼 들려오지 않는다. 객사에서의 기다림이 지루해서인지 이동인이 뜻밖의 말을 입에 담는다.

"진령이가 참언한 대로라면……, 한성판윤漢城判尹으로 금의환향하셔야 하는데 예문관 제학이면 뜻밖이 아니옵니까."

"허허허, 모르긴 해도 진령이는 예 와 있을 것일세."

"그럴 리가……!"

이동인의 안색은 순식간에 홍당무로 변한다. 얼마간 몸을 숨기겠다던 박진령이 재동에 와 있다면 어찌 되는가. 이동인은 박진령이 수진방 만신 할멈의 품 안에 있을 것이라고 믿고 있는 처지다.

"사랑으로 모시랍시는 대감마님의 분부가 계셨사옵니다."

아니나 다를까, 박진령의 목소리다. 이동인은 긴장하지 않을 수가 없다.

"여보게, 분부를 받드세."

이동인은 두근거리는 가슴을 안고 유홍기의 뒤를 따라 객사를 나선다. 거기 놀랍게도 박진령이 서 있다. 헤어질 때보다 더 성숙되고 아름다운 모습이다.

"……이 사람아."

이동인은 박진령에게로 다가서면서 바랜 목소리로 입을 연다.

"소녀는 동인 스님의 대은에 보답할 것이옵니다."

"……!"

서로가 주고받는 말이 선문답과도 같아서 이동인이 초조해지고 있을 때,

"아, 무엇을 하고 있는가."

유홍기의 짜증 섞인 채근이 있고 보면 그나마 선문답도 계속할 수가 없다. 이동인은 풀 죽은 몰골로 유홍기의 뒤를 따른다.

객사에서 박규수가 거처하는 큰사랑으로 가자면 거대하면서도 아름다운 백송나무를 스쳐 지나가야 한다. 이동인은 수백 년의 풍상에 시달렸으면서도 소나무 특유의 정절을 간직하였고, 수많은 사람들을 감싸 안을 수 있는 푸근함을 느끼게 하는 백송의 밑동이 유난히 하얗다는 생각으로 잠시 걸음을 멈추었으나 오래 서 있지는 못한다.

박규수는 거처로 들어서는 두 사람을 반갑고 따뜻하게 맞는다.

"허허허……, 백의정승을 너무 오래 기다리게 하지를 않았나."

"당치 않으시옵니다. 대감. 하례 여쭈옵니다."

박규수는 정자관 차림이었으나 피로한 기색은 없었고, 오히려 준수하고 품위 있는 모습이 뜰에서 본 백송과도 같은 푸근함을 느끼게 한다. 두 사람은 정중한 예를 올리고 좌정을 한다.

"이제야 대감을 가까이에서 뫼시고 큰 가르침을 받게 되었습니다. 시생에게는 이보다 더한 광영은 다시없을 것으로 사료되옵니다!"

"허허허, 그 무슨 당치 않은 소리. 오히려 백의정승이 내게 큰 가르침을 줘야지."

"받자옵기 민망하옵니다. 대감."

신분의 벽이 천명을 대신하는 시절인데도 유홍기를 동료보다 더 극진히 예우하는 박규수의 인품은 이동인의 눈시울을 젖게 하고도 남는다.

박규수는 그런 이동인에게로 시선을 옮기면서 안부를 묻는다.

"동인 선사께서도 무량하셨겠지요."

"광영, 광영이옵니다. 대감마님……."

"허허허, 동인 선사와는 첫 만남인데 낯이 설지 않구먼……."

"선사라 하심은 당치 않사옵고, 아직은 나어린 돌중이옵니다. 말씀 낮추소서."

"아니지. 선사에 관해서는 원거(오경석의 자)에게서도 익히 들었고, 또 진령에게서도 아주 소상히 들은 바가 있었거든……."

"……!"

이동인의 가슴이 쿵쿵거리며 울린다. 역관 오경석이야 그나마 함께한 시간이 있었기에 상찬의 말을 했을 터이지만, 박진령의 몸뚱이를 탐한 처지로서는 고개를 들 수 없는 지경이다. 그러나 박규수의 얼굴에는 노여워하는 기색은 찾아볼 수가 없다.

"나는 동인 선사의 기개를 부처의 자비라고 믿었구먼. 중생을 깨우치는 일이라면 열반도 두려워해서는 아니 되지를 않겠는가. 지금이 바로 그런 때라면 동인 선사의 깨우침이 득도에 비하여 무엇이 다르겠는가."

"아미타불……."

"바라건대 백의정승을 도와서……, 아니지. 선각의 대로를 거침없이 달려서 우매한 중생들의 스승이 되어 주었으면 하네."

"소승, 미력을 다해 대감마님의 가르침을 받들 것이옵니다. 힘이 되어 주소서!"

이동인은 상체를 깊이 숙이면서 폐부에서 우러나는 다짐을 하였으나 등판으로는 식은땀이 흘러내리고 있다. 역시 박진령과의 일이 마음에 걸려서다.

"허허허……, 아무리 보아도 동인 선사는 승려라기보다는 지사志士의 모습이야. 가까이서 보아 온 대치 자네는 어찌 생각하는가?"

"시생도 그리 보고 있사옵니다."

"허허허, 그렇다면 일당백일 테지."

"동인은 의숙을 열었으면 하고 있습니다만……."

"그렇겠지. 하나, 반가의 자제가 없고서는 유명무실하게 되지 않겠나. 해서, 내가 한 사람을 지목해 볼 생각일세."

"……!"

유홍기는 자세를 고쳐 앉으며 두 귀를 곤두세운다. 그가 바라고 있던 소망을 이룰지도 모른다는 기대감 때문이다. 더구나 제 발로 찾아왔던 김굉집을 보듬어 안지 못한 회한이 있었음에랴.

"대감마님, 주안상이옵니다."

진수성찬의 주안상이 들어온다. 박진령이 수발을 마치고 몸을 일으켰을 때 박규수가 말한다.

"진령이도 앉아라. 이 나라의 개항을 논하는 자리가 아니더냐. 반상을 따지지 않는 자리에서 내외인들 가리겠느냐."

"감읍하옵니다."

박진령은 태연한 모습으로 박규수의 곁에 앉는다. 이동인은 다시 참담해질 수밖에 없다. 순배가 돌고 나면 그녀의 지난날이 화제가 될 수도 있을 것이기에 이동인에게는 이만저만한 가시방석이 아니다.

"자, 잔들 들게나."

박규수가 몸소 술병을 들자 박진령이 질색하고 나선다.

"쇤네의 소임이옵니다. 이리 주소서."

"괘념하지 말라. 내 몸소 귀한 손님을 대접하고 있는 것을……."

파격이 아닐 수가 없다. 박규수는 동지애를 발휘하고 있는 것일까, 그는 연하의 중인들에게 술을 따르면서도 머뭇거리거나 어색해하지 않았고, 박규수의 잔은 유홍기가 채운다.

"우리는 험난한 길을 함께 떠나고 있음일세. 아무도 우릴 돕지 않을 것이나, 어떠한 어려움도 능히 견디어 내겠다는 다짐의 잔으로 알고 단숨에 비우세나."

박규수는 이들을 비켜 가고서도 개항의 뜻을 펼쳐 갈 수 있는 위치에 있었으나, 굳이 우리라는 말로 강한 일체감을 조성하고 있다. 유홍기와 이동인에게는 큰 감동이 아닐 수가 없다.

"더 취하기 전에 시 한 편을 보여 주어야겠구먼……."

박규수는 문갑을 열고 반듯한 서체로 쓰인 오언절구 한 편을 유홍기에게 준다. 이동인은 유홍기에게로 한 무릎 다가앉는다.

俄看雲蔽月	잠시 전 달이 구름에 덮였더니
雲去月還生	구름이 걷히고 다시 밝구나.
萬變都無定	우주만물의 변화가 잠시도 머물지 않으니
終能一色明	이는 한 빛을 밝게 하기 위함이련가.

얼핏 보기에는 자연을 노래한 서정시에 불과한 것이었으나, 상징의 깊이는 만만치가 않다. 유홍기와 이동인은 그것을 박규수의 가르침이라고 생각하고 있었는데,

　"허허허, 열다섯 어린 나이로 이만한 이치를 시에 담아서 읊을 수가 있다면 그 사람됨을 익히 짐작할 수가 있질 않겠는가."

라고, 작자의 소개가 부연되는 순간 이동인은 박규수의 문하생이자 분계汾溪 홍순목洪淳穆의 둘째 아들인 홍영식洪英植을 떠올렸으나, 유홍기가 떨리는 목소리로 묻는다.

　"누구옵니까. 이 시를 지은 열다섯 살 소년이요?"

　"허허허, 내가 잘 아는 집안의 자손인데 어쩌면 백의정승의 문도가 될 수도 있을 것이야."

　"……!"

　"성은 유兪씨이고 이름은 길준吉濬이라고 하지."

　박규수의 가문인 반남潘南 박문과 유길준의 가문인 기계杞溪 유문 사이에는 아주 사소한 일로 충돌과 대립을 거듭하다가 마침내 불목하는 지경에 이르렀는데, 박규수가 먼저 화해를 청하면서 유길준이라는 소년을 얻게 되었다.

　물론 후일의 일이지만 유길준은 박규수의 문도가 되어 서구 열강의 신문물을 익히면서 스스로 과장에 나가기를 포기하더니, 마침내 이 나라 최초의 일본 유학생(慶應義塾)이자 미국 유학생(Governor Dummer Academy)이라는 영예를 안았으며, 조선의 근대화

를 위한 제도의 개혁에 혼신의 힘을 쏟게 된다.

　유홍기의 얼굴은 상기되고 있다. 반가의 자제를 문도로 맞는
기쁨 때문이 아니고 무엇이랴.

만신의 꾸중

수진방에는 아침 장이 선다.

돈의문敦義門(서대문)을 통해 들어온 농산물이나 장작과 같은 일용품은 대개가 수진방 장터에서 거래된다. 그러자니 사람들의 내왕으로 번잡할 수밖에 없다. 이동인은 흥청거리는 인파를 누비면서 골목길로 접어든다. 무당 할멈의 집은 마치 폐가와 같은 정적에 싸여 있다.

"이리 오너라."

이동인은 목소리를 낮추어 기척을 내고 대문을 민다.

"뉘시오?"

풍물잡이로 보이는 건장한 사내가 그의 앞을 막아선다.

"만신 할멈에게로 인도하시게."

이동인이 승려의 복색이었던 탓일까. 사내는 아무 말 없이 무방 쪽으로 몸을 돌린다. 이동인은 그의 뒤를 따르면서 집 안을 이리저리 살핀다. 자신과 박진령의 흔적이 어딘가에 있을지도 모른다는 불길한 생각이 들어서다.

"어머님, 스님 드셨습니다."

이동인은 만신 할멈의 무방으로 들었다. 물론 박진령과 몸을 섞었던 바로 그 방이다. 할멈은 이동인을 보자 노래 같기도 하고 서슬 같기도 한 목소리를 토해 낸다.

"오, 악귀가 왔구나. 고얀 놈이 왔구나."

"······아미타불."

이동인은 밤톨 같은 단주를 빠르게 굴리면서 고개를 숙인다. 만신 할멈의 비위를 거슬러서는 안 될 것이라는 판단에서다. 꽤 길게 느껴지는 침묵의 시간을 넘기고 있을 때, 쯧쯧쯧 만신 할멈의 혀 차는 소리가 들렸다.

이동인이 고개를 들자 만신 할멈의 주름진 얼굴에는 자애로움으로 가득한 함박웃음이 실려 있다.

"이 못된 놈아. 진령이가 내 딸이면, 네놈은 내 아들이어야 옳지 않느냐."

"······!"

"왜 마땅치 않느냐. 네놈이 싫다면 없었던 것으로 하면 그만이지. 아니 그렇느냐?"

"그것이 아니옵고······."

"아니면 무에야. 네놈의 소행을 내가 아는데……!"

이동인의 얼굴이 홍당무로 변한다. 실익을 찾는 데만 매달리려는 자신의 몰골이 한심해서다. 재동 박규수의 객사에서 박진령은 모든 것을 없었던 것으로 하라고 말한 바가 있었고, 또 자신의 은혜에 보답하겠다고 다짐하지를 않았는가. 그 말의 진의를 헤아리지 못하는 자신의 몰골이 한없이 가엽게 느껴지는 것을 어찌하랴.

"승복을 입었으니 업보가 무엇인지는 알 것이 아니겠느냐. 너와 진령이는 전생의 업보를 짊어지고 태어났느니라. 그러니 갈 길이 같을 수밖에……. 겉보기에는 다른 길이지만 도달하면 같은 길임을 알게 될 것이니라."

이동인의 심저에 깔려 있었던 죄의식을 끌어내어 난도질을 치고서야 만신 할멈은 그간에 있었던 일을 털어놓아 준다.

"진령이가 내림굿을 받았다. 굿판을 길길이 뛰면서 법문을 욀 때는 얼마나 울었던지……. 암, 볼만했다마다. 그날부터 그 아이를 내 대신 굿판으로 보내질 않았나. 딸이니까. 내 업보를 짊어진 딸이니까."

내림굿을 받던 날……, 꽃같이 피어났던 박진령의 모습을 입에 담으면서 만신 할멈은 눈언저리를 적신다. 그것은 오랫동안 헤어져 있던 핏줄을 찾았다는 감격과 환희를 거침없이 쏟아 내는 신뢰감의 결정이나 다를 바가 없다.

"지금은 죽동 민 대감 댁으로 가고 있을 것이니라. 거기가 어딘지는 알겠지?"

"……!"

이동인의 가슴이 쿵쿵거린다. 죽동竹洞의 민 대감이면 민승호를 말한다. 흥선대원군의 독선과 전횡을 몰아내기 위해 새로운 외척의 세력을 규합하고 있는 민승호라면 중전 민씨의 오라비가 아니던가.

물론 앞으로의 일이 되겠지만, 민승호와의 접촉이 박진령에 의해 이루어진다면 그보다 더한 기쁨이 어느 천지에 다시 있겠는가.

"이제 진령이는 평탄대로를 갈 것이니라. 그 길이 자네와 무관하다면 찾지도 만나지도 말게나."

"……!"

만신 할멈의 말은 더 이어지지 않는다. 이동인은 행여나 하는 심정으로 한참 동안이나 더 기다려 보았으나 할멈의 모습은 앉아서 잠이 든 사람으로 보일 뿐이다.

"그럼, 저는 이만……."

이동인이 엉거주춤 작별을 고하고서야 할멈은 짤막한 한마디를, 그러나 힘주어 말한다.

"함부로 주둥이 놀리지 마라. 부정 탈라……!"

이동인은 섬뜩하다는 생각을 지워 내지 못한 채 수진방을 나선다. 발걸음은 무거울 수밖에 없다. 마치 마법의 병 속과도 같았던 할멈의 음산한 품 안에서 벗어나기는 하였으나, 무복을 입고 칼춤을 추고 있는 박진령의 앙칼진 모습이 뇌리를 어지럽힌다. 어미 노릇을 하겠다던 만신 할멈의 말대로라면 박진령과의 인연은 운명의 끄나풀로 이어져 있는 것이나 다름이 없다. 그것이 업보라면 앞날의 일도 그녀와 더불어 헤쳐 나가야 하지를 않겠는가. 그러나 만신 할멈은 싫다면 찾지도 만나지도 말라고 경고를 했다. 도무지 앞날의 일을 예측할 수가 없는 사단이 아니고 무엇인가.

'중전의 심복이 된다면?'

그랬다. 민승호는 중전 민씨가 의지해야 하는 유일한 기둥이다. 게다가 영보당 이씨의 소생인 완화군完和君이 세자의 재목이라는 평판이 자자한 현실이고 보면 중전 민씨로서도 자신의 회임을 위해 물불을 가리지 않을 것이 분명하다. 만에 하나라도 민승호의 천거로 중전 민씨가 박진령을 만나게 되고, 곧 회임할 것이라는 그녀의 참언에 빠져 든다면 어찌 되는가.

그리하여 박진령이 중전 민씨의 심복이 되고, 중궁전의 사정을 손금 보듯 환하게 알게 된다면 그것은 조선의 개항을 크게 앞당기는 촉매가 될 수도 있을 것이 분명하다.

중전의 사가

이른 아침의 햇빛을 받은 골목길은 하얗게 바래어 보인다.

가마 한 채가 소리 없이 밀려들고 있다. 가마를 인도하는 박수의 눈초리는 날카롭기 그지없다. 행여 누군가의 눈에 띨까 걱정하고 있는 모습이 완연하다.

하늘을 찌를 듯한 솟을대문 앞에서 가마가 멈추자 마치 기다리고 있었다는 듯 대문이 열리고 겸복傔僕(사랑과 안채의 일을 두루 맡아 보는 하인)들이 우르르 달려 나온다.

"내리세요."

가마의 휘장이 열리고 눈부신 소복으로 단장한 박진령이 내린다. 달려 나온 겸복들은 모두 놀라는 기색이다.

"만신은 어찌 된 게야."

"만신께서 보내신 따님이십니다."

"따, 따님이면……?"

겸복들이 웅성거리기 시작한 지 한참이나 지나서야 민겸호가 달려 나온다. 그들은 만신 할멈을 기다리고 있었던 게 분명하다.

"만신의 딸이라니, 대체 어찌 된 일이야!"

민겸호는 박수를 노려보며 노여움부터 토해 낸다.

"저는 다만 만신 자모님의 분부 받들었을 따름이옵니다."

"어허, 참으로 맹랑한 것들이 아닌가. 당장 물러가렷다!"

민겸호가 소리치고 돌아서자 박진령이 나직이 입을 연다.

"쇤네, 대부인마님의 부르심을 받은 것으로 아옵니다."

"허어……!"

"대부인마님께서 쇤네를 물리친다면, 지체 없이 돌아가겠사옵니다."

민겸호는 박진령의 아래 위를 찬찬히 훑어보고서야 몸을 돌린다. 서 있던 겸복들의 반수는 그의 뒤를 따랐고 나머지는 가마를 에워싸듯 감시의 눈초리를 굴린다.

"어찌하려는가?"

불안해진 박수가 박진령에게 묻는다. 그녀의 대답이 시작도 되기 전에 민겸호를 따라갔던 미소년 한 사람이 달려 나온다.

"내당으로 뫼시랍니다."

박진령의 입가에 웃음이 돌자 미소년도 빙긋 웃음으로 화답한다. 박진령은 그 미소년의 뒤를 따르면서 박규수의 집에서 만났던 유길준을 상기한다. 총명하게 보여서다.

　박진령은 민겸호에게 인도되어 한창 부부인韓昌府夫人(중전의 母) 이씨의 거처로 들었다. 방 안을 장식하고 있는 갖가지 기물들이 그녀의 가슴을 두근거리게 할 정도로 눈부시다.

　"중전 마마의 사친 되시는 부부인마님이시니라. 문안 여쭈렷 다."

　박진령은 날아갈 듯한 큰절을 마치고 단정한 맵시로 부부인 이씨의 앞에 앉는다.

　"곱기도 하지. 분명 만신 할미의 딸이라고 했느냐."

　"그러하옵니다."

　"호호호, 만신 할미의 복이 터졌구나. 너 같은 딸을 두다니."

　"받자옵기 민망하옵니다."

　"아니다. 정말 곱다. 너희는 잠시 물러가 있고……."

　민규호는 무언가 석연치 않아 하는 기색이면서도 선뜻 자리 를 비킨다.

　"지난번 영보당이 왕자를 출산할 것이라고 입에 담았다는 것 이 사실이더냐?"

　"……."

　박진령은 얼굴을 붉히면서 민망해했으나, 부부인의 추궁은 집요하다.

　"그 왕자가 단명할 것이라고도 했다면서……?"

"……."

박진령은 자신도 모르게 신음을 토해 낸다. 아무리 중전 민씨의 사친이 원하는 일이라 해도 왕실의 불행을 입에 담아야 하는 것은 백성 된 도리가 아닐 것임을 박진령이 모른대서야 말이 되는가.

"네가 영험하다는 말을 들으시고 중전께서도 놀라워하셨느니라. 무슨 말인지 알아듣겠느냐?"

"너무 심려치 마오소서. 중전 마마께오서도 곧 회임을 하실 것이옵니다."

부부인 이씨는 흠칫 놀랐으나 곧 상정을 회복하면서도 박진령의 표정에서 시선을 떼지 못한다.

"그 왕자님이 대통을 이어 가시느냐."

"아니옵니다."

"아니라니?"

"……."

"단명할 것이라는 말이렷다!"

"쇤네가 입에 담을 일이 아닌 줄로 아옵니다."

"이런 못된 것이 있나. 네 감히 나를 능멸할 참이더냐!"

부부인 이씨의 노성일갈이 터져 올랐으나 박진령은 고개만 숙인 채 끝까지 입을 열지를 않는다. 부부인 이씨는 더욱 거칠어진 목소리로 박진령을 윽박질렀어도 아무 소득이 없다.

"참으로 못된 것이구나. 그만 물러가렸다."

박진령은 한숨을 놓으면서 하직문안을 올린다. 한 치의 빈틈도 보이지 않는 박진령의 단아한 모습에 부부인 이씨는 두려움을 느낄 뿐이다.

박진령이 다소곳한 걸음으로 댓돌을 내려서자 미소년이 상체를 굽혀 보이면서 말한다.

"큰사랑으로 모시랍시는 분부가 계셨사옵니다."

"큰사랑……?"

"제가 뫼시겠습니다. 따르소서."

두 사람이 중문을 나설 때, 미소년은 역시 웃는 얼굴로 박진령을 뒤돌아본다. 소년의 웃음은 티 없이 맑다.

"대감마님께서 진노해 계시옵니다."

"……나 때문에 말이냐?"

"그렇기는 하오나……, 심려하실 일은 아니옵니다."

소년은 고르고 하얀 치아를 드러내 보이며 명쾌하게 대답한다. 박진령은 티 없이 맑고 지혜로워 보이는 소년에게서 친동생과도 같은 친근감을 느낀다.

"네 이름을 알아 두고 싶구나……."

박진령의 호기심을 소년은 지체 없이 받아 준다.

"성은 고高가이옵고, 이름은 길 영永자, 뿌리 근根자를 써서 고영근이라 하옵니다."

"오, 고영근······. 참으로 총명하구나."

박진령은 고영근의 인도로 큰사랑으로 들었다.

문방사우를 그린 병풍 앞에 민승호가 비스듬히 앉아 있고, 그의 앞쪽에 노기가 가시지 않은 민겸호가 배석해 있다.

박진령이 예를 올리고 앉자 민승호가 노성일갈부터 뱉어 낸다.

"네 감히 중전 마마의 불운을 입에 담고도 무사하기를 바랐더냐!"

"······!"

박진령은 놀라지 않을 수가 없다. 어제 일도 아닌 바로 잠시 전 별당에서 입에 담았던 말이 큰사랑에 고스란히 전해지고 있다면 필시 엿들은 사람이 있어야 옳지를 않은가.

"어서 소상히 여쭙질 않고 뭘 하고 있느냐."

민겸호의 채근이 있고서야 박진령은 앞에 앉은 두 사람의 얼굴을 찬찬히 살핀다. 모두가 불운이 겹쳐 보이는 형상이었으나 차마 입에 담을 수가 없다.

"허어······, 말이 말 같지를 않느냐!"

"아뢰옵기 송구하오나, 이미 부부인마님께 올린 말씀이온지라 쇤네는 다시 입에 담을 수가 없음을 유념하소서."

"허어, 저런······. 대체 네 목숨이 몇이나 있기에 그같이 맹랑하고 방자하단 말이더냐!"

박진령은 민승호의 성품을 경망한 것으로 읽는다. 중전 민씨가 가장 믿고 의지해야 할 곳이 이같이 허술하다면 어찌 되는가.

박진령은 다시 민승호의 허를 찌르고 나선다.

"중전 마마께서 곧 쇤네를 부르실 것으로 아옵니다."

"저, 저런……! 저 못된 것을 당장 끌어내어 형틀에 묶게!"

"형님……."

"아니야. 저 같은 계집아이로 인해 참언이 돌게 되면, 그것이 곧 혹세무민이 아니겠나. 당장 시행하라니까."

"……따르라."

박진령은 민승호의 면면을 세세하게 다시 살핀다. 아무리 살펴도 의지할 곳이 아니라는 생각이 들 뿐이다.

두 사람이 마당으로 내려서자 고영근이 부부인 이씨를 부액하고 들어서고 있다.

"대감마님, 대부인마님 납시셨사옵니다."

민겸호와 박진령이 길을 열 듯 자리를 비키자 민승호가 버선발로 댓돌을 내려선다.

"어머님, 환중이신데……, 누워 계시지 않으시고요."

"철없는 아이를 데려다가 책망을 하다니. 어서 드세나."

민승호가 어리둥절해한다. 부부인 이씨는 박진령의 손을 잡아서 다독이면서 말한다.

"마음고생이 컸겠다. 모두가 내 잘못이니라……."

"당치 않사옵니다."

"호호호, 이 늙은 것이 괜히 목소리를 높여서 네 처지만 어렵게 했다. 들어오너라."

민승호와 겸호 형제는 부부인 이씨를 극진하게 인도한다. 따르던 박진령이 뒤돌아서며 고영근을 바라보았을 때 그는 가볍게 고개를 끄덕이며 웃어 보인다. 박진령은 고영근에게서 풍기는 당김의 굴레에서 헤어나지를 못한다.

부부인 이씨는 들어와 앉는 박진령의 모습을 대견스럽게 지켜보면서 별당에서 보였던 노기와는 사뭇 다른 어조로 입을 연다.

"이 사람, 직제학."

"말씀하소서. 어머님……."

"만일 중전께서 회임을 하신다면 우리 진령이의 신심일 것이며, 만에 하나라도 원량을 생산하신다면……, 그때는 진령이를 하늘처럼 섬겨야 되지를 않겠는가."

"저, 어머님……."

민승호는 빨갛게 상기된 박진령의 몰골을 힐끗 살피면서 당치 않다는 듯 부부인을 부른다.

"그렇지가 않네. 아무리 직제학이 권세를 누리면서 살고 싶어도 중전께서 아니 계신다면 그걸로 그만이 아니겠나. 세상의 이치가 그러하다면……, 우리가 저 아이 진령이를 섬기고 또한 중전 마마께서 저 아이를 말벗으로 삼아서 그 명성이 하늘에 미치게 된다면……, 직제학이나 내가 해야 할 일은 자명하지를 않은가."

"······!"

박진령의 입가에 요괴스러운 웃음이 스치고 지나간다. 직제
학 민승호는 부부인 이씨의 당부를 귀에 담을 수가 없다.

"어머님!"

"이 어미의 소망을 알았으면, 중전 마마를 배알한 자리에서
저 아이 진령의 일을 거론해 주시게나."

부부인 이씨의 당부가 간곡했던 탓이었을까. 민승호는 더 반
발하지 않는다. 그러나 박진령을 쏘아보는 눈초리에는 불만스
러워하는 기색이 여전히 가득하다.

박진령이 사랑에서 나와 바깥마당에 이르러 가마에 오를 때
까지 고영근은 마치 그림자처럼 그녀를 따라 다닌다.

'참으로 영특하다.'

박진령은 가마에 흔들리면서도 고영근의 맑고 티 없는 미소
를 지워 내지를 못한다.

소년 유길준

이동인의 발길은 어느 사이엔가 광통교에 당도해 있다.

청계천의 양옆으로 이어진 버드나무의 가지들은 연초록빛 새 잎으로 단장하고 스치는 바람에 흔들리고 있다. 이동인은 얼마 간 들뜬 심정으로 광통교를 건넜다. 그가 유홍기의 약국으로 다 가서자 낯선 사내들이 서성이고 있는 것이 보인다.

"약국에 불미한 일이라도 있는가."

이동인이 사내들에게 거칠게 물었을 때 튕겨져 나온 그들의 대답은 뜻밖이 아닐 수 없다.

"판윤 대감께서 납시어 계시오!"

"오, 그래……. 대감의 문도일세."

이동인은 사내들을 밀치며 송죽재로 향한다. 조선 개항의 산 실이나 다름이 없는 유홍기의 서재에는 박규수와 유홍기가 담소

하는 모습으로 마주 앉아 있고, 박규수의 곁에는 미소년 한 사람이 앉아 있다.

이동인은 그가 유길준임을 한눈에 알아본다.

"대감, 영전榮轉을 하례드리옵니다."

"허허허, 선사의 불공 탓이 아닐지."

"당치 않으시옵니다. 문안 여쭈옵니다. 대감……."

이동인은 박규수를 향해 정중한 예를 올린다. 소년 유길준은 이동인의 활달한 모습을 바라보며 티 없이 웃고 있다.

새로운 세계를 경험하고 있는 유길준에게는 모두가 신기하기만 하다. 박규수의 거처를 드나들면서 서양의 문물에 눈뜨게 되었을 때만 해도 그것이 낯선 학문일 것이라고만 생각하고 있었는데, 박규수의 뒤를 따라 유홍기의 약국에 이르러서는 배우고 익혀 온 관행까지 뒤집히는 지경이었음에랴.

잠시 전 박규수의 강권에 따라 중인인 유홍기에게 큰절을 올리고 문도로서의 첫 다짐을 할 때는 황당하다는 느낌이 아주 없지는 않았는데, 박규수를 대하는 이동인의 언동에 이르러서는 당혹감보다는 재미있다는 생각까지 든다.

그때 박규수가 유길준을 건너다보며 말한다.

"길준이도 문안 여쭈어라. 다 같이 백의정승의 문도이기는 하다만은 너보다는 연장이 아니더냐."

"……."

유길준의 얼굴에 홍조가 스며들자 박규수가 부연한다.

"네가 읽은 『해국도지』도 이미 오래전에 독파하였고, 지난번 병인양요 때는 몸소 강화섬까지 가서 이양인들의 문물을 살핀 바가 있는 선각의 스승이시니라."

유길준은 자리에서 일어선다. 그리고 이동인에게 정중히 예를 올리는데 그 단정한 범절이 그림같이 아름답다.

"본관은 기계杞溪이옵고, 이름은 길준이옵니다. 성심을 다해 가르침을 청하고자 하옵니다. 인도해 주소서."

"허허허, 중놈의 처지로 사대부의 절을 받다니, 하여간 반갑고 대견하네. 내 쪽에서도 만나고 싶은 마음이 간절했어요."

비록 한정된 장소였다고 하더라도 철통같이 지켜져 온 조선의 법도와 관행은 이미 무너져 있다. 아무리 튼튼한 강둑도 바늘구멍으로부터 무너진다고 하지를 않았던가.

"스승께서 비록 승복 차림으로 계시나 장차 이 나라의 개항을 이끌어 가실 독보적인 선각이시니라."

조선 개항의 1세대이자 실학의 거벽인 박규수의 그늘이 아니고서는 상상도 할 수 없는 일이다. 박규수는 지구의를 자신의 앞으로 당겨 놓으면서 천천히 돌려 보기 시작한다.

유길준에게는 생소한 물건이었으나 그것이 『해국도지』에 그려진 갖가지 지도를 둥글게 말아 놓은 것임은 어렴풋이 짐작할 수가 있었다. 푸른색 바다와 누른색 땅덩이로 가득한 둥근 모양의 지구의에는 어느 나라의 문자인지는 알 수 없지만 지렁이가 기어가는 듯한 글자로 가득하다.

유길준은 불현듯 달려들어 지구의를 힘차게 돌려 보고 싶은 충동에 젖는다. 그렇게 하는 것이 서양의 문물 속으로 뛰어드는 일이 아니겠는가. 박규수가 조용히 입을 연 것은 그때다.

"……참으로 오랜 세월을 생각하고 꿈꾸어 온 일일세. 오늘 자네들의 만남을 나는 하늘의 섭리라고 믿고 있으이."

방 안에는 감동과 격정의 기운이 돌기 시작한다.

"만리노정이나 다름이 없는 멀고 험한 길인데 이제 겨우 첫발을 내디디면서 동행하는 사람들의 수를 따질 필요는 없겠지. 가노라면 새롭게 만나는 사람도 있겠고, 더러는 동행을 자청하는 사람도 있을 테니까."

"그러하옵니다. 대감. 미천한 시생은 오늘 대감께서 베푸신 대은을 평생의 광영으로 간직하겠사옵니다."

"대은이랄 것은 없겠지. 다만 내가 당부하고 싶은 것은 길준이 아직은 어려서 자네들이 열망하는 바를 쉽사리 받들기는 어려울 것이야. 서둘지 말게. 새싹은 병들기 쉽고, 꺾이기도 쉽다는 선현들의 고사를 명심해 주시게나."

유길준의 눈매는 티 없이 맑다. 그는 박규수의 당부를 자신에게 들려주는 가르침으로 받아들이고 있음이 분명하다.

『해국도지』나 『영환지략瀛環志略』과 같은 신학문을 접하면서 서구 열강의 문물에 눈뜨기 시작한 것은 사실이었지만, 거기에 적힌 내용은 말할 것도 없고 더구나 유홍기나 이동인을 만나서 신분의 벽을 뛰어넘는 파격의 변화를 집안의 어른들에게 발설할 수가 없는 것이 안타깝다. 자칫 잘못되는 날이면 박규수가 큰 원망을 살지도 모르는 일이기 때문이다.

"길준이가 명심해야 할 일이 있느니라."

"하교하소서."

"오늘은 나와 함께 돌아갈 것이나, 앞으로 백의정승이나 동인 선사를 혼자서 찾아 뵐 때는 앞뒤의 정황을 자로 잰 듯이 살펴야 할 것이야. 알겠느냐."

"명심하겠사옵니다."

"허허허, 이만하면 상견의 예는 되었겠지."

"분에 넘치는 광영이옵니다."

이동인의 대답은 우렁우렁하게 들렸다. 박규수는 만면에 환한 웃음을 담으면서 유길준을 바라본다. 일어설 차비를 하라는 눈빛이다. 그러나 유길준의 맑은 안총에는 좀 더 앉아 있고 싶다는 소망으로 가득하다.

"선생님, 지난번에 오셨던 선비께서 뵙기를 청하옵니다."

강창균의 목소리다.

"선비라면, 김굉집이……?"

박규수는 이미 듣고 있었던 일이었으므로 지체 없이 김굉집의 이름을 상기한다.

"그러한 듯싶사옵니다."

"지난번……, 그와 헤어지면서 환경 대감께서 오셨다는 소식을 들으면 지체 없이 달려와서 경천동지할 일들을 구경하라고 엄포를 놓아 두었는데, 딴에는 수소문하고 있은 듯하옵니다."

이동인의 들뜬 부연을 들은 박규수는 파대웃음을 토하면서 기뻐한다.

"허허허, 과시 동인 선사의 기지로고. 암, 경천동지다마다."

방문이 조심스럽게 열리고 김굉집이 상기된 얼굴로 들어선다. 오직 유길준만이 일어섰을 뿐, 유홍기도 이동인도 앉은 채 그를 맞는다. 송죽재가 아니고 다른 장소였다면 불벼락이 떨어질 사건이고도 남았다.

"허허허……, 기어이 다시 왔구먼. 나 또한 내심 기다리고 있었던 일이야."

김굉집은 얼굴을 붉힌다. 박규수의 고매한 인품이야 익히 알고 있었으나 이같이 불편한 자리에서까지 수하의 심중을 헤아릴 줄은 짐작도 못한 일이어서다.

김굉집은 박규수에게 정중한 예를 올린다.

"대감께 심려를 끼칠까 두려워서 많이 망설였사옵니다."

"심려할 게 무에 있어. 허허허, 초록은 동색인 것을……."

"……!"

"나는 대치 저 사람을 백의정승으로 예우하고 있기에 국사를 함께 의논하면서 자문도 받아 보고 있네만……, 아직 이 나라에는 백의정승만 한 선각의 학문은 없을 것일세."

김굉집은 유홍기에게로 시선을 돌린다. 비 오는 날의 나막신이 되어 달라던 그의 당부가 생생하게 되살아나고 있었기 때문이다.

유홍기는 아무 내색도 드러내지 않은 채 단정한 모습으로 앉아 있었으나, 이동인은 틈만 나면 끼어들 심산으로 김굉집의 동태를 싸느랗게 지켜보고 있다.

유홍기를 예우하는 박규수의 상찬이 다시 이어진다.

"내가 대치를 때로는 벗으로, 때로는 스승으로 대하고 있는 것은……, 나라에 어려움이 닥쳐와 있기 때문일세. 그 어려움을 헤쳐 갈 수 있는 학문과 지혜를 두루 갖추고 있다면 설사 지체가 낮은 중인이어도 스승으로 섬기는 것이 지행합일^{知行合一}의 도리가 아니겠나."

김굉집은 박규수의 가르침을 하나도 빠뜨리지 않으려는 진지한 태도를 보인다. 지난번에 찾아왔을 때와는 사뭇 다른 모습이었기에 유홍기도 내심 안도한다.

"내 마음이 이와 같다면……, 굉집이 자네에게는 큰 스승이고도 남을 것이야. 자네에게는 어려운 발걸음이었을 것이나 기위예까지 왔으니 이미 선각의 길에 들어섰음이 아니겠나. 부디 초

지를 그르치지 말고 스승의 가르침을 잘 받들어서 나라의 초석
이 되어야지. 응, 허허허.”

“명심하겠사옵니다.”

김굉집은 자신의 미진했던 결심이 박규수에 의해 완결되었다
는 결기를 드러내 보인다. 그는 비로소 유홍기를 향해 자세를 고
쳐 앉으며 상체를 깊이 숙여서 입문의 예를 올린다.

“시생은 아직 방황을 멈추지 못하고 있사옵니다. 많은 가르침
을 주셨으면 하옵니다.”

“가르침이라고야 하겠습니까만……, 때로는 목숨도 초개같
이 버려야 하는 험난한 길이라 조심스럽기 한량없습니다.”

“……!”

“내게 가르침을 청하는 것은 개혁에 앞장을 서겠다는 다짐이
고, 그것은 또 반상을 떠나서 만민이 평등하다는 사실을 인정해
야 하는데……, 공의 처지나 가문으로 본다면 엄청난 손실을 감
내해야 하는 일이 아니겠습니까.”

유홍기의 어투에 힘이 실리기 시작하자 박규수는 그의 말에
제동을 건다.

“허허허, 그만 되었으이. 나도 아직 실행하지 못하는 일이 아
닌가. 어디 첫술에 배부르려고…….”

“송구하옵니다.”

“시작이 반이라고도 하고……, 또 늦었다고 생각하는 순간이

곧 늦지 않았음을 뜻한다고 하질 않던가. 내 대치에게 다시 당부하네만, 굉집은 홍문관에서도 으뜸가는 준재일세. 얼마간 생각이 다른 사람과 동행을 하노라면 발길이 조심스러워지는 수도 있질 않겠나."

"그야 이를 말씀이옵니까. 제가 경솔했습니다."

"허허허, 과시 백의정승의 인품이로세."

가가대소하는 박규수의 고매한 인품이 자리를 함께한 사람들을 감동하게 한다. 이어 박규수는 김굉집에게 유길준의 가문과 문재를 소상히 소개하고, 각별히 보살펴 줄 것을 당부한다.

유길준이 김굉집에게 예를 올리는 것으로 팽팽했던 긴장감이 일시에 풀리면서 방 안은 훈훈한 정감으로 가득해진다.

박규수는 다시 김굉집에게 부연한다.

"허허허, 비 오는 날의 나막신이 되라는 대치의 당부는 들었을 것으로 아네만……, 그 뜻을 이루기 위해서도 젊은 인재들을 모아야 하지 않겠나. 다만 서둘 것이 없다 뿐이야. 이 일은 서둘러서 될 일이 아니니까."

비로소 김굉집은 안도하는 표정을 짓는다. 그는 타고난 성품이 온유하고 신중한 편이었고, 그러므로 유홍기로부터 격변하는 국제정세와 조선이 대처해야 하는 방도를 깨우친다고 하더라도 남들보다 적극적인 태세로 앞장서서 실행하기가 어렵다는 사실을 스스로 판단하고 있다.

이동인에게는 그런 분위기가 마음에 들지 않는다.

"대감, 인재를 모으는 일만은 서둘러야 할 것이옵니다. 청나라는 나라를 이끌어 갈 젊은 인재가 없어 지리멸렬 망하고 있사옵고, 왜국은 목숨을 아끼지 않은 열혈 같은 선각의 인재들이 있었기에 저 엄청난 유신의 대업을 이루지 않았사옵니까."

"⋯⋯!"

방 안에는 갑자기 긴장감이 돌기 시작한다. 이동인의 결기가 치솟아 오르면 걷잡기가 어렵다는 사실을 모두가 알고 있었기 때문이다.

"왜국의 유신이 빠르게 이루어진 것은 농민의 핏줄도, 천민의 자식도 모두가 함께 나섰기 때문인데⋯⋯, 양반 상것을 가리고서야 그야말로 백년하청이 아니겠사옵니까."

박규수의 얼굴은 붉게 달아올랐고, 김굉집은 거친 숨결을 몰아내고 있다. 이동인의 열변은 그들 두 사람의 노기를 짓누르면서 이어진다.

"북경에 있는 미리견 공사관에서는 대동강에서 불타 없어진 저들의 상선을 찾겠다고 아우성을 치고 있었는데⋯⋯, 지금은 그 상선이 조선 연안에서 실종된 것으로 판단하고 있다는 풍설이 아니옵니까."

이동인은 오경석에게 들은 중국의 사정을 정확하게 되뇌고 있다.

"나도 그리 듣고는 있네."

"대감, 대책이 급하질 않사옵니까. 왜국을 개항하게 한 것이 미리견 함대인데, 이번에는 조선 연안으로 몰려와서 없어진 상선을 찾겠다고 무력시위를 할 것은 불문가지가 아니옵니까."

"그렇긴 하지……."

"조정의 대책이라는 것도 뻔한 것이 아니옵니까. 우리하고는 아무 상관이 없다. 썩 물러가라. 이래가지고야 저들과의 교역은 고사하고, 외교인들 제대로 되겠사옵니까."

박규수는 더 험한 말이 쏟아지기 전에 화제를 돌리고자 한다. 조정에서 들으면 혹세무민의 대죄에 해당할 소리이기 때문이다.

"동인 선사의 혜안을 나무라고 싶은 생각은 없으이. 그러나 미리견의 항의나 문정이 있다면, 우리는 그 상선이 조선 백성들에 의해서 격침되었다는 사실을 당당히 밝히게 될 것일세."

"……!"

박규수의 대답은 전에 없이 단호하다. 놀란 것은 이동인뿐만이 아니다. 유홍기의 눈빛에도 인광이 스쳐 가고 있다.

"북경에 있는 미리견 공사관의 은밀한 동태는 이미 우리 조정에 전해진 바가 있고, 나는 대원위 대감에게 더 이상 숨겨서는 안 된다는 사실을 누누이 상주한 바가 있으니 너무 걱정할 것은 없어……."

그러나 이동인의 반발은 만만치가 않다. 일개 승려의 신분으로 시임 한성판윤의 말을 맞받아 반박할 수 있다는 것……, 김굉집과 같은 사대부 쪽에서 보면 죽어 마땅한 방자함일 것이나, 이동인은 전혀 괘념하는 기색이 아니다.

"대감, 그렇게 된다면 지난 병인년의 양요와 같은 전쟁을 겪게 되지를 않겠습니까. 그 같은 어려움에 다시 처해진다면 저들의 신식 무기와 잘 조련된 병사들의 공격을 견딜 만한 힘이 과연 우리 조정에 있다고 보시옵니까."

"……끔."

박규수는 신음을 토하면서도 이동인의 항변을 만족히 여긴다. 어느새 저만한 젊은이가 유홍기의 품 안에 있다는 말인가. 그가 비록 승복을 걸치고 있다고는 하지만 혼자의 힘으로 만 리밖인 북경 외교가의 분위기를 파악하고 있다는 것이 얼마나 대견한 일이던가.

"저희는 김 공과 같은 사대부가의 자손이나, 또 조정에 입사해 있는 젊은 준재의 동참을 뼈저리게 기다려 왔사옵니다. 더구나 대감께서도 저희들의 만남을 하늘의 섭리라고 말씀하시지 않으셨사옵니까. 그것이 잠시 전의 일인데, 방금 대감께서는 서둘러서 될 일이 아니라고 당부하신다면 두 가지 말씀을 하신 것이 아니신지요!"

좌중에는 긴장감이 일고 있었으나 이동인의 항변은 당당하게 이어진다.

"정녕 대감의 뜻이 그러하다면 대체 언제쯤이면 이 나라의 우매한 백성들이……, 아니지요. 글줄이나 읽은 사대부 나부랭이들이 개항을 논의할 수가 있겠사옵니까."

김굉집은 자신으로 인해 일국의 한성판윤이 무안을 당하고 있음이라고 믿었는지 몸 둘 바를 몰라 하고 있고, 소년 유길준은 이동인의 호기가 부럽다는 생각으로 눈빛을 초롱초롱 빛내고 있다.

"허허허, 언제 보아도 동인 선사는 승려가 아니라 지사야. 이러니 조선의 개항이 선사의 두 어깨에 달렸달밖에……."

이동인의 반론은 끝없이 계속되었으나, 박규수는 김굉집의 충격을 줄이면서 되도록 상처를 입지 않도록 배려하였다. 그것은 조선의 기득권세력이랄 수 있는 사대부가의 반발을 잠재우는 것이 개항의 지름길이라는 사실을 일깨우려는 노련함이 아니고 무엇인가.

화약 냄새

"이 사람, 대치……."

"예. 하교하소서."

"백문이 불여일견이라지 않았나. 굉집이 어려운 걸음을 하였
는데, 『해국도지』와 『영환지략』이 있거든 빌려 드리게."

"두 가지 모두 소승에게 있사옵니다만……, 그것보다야 지구
의를 살피는 것이 빠를 테지요. 그리고 권총도 한번 쏘아 보는
것이 진실로 백문이 불여일견이 아니겠사옵니까."

이동인의 흥분은 좀처럼 가시지 않는다. 그는 몸을 일으켜서
문갑의 서랍을 열고 권총을 꺼내 든다. 유홍기는 이동인의 동태
를 마땅치 않게 여기면서도 말릴 겨를이 없다.

"보시오. 이게 서양인들이 쓰는 신식 무기 권총이라는 것이오!"

이동인은 미친 듯이 장지문을 열어젖히면서 마당을 향해 권

총을 발사한다. 귀청을 찢어 내는 듯한 총성에 박규수가 몸을 움츠렸다면 김굉집과 유길준의 놀라움은 얼마나 컸겠는가.

이동인은 화약 냄새가 가시지 않은 권총을 김굉집의 앞에다 던지듯 밀어 놓는다. 김굉집은 넋이 나간 사람처럼 멍하니 앉아 있을 뿐인데, 이동인은 그의 앞으로 지구의를 옮겨 놓고 서양 제국의 배치를 숨 가쁘게 토해 내기 시작한다.

"여기가 구라파 대륙이오. 지난 병인년에 강화섬을 유린했던 법국은 여기에 있소. 그들은 이 넓고 험한 바다를 항해하여 여기에 이르렀소. 우리가 상국으로 섬겨 온 청나라의 땅덩이를 보시오. 여기가 북경이고 여기가 상해……. 이 넓은 땅덩이에 우리가 말하는 이양인들이, 아니 서구 열강이 다투어 공사관을 설치하고 있어요. 청나라는 개항과 통상의 요구를 침략으로만 알았기에 지리멸렬 망하고 말았으나, 왜국은 달랐다 이 말씀이에요. 보시오. 여기가 섬나라 왜국이오. 우리가 그토록 업수이 여겼던 왜국은 김 공과 같은 젊은 사족土族(사무라이)들이 앞장서서 개항과 통상을 주도하였기에 지금은 근대적인 정부를 세우질 않았소."

세계정세를 설파하는 이동인의 열변에 박규수로서도 경청하지 않을 수가 없다. 오경석이나 유홍기의 이론에 실행을 담으려는 다짐이 울분이 되어 쏟아지고 있었기 때문이다.

이윽고 이동인은 새끼손톱보다도 작게 그려진 조선 반도를 가리키며 울분의 핵심을 거론한다.

"보시오. 여기가 우리 조선이오. 비록 땅덩이의 크기는 보잘 것없으나, 2천여 년을 지켜 온 우리의 땅이 분명하지를 않소. 한 데……, 삼면이 바다인데도 함선이 한 척 있는가, 상선이 한 척 있는가. 그렇다고 대포가 있는가. 제대로 된 신식 소총이 한 자루 있는가. 무기가 없다면 잘 훈련된 군대라도 있어야 하질 않겠는가."

"……!"

누구라 할 것 없이 숨을 멈출 수밖에 없다. 조선의 참담한 현실을 뼈아프게 지적하는 이동인의 비분강개가 웅변으로 터져 올랐기 때문이다.

"비어 있는 집이나 다를 바가 없는 조선의 땅덩이를 서구 열강들이 함선과 무력을 앞세우고 호시탐탐 달려오고 있는데, 그까짓 양반 노릇 지키자고 '양이 · 보국'이라니! 저들의 식민통치를 자초하고 있음이 아닌가. 나라를 잃고서도 양반 행세를 할 수 있다고 보는가!"

"선사, 오늘은……."

이동인은 박규수의 은근한 만류까지 뿌리치고 나선다.

"아니지요. 대원위를 비롯한 조정의 관원들이 반드시 알아야할 일이옵니다. 김 공, 평안도나 함경도의 포수들을 불러서 비가 오면 쓰지도 못하는 화승총火繩銃으로 서양 제국의 신식 무기와 대적할 수 있다고 보시오. 어림없는 소리, 깨어나시오. 우물 안의 개구리를 면하고서만이 오백 년 사직을 지켜 갈 수가 있는데, 사대부의 신분이나 지키겠다고 나라 망하는 꼴을 본대서야, 세공에 시달린 이 땅의 상민·중인 들은 분통이 터져 살겠느냐, 이 말씀이외다."

이동인의 열변은 방 안을 압도하고도 남았다. 그의 어조는 박규수를 힐난하는 것처럼 들리기도 하였고, 유홍기의 결단을 촉구하는 것으로도 들렸다. 특히 김굉집과 유길준에게는 상상을 초월하는 충격이 아닐 수 없다.

그때 강창균의 떨리는 목소리가 다시 들렸다.

"아뢰옵니다. 포청捕廳(포도청)에서 뵙기를 청하옵니다."

"······!"

방 안에는 숨 막히는 긴장감이 돌았다. 포청에서 사람이 나왔다면 잠시 전에 울린 총소리 때문일 것이 분명하다. 게다가 한성판윤과 두 사람의 사대부가 동석한 자리라고는 하지만, 중인들이 주축이 되어 '양이·보국'을 비방하면서 반상의 벽을 무너뜨리고 조선을 개항해야 한다는 목소리를 높였다면 그야말로 혹세무민의 대죄를 면하기가 어렵다.

담력이 남다르다는 이동인도 안색이 바래면서 박규수의 눈치를 살필 뿐, 달리 대처할 방안을 찾지 못한다.

"뭣들 하고 있느냐, 당장 나오질 않고!"

방 밖에서 천둥치는 듯한 고함소리가 울리자 유홍기가 엉거주춤 몸을 일으키며 말한다.

"잠시 나갔다 오겠습니다."

"아닐세. 내가 나갈 테니……, 아무 심려 말고 토론을 계속하게나."

박규수가 좌중의 심려를 덜어 줄 심산으로 만류의 말을 입에 담는다.

"대감께 누를 끼칠까 걱정되옵니다."

"어차피 돌아가려던 참이었어. 동인 선사의 열변이 날 잡아 두지를 않았나. 밖의 일은 괘념들 말게나. ……그리고 이건 잠시 내가 맡아 두는 것이 좋겠어."

박규수는 김굉집의 앞에 놓여 있는 권총을 집어서 허리춤에 꽂으며 몸을 일으킨다. 유홍기는 박규수의 배려에 무한한 고마움을 느끼면서도 움직이지를 못한다.

박규수가 유홍기의 서재인 송죽재를 나서자 댓돌 가까이에까지 다가선 포졸들의 수가 10여 명이나 되었는데, 그들은 반역의 죄인들을 체포하려는 기세로 살기까지 뿜어내고 있다.

박규수는 인자한 웃음을 지어 보이며 댓돌로 내려선다. 그리고 묻는다.

"내가 한성판윤이네만……, 무슨 불미한 일이라도 있었느냐?"

의금부의 수의부위修義副尉 이승준이 그의 앞으로 한 발 다가선다. 약국을 정탐을 하고 있었던 모양으로 갓, 도포 차림이다.

"잠시 전 총성이 울리고, 화약 냄새가 진동했다기에……."

"오, 기위 예까지 왔으니까 자네도 한번 보아 두는 게 좋겠구면……."

박규수는 허리춤에서 권총을 뽑아 들면서 부연한다.

"이게 지난번 대동강으로 기어올랐던 미리견 사람들이 쓰던 육혈포六穴砲라는 권총인데, 백 보 앞에 있는 사람의 목숨도 앗아낼 수가 있지……."

의금부의 수의부위 이승준이 박규수의 손에 들려 있는 장난감 같은 쇳덩이를 대수롭지 않게 여기고 있었다면 포졸들의 무지는 보나 마나 한 것이 아니고 무엇이랴. 박규수는 그들의 무지도 깨우칠 겸 사태의 해결도 도모할 생각으로 사방을 둘러본다.

마침 담장 위를 서성이는 장닭 한 마리가 보인다. 권총의 위력을 보이기 위해서는 그것을 제물로 삼을 수밖에 없다. 박규수는 권총을 움켜쥔 두 손을 천천히 뻗어서 장닭을 겨냥한다. 지켜보고 있는 이승준과 포졸들은 닥쳐올 결과는 짐작도 하지 못한 채 호기심만 보일 뿐이다.

탕! 하는 총성에 기세등등하던 이승준이 자지러지듯 몸을 움츠렸고, 포졸들은 비명을 지르면서 풍비박산이 된다. 총에 맞은 장닭은 마당으로 떨어져서 푸덕거리다가 움직임을 멈춘다. 모두가 일순간에 일어난 일이다.

방문이 열리면서 유홍기와 이동인을 비롯한 두 사람의 사대부가 달려 나왔다. 중문 쪽에는 강창균과 최우동을 비롯한 다슬이와 지혜의 모습까지 보인다.

박규수는 그들이 지켜보는 앞에서 어안이 벙벙해진 이승준에게 말한다.

"허허허, 이만한 총성이면 너희가 달려오는 것이 도리일 것이니라. 게다가 미리견 사람들이 쓰는 신식 육혈포의 위력까지 보았으니 큰 득이 되지를 않았나."

"......!"

"알았으면 따르라!"

박규수는 권총을 허리춤에 다시 꽂으면서 빠른 발걸음을 옮기기 시작한다. 그러나 이승준은 둘러선 사람들의 면면들을 다시 세세히 살피고서야 박규수의 뒤를 따른다. 혼비백산했던 10여 명의 포졸들도 자욱한 화약 냄새를 뒤로 하고 썰물 빠지듯 마당을 비운다.

그제야 사색으로 변했던 이동인의 얼굴에 홍조가 돌았다. 주눅 들었던 기세가 다시 살아난 것이 아니고 무엇인가.

"허허허......, 김 공께서는 환경 대감의 마음 쓰심을 어찌 보시는지요?"

"그저 놀랍다는 생각뿐일세."

"허허허, 그러실 테지요. 다만 김 공께서도 환경 대감께서 심려하시는 바를 한시도 잊어서는 아니 될 것으로 압니다."

김굉집에게는 불과 한 반나절 동안의 체험이었지만, 자신이 몸담고 있었던 삶의 둘레가 얼마나 편협한 것이었던가를 뼈저리게 느낄 수밖에 없다.

푸르고 누른색으로 칠해진 둥근 지구의가 자신의 무지를 자탄하게 한 것도 그러했지만, 이동인의 종횡무진했던 열변에 조선의 미래가 담겨 있겠다는 강렬한 인상도 지울 수가 없다.

이동인이 김굉집의 변화를 읽으면서 흐뭇해한다.

"선생님, 오늘같이 좋은 날에는 곡주 한 잔쯤 있어야지요."

"그렇기는 하네만……, 오늘은 김 공이나 길준이가 주빈인데 어찌 생각하실지."

"광영으로 받들겠사옵니다."

김굉집의 화끈한 대답이 마음에 들었는지 이동인은 그의 어깨를 툭 치면서 신바람을 돋운다.

"자, 자, 듭시다. 길준이도 들어오너라."

이동인의 너스레로 새로운 자리가 마련된다. 잠시 전까지 서먹서먹했던 분위기는 어디에도 없다. 모든 변화가 이동인의 열혈과도 같은 변설에서 싹튼 것이나 다름이 없다.

"김 공, 오늘은 마음 놓고 마십시다. 대감께서 말씀하신 전적들은 소승이 빌려 드릴 테지만……, 달리 원하시는 게 있다면 천리를 마다하지 않고라도 구해다 드리겠습니다."

"고맙소이다. 선사."

"허허허, 장차의 영의정과 호형호제하게 되었는데 못 할 일이 무엇이겠습니까. 두고 보면 알아요. 내 천방지축이 공을 위해서 요긴하게 쓰일 날이 있을 것이오."

물론 이동인의 말은 사실로 드러난다. 그가 밀항하여 일본국 동경에 머물면서 서양의 외교사절과 교분을 두터이 하고 있을 때, 김굉집(그때는 김홍집)이 신사유람단紳士遊覽團의 두령으로 일본국에 왔다가 이동인의 결정적인 도움을 받게 되지만, 지금으로선 그 누구도 짐작하지 못할 일이다.

유홍기는 그들의 의기투합을 지켜보면서 조선의 개항이 앞당겨지리라는 확신을 갖는다. 그리고 지구의에서 시선을 떼지 못하고 있는 유길준에게 말머리를 돌린다.

"길준이는 왜 아무 말이 없느냐?"

"저에게는 신학문이 생소하기만 하였사온데……, 오늘 비로소 그것이 얼마나 소중한 것인가를 깨닫게 되었사옵니다."

길준의 눈빛은 맑고 아름답다. 그것이 사물을 바라보는 총기라고 믿었기에 유홍기는 소년 유길준의 내심을 떠본다.

"하루속히 등과를 하여서, 나라를 짊어질 동량이 되어야 하지 않겠느냐."

"저는 과장에 나가지는 않을 것이옵니다."

"……!"

놀란 것은 유홍기가 아니라 김굉집이다. 명문의 피를 받은 젊은 준재가 단 하나의 입신양명의 길인 과거를 포기한대서야 말이 되는가. 그는 어처구니없어 하는 시선을 유길준의 얼굴에 못박는다.

"허어, 그 무슨 당치 않은 소리. 조정에 입사를 하자면 과장엘 나가야지!"

"아니옵니다. 지금 제가 힘써 깨우쳐야 하는 것은 낡고 찌든 주정학朱程學이 아니라, 선진열강의 문물을 있게 한 신학문인 줄로 아옵니다."

좌중의 시선이 유길준에게로 쏠린다. 아직은 홍안의 미소년일 수밖에 없는 그의 입에서 어찌 천지개벽에 버금가는 선언이 쏟아져 나오리라고 짐작이나 했던가.

유홍기는 내심 흡족해하면서도 조심스럽게 다시 물어본다.

"아버님께서 너의 그러한 생각을 용인해 주시겠느냐?"

"용인하시지 않을 것으로 아옵니다. 하오나 저희들이 앞장서서 이끌어 가야 하는 새로운 길이라면 장부의 기상을 그쪽으로 몰아가는 것이 옳지 않겠사옵니까. 원하옵건대 많은 가르침을 주셨으면 합니다."

"……!"

김굉집은 참담해진 시선을 허공으로 던진다. 나이 어린 유길준에게 무안을 당하고 있다는 생각이 들어서다. 대체 누구로부터, 무엇을……, 얼마나 배웠기에 그 같은 결기를 거침없이 드러내 보일 수가 있다는 말인가. 김굉집은 가늠할 수 없는 회의에 빠져 들고 있었지만, 유홍기의 표정에는 감격을 주체하지 못하고 있는 것이 완연하게 드러나 보인다. 마침내 유홍기는 눈시울을 적시면서 아낌없는 찬사를 입에 담는다.

"총명하구나. 영특하구나. 내 오랜 세월을 꿈꾸어 온 소망이 너를 만나는 것으로 이루어지려는가 보다. 아직은 깊은 잠에서 깨어나지 못하고 있는 이 나라 조선이 너로 해서 개항되고 개혁될 것이니……, 두고 보면 알 것이니라."

"그렇다마다요. 길준아, 길준아!"

이동인의 감격도 유홍기 못지않다. 그는 유길준의 두 손을 움켜잡았으면서도 치밀어 오르는 격정을 추스르지 못하고 있다. 유홍기가 목소리를 가다듬으면서 다시 부연한다.

"배움에는 부끄러움이 없다고 하지 않았느냐. 지금까지 겪어 온 명분과 법도를 하루아침에 벗어던질 수는 없겠지. 하나, 뜻을 세우기를 게을리 하지 않는다면 곧 큰 깨우침이 있을 것이니 너무 서둘 필요는 없을 것이야!"

"명심하겠사옵니다!"

또렷한 목소리로 다짐을 하면서도 소년 유길준은 얼굴을 붉힌다. 사실 그는 박규수의 거처에 드나들면서 서구 열강이라는 새로운 세계를 접하게는 되었지만, 갖가지 사단들이 모두가 생소했을 뿐이었다. 그러자니 회의에 젖을 때가 태반이었다. 그것을 눈치 챈 박규수가 백의정승 유홍기의 면전에 그를 데려다 놓은 셈이다. 그러나 유길준은 유홍기의 가르침을 받기도 전에 충격을 동반한 뜻밖의 체험부터 하게 되었다.

박규수가 이동인을 예우하는 모습에서 이미 반상의 벽이 무너지고 있음을 실감하였고, 홍문관의 준재라는 김굉집을 득달하는 이동인의 열변을 들으면서 비로소 귀가 뚫리고 있다는 사실을 깨닫게 되었다.

만일 『해국도지』와 『영환지략』을 읽지 않았다면 이동인이 무슨 연유로 그 같은 열변을 토하는지도 몰랐을 것이 분명하다. 더구나 지구의에 그려진 서구 열강의 모양새를 확인하면서, 또 권총의 발사를 지켜보면서는 문자로만 읽어 왔던 조선창造船廠, 병기창兵器廠 등의 실체가 서서히 눈앞으로 다가와 전개되었길 않던가. 다만 나이 어린 처지라 참견할 수 없는 것이 안타깝기만 하였는데, 유홍기의 물음이 그의 막혔던 가슴에 물꼬를 터놓은 셈이다.

그러나 김굉집은 유길준에 대한 유홍기와 이동인의 눈물겨운 감격을 지켜보면서 얼마간의 괴리를 느껴야 했고, 유길준의 결기에 찬 다짐을 들으면서는 두렵다는 생각에 젖는다. 아직은 이 땅의 도덕이자 윤리일 수밖에 없는 주정학의 법도를 낡고 찌들었다고 단정하는 소년 유길준의 언동이 어쩐지 께름칙하고 천박하다는 생각 또한 아주 없지는 않다.

주안상이 들었다. 푸짐하게 차려진 것은 아니었지만 정갈하고 맛깔스럽게 보이는 술상이다. 유홍기는 분청호리병을 흔들어서 김굉집과 이동인의 잔을 채우고 유길준에게 묻는다.

"허허허, 장가를 든 새신랑이니 한 잔쯤은 마실 수가 있지 않겠느냐!"

"세 분 스승님에게 입문의 잔을 고루 올리자면, 석 잔은 마셔야 할 줄로 아옵니다."

"오, 허허허, 과시 선각의 준재로세. 자, 우리 다 함께 결기를 다짐합시다."

이동인의 선창으로 순배가 돌기 시작한다.

유홍기는 감회에 젖은 모습으로 술잔을 비우면서도 대동강에서 격침된 제너럴셔먼 호의 전말과 강화도에서 보았던 프랑스군 해병대의 일사불란했던 대열을 소상히 설명하였다. 이동인은 의주에 있는 역관 오경석의 박식함을 침이 마르도록 자랑하고 나서 자신의 거취를 입에 담는다.

"대치 선생님, 왜국에 한번 다녀올 생각입니다."

"……!"

"저들이 무엇을 근거로 사족과 천민이 손을 잡고 개항을 할 수가 있었는지……, 또 지금은 얼마나 변해 있는지를 이 두 눈으로 확인하지 않고서는 조선의 진로를 정할 수가 없어서요."

얼마나 놀라운 발상인가. 그러나 유홍기는 조용히 반문할 따름이다.

"나무랄 생각은 없네만, 배편은 어찌할 것이며 간다한들 말이
통하겠는가?"

"구더기 무서워서 장 못 담근답니까. 배편이야 고깃배라도 타
면 될 것이고, 왜국에도 절이 있고 중이 있다는데, 까짓것 몇 달
이면 말문이야 거뜬하게 열릴 것이 아니겠습니까."

"허허허, 만에 하나라도 그 일이 성사된다면 천지신명께서 이
나라의 개항을 보살펴 주심인 것일세."

"조선의 개항은 천지신명께서 열어 주시는 것이 아니라, 우리
스스로 열어 가야만 하오이다. 여기서 개항을 지체한다면 우리
조선은 서구 열강의 식민지가 되고 맙니다. 김 공, 정세가 이같
이 위급지경인데 조정에서는 대체 무엇을 하고 있는가!"

김굉집에게는 대꾸할 말이 없다. 고깃배를 타고 왜국엘 건너
가겠다느니, 열강들의 식민지가 된다느니 하는 이동인의 강변
은 황당하지 못해 미친놈의 짓거리나 다름이 없지를 않은가. 그
러나 불과 몇 년 뒤에 그 모든 것이 사실로 드러났을 때, 공교롭
게도 김굉집이 이동인의 승복 자락에 매달리게 될 줄을 어찌 짐
작이나 했을까.

310

미국과의
전쟁

중전은 동갑내기

2월도 중순이 지났는데 스쳐 지나가는 바람은 아직 싸늘하다. 지난해의 겨울은 유난히도 추웠다. 시절이 어수선하면 추위를 느끼는 강도가 더한 것일까. 봄은 분명히 코앞까지 다가와 있는데도 봄의 향기를 실감할 수가 없다.

박진령은 아침 일찍 죽동 민승호의 집에 불려와 있다. 새롭게 등장한 외척의 본산이자, 민씨 일문의 세도가 날로 드세어지고 있었으므로 골목 어귀에서부터 부산한 분위기가 느껴졌다.

봉물을 실은 우마차도 즐비해 보였고, 민승호를 만나려는 사람들이 객사에 득실거리는 분위기다. 속俗은 세勢를 따라 움직인다는 민심의 간사함이 아니고 무엇인가.

고종 8년(1871)이면 어린아이로만 여겨지던 주상의 춘추도 어느덧 20세, 몸소 만기萬機를 친재親裁하겠다고 나서도 아무도 탓하지 못할 성년의 나이다. 그것이 함부로 넘겨다 볼 수 없는 왕부의 위엄이다.

사정이 이와 같고 보면 흥선대원군의 독선에도 알게 모르게 금이 가게 되는 것을 어찌 탓하랴. 게다가 흥선대원군의 실정을 통박하고 관직에서 물러나 재야에 묻혀 있는 면암 최익현의 포천抱川 거처에 위정척사를 외치는 젊은 문도들이 가득하다는 소문까지 돌고 있었음에랴.

죽동 민승호의 사저에는 활기가 돌 수밖에 없다. 수를 헤아릴 수 없이 많은 가솔들과 종복들의 모습이 들떠 있는 것으로 보아서는 무슨 상서로운 일이 있는 게 분명하였지만, 아무도 입을 열지 않았던 탓으로 박진령은 괜한 공상으로 가슴만 두근거릴 뿐이다.

"무슨 상서로운 일이 있나 보구나."

박진령은 총기가 넘쳐 보이는 고영근에게 속삭이듯 물었으나, 돌아오는 대답은 허황하기만 하다.

"글쎄요. 소인 같은 게 뭘 안다고요."

박진령은 한참 동안이나 안마당을 서성이고서야 부부인 이씨가 거처하는 내당으로 인도된다. 바깥바람이 찼던 탓일까, 방 안은 훈훈한 온기로 가득하다.

부부인 이씨는 전에 없이 밝은 얼굴로 덕담부터 입에 담는다.

"그래, 잘 왔다. 네 점괘가 참으로 용하질 않더냐?"

"과찬의 분부시옵니다."

"과찬이 아니다. 중전 마마께서 너의 입궐을 명하셨느니라."

"……!"

아, 이제야 남몰래 가슴 깊이 간직했던 소망이 이루어지는구나. 박진령은 언젠가 한 번은 중전 민씨를 배알하게 될지도 모른다는 염원을 안고 있었으면서도……, 그런 영광스러운 기회가 이토록 빨리 오리라고는 상상도 못했다.

박진령은 두근거리는 가슴을 추스르며 유홍기와 이동인의 모습을 떠올리어 본다. 중전 민씨를 배알하여 누항의 일들을 입에 담을 수가 있다면, 그분들이 베풀어 준 은혜에 보답하는 길이 열릴 것이며, 나아가서는 조선의 개항에 힘을 보탤 수 있는 절호의 기회가 아니고 무엇이겠는가.

"입궐하여 중전 마마를 배알하게 되면……, 네게 큰 상이 내려질 것이니라."

"무슨 경사로운 일이라도 계신지요?"

감격이 지나쳤기 때문인지도 모른다. 박진령은 묻지 않아도 될 말을 입에 담고야 만다. 중전이 자신을 불러서 큰 상을 내린다면 몽매에도 기다리던 회임을 했음이 아니겠는가.

지난해 가을, 박진령은 부부인 이씨에게 새봄 춘삼월이 지나가기 전에 왕실에 큰 경사가 있을 것임을 확언한 바가 있다. 물론 중전 민씨의 회임을 암시하는 참언이었다.

"호호호, 그걸 낸들 어찌 알겠느냐……. 네가 다녀오면 모든 일이 확연해질 것을……."

부부인 이씨의 기색은 기쁨에 들떠 있는 것이 완연한데도 중전 민씨의 회임은 끝까지 입에 담지 않는다. 박진령은 민망해질 수밖에 없다. 고종의 춘추가 성년에 이르렀다면 중전 민씨의 회임이 아니고도 민씨 일문에서 기뻐해야 할 일은 얼마든지 있을 것이기 때문이다.

박진령은 화제의 핵심이 드러나기를 기다리면서 부부인 이씨의 상기된 내심을 찬찬히 살펴보리라고 다짐한다. 그때 중궁전의 지밀 일을 맡아 보는 김 상궁이 들었다는 전언이 왔다.

마흔 살은 넘겼겠지만 사내를 모르고 살아온 궐 안의 여인인 탓인지 김 상궁의 포동포동한 살결은 백옥과도 같아서 귀티까지 넘쳐흐르고 있다. 게다가 궐 안에서도 중전의 수발을 맡아 보는 지밀상궁이라 엄한 범절이 몸에 배어 있어 바늘로 찔러 볼 만한 빈틈도 보이지 않는 당당함이 있다.

부부인 이씨는 김 상궁의 노고를 극찬하는 덕담을 내리며 중전 민씨의 안부를 묻는 등 허둥거리는 모습이었으나, 김 상궁은 내명부의 위엄을 흩뜨리지 않은 채 의례적인 대답만을 입에 담더니 이윽고 들고 온 보자기를 박진령의 앞으로 밀어 놓으면서 수하를 다루듯 명을 내린다.

"어서 옷부터 갈아입어라."

"옷이라니요?"

"여염의 행색으로 입궐할 수가 있다고 생각하였느냐?"

박진령은 김 상궁의 짓누르는 듯한 위엄에 얼굴을 붉힌다. 부부인 이씨는 그런 박진령이 애처롭게 보였는지 건넛방으로 가서 옷을 바꾸어 입도록 주선해 준다. 박진령은 옷보자기를 들고 건넛방으로 가면서도 뒤에서 쏘아보고 있을 김 상궁의 시선이 두렵기만 하였다.

박진령은 무수리의 복색으로 변장하고서야 경복궁으로 향한다. 아무리 중전의 명이라도 외명부의 지체가 아니라면 무수리의 복색을 갖추어야 한다. 죽동에서 경복궁까지는 멀지 않은 거리였으나 박진령은 김 상궁의 뒤를 따르면서 싸늘한 한기를 느끼고 있다.

"중궁전에 당도하기까지 입을 열어서도 아니 될 것이며, 한눈을 파는 일이 있어도 아니 될 것이니라."

김 상궁은 걸으면서 말했지만 박진령에게는 온몸을 움츠려야 하는 위협일 수밖에 없다.

두 사람은 동십자각東十字閣을 바라보며 오른쪽 길로 접어든다. 삼청동에서 흘러내리는 개천의 물소리가 한기를 더하는 느낌이었어도 눈에 보이는 개천의 경관은 봄빛이 완연하다.

높고 긴 담장 밑을 한참이나 걷고서야 경복궁의 동문인 건춘

文建春門에 당도한다. 문직갑사들은 다가서는 아낙이 김 상궁임을 알아보자 마치 상전을 대하듯 굽실거린다.

"서두르소서. 늦으시다는 채근이 계셨사옵니다."

"다시 봄세."

김 상궁은 뒤도 돌아보지 않고 건춘문을 뚫는다.

박진령은 있는 힘을 다해 그녀의 뒤를 따를 수밖에 없다. 낙오되면 본색이 드러날지도 모른다는 두려움 때문이다.

촘촘하게 들어선 대궐의 전각 사이사이를 누비는 김 상궁의 발걸음은 빠르기만 하다. 박진령은 미로를 떠돌고 있다는 느낌을 떨쳐 내지 못한다.

김 상궁이 느닷없이 발길을 멈추고 박진령을 뒤돌아본 것은 중궁전으로 들어가는 중문 앞에서다. 박진령은 쿵 하고 가슴이 내려앉는 충격에서 헤어날 길이 없다. 그녀는 여러 채의 그만그만한 전각을 지나왔던 탓으로 어디가 어딘지를 전혀 분간할 수가 없다.

"곧 중전 마마를 배알할 것이니라. 하문하시는 말씀에는 분명한 대답을 사뢰되, 네가 소관하는 일이 아니거든 입을 열어서는 아니 될 것이니라. 명심하렷다."

"……예."

박진령의 대답은 마른 목소리가 되어 떨려 나온다. 꼭 김 상궁의 위엄 때문만은 아니다. 태어나서 처음으로 첩첩산중과도

318

같은 구중궁궐에 발을 들여놓았다는 긴장감, 하늘만큼이나 높은 지체인 국모를 배알하게 된다는 가슴 설렘이 없대서야 말이 되는가.

김 상궁이 박진령을 거느리고 중문 안으로 들어서자 분주하게 움직이던 무수리 아이들의 몸놀림이 굳어진다. 박진령은 김 상궁의 위엄이 얼마나 대단한가를 다시 확인할 수가 있었다.

"중전 마마, 쇤네 김 상궁……, 분부 받자왔사옵니다."

중궁전의 방문이 열리면서 또 다른 상궁 몇 사람이 달려 나와서 허리를 굽혔지만 김 상궁은 전혀 아랑곳하지를 않는다.

"따르라."

박진령은 김 상궁의 뒤를 따라 중궁전으로 들었다.

방 안에는 심신을 설레게 하는 향내가 돌고 있었고, 십곡十曲으로 보이는 채색 모란병풍이 쳐진 아래쪽에 금빛 보료가 깔려 있었는데 중전 민씨는 거기에 단정하게 앉아 있다. 박진령은 선경仙境에 들어섰다는 황홀감에서 헤어날 수가 없다.

중전 민씨의 자태는 아름답다 못해 화려하기까지 하다. 연두색 당의唐衣에는 눈부신 금박으로 갖가지 문양과 '수壽', '복福'의 글자가 새겨져 있었고, 양 어깨와 가슴 한가운데는 금실로 용龍을 수놓은 둥근 모양의 보補(흉배)로 장식되어 있다.

중전 민씨의 춘추 스물한 살, 국모로 간택되어 입궁한 지가 5년이면 비록 영보당 이씨의 회임과 출산으로 인한 마음고생이 있었다고 하더라도 넘볼 수 없는 위엄을 갖추고도 남을 세월이다.

피어날 대로 피어난 갸름한 얼굴에는 이목구비가 가지런히 자리하고 있어 조선 여인의 고전적인 미모와 후덕함이 탐스럽게 드러나 있었는데, 하얗게 이어지는 가리마의 중앙에 다홍색 실로 고정된 황금빛 용첩지가 왕비의 위엄을 확연하게 더하고 있다.

박진령의 황홀감은 하늘로 날아오르는 듯한 착각으로 이어질 수밖에 없다. 꿈이 아니고서야 어찌 이같이 아름다운 국모의 자태를 지척에서 바라볼 수가 있으랴.

"문안 여쭙질 않고……."

김 상궁의 나무람이 있고서야 박진령은 들떠 있는 심신을 가다듬는다. 그녀는 두 손을 가지런히 모아서 이마 위까지 올렸다가 몸과 함께 내리는 큰절을 올린다.

중전 민씨도 박진령의 모습을 요모조모 살펴보고 있었던 모양으로 함박 같은 웃음을 지어 보이면서 파격의 상찬을 아끼지 않는다.

"네 영험이 용한 만큼 생김새도 영특하구나……."

"과찬의 분부시라 받자옵기 민망하옵니다."

"호호호, 목소리도 곱지……. 신해辛亥생이라 했더냐?"

"그러하옵니다."

"호호호, 스물한 살이면 나와는 동갑이니라."

"망극하옵니다."

"진작 너를 불러야 했던 것을 이제야 만나게 되었으니 어찌하면 좋누. 이리 가까이 다가와서 앉으라."

중전 민씨의 목소리는 따뜻하고 상냥하게 들렸으나 박진령은 몸을 움직일 수가 없다. 중전 민씨는 나이답지 않은 노련함을 드러낸다.

"김 상궁은 어서 나가서 다과상을 들이되, 잡인의 근접을 엄중히 경계하라."

김 상궁이 물러나자 중전 민씨는 몸소 박진령에게로 다가와서 손을 잡는다. 희고 갸름한 손이었지만 정감이 느껴질 만큼 따뜻하다.

"오늘 아침에 사진絲診(명주실로 진맥하는 것)을 하였는데……, 모두가 한결같이 회임이라고 하기에 불현듯 너를 떠올리게 되었느니라."

"……."

"지난해 가을, 네가 올 춘삼월이 지나기 전에 중궁에 큰 경사가 있을 것이라고 했다는 말을 들었느니라."

"중전 마마……."

박진령의 얼굴이 붉게 달아오른다. 죽동 민승호의 사저에 불려 다니면서 줄곧 생각해 온 자신의 예감이 신통하게 맞아떨어지고 있었기 때문이다.

"산월은 동짓달일 것으로 짐작된다만……, 아직은 후사가 없는 왕실이 아니더냐. 아무리 내가 원량元良(正妃의 맏아들)이 태어나기를 염원하고 있기로 하늘의 섭리를 넘볼 수야 있겠느냐. 그래서 네 영험을 빌려서라도 이 나라 왕실의 사속지망嗣續之望을 이루고자 함이니라."

"……!"

"두려워하지 마라. 이 나라 왕실의 소망이 너로 해서 이루어진다면……, 나는 네 소망을 이루어 주는 것으로 그 은혜에 보답할 것이니라."

"중전 마마."

박진령은 이미 부부인 이씨에게 왕자가 태어날 것이라고 입에 담았었고, 그 왕자는 단명하여 원량의 구실을 다하지 못할 것이라는 의지를 밝혔다가 호된 꾸지람을 들은 일이 있었기에 그 사실을 중전의 면전에서 다시 입에 담을 수가 없다.

"그래……. 어서 말해 보아라. 내 소망이 곧 이 나라 왕실의 소망일 것이야. 나는 원자를 생산하고서만이 국모의 소임을 다했다 할 것이 아니겠느냐."

박진령은 마음을 굳게 가다듬는다. 원량이 태어난다는 사실, 그 사실만은 밝혀도 무방할 것이라고 믿었기 때문이다.

"중전 마마, 하늘보다 더 높으신 국모의 위엄을 세우실 것이옵니다."

"아니, 무에야."

"원량 아기씨의 산일은 동짓달 초사흘이거나, 늦으면 초나흗 날이옵니다."

얼마나 놀라운 예언이던가. 박진령은 원량의 탄생을 확언하면서 산일까지 입에 담고 있다.

중전 민씨의 놀라워하는 모습은 보기에도 민망할 지경이다.

"오……, 정녕 네 말을 믿어도 되겠느냐."

"중전 마마, 어찌 쇤네가 함부로 천기를 입에 담을 수가 있으리까."

"그래, 천기다마다."

천기天機라는 말을 듣고서야 중전 민씨는 한없이 들떠 올랐던 심기를 추스르는 것으로 보였지만……, 빨갛게 달아오른 안색만은 어쩌지 못한다.

"고맙구나. 이 은혜를 어찌 보답해야 할꼬……."

"은혜라 하오시면 당치 않사옵고, 다만 쇤네는 중전 마마의 홍복洪福이 하늘에 닿아 있음이 한없이 기쁠 따름이옵니다."

중전 민씨가 상기된 모습으로 박진령의 손등을 다독이고 있을 때 다과상이 들었다. 김 상궁은 다과상을 놓으면서 중전의 파격이 과하다는 사실을 입에 담았으나, 중전 민씨는 오히려 김 상궁을 나무라며 물러가게 한다.

중전 민씨는 박진령에게 친히 다식과 강정을 집어서 들려 줄

만큼 들떠 있다.

"어서 들라. 내 너를 멀리 하지 않을 것이니라. 어려운 일이 있거든 내게 의논하라. 알겠느냐?"

박진령의 총명함이 원한에 사무친 듯한 중전 민씨의 회한을 예사롭게 받아넘길 까닭이 없다. 그녀는 내친걸음이라는 결기로 완화군이 단명할 것임을 거론하면서 참으로 엄청난 말을 입에 담는다.

"중전 마마의 위엄이 이 나라 종묘사직을 이끌어 가시게 되옵니다. 원하옵건대 자중자애하시어 옥체를 소중히 하오소서."

중전 민씨의 안총에 파란 불빛이 어른거린다. 자고로 참언처럼 맹랑한 것은 없다. 때로는 단순히 앞날의 일을 예측할 때도 있지만, 그것이 사람의 운명을 거론하는 경우에는 심리적인 작용을 동반하게 마련이다. 이를테면 밝은 미래가 열릴 것이라고 들려주면 당사자는 그런 미래를 창조하기 위해 부단히 노력하면서 자신감을 갖게 되지만, 그와 반대로 좌절을 예언하면 스스로 실의에 빠지게 되면서 마침내 좌초하는 무력함을 보이는 경우도 허다하다. 그러므로 『주역周易』을 학문으로 읽은 사람들은 어떠한 경우에도 남의 불길한 예언을 입에 담는 것을 금기로 여긴다.

중전 민씨의 모습은 박진령이 예상한 대로 보기에도 민망할 만큼 상기되어 가고 있다.

"내 어찌 네 영험함을 아니 믿겠느냐만……, 방금 입에 담은 말은 내가 아는 것만으로 족할 것이니라. 이후에는 다시 입에 담을 수가 없음을 명심해야 할 것이야. 알겠느냐?"

"명심하겠사옵니다. 중전 마마."

중전 민씨는 안절부절못하는 모습이다. 그녀는 자신의 위엄이 종사를 이끌어 갈 것이라는 사실을 보다 세세히 거론하고 싶은 기색이면서도 국모의 체통 때문인지 자제를 거듭하고 있는 것으로 보인다.

영특한 박진령도 더 소상히 거론되는 것이 바람직하지 못하다는 것을 알고 있다. 아무리 난감한 화제라도 시작이 어려울 뿐, 일단 거론되면 충격이 가셔지게 마련이다. 그러므로 재론, 삼론으로 이어질 때는 이미 기정사실로 굳어져서 거론 자체가 한결 수월해지는 법이다. 처음 발설이 사단의 변화를 유도하는 방법으로 애용되는 것은 그 때문이다.

박진령은 이를 계기로 다시 중궁전으로 불려 올 수가 있을 것이며, 중전 민씨의 소망을 부추기는 것으로 극진한 총애를 받게 될 것임을 예견한다. 또 그것은 중전 민씨를 개항세력의 일원으로 끌어들일 수 있는 절호의 기회이기도 하다.

박진령이 중전 민씨의 상기된 표정을 지켜보면서 뭔가 새로운 계기가 움트고 있다는 자신감에 젖어 들고 있을 때 민승호가 들었다는 전언이 왔다. 박진령은 재빨리 몸을 일으켜서 다과상을 옮겼고, 중전 민씨는 보료에 돌아가 앉으며 정중히 뫼시라는 명을 내린다.

방으로 들어선 민승호의 모습은 당당하고 활기차 보인다. 그 또한 중전의 회임에 들떠 있어서다. 박진령은 그에게 고개를 숙여 보이긴 하였으나 몸 둘 곳이 없다.

"오라버니, 서로 모르는 사이가 아니질 않습니까. 밀담이 아니시면 진령이도 앉으라 이르소서."

"허허허, 이를 말씀이옵니까. 저 아이의 영험함에 찬탄을 아끼지 않았던 터이옵니다. 허허허, 어서 앉으려무나."

박진령은 몇 무릎 물러나 있었으므로 다소곳한 모습으로 문가에 앉는다. 민승호는 중전 민씨의 회임을 주상에게 알렸더니 크게 기뻐하더라는 편전의 소식을 호방한 목소리로 전하더니 재차 회임을 하례드린다며 상체를 숙여 보인다.

"호호호……, 방금 진령이가 원량이 태어날 것이라고 장담을 하지 뭡니까."

"오, 그래요. 그렇다면 더욱 큰 홍복이 아니십니다. 중전 마마."

중전 민씨는 함박 같은 웃음을 입가에 담으면서 박진령에 대한 당부의 말을 잊지 않는다.

"오라버니, 저는 오늘 동갑내기 동무 하나를 얻었습니다. 자주 불러서 말벗을 삼을 생각인데……, 궐 밖에서의 편의는 오라버니께서 돌보아 주도록 하세요."

"동갑내기 동무라고 하셨사옵니까."

"호호호, 어머님께도 그리 말씀드리시고요."

"아, 예……."

민승호는 고개를 돌려서 홍조에 젖어 있는 박진령의 모습을 찬찬히 바라본다. 말은 없었어도 대견하다는 다독임과 중전의 당부를 따를 것임을 확약하는 시선이다. 박진령은 목덜미까지 붉히면서 시선을 내리깐다.

"다른 일은 없었습니까?"

중전 민씨가 언제나 그랬던 것처럼 조정의 일에 관심을 보이자, 민승호는 잠시 뜸을 들이는 기색을 보이더니 마치 다른 사람이 된 듯 무거운 어조로 대답한다.

"중전 마마, 오늘같이 상서로운 날에 입에 담기 민망하옵니다만, 북경에 있는 미리견 공사가 몇 해 전에 대동강에서 불탄 저들 상선의 행방을 물어 왔사옵니다."

"……!"

놀란 것은 중전 민씨가 아니라 박진령이다. 그녀는 고개를 들어서 민승호와 중전 민씨의 표정을 세세히 살핀다. 국정을 이끌어 갈 외척의 능력을 헤아리겠다는 생각에서다.

조선 개항의 서막이자 '병인양요'의 시작이나 다름이 없었던 미국 상선 제너럴셔먼 호의 비극적인 종말을 어찌 무심히 여길 수가 있던가. 조선의 실정을 너무도 몰랐던 제너럴셔먼 호가 대동강을 거슬러 올라왔다가 분노한 평양부민들의 화공으로 불타고 있을 때 박진령은 유홍기와 함께 그 현장에 있었다.

그 후 도성으로 올라와 유홍기와 이동인의 가르침을 받으면서는 제너럴셔먼 호로 인한 심각한 후유증, 다시 말하면 미국의 보복이 있을 것임을 우려하고 있었는데, 마침내 미국에서 그에 대한 항의서한을 보냈다면 전쟁의 위험이 현안문제로 등장한 것이나 다름이 없다.

박진령은 중전 민씨를 정점으로 하여 새롭게 떠오른 외척의 세력, 다시 말하여 민씨 일문의 대처능력을 확인하고 싶었으나 두 사람은 끝내 아무 말도 입에 담질 못한다. 그렇다고 자신이 나서서 국제적인 움직임을 설명할 수는 없다.

다만 앞으로는 참언이 아니더라도 서양 문물에 대한 실상을 확실하게 심어 줌으로써 중전 민씨로 하여금 개항에 눈뜨게 할 수 있는 통로가 마련되었다는 사실에 만족할 뿐이다.

미국 공사의 항의

　제너럴셔먼 호가 대동강에서 화공으로 격침되고 승무원 23명 전원이 불귀의 객이 된 지도 어언 햇수로 5년, 이제 와서 그 사건이 한미 간에 정치적 현안으로 대두된 것은 서구 열강들에게 조선의 개항이 그만큼 초미의 관심사로 등장해 있다는 사실을 단적으로 보여 주는 예다.

　북경에 주재하고 있던 미국의 특명전권공사인 프레더릭 로우 Frederick F. Low 는 조선과의 외교적 루트가 없었으므로 청나라의 예부禮部를 찾아가 조선에서 실종된 상선의 행방을 조사하기 위해 조선으로 입국할 수 있도록 주선해 줄 것을 요청하는 한편, 자신의 서한을 조선 조정에 전달해 줄 것도 강력히 요구하였다.

　이미 국제적인 외교관행에 눈뜨고 있었던 청나라의 예부는 이를 거절할 명분이 없다. 청나라의 예부에서는 미국의 요청에

협력해 줄 것을 권하는 자문咨文과 함께 로우 공사의 서한을 조선 조정으로 보냈다. 그 서한의 내용은 이러하다.

본국의 상선이 일본, 중국을 내왕할 때에는 반드시 귀국을 경유하는데, 혹시 안개 등을 만나 길을 잃고 표착하였을 때는 선박의 수리차 식, 음료의 조달을 현지에서 해야 하는바, 그런 경우의 처리방법을 의논하기 위해 귀국을 방문하고 싶다. 일본과 우리 미국은 이미 약 20년 전에 그러한 조약을 맺었는데 지금까지 추호의 말썽도 일어난 일이 없다. 귀국의 경우 지난 병인년에 본국 상선 2척이 조선 연해에서 풍해風害를 만난 바가 있는데, 한 척은 침몰하였으나 인명의 피해는 없었다. 그러나 다른 한 척은 귀국의 영내에서 선박과 승무원 전원이 행방불명되었다.

우리로서는 귀국이 한 척은 구조하고 다른 한 척은 해를 주었는지, 그리고 본국의 깃발을 귀국에서 식별이나 하는지 알 수가 없다. 그러므로 본 공사와 해군 제독이 함께 병선 한 척으로 귀국에 가서 상의하고 교섭하여 본국의 선박이 더 이상 고난을 당하지 않게 하려고 한다. 귀국은 의심하지 말고 화목하게 맞아 주기 바란다. 만약 이를 거절하면 이는 실로 양국 간에 불목을 자초하는 일이 될 것이다.

홍선대원군 이하응은 로우 공사의 서한을 읽으면서 수염발

을 곤두세운다. 그러면서도 이를 계기로 날로 퇴락해 가는 자신
의 위엄을 날 세울 수가 있을지도 모른다는 엉뚱한 궁리에 젖어
든다.

고종의 친정親政이 거론되는 어수선한 정국이라면 미국과의
전쟁을 빌미로 삼아서라도 정면 돌파를 시도할 수 있겠다는 생
각에서다.

흥선대원군은 사정전思政殿으로 한성판윤 박규수를 부른다.
그리고 영의정 김병학과 우의정 홍순목을 배석하게 하였다. 미
국 상선을 불태운 장본인이자, 국제정세를 읽을 수 있는 단 한
사람의 고위관리이기 때문이다.

"잘 살펴보시고……, 대안을 말해 보시오."

흥선대원군은 짐짓 대수롭지 않다는 듯 태연을 가장하면서
미국 공사 로우의 서한을 박규수에게 넘겼고, 박규수는 한 자 한
자 빠짐없이 읽어 가면서 가슴을 조인다. 흥선대원군의 면전에
서 조선의 개항을 거론할 수 있는 절호의 기회를 맞았다는 생각
에서다.

박규수는 읽기를 마친 로우 공사의 서한을 흥선대원군의 앞
으로 정중히 밀어 놓자 김병학이 먼저 입을 연다.

"무엇보다 오 년 전의 일을 이제 와서 다시 거론하면서 저희
들 해군 제독과 군함을 동원하겠다는 저의가 심히 의심스럽지
않은가?"

김병학이 부정적인 어조로 입을 열자 수구세력의 거벽과도 같은 홍순목은 길게 말할 것이 못 된다는 어투로 성급한 결론부터 진언한다.

"전하, 우선 우리 조선은 실종된 그 상선과 아무 상관이 없다고 회신하심이 옳은 줄로 아오이다."

그러나 고종의 시선은 박규수의 얼굴에 멎은 채 움직이지 않는다. 이윽고 박규수가 입을 연다.

"당치 않사옵니다. 전하."

"당치 않다니요?"

"저들은……, 이미 그 배가 화공으로 격침된 것을 여러 경로를 통해서 알고 있을 것이라는 사실을 유념하소서."

지체 없이 흥선대원군의 반발이 끓어오른다.

"알다니. 아무리 저들에게 천리경이 있기로 만 리 밖 중원 땅에 앉아서 평양에서의 일까지 건너다볼 수가 있다던가!"

"비밀리에 내왕하는 상인들이 있질 않겠습니까. 게다가, 저들은 '저희 나라의 깃발을 식별이나 하는지 알 수 없다' 라고 하질 않았사옵니까!"

비로소 고종이 입을 연다. 로우 공사의 서한을 읽으면서 가장 궁금히 여겼던 것이 '본국의 깃발' 이라는 대목이었기 때문이다.

"대체 그 본국의 깃발이라는 것이 무슨 말입니까."

웃을 일이 아니다. 서구 열강은 말할 나위도 없었고 유신에 성공하여 '명치개원明治改元'을 선언하고, 에도를 도쿄東京라고 고쳐서 천도遷都를 단행한 일본국까지도 제 나라를 상징하는 일장기日章旗를 국기國旗로 사용하고 있었으나, 구태에서 벗어나지 못한 조선만은 국기의 개념조차도 모르고 있을 때다.

"전하, 지금 세계 여러 나라들은 저마다 그 나라를 상징하는 국기라는 것을 만들어서 쓰고 있는 줄로 아옵니다."

"하면, 판윤은 저들의 상선이 불타고 있을 때 미리견의 깃발이 펄럭이는 것을 보았을 게 아닙니까?"

"아뢰옵기 송구하오나 그때는 신도 미욱하여 눈여겨보지 못했사옵니다."

"이거야 원……, 그렇다면 미리견의 깃발은 어떻게 생겼다는 것이오."

"푸른 바탕에 흰 별이 그려져 있사옵고, 그 옆으로 붉은 줄이 길게 가로 그려져 있는 것으로 아옵니다."

고종의 어조에는 호기심이 넘쳐흐르고 있다.

"하면, 그 깃발이 대체 어떻게 되었다는 것입니까."

"국기를 훼손하면 곧 국가를 훼손한 것으로 간주되는 관례 때문에 자칫 전쟁으로 연결되는 수도 있는 것으로 아옵니다."

흥선대원군은 어이없다는 표정으로 끌끌 혀를 찬다.

"쯧쯧쯧, 그 무슨 장난 같은……."

"저하, 장난이 아니옵니다. 이러한 까닭으로 미리견 공사가 보낸 서한에 대한 회신에 저들의 상선이 대동강에서 화공으로 불탄 것을 당당히 밝히고, 가능하다면 저들과 만나서……."

"말을 삼가시오. 환경!"

흥선대원군은 탕! 하고 연상을 내리치면서 언성을 높인다. 어찌 언성뿐이랴. 이글이글 불타오르는 안총에는 살기마저 돌았고, 온몸은 사시나무 떨 듯 흔들리고 있다. 그것은 자신이 주도하는 '양이·보국'의 정책은 어떠한 경우에도 상처받을 수 없다는 경계심을 드러내 보이는 서릿발 같은 분노가 분명하다.

박규수는 두려움 속에서도 설득을 시도할 수밖에 없다.

"저하, 저하의 심기를 헤아리지 못하는 것은 아니오나……, 나라와 나라는 어떠한 경우에도 대등한 것이옵니다. 그러므로 국제간의 관례를 소홀히 해서는 아니 되옵니다. 우리 조선이 속임수로 저들을 대한다면……, 또한 우리의 실익만을 주장한다면 저들의 웃음거리가 될 뿐이옵니다. 우리 조선이 국제사회의 당당한 일원이 되기 위해서는 국익을 우선으로 하되 국제간의 관례를 따르는 것이 현책임을 유념하소서."

"그게 바로 저들과 교통하자는 말이 아니고 무엇인가!"

"그러하옵니다."

박규수는 얼굴을 붉히면서 대답한다. 개항의 필요성을 더 구체적으로 거론하지 못하는 자신의 용렬함이 한없이 참담하게 느껴지는 순간이다. 만일 이동인에게 이런 기회가 주어졌다면 죽음을 무릅쓰고서라도 개항의 필요성을 절절하게 진언하지를 않았겠는가.

홍선대원군은 참담해하는 박규수의 속내를 바로 헤아리지 못한 채 고종과 두 수구세력의 거봉들에게 확신에 찬 결론을 내리고야 만다.

"나는 하늘이 두 쪽으로 갈라져도 미리견 공사의 입국을 허용하지 않을 것이며, 저들과의 교역은 더욱 용납하지 않을 것이오!"

고종은 실망감을 감추지 못한다. 박규수의 간곡한 설득을 더 듣고 싶었기 때문이다.

"또한 미리견 공사에게 '양이·보국'에 대한 우리 조선의 단호한 의지를 밝힌 회신을 보낼 것이외다!"

만사휴의萬事休矣라 했던가. 조선의 문호를 개방하여 서구의 문물을 받아들이면서 근대국가의 기틀을 세울 수 있는 절호의 기회를 망가뜨리는 순간이다.

홍선대원군의 단호한 의지가 다시 천명된다.

"그 회신을 초하는 일을 한성판윤이 주관하시오. 국제관례에 소홀함이 없도록 하라는 배려임을 명심하시오."

결국 박규수는 조심스럽게 국제간의 관례를 거론하면서도 되도록 촌스럽지 않은 외교문서가 되도록 조절하는 선에서 만족할 수밖에 없다. 그러나 홍선대원군이 수결하는 과정에서 다시 강경일변도로 고쳐지고, 또 그것을 박규수가 손질하는 번거로움을 거치면서 보완되는 우여곡절을 몇 차례나 겪고서야 조선이 처음으로 미국 공사관에 보내는 외교문서가 완성된다. 그 내용은 다음과 같다.

본국은 삼면이 바다인지라 예로부터 표착해 오는 선박들이 많았다. 그때마다 본국에서는 필요한 물품과 식량을 주어 돌아가게 했으며, 혹 선박이 부서졌을 경우에는 육로를 통하여 북경으로 돌려보냈다. 미국의 선박만 하여도 세 번에 걸쳐 구호한 바가 있었으니, 귀국에서도 알고 있을 것이다. 귀국 선박이 본국 영내에서 해를 입었다 하는 것은 지난 병인년 가을 평양에서의 사건을 이르는 말인데, 당시의 전화戰火는 이미 수차례 예부를 통하여 해명한 바가 있다. 또한 지난 무진년(고종 5년) 귀국의 병선이 이를 조회하러 평안, 황해지방에 나타났을 때에도 그 원인이 귀국 선박의 도발에 있었음을 알려 주었다. 귀국인이 해를 입지 않으려 하는 것이나, 그 처지는 같은 것이다. 천하에 스스로 공론이 있고 하늘이 명백히 내려다보니, 미국 상선이 먼저 본국인을 해치지 않았다면 우리 조선 군인이 어찌 먼저 해를 가했을 것인가. 이번 서신에 이르기를 화목으로 상대하기를 바란다 하였으나 우리는 그 상의하려는 바가 무엇인지를 알지 못한다. 다만 이후로도 조난을 당하는 선박이 있다면 구휼하여 보내 주는 법도가 있을 뿐이다. 종전에도 귀국이 우리 조선의 사정을 알지 못하고 자주 통상을 요구해 왔으나 본국은 결코 응하지 않았으며, 상인의 내왕도 하등의 이익이 될 수 없음을 명백히 알린 바가 있다. 본국의 주장은 추호도 달라진 것이 없음을 다시 한 번 밝혀 둔다.

박규수는 완성된 문면을 몇 번이고 다시 읽어 보면서 자신의 뜻이 거의 반영되지 않았음에 적잖이 실망하면서 조선을 지탱하고 있는 수구의 벽이 얼마나 높고 아득한가를 뼈저리게 실감했을 뿐이다.

이 같은 문서를 접수한다면 미국의 특명전권공사 로우가 무슨 조처를 취할 것인지는 불문가지의 일이다. 그렇다고 자신이 나서서 전쟁준비에 임할 것을 주장할 수는 더욱 없는 노릇이 아니겠는가.

의주에 파견되어 있던 역관 오경석이 도성으로 돌아온 것은 이 무렵이다. 그의 사저는 지금의 삼각동三角洞에 있다. 삼각동과 관철동貫鐵洞 일대는 중인들이 모여 사는 지역이다.

유홍기와 이동인은 득달같이 삼각동 오경석의 집으로 달려갔다. 미국에 관한 정보라면 그를 따를 사람이 없을 것이기 때문이다.

오경석은 두 사람을 천죽재에서 맞는다.

"그 미리견이라는 나라는 대체 어떤 나랍니까. 왜국의 개항은 미리견에서 주도하였다면서요?"

국제정세에 대한 관심은 이동인의 뇌리를 떠난 일이 없다. 그는 자나 깨나 그 일에만 몰두해 있는 사람으로 보였고, 특히 약관弱冠의 나이가 되면서는 한층 성숙된 모습으로 조선의 미래를 예견하는 것이 유홍기에게는 더 없이 대견스럽게 보인다.

"신생 합중국이지만……, 강대한 나라지."

"신생은 무엇이며 합중국은 또 무엇이오이까?"

"영길리는 산업혁명을 일으킨 문명국가지만 우리처럼 왕실이 있는 유서 깊은 나라이고, 불란서라는 나라도 본시는 임금이 있었으나 백성들의 힘으로 왕실을 때려뉘는 혁명을 하였어. 그러나 미리견은 이제 겨우 일백 년 정도 된 나라인데……, 수많은 인종들이 함께 모여 산다 하여 나라의 이름까지도 합중국이 아니겠나. 거기는 백성들이 스스로 뽑은 대통령이 나라를 다스리네."

"대통령이면……?"

"허허허, 그것도 사 년마다 다시 뽑으니까 나라를 위하는 일에 성심을 다할밖에……."

이동인으로서는 아연실색할 노릇이다. 백성들이 스스로 나라를 다스리는 대통령을 뽑는데, 그것도 4년마다 다시 뽑는 민주적인 선거방식이 조선과 같은 전제국가에서 살아온 백성들의 처지로서야 이해할 수가 없는 것이 당연하다. 그러므로 오경석은 미국의 실정과 국력에 관한 얘기를 상세히 입에 담았지만, 모두가 꿈같은 얘기였던 탓으로 이동인은 더 참아 내지를 못하고 스스로 화제를 돌리고 만다.

"그렇다면……, 이번에 미리견과 전쟁을 한다면 병인년의 양요와는 다른 양상이 아니겠습니까."

"그럴 테지……."

"만약 불란서와 미리견이 싸운다면 어느 쪽이 이길 것으로 보시오이까?"

"허허허, 만만한 나라들이 많은데 저희들끼리 맞붙을 까닭이 없질 않겠나. 지금은 서로 식민지를 확장하기 위한 대항해大航海의 시대라고나 할까."

"대항해…… 시대?"

"그렇지. 불란서도 미리견도 영길리도 모두 망망대해를 건너 오지 않았나. 그와 같은 위험을 무릅쓰고도 항해를 계속하는 것은 미지의 땅덩이를 차지하여 영토를 넓히려는 속셈이 아니고 무엇이야."

"……!"

"영길리는 구라파의 북쪽에 있는 섬나라지만, 동양으로 진출하여 새로운 영토……, 제 나라의 땅덩이보다 더 크고 넓은 인도를 집어삼키면서 청나라에 이르렀기에 스스로 대영 제국은 해가지는 날이 없노라는 자부심을 세웠고……."

이동인은 유럽 제국의 동진東進에 대해 소상히 알지 못하면서
도 핏발이 곤두서는 것을 느낀다. 그는 가쁜 숨을 몰아쉬면서 다
음 질문을 궁리한다. 오경석의 부연은 더 충격적인 내용으로 이
어진다.

"지금 북경에는 서구 열강의 공사관이 수없이 많이 들어와 있
지. 상해만 해도 다를 게 없어. 수많은 인종들이 몰려들고 있다
는 것은 모두가 아시아를 노리고 있기 때문이 아니겠나……. 한
데, 우리 이웃의 사정은 어떠한가. 청나라는 신문명을 깨닫지 못
하였기에 만신창의가 되었고, 왜국은 신문명을 스스로 받아들
일 줄 알았기에 유신에 성공하지를 않았나."

이동인도 김굉집과 유길준에게 서구 열강의 식민지정책을 들
려준 일이 있었으나, 막상 오경석의 말을 들으니 실감보다 두려
움이 더 크다는 것을 느낄 뿐이다.

"……바다 건너 일본국은 병제兵制까지 통일했어. 해군은 영
국의 제도를 본뜨고, 육군은 불란서의 제도를 본떴다고 들었어.
이웃나라의 사정이 이러한데도 잠에서 깨어나지 못한 나라는 우
리 조선뿐이라는 것을 알아야 해."

그랬다. 유신에 성공한 일본국의 변화는 숨 가쁘고 눈부신 진
전을 보이고 있다. 그들은 요코하마橫浜에 이어 오사카를 개항장
開港場으로 추가하였고, 마침내 1868년 9월 8일(양력 10월 23일)에

'명치개원'을 선포하는 것으로 새로운 정부의 탄생을 내외에 알렸다. 그것은 곧 폐번치현廢藩置縣으로 이어지는 일대 혁신의 시작이었다. 폐번치현이 무엇인가. 지난 수백 년 동안 여러 지역으로 나눠진 자기들만의 영토를 지키고, 또 때로는 넓히기 위해 서로 으르렁거리며 다투던 번藩을 모두 폐지하게 하였다. 그리고 권위의 상징이었던 번주藩主의 성城을 강제 철거하게 하였다.

일본국 유신정부는 새로운 행정구역인 현縣을 설치하는 데만 열중한 것이 아니라, 강력하고 근대적인 중앙집권체제를 확립하는 일대 혁신을 단행하고 나섰다. 그것은 국민들에게 활기를 불어넣기 위해 평등을 실감하게 하는 일이기도 하였다.

이름은 있었으되 성姓을 가질 수가 없었던 무지렁이 백성들에게 묘자描字(성과 이름을 갖는 것)를 허락하여 정확한 호적제도를 도입하였고, 아울러 징병제徵兵制를 실시하여 강병强兵으로 부국富國할 것임을 명백히 하였다. 더욱 놀라운 것은 천장절天長節(국가기념일로 정한 임금의 생일날)을 선포하여 온 국민들로 하여금 왕실에 대한 충성심을 자극하는, 이른바 신도주의神道主義의 기틀을 마련하는 등의 급진적인 변화를 이끌어 내고 있다.

마치 넋이 나간 사람과도 같은 이동인을 향해 오경석은 다시 부연한다.

"생각을 해 보면 알 게 아닌가. 이 조그마한 조선의 땅덩이를 놓고 영길리, 불란서, 미리견이 달려들고 있는데, 여기에 북쪽의 아라사俄羅斯(러시아)까지 가세하는 판국이 아닌가. 만일 여기에 신생 일본국까지 끼어든다면 어찌 되겠는가."

"설마……, 일본국까지야……!"

"설마가 아닐세. 일본국의 유신정부는 그대로 서양 제국의 흉내를 내고 있지를 않은가. 저들이 군대부터 양성하는 까닭이 무엇이겠나!"

"……!"

얼마나 무서운 통찰력인가. 실제로 이로부터 4년 후면 일본국은 군함을 이끌고 강화도를 침공雲揚號 사건)해 온다.

유홍기는 눈을 감은 채 오경석의 말을 곱씹어 보고 있었고, 이동인은 몸서리치는 두려움에 휩싸여 가고 있다.

"하면, 미구에 우리 조선이 저들의 식민지가 될 수도 있다는 말씀이오이까!"

"아니라고 하지는 못할 테지. 그 까닭은 자명하지 않던가. 저들은 망망대해를 증기의 힘으로 움직이는 군함을 타고 오는데, 우리 조선은 삼면이 바다로 둘러싸여 있는데도 변변한 배 한 척이 없질 않나. 무엇으로 싸워서 저들을 이길 수가 있겠나."

"까짓것, 그 군함 한 척 사면 될 것이 아닙니까. 저들이 진실로 통상을 원하는 장삿속이라면 군함보다 더한 것이라도 팔 것이 아니오이까!"

이동인의 기상천외한 항변이 있자, 유홍기와 오경석은 어이 없는 실소를 그에게로 보낸다. 그러나 이동인은 신념에 가득 찬 목소리로 강변을 계속한다.

"먹고 사는 것이 궁했어도 경복궁을 지어 낸 대원위가 아닙니까. 까짓것, 원납전을 걷든가……, 당백전을 다시 찍어 내면 군함 한 척 값이야 안 되겠습니까. 그런 연후에 바다에 나가면 얼마든지 저들과 대적할 수가 있을 것으로 압니다!"

"허허허……, 왜국에도 동인 선사와 같은 훌륭한 선각자가 있었네만, 그는 애석하게도 향년 30세의 나이에 처단되었지……."

오경석이 말하는 왜국의 선각자는 물론 쇼카손주쿠라는 4평짜리 서당을 열고 당시로서는 상상도 할 수 없는 호연지기浩然之氣와 신사상新思想을 가르침으로써 새로운 일본을 건설해야 하는 젊은 인재들을 양성한 요시다 쇼인을 거론하고 있음이다.

"그야 장부의 한평생인데……, 일찍 죽은들 무슨 대수겠습니까. 불초 소승도 이 나라 조선의 개항에 초석이 될 수만 있다면 기꺼이 이 한 목숨을 버리겠습니다."

"허허허, 이제야 생각이 나는군. 그 요시다 쇼인이라는 선각자는 문도들에게 '죽어서 불후不朽이고 싶거든 때와 장소를 가리지 말 것이며, 장차 나라를 위해 대업을 이루겠으면 오래 살라'라고 가르쳤다더군."

묵묵히 끄덕이고 있던 유홍기가 비로소 입을 연다.

"이 사람, 원거, 이건 만일의 일일세만……, 미리견 함대가 다시 침공해 온다면 저들의 병장기를 어찌 보아야 하는가. 과연 우리의 힘으로 저들을 물리칠 수가 있겠는가."

오경석의 대답은 담담하기만 하다.

"지난 병인년의 양요를 보면 알 수가 있지 않은가. 조선은 그때 불란서 함대를 격퇴한 것으로 보았으나, 지금은 더 강성한 함대가 되어 있지를 않나. 마찬가지 이치로 미리견 함대의 화력은 지난번 병인년의 양요 때와는 비교가 되지 않을 것일세. 그러나 처음 몇 번은 물리칠 수가 있을지도 모르지. 하나, 그 물리쳤다는 자만심이 화를 자초하게 될 것이 분명하질 않나."

"어째서 그렇다는 말씀입니까?"

이동인은 야멸치게 항변한다.

"아직도 모르겠는가. 우리는 저들의 배를 살려서 돌려보냈지만, 저들은 조선의 국토를 쑥밭으로 만들지 않았나. 전쟁의 양상이 근본적으로 다르다는 것일세!"

"……!"

유홍기의 표정이 참담해진다. 전쟁의 양상이 다르다는 말이 비수에 찔린 것보다 더 아파서다.

흥선대원군의 '양이 · 보국' 을 조정의 모든 대소 신료들이 신봉해야 하는 조선의 현실……, 그 잘못된 조선의 현실을 겨우 중인 세 사람이 모여 앉아 통탄하고 있대서야 말이 되는가. 이들의 뼈아픈 성찰과 타오르는 충정이 조정의 대신들을 설득할 수 있는 통로는 고사하고, 사대부를 눈뜨게 할 수 있는 길까지도 모두 막혀 있는 것이 조선의 참담한 현실이었다.

이동인이 몸을 일으키며 격앙된 목소리로 말한다.

"운현궁에 다녀오겠습니다."

"경거망동 삼가게!"

유홍기가 언성을 높인다.

"경거망동이라니요. 전쟁의 양상이 판이한데……, 정작 알아야 할 훈구대신들이 모르고 있대서야 말이 되오이까. 가서 맞아죽는 한이 있어도 따져는 봐야지요!"

이동인은 거친 몸짓으로 방문을 차고 나간다.

"이 사람, 동인……!"

유홍기가 다시 소리치며 그를 불렀으나 멀어지는 발소리만 요란하게 들려왔을 뿐이다.

"나가 보지 않아도 되겠는가."

"알 만한 사람이니까 운현궁에 당도하기 전에 생각이 달라지겠지……."

말하는 유홍기도 듣고 있는 오경석도 답답하기는 마찬가지다. 방 안은 바다 밑과 같은 침묵 속으로 잠겨 든다.

가장 작은 전쟁

미국 아시아함대 사령관 존 로저스John Rodgers 제독은 공격부대의 편성에 착수한다. 팔로스 호와 모노카시 호를 주축으로 한 2척의 군함과 무장한 소함정 20여 척에 7백59명의 병력을 동원하였는데, 그중의 1백5명이 미 해병대의 정예들이었다. 게다가 모노카시 호에는 기존의 화력 말고도 콜로라도 호의 9인치포 2문을 옮겨 실었으니 당시로서는 대단한 규모의 화력이 아닐 수가 없다.

미국의 사가史家 윌리엄 그리피스William E. Griffis의 기록을 보면, 로저스 제독은 출발에 앞서 다음과 같이 훈시한 것으로 되어 있다.

서울까지 진격하여 이교異敎들의 버릇을 고쳐 주라!

미국의 전쟁사상 가장 짧았던 한미전쟁(우리는 '辛未洋擾' 라고 한다.)
은 이렇게 시작되었다.

4월 23일(양력 6월 10일) 오후가 되면서 모노카시 호는 초지진草芝
鎭 앞바다로 진출하여 맹렬한 함포사격을 가하기 시작한다. 초지
진 포대에서도 모든 화력을 동원하여 응사를 하였으나 모노카시
호의 함포사격과는 비길 바가 못 된다.

손돌목의 좁은 해협은 치솟는 불기둥과 자욱한 포연으로 마
치 안개가 덮인 벌판과도 같다. 기함의 갑판에서 해협의 광경을
지켜보고 있던 로저스 제독은 천리경을 내리며 명한다.

"상륙 개시!"

킴벌리L. A. Kimberley 중령이 이끄는 육전대陸戰隊 4백50명은 소
함정으로 옮겨 타고 모선을 떠난다. 이들은 함포사격의 엄호를
받고 있었으므로 어렵지 않게 초지진으로 접근한다. 초지진 포
대의 조선 병사들은 함포사격을 견뎌 내기에만 급급하였을 뿐,
상륙하는 적의 육전대를 제어할 여력이 없다.

미국 육전대의 병사들은 소총을 난사하며 초지진 포대를 향
해 돌격해 온다. 조선군 수비대는 이미 코앞까지 접근해 온 적병
들의 기고만장을 지켜보면서 전의를 상실해 갈 뿐이다. 급기야
그들은 화승총과 창칼을 내던지면서 도망가기 시작한다.

"퇴각하지 말라. 돌아와 싸우라!"

첨사僉使 이렴李濂은 안간힘을 다해 소리치고 다녔으나 이미 무

너진 전열은 다시 가다듬어지지를 않는다. 초지진 포대는 싸워 볼 겨를도 없이 미국 육전대의 발굽에 유린된다. 순식간에 끝나 버린 참담한 패전일 수밖에 없다.

초지진이 유린되면 강화도는 무방비 상태가 되기 십상이다. 그러나 미국의 육전대는 초지진에서 하룻밤을 야영하고, 다음 날인 24일 아침부터 다시 공격을 개시하여 덕진진德津鎭을 유린 하고, 그 여세를 몰아서 광성진廣城鎭 보루를 향해 파죽지세로 밀 어닥친다.

"격파하라!"

진무중군鎭撫中軍 어재연魚在淵은 광성진으로 오는 길목에 병력 을 매복시켜 놓았다가 접근하는 적군들에게 일제 공격을 퍼부었 으나, 성능이 월등한 신식 소총의 위력을 당할 수가 없었고 또 고도로 훈련된 미국 육전대의 작전을 제어하기에는 역부족일 뿐 이다.

"퇴각하라!"

어재연은 재빨리 병사들을 거두어 광성진의 보루 안으로 들 어와 최후의 항전에 임한다. 그러나 손돌목의 해협을 장악한 팔 로스 호와 모노카시 호에서는 광성진 보루를 향해 또다시 함포 사격을 퍼붓기 시작한다.

작렬하는 적의 포탄은 성루에까지 불기둥을 뿜어 올렸고, 날 아오른 파편들은 나뭇가지를 꺾으며 누각의 기둥에 와 박힌다.

게다가 보루 밖에는 접근해 있는 미 육전대의 소총사격까지 있었고 보면 조선군의 수비병은 고개를 들 수조차도 없는 지경이다.

"죽기로 작정을 하면 두려울 것이 없느니라. 어찌 이 땅을 또다시 이양인들에 의해 더럽힐 수가 있더냐."

천만다행으로 조선군 수비병들은 어재연의 결기를 따라준다. 그들의 결사적인 항전이 멈추어지지 아니하자 화력이 월등했던 미국 육전대도 쉽사리 성문으로 접근하지 못한다.

접전은 종일 동안 계속된다. 해가 저물면서부터 조선군 수비병의 탄환과 궁시가 바닥을 보이기 시작한다. 바다와 육지가 적군에게 장악되어 있었으므로 병참의 보급은 기대할 수가 없다.

"사또, 탄환이 부족하오이다!"

어찌하는가. 어재연은 비장한 목소리로 마지막 명을 내린다.

"모두들 이 나라 종묘사직을 위하여 목숨을 버릴 각오를 하라. 이젠 물러나려야 물러날 곳이 없다. 여기에서 서양 오랑캐와 함께 죽어 충절을 바치라!"

"와아!"

절규와도 같았던 어재연의 눈물겨운 격려가 병사들의 가슴을 타고 흘렀던 탓일까. 그들은 창칼을 높이 들면서 드높은 사기를 보여 준다.

진무중군 어재연은 아우인 어재순魚在淳을 가까이로 부른다.

"아무래도 마지막 결전에 임해야 할 것 같다. 나는 성보와 운명을 같이할 것이다만, 너는 어찌하려느냐."

"······!"

"차마 입에 담기가 민망하다만······, 너만이라도 집으로 돌아
가 부모님을 섬겨야 하겠기에 하는 소리니라."

어재연의 비장한 목소리는 물기에 젖어 있다. 그는 아우만이
라도 살아남아서 부모님을 봉양하기를 바랐다. 어재순의 충혈
된 눈빛은 무쇠라도 녹일 기세다.

"병인년의 양요 때도 이시원李是遠 형제분은 자진으로 충절
을 실행해 보이질 않았사옵니까. 형님······, 그분들의 숭고한
죽음을 본받을 것이옵니다. 이 못난 아우의 심려는 조금도 마
오소서."

"장하구나······!"

어찌 어재연 형제만의 결기랴. 조선군 병사들은 죽기로 작정
하면 영원한 삶을 누린다는 각오로 합죽선 부채에 각자의 이름
을 쓰기 시작한다.

한 사람, 두 사람이, 열 사람, 백 사람으로 늘어 갔다. 이름을
쓰는 사람도, 지켜보는 사람도 한결같이 울고 있다. 후일 이 일
심선一心扇은 승전한 미국 해병대에 의해 수습되어 지금은 미 해
군사관학교 박물관에 보존되어 있다.

마침내 매키Hugh W. Mckee 대위가 거느린 결사대는 달려드는 조
선 병사들을 잔혹하게 쓰러뜨린다. 아비규환의 백병전白兵戰이다.

"물러서지 말라. 여기에 뼈를 묻으라!"

어재연의 독전督戰은 눈물겹다. 그는 몸소 창과 칼을 휘두르면서 달려드는 미국 병사들을 향해 돌진한다. 피아간에 전사자가 속출하는 백병전이다.

어재연은 피투성이가 된 몸으로 매키 대위에게 달려든다. 그의 창은 마침내 매키 대위의 가슴팍을 찌른다. 피보라가 얼굴을 적시는 순간, 날아든 적탄이 어재연의 중심을 잃게 한다.

"형님……!"

어재순은 비틀거리는 형의 몸을 받아 안으며 통한을 씹는다.

"저들을……, 저 이양인들을 물리치라!"

진무중군 어재연의 장렬한 죽음은 병사들의 가슴에 원한을 심는다. 그들은 통한의 피눈물을 쏟으며 비틀비틀 적군들에게 다가갔으나 살아남는 사람은 보이지 않는다.

귀청을 울리던 총소리가 잦아들면서 부상한 조선 병사들의 신음소리가 들려오기 시작한다. 미국 육전대의 구둣발이 즐비한 조선군의 시체를 짓밟으며 광성진 보루를 점령한다.

그리피스는 이날의 전투를 다음과 같이 적었다.

조선군은 비장한 용기로 응전해 왔다. 창과 검을 들고 미군을 향해 돌진했으며, 탄약과 병장기가 없는 병사는 성벽에 올라가 돌을 던지고 또한 흙을 쥐어 미군의 눈에 뿌리기도 하였다. 또한 손

에 잡히는 것이 없는 병사들도 한 걸음 한 걸음 전진하면서 분전
奮戰을 계속했다. 부상자는 스스로 목숨을 끊었다. 이 장렬한 백
병전에서 포로는 단 한 명도 없었다.

척화비

봄은 잠깐 머물다가만 가는 것일까.

경복궁은 초여름의 신록으로 눈부시다. 초지진과 광성보에서의 전투가 그토록 치열하였지만, 아직 조정에서는 아무런 보고도 받지 못하고 있었으므로 한가롭기까지 하다.

박규수는 급히 입궐하라는 승명패를 받고 사정전으로 향하고 있다.

"근정전勤政殿의 내정으로 드시지요."

내시 이민화李敏和가 교묘한 웃음을 입가에 담으면서 말한다.

"내정에 계신가?"

"국태공께서 곧 모실 것으로 아옵니다."

"고맙네."

박규수는 몸을 돌린다. 신료들의 입시를 명하고, 근정전의 내정에서 대체 무엇을 하겠다는 것인가. 더구나 강화섬에서는 미국 해병대와 전쟁을 하고 있는 비상시국이 아니던가.

이날이 4월 25일(양력 6월 12일), 근정전의 내정에는 이미 많은 신료들이 들어와 커다란 원을 그리듯 둘러서서 웅성이고 있다.

"저건 비석이 아닌가……?"

"뭐라고 새겨진 글인고?"

대소 신료들이 둘러서 있는 한가운데 검은 오석으로 된 비석이 비스듬하게 세워져 있는데 그리 큰 것은 아니었다. 높이는 석 자 남짓 되어 보였고, 너비는 한 자가 넘을 것으로 보였다.

"누가 그 비문을 좀 읽어 보게."

백발이 성성한 훈구대신이 궁금해하자 젊은 신료 한 사람이 비석 가까이로 다가간다. 그때 고종의 친임을 알리는 내관의 목소리가 길에 울린다. 신료들은 다가서는 고종 임금에게 허리를 굽히면서 뒷걸음질로 행렬을 가다듬는다.

흥선대원군의 인도를 받은 고종의 어보는 성년을 넘긴 청년답게 당당해 보인다. 그의 뒤로 삼공육경三公六卿(세 사람의 정승과 여섯 사람의 판서)이 따르고 있다. 그들이 돌비석 가까이에 이르자 흥선대원군은 예의 카랑카랑한 쇳소리를 토해 낸다.

"바로 이것이옵니다. 전하."

"오, 척화비斥和碑……."

"그러하옵니다. 만세토록 지켜져서 왕실과 조정의 안위를 수호할 것이라고 사료되옵니다. 비문을 살펴보소서!"

홍선대원군은 비석으로 다가서서 새겨진 글자들을 하나하나 짚어 보이면서 힘주어 읽어 나간다.

洋夷侵犯 非戰則和 主和賣國

서양 오랑캐가 침범해 오니 싸우지 않으면 화해일 뿐인데, 화해를 주장하는 것은 곧 나라를 파는 일이다.

지금까지 말로만 거론해 온 '양이·보국'의 정책을 돌비석에 새겨서 무지렁이 백성들에게까지 주지시키는 것으로 국론의 분열을 막으려는 홍선대원군의 독단이 아니고 무엇인가.

그리고 그 옆에 작은 글자로 새겨진 문면은 이러하다.

戒我萬年子孫 丙寅作辛未立

길이 후세의 자손에게까지 경계하노라. 병인년에 짓고 신미년에 세운다.

얼마나 용의주도한 문면인가. 세우는 것은 지금이나 프랑스군의 침략이 있었던 병인년에 발의되었음을 밝히고 있음에랴. 이와 같은 척화비가 홍선대원군 이하응의 주도하에 세워지는 것이라고 해도 당시의 훈구세력들에게는 당연한 것으로 받아들여지고도 남았다. 오직 그 길만이 자신들이 누리고 있는 기득권을 지키는 유일한 방책이었으므로.

'대체 이 일을……!'

박규수는 잠시 눈을 감는다. 이동인의 얼굴이 떠올라서다. 언제던가, 흥선대원군에게 따지겠다면서 운현궁으로 달려갔다가 죽도록 매만 맞고 돌아섰다는 말을 들은 바가 있어서다. 그 이동인이 이 척화비를 본다면 다시 미친 듯이 날뛸 것이 아니겠는가.

근정전의 넓은 내정이 물을 뿌린 듯 조용해지자 흥선대원군은 고종을 향해 허리를 굽혀 보이고, 마치 신료들에게도 함께 들으라는 듯이 카랑카랑한 목소리를 토해 낸다.

"전하! 이 척화비를 운종雲從 거리^(지금의 종로)와 팔도의 번화한 거리에 세울 것이옵니다. 아침저녁으로 오갈 때마다 이 척화비를 보는 백성들은 양이를 용납할 수 없다는 결기를 가슴 깊이 새기게 될 것이라고 사료되옵니다!"

"당연히 그래야 되겠지요."

"성은이 망극하옵니다. 전하……."

흥선대원군은 그제야 신료들 쪽으로 몸을 돌리면서 자랑스러운 얼굴로 말한다.

"공들도 살펴보도록 하시오."

대소 신료들의 대오가 조심스럽게 흐트러지면서 척화비의 주위가 소란스러워진다. 모두가 흥선대원군의 지혜와 용단에 상찬을 아끼지 않았으나, 오직 한 사람 한성판윤 박규수만은 척화비 쪽으로 다가서지 않은 채 한숨을 쏟았을 뿐이다.

김굉집, 유길준과 같은 사대부가의 젊은 인재들이 개항의 필요성을 깨닫기 시작한 중차대한 시기에 인적의 내왕이 극심한 운종 거리와 전국의 번화한 거리에 척화비를 세워서 무지한 백성들의 생각을 호도한다면 간신히 싹트기 시작한 개항의지에 찬물을 끼얹는 꼴이 아니고 무엇인가.

박규수의 심기가 참담하게 구겨지고 있을 때다.

"전하……, 전하!"

고종을 부르는 목소리는 허둥거리고 있다. '양이·보국'의 결기에 들떠 있던 대소 신료들은 일제히 고개를 돌리며 소리 나는 쪽을 바라본다. 도승지都承旨 정기회鄭基會가 다급한 발걸음으로 달려오고 있다.

"허어, 대체 무슨 일이기에 도승지의 몰골이 그와 같이 경망한가!"

흥선대원군 이하응은 혀를 차면서 그를 책망하였고, 도승지 정기회는 죽어 넘어가는 목소리로 대답한다.

"저하, 초지진과 광성진을 비롯한 다섯 곳의 보루가 모두 적병들에게 유린되었다 하옵니다!"

"……!"

일순 모든 호흡이 정지된 것과 같은 정적의 순간이 흐른다.

이양인을 물리치기 위해 전국의 방방곡곡의 번화가에 세우겠다는 척화비를 둘러보면서 흥선대원군의 용단에 찬사를 아끼지 않았던 순간, 강화도의 모든 보루가 미리견 해병대에게 유린이 되었다면 어찌 되는가.

"싸워 보지도 않고 무너졌다는 말인가!"

그나마 한성판윤 박규수가 앞으로 나서며 도승지에게 소리쳤던 탓으로 정지되었던 모든 것이 다시 살아나기 시작한다.

"보루의 병사들은 결사항전하였사오나……, 인명과 병장기의 손실은 이루 헤아릴 길이 없었다고 하옵니다."

"아니, 뭐라고요?"

고종의 용안은 핼쑥하게 바랬고, 그렇게도 당당하던 흥선대원군의 얼굴은 보기에도 민망하리만큼 벌겋게 달아오른다. 그러면서도 언성을 높여서 도승지에게 추궁한다.

"대체 진무중군 어재연이라는 자는 뭘 하고 있었다는 것이야!"

"구사일생으로 광성진 성보를 빠져나온 장졸 중에는 어 중군의 모습이 보이지 않았다 하옵고……, 십중팔구 전사하였을 것으로 짐작된다는 파발이옵니다!"

"……!"

박규수는 고개를 돌린다. 참담한 패전임을 알 수가 있었기 때문이다. 그러나 영문을 모르는 대소 신료들의 난감해진 시선들은 흥선대원군에게로 쏠릴 수밖에 없다.

"아버님……!"

비록 성년이 되었다고는 해도 정치에 관여할 일이 없었던 고종 임금은 아버지 흥선대원군을 간절한 목소리로 불러 본다. 구원을 청하고 있음일 것이리라.

경황 중에서도 흥선대원군은 소임에 소홀하지 않는다.

"도승지는 지체 없이 강화도에 파발을 보내되……, 전사자와 부상자의 성명을 확인하여 올리게 하고, 병장기의 손실도 적어 올리게 하라. 또한 유린된 성보의 탈환을 서둘라 이르라!"

"예……!"

도승지 정기회가 총총걸음으로 사라지자 고종과 흥선대원군, 그리고 여러 중신은 하나같이 불길한 예감에 빠져 들 수밖에 없다. 하필이면 척화비를 세워서 '양이·보국'의 결기를 다짐하는 자리에 그와 같은 불길한 소식이 전해진다는 말인가. 게다가 유린당한 이후의 강화도는 어찌 되어 있는지에 대한 정보가 전혀 없었고 보면, 근정전 내정의 분위기는 삭막한 지경으로 변한다.

"이보시오. 병판."

병조판서兵曹判書 이경하李景夏가 흥선대원군의 앞으로 다가와 선다.

"아마도 어재연은 전사한 듯하니 지체 없이 후임 중군을 선발하여 전지로 떠나가게 하시오!"

"예. 저하."

"또한 각 해안의 포수들을 모두 강화와 풍덕, 그리고 통진으로 모아서 배치하되……, 저들을 물리칠 만반의 채비를 갖추도록 하시오!"

"지체 없이 거행하겠사옵니다."

병조판서 이경하가 임전불퇴의 결기를 다짐하면서 자리를 뜨자 흥선대원군은 충혈 된 눈빛을 곤두세우면서 좌중을 쏘아보더니 마침내 비장한 목소리를 토해 낸다.

"척화비를 세우려는 날에 패전의 소식이 있었다 하여, 불길하게 생각하거나 의기소침해할 것은 없소이다. 지난 병인년에서 오늘에 이르는 오 년 동안 단 한 놈의 양이도 이 땅에 발을 붙이지 못하였음은 공들도 잘 알고 있을 것이오!"

"……!"

"더러는 멋모르고 기어오른 무리들이 있었으나 종내는 모두들 패퇴하여 달아났질 않았소이까. 바로 이 점이 척화비를 세워야 하는 결기오이다. 오늘 저들의 만행이 있었음은 우리에게 양이를 용납할 수 없음을 다시 일깨워 주는 전화위복의 계기가 되었음을 한시도 잊어서는 아니 될 것이외다. 저 척화비를 세우는 날, 비보에 접한 것은 하늘이 우리에게 주는 계율이라고 나는 굳게 믿고 있소이다."

흥선대원군의 피를 토하는 듯한 설변은 당혹해하는 신료들에게 자신감을 불어넣기에 부족함이 없을 만큼 설득력이 있다.

고종 임금의 용안에 화색이 살아나는 것을 보자 움츠렸던 신료들은 비로소 굳어진 몸을 편다. 바로 그때 도승지 정기회가 다시 허둥거리며 달려오는 것이 보였다.

대소 신료들은 긴장할 수밖에 없다. 고종의 앞으로 다가선 정기회는 들고 온 장계를 두 손으로 받쳐 들면서 숨 가쁘게 고한다.

"진무사의 장계이옵니다."

"어서 읽으라!"

흥선대원군은 고종을 대신하여 읽기를 채근한다. 정기회는 진무사가 보낸 장계를 펼쳐 들고 소리 내 읽는다. 내용은 길지 않다. 미리견 해병대가 광성보를 비롯한 다섯 곳의 보루를 유린하였으나, 그들도 수많은 사상자가 있었으므로 모선으로 도주하였으며 그들의 퇴로를 맹폭하여 잃었던 모든 성루를 다시 탈환함으로써 강화도가 평정되었다는 내용이다.

"오, 아버님……!"

고종 임금의 안도가 감동을 동반하였다면 흥선대원군의 기세가 살아나는 것은 당연하다.

"들으시오. 어재연 이하, 충절 넘치는 이 땅의 장졸들이 죽음으로써 강화도를 지켜 내지 않았소. 내가 척화비를 세우고자 하는 것은 바로 우리의 힘으로 양이를 물리칠 수 있다는 사실을 만천하에 알려서 더욱더 우리의 정기를 굳건히 하자는 것임을 잊어서는 아니 될 것이오!"

"그러하오이다. 저하……!"

홍순목이 물기에 젖은 목소리를 토하며 감읍해하자 신료들은 숙연해진 모습으로 상체를 굽힌다.

"영상……."

"예. 저하."

"서둘러 운종 거리에 척화비를 세우고, 강화도에서의 승전을 만천하에 알리도록 하시오!"

이날로 도성의 번화가인 운종 거리에 척화비가 세워지면서 강화도에서의 승전 소식이 알려지자 백성들은 천천세를 외치면서 척화비의 주위로 구름처럼 몰려든다.

어찌 선량한 백성들이라 아니 하랴.

먹장삼을
펄럭이며

척화비 쓰러지다

"말이 되는가, 이 판국에 척화비라니! 세월이 흐르면 인심도 달라지는 것이 사람의 상정일 것인데, 어찌하여 대원위의 옹고집은 날로 뒷걸음만 치는가!"

이동인은 벌컥 자리에서 몸을 일으키며 소리친다.

"고정하오소서."

박진령이 눈물겨운 목소리로 이동인의 격정에 제동을 건다.

보름쯤 전이다. 오경석의 천죽재를 뛰쳐나간 이동인은 단숨에 운현궁으로 달려갔었다.

"저하, 국태공 저하! 이 미욱한 중놈의 충정을 가납하소서."

이동인이 운현궁의 대문 앞에 꿇어앉아 화통같이 소리치자, 벌컥 대문이 열리면서 천하장안千河張安이 달려 나온다.

"이것들 보시오. 날 아재당我在堂(흥선대원군의 거처)으로 인도하시오. 난국을 수습하는 절묘한 대책이 있소이다. 어서 서둘러 주시오."

"헛, 참. 이런 미친놈이 있나. 중놈 주제에 난국이라니!"

"이것들 봐요. 미리견 함대와 싸워서는 나라가 망한다니까!"

"아니, 이놈이 감히 '양이 · 보국'을 해치려 들다니. 네가 정신이 있는 놈이더냐!"

"글쎄, 이것들 보라니까. 미리견 군함과 교통을 하고, 저들의 생각이 무엇인지를 먼저 알아야지! 당신들은 나를 대원위 대감께 인도만 하면 모든 소임이 끝난다니까!"

"허허허, 중놈이 성문을 들어선 것만으로도 죽어 마땅하거늘. 손을 봐서라도 쫓아 보내렷다!"

무뢰배의 우두머리 천희연千喜然이 소리치자, 키가 작달막한 안필주安弼周의 발길이 이동인의 턱밑으로 번개같이 날아든다. 욱, 하는 비명을 토하며 저만치에 나동그라진 사람은 이동인이 아니라 안필주다.

"이것들 봐요. 대원위 대감에게 긴요한 국사를 진언하겠다는데, 자네들 같은 무뢰배가 가로막고 나설 수가 있는가. 이 일이 지체되면 나라가 망한다니까!"

"아니, 저 못된 중놈의 주둥이질 좀 보게."

"주둥이가 아니고 아가리면 어때. 나라를 위한 진언이라고 하지를 않았나!"

"허어, 저놈이 죽기로 작정을 하였지……!"

이번에는 하정일河靖一과 장순규張淳奎가 동시에 달려든다. 이동인은 하정일의 주먹을 피하면서 장순규의 목덜미를 후려치는 데까지는 성공하였으나, 다시 달려드는 하정일에게 옆구리를 차이면서 땅바닥을 구른다. 안필주가 이동인을 잡아 일으켜서 천희연의 앞에 세운다.

"아직도 하늘 높은 줄을 모르겠느냐!"

"국사를 의논하겠다질 않았소!"

"중놈이 국사라니."

천희연의 맷돌 같은 주먹이 이동인의 볼때기를 후린다. 이동인은 울컥 피를 토하면서 비틀거린다. 하정일의 매질을 신호로 안필주와 장순규의 손발이 정신없이 날아든다. 이미 기선을 제압당한 이동인으로서는 공매를 맞을 수밖에 없다. 천하장안의 잔혹한 매질이 계속되면서 이동인은 점차 눈앞이 어두워지는 혼미를 계속하다가 정신을 잃고 만다.

아, 이동인은 전신이 쑤셔 오는 고통을 헤치며 눈을 뜬다. 뿌옇게 흐렸던 박진령의 얼굴이 선명하게 밝아지면서 무구들이 눈에 들어온다. 수진방 만신 할멈의 거처가 분명하다.

"거긴 왜 가셨습니까. 박수 오라버니만 아니었어도 객사를 했을 것이라고 합니다."

굿판에서 돌아오던 박수가 길바닥에 버려진 채 피투성이가 되어 있는 이동인을 업고 왔다고 한다. 그날 이후 근 보름 동안 이동인은 수진방에 머물면서 박진령의 지극한 간호를 받으면서도 강화섬의 일들이 궁금하여 미칠 노릇이다.

이동인은 기력을 회복해 가는 동안에도 강화도를 점령한 미국 해병대의 동태를 알고자 하였고, 조정의 대처방안에 대해서는 극렬한 어조로 비방하면서 피를 통하는 지경이다.

"정치라는 게 뭐야. 나라를 다스린다는 게 대체 뭐냐고. 자신들의 한 목숨을 버려서라도 위난에 처한 나라를 구하는 것이 정치의 본분이어야 하는데, 그까짓 양반 나부랭이 지키자고 나라를 망국지경으로 몰아간대서야 누군들 정치를 못 해!"

이동인은 정성을 다해 간병하는 박진령에게 하루에도 몇 번씩 윽박지르듯 소리치곤 한다.

"참으소서. 지금은 때가 아니라는 대치 선생님의 말씀이 계셨질 않았습니까."

"참아서 될 일이 아니라는데도! 줄곧 참기만 하다가 당하는 고통이 아니고 무엇이야. 때려도 참고, 죽여도 참질 않았나. 지난 오백 년 세월을 그렇게 참아 온 우리더러 뭘, 뭘 더 참으라는 게야. 나라가 망하는 판국인데 뭘 더 참아!"

박진령은 이동인의 울분을 들을 때마다 그렁하게 고였던 눈물을 쏟아 내곤 한다.

"일어나야 해. 잃었던 기력을 다시 찾아야 해. 무엇이 선각이야. 나라의 미래를 위하는 일이라면……, 고통을 무릅쓰고라도 행동으로 옮기는 것이 하늘의 가르침이야!"

이동인은 온몸을 쥐어짜듯 소리치다가, 제 울분을 참지 못하면 짐승 같은 울음을 토하기도 한다. 때로는 두 주먹으로 방바닥을 내리치며 "일어나고 싶다"라고 울부짖는다.

박진령은 그런 이동인을 감싸 안으면서 함께 운다. 나라의 미래와 시대의 흐름을 정확이 읽어 내면서 자신이 뛰어들 공간을 확보하고자 노력하는 이동인의 열정이 아름다워서다.

"척화비를 쓰러뜨려야 해. 그래야 개항의지의 표명이 분명해지지를 않겠나. 또 그것을 쓰러뜨리고서야……, '양이 · 보국'이 잘못되었고……, 그것을 반대하는 세력이 있음을 만천하에 알리는 것이 될 것이야. 나 아니고는 할 사람이 없어!"

"지금 나서시면 다칠 뿐이라니까요. 육신이 성해야 후일을 도모할 수가 있지를 않겠습니까."

"나는 이 나라 개항의 초석이 될 수만 있다면, 지금 죽어도 아무 여한이 없어!"

박진령은 이동인의 불같은 성품을 알고 있었기에 더는 만류할 수가 없다.

박진령은 이동인이 잠들기를 기다려서 광통방 유홍기의 약국으로 달려간다. 이동인의 과격한 행동을 막기 위해서는 유홍기의 도움이 필요해서다.

"진실로 달려 나갈 기세던가."

"그러하옵니다. 혹여 중전 마마께오서 동인 선사를 찾게 된다
면……."

"하면……, 중전 마마께 동인의 말을 입에 담았다는 말이더냐!"

"동인 선사뿐만이 아니옵고, 대치 선생님의 말씀도, 윈거 선
생님의 말씀도 모두 여쭈어 올렸사옵니다."

"허어……!"

유홍기에게는 기뻐할 겨를이 없다. 홍선대원군의 '양이·보
국'이 기승을 부리고 있을 때, 개항세력의 실체가 드러난다면
예상치 않은 위기에 몰릴 수도 있을 것이기 때문이다. 비록 중전
민씨가 개항에 대한 관심을 갖는다고 하더라도 아직은 수구세력
의 일원이며, 그녀를 에워싸고 있는 여흥 민씨 일족들 또한 수구
세력이 아니던가.

유홍기는 더 구체적인 말을 입에 담지는 않는다. 박진령이 총
명한 것은 분명했으나, 아직은 대사를 이끌어 갈 만한 경륜까지
갖추었다고 기대할 수가 없어서다.

"소녀가 입에 담기는 민망하오나, 동인 선사를 약국으로 옮겨
모실 수만 있다면……?"

그의 과격한 행동을 저지할 수가 있을 것이라는 애원이다. 유
홍기는 고개를 끄덕이면서 흔쾌히 말한다.

"그래, 나와 함께 가자꾸나."

박진령은 유홍기를 인도하고 밤길을 나선다. 두 사람은 빠른 발걸음으로 혜정교를 건너 수진방으로 들어선다. 박진령은 뒤도 돌아보지 않고 만신 할멈의 집으로 들어간다.

"그새 못 참아서 집을 비웠느냐!"

마당에는 박수가 난감해진 모습으로 서성이고 있고, 만신 할멈은 대청에 서서 소리치고 있다. 순간 박진령은 이동인이 집을 나간 것으로 직감한다.

"그냥 두면 죽는다. 당장 찾아와!"

만신 할멈이 다시 소리치고서야 박진령은 멍하게 서 있는 유홍기의 모습을 바라본다.

"따라오너라!"

유홍기는 이미 몸을 돌리고 있다. 이번에는 박진령이 빠른 걸음으로 유홍기의 뒤를 따른다.

운종 거리는 이미 의금부 낭청들과 서리, 병사 들의 내왕으로 어수선하다. 유홍기는 이동인이 이미 일을 저질렀을 것이라고 직감한다. 아니나 다를까, 두 사람이 운종 거리의 첫 번째 네거리(지금의 종각 근처)에 이르자, 많은 사람들이 근심스러운 몰골로 웅성이고 있다. 유홍기는 둘러선 사람들을 헤치면서 급히 안쪽으로 자리를 옮긴다.

아, 저런. 아침에 세운 척화비가 흉물 같은 모양으로 길바닥에 쓰러져 있다. 그것은 단순한 돌비석 하나가 쓰러진 것이 아니

다. '양이 · 보국' 정책이 잘못되었음을 선명하게 알리는 것이
며, 흥선대원군의 절대 권력에 대항하는 세력이 있음을 보여 주
는 일대 쾌거가 아니고 무엇인가.

　'이 사람, 동인!'

　유홍기는 벅찬 심정으로 중얼거린다. 마땅히 기뻐할 일이었
으나, 유홍기는 그럴 겨를이 없다. 이동인의 피신이 걱정되어서
다. 아직은 성치 않은 몸인데, 더구나 승복을 걸친 몸으로 어딜
떠돌아다녀야 한다는 말인가.

전쟁은 끝났어도

"잡으라. 무슨 일이 있어도 잡아들여야 할 것이니라!"

운정 거리에 세워진 척화비가 뽑혀서 나동그라진 사건은 흥선대원군을 격노하게 하였고, 도성 안 민심을 흉흉하게 하였다. 강화도가 미리견 해병대의 분탕질로 쑥밭이 된 마당인데, '양이·보국' 정책에 반기를 든 무리가 있대서야 말이 되는가.

"그 못된 중놈의 소행이라고 하질 않았더냐. 당장 잡아들이렷다!"

'대원위 분부'라면 산천초목도 떨었다는 시절이다. 의금부와 좌우 포도청에서는 범인을 색출한다는 구실로 낮밤을 가리지 않으면서 날뛰고 다닌다. 이래저래 죽어나는 것은 백성들뿐이다. 이동인의 행방이 묘연해진 것도 때를 같이해서다.

4월 28일, 진무사 정기원鄭岐源으로부터 어재연 형제를 비롯한 전사자의 명단과 강화도에서의 비극이 공식문서로 조정에 전해진다.

홍선대원군은 삼공육판을 편전으로 부른다. 고종의 면전에서 자신의 위엄을 세우는 것으로 척화비의 존엄성을 되찾으려는 안간힘이다.

홍선대원군은 긴장을 풀지 못하는 신료들을 한참 동안이나 쏘아보고 나서야 고종에게로 몸을 돌리며 비장한 어투로 입을 연다.

"전하……, 진무사의 장계에 따르면 전사자의 수가 부상자의 수보다 무려 두 배가 더 많사옵니다. 이는 강화도를 지키려는 장졸들이 목숨을 초개같이 버려서 '양이·보국'의 국론을 지킨 장하고도 장한 결기의 소산이라 여겨지옵니다."

이어 홍선대원군이 광성보에서 있었던 '일심선'의 비화를 눈물겹게 고하자, 배석한 신료들의 감동도 이만저만 크지 않다.

고종은 흥건하게 눈물이 고인 안총으로 신료들을 둘러보며 입을 연다.

"장졸들의 분전에 눈물이 앞을 가릴 뿐입니다. 병사들의 이름이 적혔다는 그 일심선은 어디에 있습니까?"

"심려치 마오소서. 곧 당도할 것이옵니다. 전하."

그러나 고종도 홍선대원군도 강화도에서의 필사항전을 입증하는 일심선은 끝내 볼 수가 없게 되고 만다. 미국 해병대가 전

리품으로 수거해 갔기 때문이고……, 1백30여 년 전에 피눈물로 쓰인 그 일심선은 지금도 미국 아나폴리스의 해군사관학교 박물관에 원형 그대로 보존되어 있다.

흥선대원군은 고종의 감동을 부추기듯 말을 이어 간다.

"전하, 전사자에게는 명예로운 이름을 후세에 남기게 하고, 그 가족과 부상자에게는 후한 상을 내려서 모든 백성들로 하여금 충절의 뜻을 가슴 깊이 새기게 하는 것이 살아남은 자의 도리인 줄로 아옵니다."

"당연하지요. 서둘러 시행토록 하세요."

흥선대원군은 대소 신료들에게로 다시 몸을 돌린다. 그의 눈언저리도 물기에 흥건하게 젖어 있다. 대소 신료들은 숙연해질 수밖에 없다. 흥선대원군이 봇물이 터지는 듯한 목소리로 후속조처를 쏟아 놓았기 때문이다.

"진무중군 어재연에게는 병조판서와 지삼군부사知三軍府事를 추증하여 그의 충정을 만세토록 빛나게 하시오."

뿐만이 아니다. 동생 어재순에게는 이조참의吏曹參議를 추증하고, 군관 이상의 전사자에게는 모두 그에 합당한 관직을 추증토록 명한다. 전사자의 가족과 부상자에게도 각기 휼전恤典이 내려진다. 더욱 놀라운 것은 어재연의 시신이 돌아올 때,

"어 병사의 운구를 맞이하지 않는 자는 모두 천주학도로 취급할 것이오!"

라고, 언명을 하였다는 기록이 남아 있는 것으로 보면 '양이·보국'에 대한 흥선대원군의 집착이 얼마나 대단했던가를 알 수가 있다. 그것은 곧 조선의 개항이 요원하다는 사실과 일치하는 일이고도 남았다.

　미국 측은 스스로 이 전투를 가리켜 미국의 전쟁사상 가장 작은 전쟁(A Little War 혹은 The Short War)이라고 했고,

　　승리는 승리였으나 누구 한 사람 자랑할 것도 못 되었으며, 누구 한 사람 기억에 남겨 두고 싶어 하지도 않았다.

라고 적었다.
　그러나 국제정세에 눈이 어두웠던 조선 조정에게는 척화론의 불길을 타오르게 함으로써 오판만을 거듭하게 하였다. 바로 이 점을 그리피스는 다음과 같이 적고 있다.

　　조선인들의 생각은 미국인이 해적이나 강도 들의 죽음을 복수하기 위해 내침하였으나, 수차의 교전에 실패하여 이제는 감히 재기를 획책할 수 없게 된 것이라고 간주하였다. 흥선대원군을 위해서는 이 사건 전체가 그의 개인적인 영예가 되었고, 호랑이를 잡던 포수들이나 조선의 보수세력들은 자신들의 힘으로 프랑스

376

나 미국에 항전하여 모두 다 훌륭하게 격퇴한 것이라고 믿었다.

정곡을 찌르는 지적이 아닐 수가 없다.
유홍기, 오경석, 이동인 등 선각의 지식인들이 있었으면서도 오직 그들의 신분이 중인이었던 탓으로 개항의 뜻을 펼칠 수가 있는 통로가 막혀 있었다는 사실……, 그 신분의 벽이 조선의 개항을 가로막는 비극이었다는 사실이 얼마나 뼈아프고 안타까운 일인가.

묘연한 행방

흥선대원군의 위세를 상징하는 척화비가 쓰러진 것은 장안의 큰 화제가 되고도 남았다. 비록 공조工曹의 낭청들에 의해 지체 없이 제자리에 다시 세워졌다고는 하더라도 들끓는 민심의 동요를 잠재울 수가 없다.

흥선대원군의 실정을 타박해야 하는 세력에게는 더 없이 고마운 일이었고, 특히 고종의 친정을 염원하는 민씨 일족에게는 더할 나위 없는 쾌거가 분명하다.

"척화비를 쓰러뜨리다니요. 참으로 가상하지를 않습니까. 대체 누구의 소행이랍니까."

중전 민씨는 척화비의 훼손을 전하는 민승호에게 상기된 표정으로 물었고, 민승호의 대답은 그녀의 흥미를 자극한다.

"아직은 소상히 모르옵니다만……, 대원위 대감의 진노가 하늘을 찌르는데, 좌우포청과 의금부에 명하기를 도성 근교의 사찰을 뒤져서라도 그 중놈을 잡아들이라는 호통이 있었다고 들었습니다."

"그 중놈이라니요?"

"이름은 모르는데……, 얼굴은 알고 있다 하옵니다."

"원, 별일이 다 있지……."

"달포 전에 운현궁에 찾아와서 미리견 군함과 싸워서는 승산이 없다면서 난동을 부린 일이 있었다고 하옵니다."

"쯧쯧쯧……, 호랑이 굴에 들어가지를 않았나."

국제정세의 흐름이나 개항의 필요성에 관심을 두지 않았던 중전 민씨는 소리 내 웃으면서 어리둥절한 표정을 지어 보였으나, 자리를 함께하고 있던 박진령은 소스라치게 놀라면서 가슴에 손을 얹는다. 언제던가, 박진령은 개항을 염원하는 선각의 승려가 있음을 입에 담은 일이 있다. 그러나 다행스럽게도 중전 민씨는 그 일을 기억해 내지 못하는 듯하다

"중전 마마, 소녀 이만 물러갈까 하옵니다."

"아니, 왜 좀 더 머무르지 않고……."

"아니옵니다. 허락해 주오소서."

박진령은 중궁전을 물러 나와 경복궁의 서문인 영추문迎秋門을 빠른 발걸음으로 지나친다. 조금이라도 빨리 돈의문敦義門을 빠져나가기 위해서다.

거리에는 위기감이 돌고 있다. 무더운 땡볕인데도 사람들의 행보에는 여유가 없어 보인다. 박진령은 두근거리는 가슴을 안고 봉원사를 향해 줄달음치듯 달려간다.

봉원사 주위에는 사복을 한 포졸들로 보이는 낯선 사내들의 모습이 즐비하다. 박진령은 이동인의 무사함을 빌면서 아름드리 느티나무가 보이는 비탈길을 빠르게 오른다. 불쑥 그녀의 앞을 막아서는 사내가 있다. 유홍기의 약국에서 허드렛일을 살피는 최우동이다.

"선생님께서 찾아 계시네. 서두르세나."

"먼저 돌아가세요. 곧 뒤따르겠습니다."

박진령은 황급히 몸을 돌리며 법당 쪽으로 걸음을 옮긴다. 최우동은 그녀의 뒷모습에서 솟구쳐 오르는 생기를 보며 만면에 웃음을 담는다.

경내로 들어선 박진령은 법당을 끼고 돌면서 불문곡직 이동인의 승방으로 달려간다.

"네 이년⋯⋯!"

천둥 같은 목소리가 울린다. 박진령은 걸음을 멈추었으나 몸을 돌리지 못한다. 등 뒤로 다가서는 발자국소리가 멈추더니 예의 날 선 목소리가 다시 들려온다.

"네 정녕 동인의 전도를 망치려 들었더냐!"

아, 박진령은 신음을 토할 수밖에 없다. 무공 선사의 꾸지람이기 때문이다. 무공 선사를 향해 몸을 돌리는 박진령의 눈언저리는 이미 물기에 젖어 들고 있다.

"앞뒤를 가릴 줄 몰라도 분수가 있지. 그게 바로 네년을 두고 하는 말이 아니더냐!"

"……!"

"네년이 동인의 승방을 기웃거리고서도 동인이 무사하길 바랐더냐. 지켜보고 있는 눈이 있음을 왜 몰라!"

"대사님, 동인 스님께서는 대체 어디에 계시옵니까?"

"당장 돌아가지 못할까. 동인의 일은 네가 참견할 바가 못 되느니라!"

"선사님……!"

"돌아가라고 일렀거늘. 뒤돌아볼 것도 없느니라. 곧장 돌아가렷다!"

그냥 서 있다가는 석장이 날아올 것만 같다. 박진령은 무공 선사에게 허리를 굽혀 보이고 3백 년 수령의 느티나무 쪽으로 타박타박 걸었으나 이동인이 무사한지, 무사하다면 어디에 있는지를 여쭈어 보지 못한 것이 못내 아쉬움으로 남는다. 아니 이미 포박되었을지도 모른다는 두려움도 떨쳐 내지 못하고 있다.

다시 돈의문을 들어선 박진령의 발걸음은 허둥거릴 수밖에 없다. 거리를 활보하는 포졸들의 긴장한 몰골에 살기가 넘치고 있었기 때문이다. 사정이 그러하다면 이동인이 아직 잡히지 않앉을지도 모른다.

　박진령의 몸은 땀에 젖어 있었으므로 모시적삼은 살결에 엉겨 붙어 있다. 누가 보아도 쫓기는 사람의 모습이 분명하다.

금정산 범어사

조선 반도의 등허리나 다름이 없는 백두대간을 따라 남쪽으로 내려가면서 동래현東萊縣으로 이어지는 조선의 간선도로를 제4로라고 한다. 지금의 행정구역으로는 동래가 부산직할시의 외곽지역이 되지만, 당시만 해도 동래현은 부산진포釜山鎭浦를 거느린 조선 남단의 요충이다.

이동인은 먹장삼을 휘날리며 범어사梵魚寺로 향하고 있다.

동래현의 진산鎭山은 윤산輪山이지만 우리에게는 현의 중심부에서 북쪽으로 20리쯤 떨어진 금정산金井山이 더 친근감을 느끼게 한다. 유서 깊은 범어사를 품에 안고 있기 때문이다.

타는 듯한 초가을의 저녁 햇볕이 유서 깊은 범어사의 경내를 에워싸자 법당에서는 목탁소리가 들려오기 시작한다. 이어 저녁 예불을 알리는 범종소리가 퍼져 나가면 듣는 이의 가슴을 숙연하게 한다.

이동인은 긴 그림자를 드리우며 대웅전을 향해 합장한다.

흥선대원군의 위엄을 상징하는 척화비를 쓰러뜨리고는 거침 없이 도성을 떠나 새벽이슬을 밟지를 않았던가. 그는 여주의 신 륵사神勒寺, 보은의 법주사法住寺 등에 머물면서도 도성에서의 소 동을 수소문하고서야 유유자적 백두대간을 따라 남진을 계속하 였었다.

도성에서 동래현까지는 9백62리의 먼 길이었으나 이동인의 모습은 지쳐 보이지 않는다.

"운수행각雲水行脚이시옵니까?"

나이 어린 사미승이 이동인의 곁으로 다가서면서 제법 어른 같은 소리를 한다. 터 없이 맑은 얼굴이다.

"그렇기는 합니다만, 무불 스님을 만났으면 해서요."

"아, 예. 무불 스님께서는 부산포로 나가시고 아니 계시옵니다."

"오늘은 아니 돌아오십니까?"

"웬걸요. 좀 늦으실 것으로 압니다만……, 돌아는 오십니다 요. 승방에서 기다리시지요."

"고맙습니다."

이동인은 합장을 한 채 돌아서는 사미승의 뒷모습을 지켜보 면서 입가에 웃음을 담는다. 열 살 남짓 되어 보이는 어린 나인 데도 불가의 법도가 몸에 배어 있어 빈틈을 보이지 않아서다. 그는 문득 자신의 어린 시절을 회상하며 사미승의 뒤를 따른다.

"무불 스님의 승방입니다."

이동인은 가지런하게 정돈된 방 안을 들여다보다가 탁자 위에 놓인 낯선 책 한 권에 시선을 멈춘다. 내용은 고사하고 모양새부터가 달라서다. 사미승은 마치 이동인의 의중을 읽고 있다는 듯 귀엽게 참견한다.

"무불 스님께서는 요즘 왜어를 배우고 계시옵니다."

"왜, 왜어를……?"

"부산포에 왜학훈도분이 계시질 않사옵니까."

이동인은 놀라지 않을 수가 없다. 왜어倭語가 무엇인가. 문자 그대로 일본어를 말한다. 더구나 부산포에 상주하고 있는 왜학훈도倭學訓導에게 일본어를 배우고 있다면 부러운 노릇이 아닐 수가 없다.

"들어가서 기다리겠습니다."

이동인은 눈에 들어온 책부터 살펴보아야겠기에 허둥지둥 방으로 들어서며 말한다. 그는 탁자 위에 놓인 낯선 책을 집어 든다. 자신이 읽은 수없이 많은 책과는 그 체제부터가 다르다. 책장을 넘겨보아도 달라지는 것이 없다. 간간히 섞인 한자는 읽을 수가 있다 해도 생전 처음 보는 일본 문자라 헤아려질 까닭이 없다.

"공양은 어찌할까요."

이동인은 잃었던 정신을 되찾은 사람처럼 소리 나는 쪽을 바라본다. 사미승은 아직도 문밖에 선 채 웃고 있다.

"허허허, 자비로우십니다. 무불이 돌아오면 요기를 하게 되겠지요. 제 일은 심려치 마세요."

"아, 예……."

사미승은 고사리 같은 손으로 합장을 해 보이고 장지문을 닫는다.

이동인은 다시 낯선 책에 적힌 생소한 문자를 살펴보면서 상념에 잠긴다. 그가 찾고 있는 무불無不은 탁정식卓挺埴을 말한다. 자신과는 동년배의 승려로 자주 만난 편은 아니지만, 그와 대면할 때마다 이상하게도 의기가 투합되곤 하였었다.

이동인은 도성을 벗어나면서부터 줄곧 탁정식을 만나서 조선 개항의 의지를 심어 주리라고 다짐하고 있었는데, 그가 먼저 왜어를 공부하고 있다면 어찌 되는가.

'왜학훈도라……'

이동인은 더 일찍 탁정식을 찾아오지 않은 것을 후회한다. 일찍부터 조선 조정은 동래현에 왜관倭館을 설치하고 왜국에서 오는 사신들을 접대하고 있다. 말하자면 동래현이 왜국과의 교섭에 창구 역을 담당하고 있는 셈이다.

부산포에 왜학훈도를 상주하게 하여 왜국에서 오는 사신들을 홀대했던 것은 왜국과의 접촉을 중시하지 않는 조선 조정의 자존심이기도 했다. 그렇다면 무불 탁정식에게 왜어를 가르치는 왜학훈도는 대체 누구란 말인가.

이동인의 상념은 꼬리를 문다. 그는 탁정식을 통해 그 왜학훈도를 구워삶을 수만 있다면 왜국으로 밀항할 수 있는 배편을 마련할 수가 있을지도 모른다는 기대에 젖어 보기도 한다.

"스님……!"

이동인은 다시 들려온 사미승의 목소리에 상념에서 깨어난다. 사위는 어느덧 어둠에 잠겨 있다. 문틈에 등불이 어른거리는 것으로 보아서는 사미승이 등촉을 가지고 온 모양이다. 이동인은 몸을 일으켜서 장지문을 연다. 사미승은 양손에 등촉과 불빛에 반들거리는 두가리(나무그릇)를 들고 있었는데, 두가리에는 누룽지가 담겨 있다.

"허허허, 이렇게 고마울 데가 있나……."

"그래도 허기는 면하셔야지요."

이동인은 사미승이 들고 있는 등촉과 소반을 받아 들면서 상찬의 말을 아끼지 않는다.

"참으로 자비로우십니다. 스님……."

"무불 스님께서 소승을 보살펴 주시는 것을요."

"잠시 드시겠습니까?"

"고맙습니다."

사미승은 감동하는 기색으로 방에 들어와 이동인의 앞에 정좌한다. 등촉에 비쳐진 사미승의 모습은 더욱 앳되고 귀엽다.

"혹시, 부산포에 계시다는 왜학훈도의 함자를 아십니까?"

"얼핏 들은 일은 있습니다만, 안 씨라는 성만 기억에 있사옵니다."

"안 씨라……?"

이동인이 고개를 갸웃거리자 어린 사미승이 다시 부연한다.

"대원위 대감의 심복이라고 들었사옵니다."

"……!"

그제야 이동인은 왜학훈도의 이름을 떠올린다. 흥선대원군의 심복이라면 안동준安東晙일 것이기 때문이다. 2년 전이었던가, 대마도주對馬島主가 보낸 외교문서가 왜국의 왕정복고王政復古(이른바 明治維新) 전의 격식과 다르다는 이유로 접수조차도 하지 않고 되돌려 보냈다 하여 흥선대원군으로부터 아낌없는 찬사와 격려를 받았던 사람, 그 안동준일 것이라고 이동인은 확신한다.

이동인은 사미승을 거처로 돌아가게 하고 고통 속으로 빠져든다. 눈앞으로 밀려오는 캄캄한 어둠이 이동인의 상념을 참담하게 한다. 그런 답답한 시간이 얼마간 지나고서야 탁정식이 돌아온다.

"아니, 이 사람, 동인, 예까지 웬일이야."

"무불이 곧 공수래인 것을……. 허허허."

"온다는 기별이라도 하지 않고."

두 사람은 격의 없는 재회의 기쁨을 나누지만, 이동인의 급한 성품은 한가할 수가 없었기에 화제를 앞당겨 놓고야 만다.

"안동준에게 다녀오는 길이라면서?"

"아니, 그걸 어찌 아는가."

"왜어를 배우고 있다기에 하는 소리야!"

"허허허, 이거야 원……."

"그래, 도성 소식은 좀 들었는가?"

"그거야 동인이 들려주어야지."

이동인은 탁정식을 쏘아보면서도 고개를 갸웃거리게 된다. 운종 거리에 세워진 척화비가 쓰러졌는데도 흥선대원군의 심복인 안동준이 아직 모르고 있는 것 같아서다.

이동인은 우회적인 방법으로 다시 물어본다.

"아직도 부산포에는 척화비라는 것이 세워지지 않은 게로 군……."

"오, 척화비, 세워야지. 국론을 하나로 하여 외세를 물리치자면 당연히 세워야 옳지 않은가."

"옳다면……, 무불 자네도 그 비석에 새겨진 글귀가 이 나라 조선의 국론이어야 한다는 말인가."

"당연하지를 않은가. '양이·보국' 만이 나라를 보전하는 길일 테니까!"

"이런 제기랄. 그렇다면 왜어는 배워서 뭘 하겠다는 것이야!"

이동인이 언성을 높이자 탁정식은 어리둥절한 표정을 지으면서도 강하게 반발하고 나선다.

"왜어를 배워서 '양이·보국'을 더더욱 공고히 하자는 것인데, 그게 왜 동인에게 책망을 들어야 할 일이야!"

"이런 돌중이 있나!"

"아니, 무엇이야!"

두 사람은 상체를 곤두세운다. 일촉즉발의 태세다. 이동인의 비아냥거림은 멈추질 않는다.

"허어, 안동준이 대원위의 심복이라더니, 무불도 벌써 물이 들었구면. 이 나라 조선은 개항하지 않고서는 살아남지를 못해. 무불이 왜어를 배운다기에 하는 소릴세만, 그 왜국도 개항에 성공하여 반상의 벽을 무너뜨리고 서구 열강의 제도와 문물을 받아들이고 있질 않느냐 이 말일세!"

"······!"

"무불이 왜어를 배운다기에 서구 열강의 문물에 심취한 것으로 알고 내 심히 갸륵히 여기고 있었는데, 이거 원 헛걸음만 치질 않았나."

"서구 열강의 문물이라니?"

"쯧쯧쯧, 천하의 무불이······, 안동준 같은 모리배의 말을 믿고 따르다니. 헛! 때려 죽여도 시원치 않을 안동준이가 일세를 풍미할 우리 무불을 우물 안의 개구리로 만들어 놓았군. 내 이놈의 붕알을 까뒤집고야 말리!"

"이 사람, 동인, 말씀이 지나치질 않는가!"

"예끼! 어리석은 돌중놈 같으니라고. 서구 열강은 수만 리 뱃길을 달려와서 동양을 저들의 식민지로 만들 궁리를 하고 있질 않은가. 청국은 그걸 깨닫지 못했기에 지리멸렬 망국의 길로 들어섰고, 그나마 왜국은 그걸 깨달았기에 미리견의 도움으로 새로운 나라로 변신을 했어. 세계가 눈알이 돌아가게 변하고 있는데, 어리석게도 '양이 · 보국'이라니!"

이동인의 설변이 열기를 더해 갈수록 탁정식은 무엇인가에 홀리고 있다는 느낌을 떨쳐 내지 못한다.

"이 사람, 무불, 지금 도성에서는 개항을 열망하는 기운이 불처럼 타오르고 있어. 다른 사람이면 몰라도 무불은 그 대열에 동참을 해야 해. 그런 점에서 본다면 무불이 왜어를 배우는 것은 천우신조나 다름이 없어……."

이동인은 한성판윤 박규수의 학덕과 인품을 거론하고, 백의정승 유홍기와 역관 오경석의 선각자적인 혜안을 극구 찬양한다. 그리고 조선의 장래를 세계정세에 비유하면서 차근차근 설명해 나간다.

"이것 보시게. 무불! 유길준이라는 반가의 자제는 비록 나이는 어리나, 『해국도지』를 읽고 나서 과장에 나가지 않겠다고 선언을 했어!"

"과장에 아니 나가면……?"

"썩어 문드러지도록 낡은 제도를 깨부수기 위해서는 음풍영월^{吟風詠月}보다 새로운 학문을 깨우치겠다는 것이 아니겠나."

"······!"

"양반의 신분을 스스로 포기하겠다는 것일세. 아시겠는가!"

탁정식의 진지해진 표정은 새로운 세계를 경험하는 긴장감을 동반하고 있는 것으로 보인다.

이동인은 동래현의 바로 건너편에 위치한 왜국 조슈 번의 요시다 쇼인이 4평짜리 서당을 열어서 선각의 불덩이를 길러 냈기에 왜국이 짧은 시일 안에 그 어려웠던 유신을 성공할 수 있었음도 거론한다.

"어찌하려는가. 왕실을 때려 엎자는 역모가 아니질 않은가. 우리 조선도 세계의 열강과 어깨를 나란히 하는 근대국가로 개혁하여 만민이 평등하게 살아야 하지 않겠느냐 이 말일세!"

"······!"

"이 사람, 무불, 잠시도 지체할 겨를이 없어. 이 화급한 일에 무불이 나서지 않는대서야 말이 되는가!"

탁정식의 승방은 새벽 예불이 시작될 때까지 등촉이 꺼지지 않았다. 이동인의 열혈 같은 개항의지가 탁정식으로 하여금 새로운 세계가 전개되고 있다는 사실에 눈뜨게 했기 때문이다.

무불 탁정식

두 사람은 아침 공양을 마치고 범어사의 경내를 벗어난 산길을 걸었다. 초가을로 접어든 산곡의 이른 아침은 싱그러웠고 조잘거리며 흐르는 계곡의 물소리가 이들의 마음을 안온하게 한다.

탁정식은 지난밤의 감동에서 아직 헤어나지 못하고 있다.

"동인의 깨우침이 참으로 놀라웠으이……."

"말로만 놀라워할 것이 아니라 당장 실행에 옮겨야지."

"실행이라니?"

"그 안동준이라는 왜학훈도가 도성에서 있었던 척화비가 훼손된 일에 대해 얼마나 알고 있던가."

"척화비가 훼손되다니, 그게 무슨 말인가. 누가 그런 짓을……."

"오, 아직 모르고 있다면 천만다행이지……."

"하면, 자네가……?"

"허허허, 사정이 그러하다면 나도 왜학훈도를 만날 수가 있질 않겠나."

탁정식은 놀라는 표정을 짓는다. 척화비를 훼손한 처지로 대원군의 심복을 만나겠다면 어찌 되는가.

"대원위를 찾아가서 개항하자고 소리쳤던 나야. 그런 결기로 그놈을 구워삶아서라도 왜국으로 가는 배편을 알아보고 싶다니까!"

"동인의 말대로라면 왜국으로 건너가는 것이 능사가 아니라……, 뜻을 같이하는 세력을 규합하는 것이 더 급하지 않은가."

"허어, 백문이 불여일견이라 하질 않았나. 나는 저들이 유신한 과정을……, 그리고 유신 뒤에 온 변화를 이 두 눈으로 확인하고 싶은 것일세. 그렇지 않으면 무에야. 지금의 우리 처지는 장님이 코끼리 다리를 만지듯 모든 것을 짐작만 하고 있질 않은가. 이래가지고서는 앞으로의 일을 확연하게 도모할 수가 없음일세."

"무모한 일일세. 그곳이 어디라고……."

"이 사람, 무불, 이는 내 일도 무불의 일도 아니야. 안동준의 일은 더욱 아니고. 오직 나라의 장래를 걱정하는 우국憂國의 일념인데, 내 성미가 아무리 과격하기로 허튼짓을 하면서까지 대사를 망치겠는가."

행동을 수반하고자 하는 이동인의 의지는 확고하기만 하다. 단 하룻밤의 토론으로 새로운 세계에 눈을 뜬 탁정식으로서는 이동인의 결기에 더는 반론을 펼 수가 없다.

"그러니 어서 부산포로 나가서 안동준을 다시 만나고 오게나. 지난밤 내가 말한 바를 골똘히 생각해 가면서 그 사람을 만난다면 무불 나름대로의 얻음이 있을 것이 아니겠나. 그걸 내게 전해 주면 그 다음 일은 내가 알아서 할 테니까."

"알겠으이."

"척화비를 훼손한 놈이 중놈은 중놈이되, 이동인으로 알고 있는지 아닌지만 알면 된다니까."

탁정식은 고개를 끄덕여 보이고 비탈진 내리막길을 내닫기 시작한다. 이동인은 멀어져 가는 탁정식의 뒷모습을 지켜보면서 한숨을 놓는다. 그에게는 탁정식과 안동준의 만남이 새로운 길을 개척할 수 있을지도 모르는 초미의 관심사가 아닐 수 없어서다.

부산포로 들어선 탁정식은 안동준의 거처가 있는 초량草梁을 향해 발걸음을 재촉하면서도 마치 지사志士와도 같았던 이동인의 선각자적인 모습에서 부러움과 자책을 함께 느낀다. 그는 안동준으로부터 왜어를 배우고 있으면서도 국제정세의 변화, 아니 바다 건너 지척에 있는 왜국의 왕정복고가 아시아의 변화에 미칠 영향에 관해서는 아무 관심도 두지를 않았었다. 애써 왜어를 배우면서도 앞을 내다보지 못한 것이 못내 아쉽고 부끄러워 얼굴이 달아오를 뿐이다.

탁정식이 왜학훈도의 거처로 들어섰을 때 안동준은 긴 두루마리 서간을 살피면서 얼굴에 노기를 드러내고 있다. 탁정식은 언제나 그랬던 것처럼 그의 곁으로 다가가 앉으면서 서간의 내용부터 살핀다.

서간을 읽고 있는 안동준의 일그러진 미간이 예사롭지 않다면 지난밤 이동인이 입에 담았던 척화비의 훼손과 상관이 있을지도 모른다. 탁정식은 안동준이 들고 있는 서간에서 눈을 뗄 수가 없다. 아니나 다를까, 서간의 내용을 모두 파악할 수는 없었어도 척화비와 관련된 문면과 '훼손'이라는 글자가 선명하게 보인다.

불길했던 예감이 적중하자 탁정식은 곤두박질치듯 두근거리는 가슴을 애써 추스르며 조심스럽게 물어본다.

"무슨 언짢은 소식이라도……?"

"무지한 것들의 소행이라더니."

"무지하다니요. 무엇이 말씀이옵니까."

"운종 거리에 세운 척화비를 쓰러뜨린 무리가 있었다는 게야. 그놈들이 죽기로 작정하지 않고서야 감히 대원위 분부를 거역하다니, 거기에 나라의 운세가 걸린 것을 왜 몰라!"

"……!"

탁정식은 숨이 막힌다. 이동인의 수배령이 부산포에까지 내려졌다면 어찌 되는가. 더구나 자신도 승려의 처지다. 그 불길한 예감이 사실로 드러난다면 스승인 안동준에게는 면목 없는 일이 되지 않겠는가.

탁정식은 잠시 마음의 동요를 잠재우고서야 조금은 강경한 목소리로 가장하여 입을 연다.

"대체 어느 못된 놈의 소행이옵니까."

"더 소상한 내막은 적지 않았으나, 부산포에 세워질 척화비가 훼손당하는 일이 없도록 각별히 유념하랍시는 분부일세."

"하오시면 대원위 대감의 친필 서한이 아니옵니까."

"이를 말인가. '양이·보국'을 더욱 공고히 하지 않고서는 이 나라 조선이 살아남을 길은 없어. 그러니 대원위 대감의 위엄에 서릿발이 곤두설 수 있도록 모든 사대부들이 뜻을 모아야 할 것일세."

과연 안동준의 언동에는 흥선대원군의 심복 됨에 모자람이 없다. 권력이라는 것이 정말로 사람의 마음을 병들게 하는 것일까. 왜학훈도라는 직함이 변변한 벼슬 축에 들지 못할 것인데도, 흥선대원군의 신임을 받고 있다는 그 사실 하나만으로 안동준은 핍박의 대상인 중인의 신분임을 망각한 채 가문과 문벌만을 내세우는 수구세력인 조선 사대부의 뜻을 대변하고 있는 것이나 무엇이 다른가.

탁정식은 지난밤에 있었던 이동인의 열혈과도 같았던 우국의 일념을 새삼스럽게 상기하면서 미구에 수구세력과 개항세력의 갈등으로 대단한 혼란을 겪을지도 모른다는 불길한 예감에 젖는다. 이동인과 안동준의 주장이 혼란을 느끼게 할 만큼 판이하게 달라서다. 그러나 이상하게도 탁정식은 이동인의 편에 서 있다는 확신이 든다.

"현감을 만나서 대원위 분부를 전해야겠는데 동행을 하겠는가."

"그야……."

"왜어는 걸으면서도 배울 수가 있지 않겠는가."

탁정식은 안동준을 따라서 거처를 나선다. 두 사람은 느릿한 걸음으로 십여 리 길을 북상하면서도 왜어를 공부하거나 복습하지 못한다. 탁정식이 왜국에서 있었던 왕정복고의 과정과 그 결과에 대한 관심만을 드러내 보였기 때문이다.

"왜국은 개명하였다면서요?"

"개명이라고까지야."

"하오시면……?"

"미개하고 무지한 왜인들이라 미리견 군대의 무력침공에 두 손을 든 것이 아니겠나."

탁정식은 놀라지 않을 수가 없다. 그는 서구 열강이 무력침략을 기도하고 있다는 새로운 해석에 심한 갈등을 느끼게 되어서다.

조선의 개항을 논의하는 과정에서 흥선대원군의 '양이·보국'을 보국정책으로만 단정한 나머지 그것을 수구세력들의 기득권 수호로만 이해하려는 경향이 있지만, 그보다 더 중요한 것은 서구 열강의 동양 진출을 무력침략으로만 보면서 거기에 대한 대처능력의 미비를 지적하는 시각도 있음을 유념하지 않으면 안 된다.

개항의지의 실체는 찌들고 낡은 양반사회가 대대로 우대받는 이 땅의 신분제도를 타파해야만 가능하다. 바로 그것이 상민과 천민 들이 모두 평등한 자유를 누릴 수가 있는 근대국가의 태동이 아니겠는가. 이웃나라 일본에서는 '근왕勤王'이라는 말 한마디에 가슴 설레는 젊은 불덩이들이 있었다. 그 젊은 불덩이들은 근왕을 성사하기 위해 막부를 타파해야 했고, 그것이 곧 평등사회를 만들어 가는 최선의 길이었다.

그러나 조선의 경우는 판이하게 다르다. 왕실을 건재하게 하면서 이른바 양반들로 구성된 지배계급을 때려 부셔야 하기 때문이다. 바로 그 점이 박규수를 비롯한 유홍기, 오경석 등으로 하여금 급진적인 개혁을 주도할 수 없게 하는 장애물이다. 이같이 내부로부터의 개혁이 주춤거리는 동안, 서구 열강의 무력침략이라는 외적인 저해요인을 역이용하려는 기운이 돌게 되었음을 간과해서는 안 된다.

그런 시각에서 본 안동준의 신념은 확고하였다.

"소위 서구 열강이란 것들이 무슨 연유로 수만 리 바닷길을 헤치면서 예까지 왔는가. 식민지의 확장을 위한 무력침략이 명백하지 않은가?"

탁정식은 일본은 스스로 개혁하여 근대국가를 이루었다고만 믿고 있었다.

"단단히 듣게. 무지한 왜인들은 제 놈들의 왕정을 복고하기 위해 미리견의 힘을 빌려서 이름뿐인 임금에게 모든 권한을 몰아주려고 했지만, 그 결과는 어찌 되었는가. 내란의 연속뿐이 아니었나. 제 놈들끼리 피 흘리고 싸운 내란이 2백 여회를 넘기면서 온 땅덩이가 피로 물들지 않았나."

"……!"

아직 개항의지가 탄탄하지 않았던 탁정식에게는 안동준의 논리도 수용하지 않을 수가 없다. 소위 일본의 명치유신을 농민혁명으로 보려는 시각이 있음은 이 때문이다. 명치유신에 의한 신정부의 중심인물로 성장한 이토 히로부미는 어떠한 경우에도 입신양명을 보장받을 수 없었던 농민의 아들^(하급무사)이었다. 뿐만이 아니라 사이고 다카모리 역시 미천한 신분이었고, 야마가타 아리토모는 잡병雜兵 출신이다.

일본은 사무라이와 백성의 차별이 하늘과 땅만큼이나 크고 높아서 백성들은 오직 착취와 핍박의 대상일 뿐이었다. 그 핍박의 대상들이 사무라이들과 함께 막부를 깨부수는 일에 목숨을 걸었고, 마침내 주도세력으로 등장한다. 신분의 벽이 무너지지 않고서는 결단코 불가능했던 일이다.

"생각을 해 봐. 썩어 빠진 장김 육십 년 세도를 몰아내신 대원위 대감이 아니신가. 서원을 폐지하여 우리네 백성들의 원한을 덜어 주셨고, 왕실의 위험을 다시 세우질 않으셨는가. 이제 왕도만 바로 선다면 태평성대가 눈앞으로 다가와 있는데 개항을 하여 서양의 오랑캐를 불러들여서 어쩌자는 것이야. 그것이 바로 쓸모없는 일에 국력을 낭비하는 일이 아니고 무엇인가."

"……하오나 서구 열강의 문물 중에는 우리가 배워서 쓸 만한 것들도 많지를 않겠습니까."

"당연히 있겠지. 그러나 아직 우리는 그것을 받아들일 태세를 갖추질 못했어. 청나라를 보면 알지. 그 크고 넓은 땅덩이를 서양 제국의 각축장으로 전락하게 하질 않았나. 그런 전철을 밟고서는 망국을 면치 못해."

이동인의 열변을 들으면서는 오직 개항만이 살길이라 여겼는데, 안동준의 의지를 확인하면서는 서구 열강의 침략에 적의를 느끼게 되는 것을 어쩌랴.

"우선 내치에 빈틈을 보여서는 아니 될 것일세. 그것이 저들의 식민지를 면하는 길이 아니겠나."

"……!"

탁정식은 할 말이 없다. 이동인과 함께한 단 하룻밤의 토론으

로 개항의 필요성을 이해하고 있었다고 착각한 자신의 무지가
부끄럽기까지 하다.

안동준은 동래부의 관아에 당도하기 전에 관급의 일을 맡아
보는 석수장이의 공방工房으로 탁정식을 인도한다. 부산포에 세
워질 척화비를 보여 주기 위해서다.

완성된 척화비는 모두 세 개나 된다. 검은 오석의 비면에는
'화해를 주장하는 것은 곧 나라를 파는 일'이라는 문면이 선명
하게 새겨져 있다. 안동준은 흥선대원군이 그랬던 것처럼 비면
을 쓰다듬어 보면서 대단한 감회에 젖어 들었고, 탁정식은 그것
을 쓰러뜨린 이동인의 모습을 상기할 수밖에 없다.

안동준은 숙였던 몸을 일으키며 탁정식에게 당부한다.

"무불도 이 비면에 새겨진 글귀를 한시도 잊어서는 아니 될
것으로 아네. 여기에 종사의 명운이 걸렸기 때문일세."

"이를 말씀이겠습니까."

탁정식은 부지불식간에 수긍하는 대답을 했지만, 자신의 대
답이 건성이었음을 마음속으로나마 다짐한다. 이동인을 향한
연민의 정이 식지 않아서다.

안동준은 석수장이를 불러서 도성에서 있었던 척화비의 훼손
사건을 알리고, 위엄당당한 말투로 비석을 세울 때 대석臺石을
튼튼히 할 것을 몇 번이나 환기시키고서야 공방을 나선다.

두 사람은 공방을 나와서 동래현의 관아 앞까지 함께 걸으면

서도 개항에 관한 더 깊은 의견은 나누지 않았다. 알게 모르게 서로의 생각하는 내용이 달랐기 때문인지도 모른다.

동래 관아가 멀리에 보이자 안동준이 묻는다.

"함께 들겠는가?"

"아, 아니옵니다. 소승은……."

탁정식은 정중히 사양한다. 그는 현감과 대좌하는 일보다 잠시라도 빨리 이동인을 만나서 안동준의 확고한 신념을 전하고 싶었기 때문이다.

"내일이라도 다시 들르게나."

안동준은 몸을 돌리며 관아로 향한다. 멀어지는 그의 뒷모습은 신념으로 가득한 때문인지 중인의 신분답지 않게 당당해 보인다.

탁정식은 이동인이 기다리고 있을 범어사를 향해 부지런히 걸으면서 안동준의 탁월했던 견문을 정리한다. 청나라가 서구 열강의 각축장으로 변했다는 사실, 왜국이 미리견의 협박으로 개항에 성공하였다고는 하나 끝없는 내란에 시달리고 있다면 그것은 결코 남의 일일 수가 없지를 않겠는가. 탁정식은 이동인과 한바탕 입씨름을 벌여 볼 생각으로 발걸음을 재촉한다.

이동인은 탁정식의 승방에서 왜어로 쓰인 낯선 서책을 뒤적이며 골몰한 생각에 빠져 들고 있다. 한자의 사이사이를 이어 놓은 생소한 글자가 무엇을 뜻하는지는 들여다볼수록 오리무중이었으나 대충의 뜻은 짐작할 수가 있었다.

인기척소리가 들리고 장지문이 열린다.

탁정식이 조금은 허둥거리는 모습으로 들어와 앉는다. 이동인은 상체를 일으키며 그를 반긴다.

"허허허……, 딴에는 서둔 게로군."

"그 알량한 설변으로 사람을 현혹하다니……. 스승의 면전에서 망신만 당하질 않았나."

"망신이라니, 그깟 왜학훈도가 뭘 안다고!"

"그게 아니었다니까!"

탁정식은 언성을 높여서 이동인의 입을 막고는 따지는 듯한 어조로 안동준의 개항상조론開港尙早論을 거침없이 토해 낸다. 이를테면 안동준의 논리를 빌려서 이동인의 개항의식을 공박하고 나선 것이나 다름이 없다.

이동인으로서는 설익은 공박이나 다름이 없는 탁정식의 항변을 귀담아들을 필요가 없다. 그런 정도의 논박이라면 나이 어린 유길준과도, 이미 관직에 나가 있는 김굉집과도 수없이 주고받았던 일이 아니던가. 그러므로 키득키득 웃으면서 탁정식의 말을 건성으로 듣다가는 마침내 터지는 웃음을 참아 내지 못한다.

"으하하핫……!"

"웃을 일이 아니라니까!"

"허허허, 그거야 무불의 식견이 모자라서 왜학훈도의 말에 현혹된 것이지 내 탓은 아니질 않은가."

"현혹이라니, 작금의 우리 조선의 처지가……."

"거 쓸데없는 걱정일랑은 집어치우고, 그자가 척화비가 훼손된 도성에서의 일을 얼마나 알고 있던가."

"대원위의 친필 서한을 읽고 있었네만……, 아직 누구의 소행인지는 모르고 있었으이……."

"오, 허허허, 그렇다면 어서 앞장서게."

"이 사람, 동인, 내 얘길 마저 들으라니까."

"뻔한 얘길 들어서 뭘 해. 십 리 길을 걷노라면 삼국지인들 못 풀겠나. 가면서 얘기하자니까."

이동인은 이미 승방을 나서고 있다. 탁정식은 망설이지 않을 수가 없다. 이동인의 물불을 가리지 않는 급한 성미를 너무도 잘 알고 있어서다.

"아, 당장 나오질 않고 뭐하고 있는 게야!"

이동인이 벽력같은 고함소리를 내지르고서야 탁정식은 엉거주춤 승방을 나선다. 그제야 이동인은 그의 어깨를 다독이며 조용히 말한다.

"이 사람, 무불, 아무리 내 성미가 과격하기로 허튼짓을 하면서까지 대사를 망치겠는가. 심려할 일이 아니라니까."

탁정식은 고개를 끄덕이며 무거운 발걸음을 다시 옮겨 놓는다. 두 사람의 발길이 범어사의 선문을 벗어나면서부터 개항의 당위성을 역설하는 이동인의 설변이 시작된다. 그는 안동준의 견해를 조목조목 따지고 반박하면서도 급변하는 국제정세를 곁들이며 탁정식의 이해를 부추긴다. 탁정식은 또다시 이동인의 폭넓은 지식과 장강과도 같은 설변에 감동할 수밖에 없다. 이동인은 도대체 어디서 그와 같이 엄청난 지식을 습득한 것일까.

"도성에 스승님이 한 분 계시네. 보통은 대치 선생이라고 하지만, 유홍기라는 의원일세. 사람들은 그 어른의 학덕과 경륜을 높여서 백의정승이라고도 하지. 한성판윤 대감께서도 대치 선생에게 국사의 자문을 구하신다네."

"하면, 환경 대감께서도 개항을……?"

"이를테면 개항의 씨앗이 되려는 단 한 분의 사대부가 아니시겠나."

탁정식은 이동인의 개항의지가 돌발적으로 튕겨져 나온 것이 아니라 한성판윤 박규수와 같은 고매한 인품의 비호를 받고 있다는 사실에 또 다른 감회와 안도를 느낀다.

왜학훈도

이동인과 탁정식이 부산포에 당도했을 때는 땅거미가 스며드는 초저녁이다. 천만다행으로 안동준은 왜학훈도의 거처에 돌아와 있었다.

탁정식은 조심스럽게 동행이 있음을 고하면서 면담을 청했고, 안동준은 기꺼이 문도의 소청에 응해 준다. 이동인은 가지런히 두 손을 모아 합장하며 상체를 굽히는 것으로 내객의 예를 갖추고 정중하게 입을 연다.

"운수행각의 와중에서 이 사람 무불이 왜어를 배우고 있다기에 훈도 어른을 찾아뵙게 되었습니다. 동녘 동자에 어질 인자를 써서 동인이라고 합니다만……, 많은 가르침을 주셨으면 합니다."

"허허허, 선사께서도 왜어를 배우고자 하시는가?"

"그럴 생각이 아주 없지는 않습니다만……, 소승은 왜국 땅으로 건너가서 그쪽의 사정을 몸소 돌아보고 싶은 생각이 더 간절할 뿐입니다."

"……!"

어찌 맹랑한 언동이 아니랴. 안동준은 왜국의 사정을 돌아보고 싶다는 젊은 승려의 발상에 기가 막혔던 모양으로 자세를 고쳐 앉으면서까지 이동인의 얼굴을 뚫어지게 쏘아본다. 탁정식은 숨이 막힐 수밖에 없다. 이동인의 서두는 성품은 익히 알고 있었지만 너무 급하게 화제를 몰고 간다는 생각이 들어서다.

"왜국으로 건너가서 그쪽의 사정을 알아보겠다면……, 그럴 만한 연유가 있어야 할 터가 아닌가."

"잘 알고 계시겠습니다만, 왜국에 가면 미리견의 총포라도 살펴볼 수가 있지 않겠습니까?"

"총포……, 정녕 총포라고 하였는가."

"그걸 깨우치지 않고서는 양이洋夷와 싸워서도 승산이 없겠다는 생각이 들어서요."

"승산이 없다……?"

"당연하질 않습니까."

"무엇이라?"

방 안에는 긴장감이 쌓여 간다. 안동준이 이동인의 분별없는 언동에 적의를 느끼면서 노기를 드러내고 있다면, 탁정식은 일촉즉발의 위기감이 두려울 수밖에 없다. 그런데도 이동인은 거침없는 설변을 토해 낸다.

"소승은 병인년의 양요 때도 강화섬에 있었고, 지난여름 미리견의 침공이 있었을 때도 강화섬의 사정을 세세히 살폈사옵니다만……, 이양인들이 쓰는 총포는 분명 우리 것과는 달랐습니다. 저들은 고도의 훈련을 받은 병사들로 심지가 없는 장총을 쏘고 있었는데, 우리는 호랑이나 멧돼지를 잡던 포수들을 동원하지 않았습니까. 더구나 심지를 태워야 탄환이 나가는 화승총을 쓰고서야 어찌 저들과 대적할 수가 있겠습니까."

"하나, 분명히 물리치질 않았는가."

"물리친 것이 아니지요. 우리는 국토를 유린당하면서 막대한 인명의 손실까지 입었는데, 저들의 함정은 멀쩡한 채 돌아가지 않았습니까. 소승은 기필코 다시 올 것으로 믿사오이다."

"……!"

안동준의 미간이 심하게 일그러지고 있는 것을 보면서도 이동인은 아랑곳하지를 않는다.

"더 확실하게 저들을 물리치기 위해서는 신식 총포를 만들 수 있는 기술이 있어야 하고, 우리도 바다로 나가서 싸울 수 있는 함선을 건조할 수가 있어야 하는데……, 그러자면 저들의 문물부터 배우는 것이 도리가 아니겠습니까."

이동인의 논법은 절묘하다. 그는 개항의 당위성을 입에 담지를 않은 채 문물이 낙후되서는 열강을 물리칠 수 없다는 점을 강조하여 안동준의 비위짱을 긁고 있다. 그의 수구론을 끄집어내려는 고도의 심리전이 아니고 무엇인가.

"생각을 해 보시지요. 저들은 수만 리 바닷길을 건널 수 있는 증기선을 타고 오지 않았습니까. 게다가 배마다 신식 대포를 만재하고서도 또 수백 명의 병사들을 태울 수가 있다면, 우리도 저들의 조선술을 익혀서 그와 같은 군함을 만들고서야 불란서나 미리견을 확실하게 물리칠 수가 있질 않겠습니까."

안동준은 이동인의 자신감 넘치는 말투에서 그의 심저에 개항의지가 도사리고 있음을 느끼고는 불쾌하기 그지없어 한다. 그렇다면 더 자라나기 전에 뿌리째 뽑아야 하는 것이 상전인 대원위 분부를 받드는 일이 아니겠는가.

어찌해야 하나. 현감에게 고변하여 매질로 다스려야 하나……, 아니다. 고변에 앞서 이동인의 내심을 뒤져서 물증부터 잡아야 뒤탈이 없을 것이리라.

안동준은 마치 다른 사람이 된 것처럼 너스레를 떤다.

"허허허……, 참으로 대단하외다. 내 명색이 역관의 처지인데도 젊은 승려의 탁견을 들으면서 머리를 숙이게 되다니. 대체 그와 같은 열강의 문물을 어찌 아시게 되었는가."

'음흉한 것 같으니!'

탁정식의 안색이 하얗게 바랜다. 이동인의 대답 한마디에 사생이 결단 날 지경이 아니고 무엇인가. 아무리 성미가 급한 이동인도 안동준의 술수를 눈치 채지 못한대서야 말이 되는가. 운종거리에 세워진 척화비를 쓰러뜨리고 도성을 빠져나온 수배자의 처지로 자신의 약점을 드러낼 까닭이 없었고, 더구나 박규수의 고매한 인품과 유홍기의 학덕을 가까이서 지켜보았던 이동인이라면 왜학훈도 안동준은 잠시 이용해 볼 대상에 불과할 뿐이다.

"한성판윤 대감을 수행하여 연경에 다녀오신, 원거 선생으로부터 몇 권의 서책을 빌려 본 바가 있었사옵니다."

"오, 그게 무슨 책인데……?"

"원거 선생으로부터 빌려 본 것은 『해국도지』스물세 권이었고, 그 다음에는 환경 대감으로부터 『영환지략』전질을 빌려 읽었사온데……, 그것을 보면서 배를 만드는 조선창이 있어야 하고, 또한 화포를 개량하는 화약국火藥局이 있어야만 나라를 지킬 수 있겠다는 대국 사람들의 통한을 알게 되었습니다."

"……."

이동인의 대답에는 빈틈이 없다. 마치 사죄하는 듯한 어조였으나, 오경석의 이름이 거론되었고 또 환경 박규수의 배려가 있었음을 과시해 보이는 이동인의 설변은 안동준의 뒤통수를 때리고도 남는 점입가경의 백미이고도 남았다.

"게다가, 환경 대감께서 지니신 저들의 권총을 쏘아 본 다음에는 두려운 생각으로 밤잠을 이루지 못했지요……."

"권총을……?"

"어찌, 손바닥보다 작은 총기가 백 보 앞에 선 사람의 몸뚱이를 관통할 수가 있으리라 믿었겠습니까."

"하면, 환경 대감께서도 선사와 같은 생각을……?"

"참새가 어찌 대붕의 심기를 헤아리겠습니까만, 미리견의 함정이 내침한 다음부터는 대원위 대감께서도 환경 대감께 외교문서를 초하게 하시질 않았사옵니까."

"허허허, 천하의 환경 대감과 교분이 있다면 선사의 학문을 내 미루어 짐작할 수 있으이……."

안동준의 얼굴에 서려 있던 노기가 풀린다. 이동인의 능란한 화술이 그의 야료憊鬧를 무색케 하면서 아첨을 일삼는 자들의 약점을 자극한 셈이다. 곧 정승의 반열에 오르게 될 것이라는 소문이 자자한 박규수의 이름과 흥선대원군의 근황이 거론되었고, 통변通辯뿐만이 아니라 금석학에도 조예가 깊은 원거 오경석이 거명되었으며, 그들로부터 『해국도지』와 『영환지략』 같은 서책을 빌려 보았다면 이동인의 폭넓은 교유에 더 관심을 두어야 하는 것이 안동준의 처지다.

"허허허, 무불에게 동인 선사와 같은 친지가 있었다니……."

안동준이 어색한 웃음을 흘리면서 탁정식에게 화제를 돌리자 팽배되었던 긴장감이 풀리면서 방 안에는 다시 화기가 돌았다. 이동인은 그런 분위기를 헛되이 할 수가 없었기에 안동준을 찾아온 본말을 재론한다.

"아뢰옵기 송구하옵니다만……, 훈도 어른께서 주선해 주신다면 왜국으로 건너갈 수 있는 배편을 마련할 수 있을 것으로 아옵니다만……."

안동준은 선뜻 입을 열지 못한 채 궁리를 거듭하는 것으로 보인다. 이동인을 왜국으로 건너가게 하는 것은 척화비를 세우라는 대원위 분부를 거역하는 것이며, 또 국법을 위배하는 중죄를 저지르는 일이 되기 때문이다.

"그렇게 되면 밀항이 아닌가."

"밀항이라기보다는 왜국의 불사를 살핀다는 명분이 있질 않사옵니까!"

"당치 않은 소리. 선사는 이미 미리견의 화포를 살피겠다고 말하지 않았는가!"

"……."

"내 비록 하찮은 왜학훈도의 처지나 어찌 국법을 어기는 일을 방조할 수가 있겠는가. 하나, 꼭 뜻을 이루고자 한다면 방법이 아주 없는 것도 아닐세만……."

"방법이라니요. 하교해 주소서!"

"대원위 분부가 계시다면 기꺼이 나설 것일세."

역시 안동준은 홍선대원군의 충복답다. 탁정식은 이동인에게 눈짓을 보낸다. 더 거론한다면 이동인의 개항의지가 드러날 것이라는 경고의 시선이다. 그때 안동준이 부연한다.

"내 분명히 일러두겠네만……, 지금의 왜국은 아직도 내란의 와중인데, 조선의 승려가 무슨 수로 거리를 활보할 수가 있으리. 마음을 고쳐 자시는 것이 본인을 위해서도 좋을 것일세."

"명심하겠사오이다."

이동인의 단념은 뜻밖으로 빠르다. 탁정식의 눈짓이 아니더라도 안동준에게는 더 기댈 것이 없겠다는 판단이 섰기 때문이다.

"허허허, 말귀를 빨리 알아들어서 좋으이……. 그래 범어사에는 얼마나 더 머무시려나."

"운수행각에 나선 처지라, 내일 화엄사華嚴寺로 떠날 생각이옵니다. 훈도 어른의 가르침을 가슴에 깊이 간직하겠습니다."

"고마우이……. 어수선한 때가 아닌가. 조심하시게나."

"고맙습니다. 아미타불."

이동인은 그를 처음 만날 때보다 더 정중하게 합장해 보이며 상체를 굽혔으나, 탁정식은 이동인의 그 같은 동태를 지켜보면서 상서롭지 못한 예감을 느낀다. 내심에서 우러나온 작별이 아니었기 때문이다.

불타는 공방

왜학훈도의 거처를 나선 이동인과 탁정식은 칠흑 같은 밤길을 걷는다.

호랑이 굴에 들어갔다가 나온 처지나 다름이 없었으므로 이동인의 심란함은 극에 달해 있었고, 탁정식은 안동준과의 사이에 갈등의 씨앗이 뿌려졌으므로 그로 인해 예상하지 않았던 충돌이 있을지도 모른다는 두려움에 젖어 들 수밖에 없다.

"정녕 내일 떠나시려는가?"

탁정식은 이동인의 심저에 도사린 태풍의 눈을 거론하고 나선다.

"떠난 것으로 해 두게나."

"해 두라니, 무슨 소리야. 그게……?"

"그래야 무불에게 액운이 돌아오지 않을 터!"

이동인의 목소리에 타는 듯한 결기가 실리자 탁정식은 비로소 뇌리에 맴돌던 상서롭지 못한 예감의 실체를 깨달을 수가 있다. 이동인은 내일 범어사를 떠난 것으로 안동준을 현혹해 놓고 부산포에 척화비가 세워지기를 기다렸다가 그것을 파 넘길 궁리를 하고 있음이 분명하다.

탁정식은 이동인의 열화 같은 결기를 식혀 주고 싶다.

"부산포에서 다시 척화비가 훼손된다면……, 왜학훈도의 파발로 동인의 소행임이 만천하에 드러나지 않겠나."

"그자의 위세도 얼마 남질 않았어."

"무슨 소리야. 그게?"

"대원위의 퇴진이 곧 그자의 종말이 아니겠나."

"……!"

"전하께서 성년을 맞으시지 않으셨나. 대원위의 전횡은 개혁을 빙자하여 많은 사람들에게 원한을 심었었지. 그 원한이 그의 불행한 퇴진으로 이어지는 것이 역사의 순리라면, 안동준의 종말도 불행할 수밖에 없는데……, 이제 와서 안동준 따위를 두려워할 게 뭐가 있겠나."

"아직은 속단할 일이 아닐세."

"진정한 개항은 외세의 힘에 의지하는 것이 아니라, 내부의 적을 물리쳐서 몽매한 백성들로 하여금 평등이 무엇인지를 깨닫게 하는 것이야. 그러자면 우선 대원위를 몰아내고 그를 따르던 수구세력들에게 철퇴를 가해야 한다니까!"

"아무래도 동인의 과격이 지나쳐……."

"허허허, 이건 내 과격이 아니라 하늘의 섭리이자, 시세時勢의 흐름이라니까. 동짓달이 되면 중전께서 원량을 생산하시는데……, 그렇게 되면 대원위는 섭정의 자리를 고수하기도 어렵겠지만, 여흥 민문에서도 구경만 하고 있을 까닭이 없지를 않겠나."

이동인의 종횡무진한 변설은 탁정식을 당혹하게 하고도 남는다. '대원위 분부'라는 말 한마디로 산천초목이 떤다는 판국에 흥선대원군의 퇴진을 거론하면서, 중전 민씨가 곧 원량을 생산할 것이라고 단언하는 대목이 특히 그렇다.

탁정식은 이동인의 거처가 걱정된다.

"하면, 객방에서 쉬려는가."

"헛, 오늘까지는 승방이어야지……."

두 사람의 발걸음은 산길로 접어들고 있다. 산이 울리는 듯한 솔바람소리에 간간히 산짐승의 울음소리가 실려 왔어도 뜨겁게 타오르는 이동인의 열기를 식혀 주지 못한다.

이날 밤에도 탁정식의 승방에는 등촉이 꺼지지 않았다. 이동인은 탁정식을 위해 범어사에서 머무는 마지막 밤까지도 개항의 지의 당위성을 아낌없이 토로해 보인다.

"나서야 하네. 왜어를 배우는 무불의 선각이 우리에게 필요하다니까. 도성에 들르면 대치 선생과 역매亦梅(오경석의 호) 선생의 고매한 인품도 대하게 될 것일세."

"동인의 가르침으로 내가 세상일에 눈뜨게 되었어."

이동인은 감격한다. 안동준과 자신의 사이에서 고통받는 모습이었던 탁정식의 확실한 대답은 천군만마와도 같은 힘이 되었다. 이동인은 그의 손을 힘차게 움켜잡으면서 말한다.

"고맙네, 이 사람……. 그러나 이제부터가 어려울 것일세."

"심려 마시게. 나 또한 동인의 뒤를 따를 테니까!"

"대원위가 실각하면 우린 다시 만나게 될 것일세."

이동인이 범어사를 떠나던 날, 많은 승려들이 그를 배웅하였다. 특히 나이 어린 사미승으로 하여금 일주문一柱門 밖까지 따라와서 이동인을 전송하게 한 것은 안동준을 현혹하려는 치밀한 계책의 일환이었다.

그리고 다음 날 밤, 부산포에 세워질 척화비를 다듬는 공방에 불길이 치솟는다. 이미 비문이 새겨진 돌덩이가 불에 타서 사라질 까닭은 없었어도, 공방이 불탔다는 것은 완성된 척화비를 훼손한 것이나 다름이 없다.

동이 트자마자, 분노를 앞세운 왜학훈도 안동준은 득달같이 범어사로 달려와 이동인의 행방을 추궁한다.

"이동인이라는 중놈을 끌어내지 않고 뭘 하고 있는가!"

안동준은 척화비의 공방을 불태운 자가 이동인임을 직감하고,

동래 현감에게 병사의 배치를 요구했던 게 분명하다. 병사들은 온 경내를 짓밟듯 싸다니면서도 이동인의 행방을 찾질 못한다.

"무불, 무불은 어디 있는가!"

안동준의 목소리가 찌렁하게 울리자 탁정식이 사미승을 데리고 달려온다.

"대체, 이 무슨 불경입니까."

"몰라서 묻는가!"

"무엇을 말씀인지!"

"헛, 이거야. 지난밤 척화비를 다듬던 공방이 불에 탔어. 그것도 방화로."

"……!"

"이동인의 소행이 아니고서야 이런 변이 있을 법이나 한 소린가. 어서 동인을 끌어내게!"

"동인 선사는 그저께 떠났사옵니다."

"아니, 무에야!"

"나으리의 거처를 물러나오면서 작별을 하자기에……."

"어김없는 사실이렷다!"

안동준과 그 수하의 병사들은 긴장하지 않을 수가 없다. 그때 사미승이 부연하고 나선다.

"그러합니다요. 그저께 아침에 저희 모두가 배웅까지 해 드린 것을요. 부처님을 모시는 처지로 어찌 허언을 하오리이까."

"⋯⋯!"

안동준의 얼굴은 금세 벌레를 씹은 상판으로 변한다.

"선생님, 지금쯤이면 지리산 천왕봉天王峰도 넘어갔을 그 사람이 어찌 그런 일을 저지를 수가 있겠습니까."

"끄음, 또 보세. 가자!"

사미승의 기지와 탁정식의 지혜가 위기를 모면하게 하였다. 사미승은 모든 것을 다 알고 있다는 듯 티 없이 맑은 얼굴에 웃음을 담는다.

항문이 없는 왕자

무불의 상경

경복궁을 빠져나온 박진령은 서둘러 유홍기의 약국으로 향한다. 이동인의 소식이 궁금해서다. 지난여름 운종 거리에 세워진 척화비를 쓰러뜨리고 홀연히 자취를 감춘 지도 어언 여섯 달, 박진령은 사무치는 그리움에서 헤어나지를 못하고 있다.

박진령은 공동 소광교小廣橋 앞에서 낯선 사내와 마주친다.

"약국으로 가는 길일 테지……."

사내는 날카로운 눈매를 굴리면서 심문하듯 묻는다.

"뉘신가?"

박진령의 반문도 칼날과도 같이 날카롭다.

"헛, 의금부의 수의부위 이승준이니라."

아, 이 사람인가. 유홍기의 약국 주위를 배회하면서 정탐을 일삼는 의금부의 낭청이 있다더니, 이 자가 그 우두머리인 모양이다.

"수의부위면……?"

"들은 바가 있겠지. 약국엘 드나들었던 중놈을 찾고 있느니라."

박진령은 불같은 노기를 끓어올린다. 수의부위면 종8품이다. 중전 민씨의 총애를 받고 있는 처지로 말단의 무반 따위와 노닥거린대서야 말이 되는가.

박진령은 큰 소리로 소리쳐 다슬을 부른다. 달려 나온 다슬은 이승준을 보자 주춤거린다. 지난번의 조우가 불길했었기 때문이다. 이어지는 박진령의 일갈은 따끔하기 그지없다.

"염탐질을 왔나 보다. 잘 타일러서 돌려보내야겠다. 세상일을 이렇게도 모르고서야 원……."

다슬은 어이없어 하는 이승준에게 아는 체를 한다. 언젠가 총소리를 듣고 달려왔던 사람들의 우두머리이면서 벌써 며칠째 근처를 배회하고 있음을 알고 있어서다.

박진령은 약국의 마당으로 들어서면서 내객이 있음을 감지한다. 댓돌 위에 놓인 낯선 미투리가 몹시 상한 것을 보면 필시 먼길을 걸어 온 내객일 것임이 분명하다.

"선생님, 진령이옵니다."

"들어오너라……."

내객과 자리를 함께하고 있을 것인데도 유홍기의 목소리에는 흥겨움이 넘치는 호방함이 실려 있다. 박진령은 조심스럽게 약국으로 들어선다.

유홍기는 방으로 들어서는 박진령을 전에 없이 반겨 맞았으나 박진령은 주춤거리지 않을 수가 없다. 젊은 승려 한 사람이 단정하게 앉은 채 타는 듯한 시선으로 자신을 건너다보고 있었기 때문이다.

"오, 그래. 마침 잘 왔다. 어서 인사 여쭈어라. 동래현 범어사에서 동인의 소식을 전하시려 예까지 오셨구나. 무불 선사시니라."

박진령은 쿵쿵거리는 가슴의 고동을 추스르며 다소곳이 고개를 숙여 보인다. 몽매에도 그리던 이동인의 소식을 듣게 되었다면 얼마나 고마운 일인가.

"박진령이라고 하옵니다."

"방금 대치 선생님으로부터 말씀을 듣고 있었습니다. 무불이라 합니다만……, 속명은 탁정식이었습니다."

박진령은 홍조로 붉어진 얼굴로 무불 탁정식을 세세히 살펴본다. 혹여 불길한 소식이 아닐까 하는 걱정이 앞섰기 때문이다. 아니나 다를까, 유홍기의 부연이 그녀를 다시 놀라게 한다.

"동인은 다시 운수행각에 나선 모양이다만……, 부산포에서도 일을 저질렀다는구나."

"……저질렀다 하오시면?"

"허허허, 동래현에 있는 공방에 불을 질러 새로 만든 척화비를 모조리 상하게 했다는 것이야."

"……!"

"그로해서 여기 무불 선사께서 동인 대신 큰 고초를 겪으셨다
지 뭐냐."

박진령은 이동인의 결기가 한없이 자랑스러우면서도 자신도
모르게 탁정식을 향해 고개를 숙여 보인다. 이동인을 도와준 것
과 그를 대신하여 고초를 겪어 준 것이 너무나도 고마워서다.

"저 아이가 곧잘 참언을 입에 담기는 합니다만……, 동인을
끔찍이 따르면서 흠모했었지요. 오늘 저렇게 달려온 것도 따지
고 보면 동인의 소식을 듣기 위한 염원이 아니겠습니까. 무불 선
사께서 다시 한 번 동인의 일을 말씀해 주시는 게 어떨까 싶습니
다만……."

"그러지요."

탁정식은 이동인이 범어사의 승방에 머물면서 자신에게 선각
의 눈을 뜨게 해 준 일에서부터 위험을 무릅쓰면서까지 왜학훈
도 안동준을 찾아가 논쟁하던 모습을 조금은 과장된 듯한 어조
로 흥미진진하게 엮어 나간다. 박진령에게는 가슴이 뿌듯해지
는 상찬의 말로 받아들여질 수밖에 없다.

"애초에 동인의 소행으로 지목한 사람은 왜학훈도 안동준이
었으나……, 이틀 전에 동인을 선문禪門 밖까지 전송했다는 사미
승의 증언으로 모면을 했고 보면, 동인의 소행이 아닐 것이라는

심증도 또한 심어 주었을 것으로 여겨지기는 합니다만……."

"……!"

박진령은 잠시 안도와 환희를 동반하는 기쁨을 맛본다. 그가 무사하기만을 기원하고 있었는데, 이동인이 척화비를 다듬는 부산포의 공방을 불태우는 것으로 홍선대원군의 '양이·보국'을 배척하는 세력이 있음을 만천하에 다시 알리면서 무불 탁정식과 같은 준재를 유홍기에게 보내지 않았는가.

"스님의 뒤를 밟은 정탐꾼이……?"

"오, 이승준을 만난 게로군. 그자는 벌써 며칠째 내 집 주위를 배회하고 있었다."

"하오시면……?"

"낌새야 차렸겠지만……, 우리가 언제 죄짓고 살았더냐. 염려할 바가 못 될 것이야."

유홍기가 수의부위 이승준의 배회를 대수롭게 여기지 않고 있음을 드러내 보이자 박진령은 비로소 안도한다. 무불 탁정식이 다시 이동인의 소식을 화제의 가운데로 당겨 놓는다.

"동인은 지금쯤, 호남의 명찰을 돌고 있겠지만, 그 장강과도 같은 설변으로 대원위의 퇴진과 이 나라 조선의 개항을 역설하고 다닐 것으로 압니다."

"허허허, 이를 말입니까. 우린 동인을 승려라기보다 피 끓는 지사로 보고 있어요."

유홍기의 기쁨도 박진령 못지않은 듯, 이동인을 돌보아 준 탁정식을 극진하게 예우하는 모습이다.

"그래, 무불 선사께서는 얼마나 더 도성에 머무실 예정으로 계십니까?"

"어디 조용한 승방을 거처로 정하고, 대치 선생님의 가르침을 받고자 하옵니다만……."

"이미 왜어를 공부하고 계시다면서요?"

"밀려오는 서구 열강의 문물을 더 소상히 알게 되면, 왜어를 공부하는 데 적잖은 도움이 될 것으로 아옵니다."

"옳은 생각이십니다. 왜국이 우리 조선보다 한 발 앞서 개항을 했으니까, 멀지 않은 장래에 왜어가 긴요하게 쓰일 날이 기필코 있을 것으로 알아요."

"편달해 주십시오."

"내가 무불 선사에게 서구 열강의 문물을 깨우쳐 드리고 개항의지를 깨우쳐 드릴 것이니……, 무불께서는 하루속히 왜어에 통달하시어 이 나라의 개항에 힘을 보태 주시기를 바랄 뿐입니다."

"명심하겠사옵니다. 선생님……."

무불 탁정식을 문도로 맞아들이는 유홍기의 마음은 뿌듯하기 한량없다. 무엇인들 일거에 이루어지는 일이 있으랴만, 소년 유길준을 얻은 이래 비로소 또 한 사람의 믿을 만한 문하를 늘이게 된 것이 어찌 기쁘지 않겠는가.

해질 녘이 되자 오경석까지 합세하게 된다. 동래에서 달려온 탁정식은 비로소 개항세력의 중심부에 들어섰다는 자부심에 젖는다.

푸짐한 주안상이 들면서 입문의 순배가 돌았다. 수발에 임한 박진령의 모습은 아름다움을 넘어서는 요기까지 풍긴다. 오경석은 상기되어 있는 박진령에게 시선을 옮기면서 파다하게 퍼져 있는 항간의 풍설을 거론한다.

"중전께서 원자 아기씨를 생산할 것이라는 풍설은 네 참언이 아니더냐?"

초미의 관심사가 화제에 오르자 좌중의 시선은 일제히 박진령에게로 쏠린다. 특히 도성 안의 사정에 소상하지 못했던 탁정식은 박진령의 진면목을 보게 될지도 모른다는 생각으로 두 귀를 곤두세운다.

"그러하옵니다. 동짓달 초사흗날을 전후하여 원량 아기씨가 태어나실 것이옵니다."

"산일까지 네 말과 같다면……, 지금쯤 중전께서는 산실청으로 옮겨 계셔야 옳지를 않더냐!"

"옮기셨을 것으로 아옵니다."

유홍기는 애써 화제를 돌려 버리기로 한다. 박진령의 참언을 화제를 삼기보다 무불 탁정식으로부터 부산포의 사정을 더 세세히 들어 두는 것이 이동인의 근황을 살피는 데 도움이 될 것 같아서다.

"그래, 대원위의 심복이라는 왜학훈도는 동인의 개혁의지를 어찌 보고 있었습니까. 왜국으로 가는 배편을 마련해 줄 것을 청했다면서요."

"동인을 공방의 방화범으로 지목했다면, 그 모든 것을 혹세무민으로 보고 있었겠지만……, 동인은 가가대소할 만큼 여유가 있었습니다."

"가가대소……. 그 사람 태평도 하구먼……. 허허허."

유쾌한 웃음이 방 안 가득히 터져 오른다. 중전 민씨가 원량을 생산하는 것을 계기로 흥선대원군이 섭정의 자리에서 물러난다면……, 그리하여 고종의 친정親政이 선포된다면 조선왕조에도 변화의 바람이 불지도 모른다. 아니 불어야 한다.

조선의 근대화를 기다리는 사람들 모두가 그런 시절이 오기를 목 빠지게 기다리고 있음이 아니겠는가.

항문이 없는 왕자

　중전 민씨의 산기는 초나흗날의 축시丑時부터 시작되었다. 초산인 탓인지 해산의 고통에 시달리는 중전 민씨의 비명소리는 애처롭기 그지없다. 고종의 침전을 수발하는 내시들과 대왕대비 전의 상번상궁들도 산실청의 내전으로 몰려든다. 그들은 누구보다도 빨리 산실청에서의 일을 윗전에 고해 올려야 할 사람들이다.

　"아, 아앙……!"

　급기야 산실청에서 신생아의 울음소리가 우렁차게 울려 나온다. 모든 움직임이 일시에 정지되면서 상궁과 나인 그리고 내관들의 시선이 산실청의 장지문으로 쏠린다. 잠시 뒤면 산실청의 방문이 열리고 지밀상궁이 달려 나와 원자인지 공주인지를 알릴 것이기 때문이다. 산실청의 내정은 마치 진공 상태와도 같은 긴장감에 짓눌리고 있다.

산실청의 장지문에 검은 그림자가 어른거린다. 이어 방문이 열리고 툇마루로 나와 서는 지밀상궁의 모습이 보인다. 어둠 속이었어도 근엄함이 넘쳐흐르는 표정이다.

고종의 침소와 대왕대비 전에서 달려온 내시와 상궁 들은 허둥거리는 듯한 몸놀림으로 지밀상궁에게로 다가갔지만, 그녀는 있는 대로 뜸을 들이고 나서야 말문을 연다.

"어서들 윗전으로 달려가서 원량 아기씨께서 탄신하셨다고 말씀 여쭈어라. 서둘러라!"

"원량……. 이런 광영이!"

여기저기서 탄성이 터져 오르면서 산실청의 내정에는 다시 생기가 돌기 시작한다. 그것은 정지되었던 모든 것이 일시에 되살아나는 술렁거림이나 다름이 없다. 중전 민씨를 수발하는 상궁과 무수리 들은 눈시울을 적시기도 하였고, 더러는 땅바닥에 주저앉으며,

"중전 마마, 소망을 이루셨사옵니다."

"천천세를 불러 하례드리옵니다."

라고, 울부짖기까지 한다.

다음 대의 보위를 이어 갈 원량의 탄신이 운현궁에 전해지지 않는대서야 말이 되는가. 소식에 접한 부대부인 민씨는 득달같이 아재당으로 달려가 떨리는 목소리로 주상의 득남을 고해 올

린다.

"대감, 원량 아기씨 탄신이랍니다."

"원, 원량이라니, 틀림없을 테지요?"

"이르다 뿐이옵니까. 대감의 친손자로 보위가 이어지게 되었습니다. 다시없는 경사입니다."

천하의 홍선대원군 이하응의 얼굴도 벌겋게 상기된다. 얼마나 참담하고 어려웠던 시절을 보냈던가. 파락호破落戶를 자처하면서 목숨을 부지하였고, 둘째 아들 명복命福(고종의 兒名)에게 왕도를 가르치면서는 또 얼마나 많은 피눈물을 쏟았던가. 그 명복이가 보위를 이은 덕분으로 살아 있는 대원군이자 섭정의 위세를 원한 없이 누릴 수가 있었는데, 이제 후사까지 얻었다면 자신의 투혼 하나로 종사를 구한 것이 아니고 무엇인가.

홍선대원군은 회한에 잠긴 목소리로 심회를 토로한다.

"기다렸지요. 경건한 마음으로 오늘의 이 경사를 기다렸습니다. 나는 외척의 전횡에 시달리는 왕실을 구했음을 늘 자랑스럽게 여기고 있었는데……, 이제 내 핏줄로 이 나라 왕실의 대통이 이어진다면 더 바랄 일이 무에 있겠습니까."

부대부인 민씨가 지아비 홍선대원군의 회한을 모른대서야 말이 되는가. 그녀는 눈시울을 적시면서 지아비의 뜻에 동조하면서도 자신의 천거로 곤위坤位(황후의 지위)에 오른 중전의 외로운 처지를 옹호하는 것을 잊질 않는다.

"······완화군이 태어났을 때도 기뻤사옵니다. 그러면서도 중전을 대하기가 면구스럽기만 하더니, 이제야 만 가지 시름을 덜게 되지 않았사옵니까."

"그 모두······, 천지신명께서 내 곁에 계셨음일 것이외다."

흥선대원군의 어투에 무게가 실리는 것은 허약하기만 했던 조선조 후기의 왕실 사정, 거기에서 기인된 모순투성이의 왕위계승이 아직도 그의 뇌리를 어지럽히고 있었음을 뜻한다.

정조 10년⁽¹⁷⁸⁶⁾ 5월 11일에 문효세자文孝世子가 보령 다섯 살로 세상을 뜬 이래 오늘에 이르기까지 네 분의 임금이 바뀌면서 장장 85년의 세월이 흘렀지만, 원자에게로 왕위가 이어진 일은 단한 번도 없다. 이와 같은 왕실의 사정을 숙지하고 있었기에 부대부인 민씨도 뜨거운 눈물을 흘리고 있음이다.

호사다마이던가, 하늘의 시새움이던가.

갓 태어난 원량의 몸에서 중대한 이상이 발견된 것은 다음 날아침이다. 또 그것은 듣도 보도 못한 엄청난 변괴이기도 했다. 대변불통大便不通의 증상이라니······, 원량의 몸에 항문이 없대서야 말이 되는가.

하례차 대전에 들었던 흥선대원군과 대왕대비 조씨는 사색이된 모습으로 숙의에 임했으나, 고종은 답답하고 불안한 마음으로 안절부절못한다.

"그게 대체 무슨 소리야. 대변이 불통이라니!"

"전하, 미신이 무엇을 안다고 그 같은 일에 입을 열 수가 있사 오리이까. 통촉하소서."

급보를 알리는 환관 이민화도 사색이 된 채 몸을 떨 따름이 다. 대왕대비 조씨가 흥선대원군에게 구원을 청하듯 입을 연다.

"대원위 대감, 대변불통이라니요. 이런 변괴를 전에도 들어 본 바가 있으십니까?"

"내관은 지금 당장 전의감典醫監으로 달려가 모든 어의들로 하 여금 원자의 증상을 소상히 살펴서 아뢰게 하라!"

내시 이민화가 엉거주춤 물러나자 고종은 왈칵 눈물을 쏟으 면서 비통한 목소리 입을 연다.

"아버님, 이런 법도 있사옵니까. 대변이 불통이라니요. 이목 구비가 갖추어진 원자에게 항문이 없다니요. 세상에 이런 법도 있사옵니까?"

그러자 대왕대비 조씨가 말한다.

"대감, 우선 통변부터 하게 해야지요. 그냥 두었다가는 큰 후 한을 남길지도 모르는 일이 아닙니까!"

흥선대원군은 혼신의 힘을 다해 냉정을 회복한다. 그리고 침 중한 목소리로 위로의 말을 입에 담는다.

"전하, 너무 심려치 마오소서. 의술이 용한 어의들이 얼마든 지 있사옵니다."

"글쎄, 통변부터 하게 하자니까요!"

대왕대비 조씨가 채근한다. 흥선대군의 대답은 침통하기 그지없다.

"통변을 하게 하자면 구멍을 뚫어야 하는데……, 금지옥엽보다 더 귀한 원량에게……, 더구나 갓 태어난 원자의 몸에 어찌 쇠붙이를 댈 수가 있겠습니까. 이는 종묘에 대죄를 짓는 일이라 사료되옵니다."

대왕대비 조씨가 어이없다는 듯 언성을 높여서 항변한다.

"하면……, 어찌하자는 말씀이십니까!"

"탕제를 써서도 통변하게 할 수가 있지를 않겠습니까."

일은 여기서부터 꼬이기 시작한다. 흥선대원군의 명을 받은 어의들은 보도 듣도 못한 대변불통의 증세를 탕제로 다스리겠다고 허둥거리고 있는데, 이 같은 소식이 산실청으로 전해지자 중전 민씨의 분노가 터져 오른다.

"탕제라니……! 그게 어디 말이 되느냐. 탕제를 먹여도 나올데가 없질 않느냐. 통변이 아니 되는 원자에게 탕제라니!"

흥선대원군은 며느리가 누워 있는 산실청으로 달려갈 수가 없는 처지였고, 중전 민씨 또한 산실청을 나설 수가 없다. 결국 두 사람은 각기 다른 장소에서 피를 토하는 듯한 입씨름을 계속할 수밖에 없다. 중궁전의 지밀상궁이 가랑이에 바람을 일으키며 두 사람의 상반된 의견을 실어 날랐으니 그 또한 견딜 수 없는 노릇이고도 남는다.

중전 민씨는 그 경황 중에서도 박진령을 찾는다. 원량의 산일을 입에 담았던 영험이라면 무슨 비법을 간직하고 있을 것이라는 생각에서다.

박진령은 광통방 유홍기의 약국에 들러 항문이 없는 원량의 통변을 두고 흥선대원군과 중전 민씨의 초극적인 대립이 있음을 알리면서 조언을 구하고 있다.

"그래, 원량 아기씨의 용태는 어떠하시다더냐?"

"벌써 하루 하고도 반나절이 지나지 않았사옵니까. 부황으로 누렇게 뜨기 시작하였고, 젖을 토한다고 들었사옵니다."

유홍기는 고개를 끄덕이고 나서야 무겁게 입을 연다.

"뚫어서라도 항문을 열어야겠지……."

"……!"

박진령은 숨이 막힌다. 금지옥엽과도 같은 원량의 몸에 쇠붙이로 구멍을 뚫고서는 천벌을 면치 못할 것이라는 흥선대원군의 노여움이 귓전을 울려서다. 그때 유홍기가 다시 중얼거린다.

"항문의 자리를 바로 찾아서 시술하기가 극히 어려울 것이나……, 지금으로선 그렇게 하는 것만이 원량 아기씨를 회생시키는 유일한 방법일 것이니라."

"아무리 그렇기로, 누가 감히 그 일을 자청하고 나서겠사옵니까?"

박진령은 살벌했던 궐 안의 분위기를 전하면서도 흥선대원군의 고집 쪽으로 기울 것임을 암시한다. 그러나 유홍기의 반응은 냉담하기만 하다.

"우리가 개항을 서둘러야 하는 것도 바로 이런 무지하고 몽매한 생각에서 벗어나기 위해서가 아니겠느냐. 수술이 아니고서는 원량은 무사하질 못해. 그러니 열 번, 스무 번을 고해서라도 원량 아기씨를 살려야 할 것이니라. 알았으면 어서 서둘러라."

"예⋯⋯!"

다시 입궐한 박진령은 밤이 이슥해서야 산실청의 옆방으로 인도된다. 유홍기의 진언을 중전 민씨에게 전해야 하는 박진령의 가슴은 곤두박질칠 수밖에 없다. 수술이라는 서양 의술의 개념조차도 모르고 있었던 시절임에랴.

"뚫어야 한다. 항문을 내고서야 원자가 살 것이니라!"

중전 민씨의 발악과도 같은 노성이 종일 울렸는데도, 편전에서는 오직 산삼을 달여 먹이는 것만이 최선이라는 반응뿐이다. 중궁전의 지밀상궁과 대전내관은 서로 번갈아 상전의 옹고집을 전하는 일로 가랑이에 불이 날 지경이다.

이윽고 박진령이 중전 민씨의 앞으로 인도된다. 파랗게 바랜 얼굴에 눈두덩이 부어 있는 중전 민씨의 모습은 애처롭기까지 하다.

중전 민씨는 박진령에게로 다가와 피 터지는 목소리로 애원한다. 물에 빠진 사람이 지푸라기라도 잡겠다는 심정이 아니고 무엇인가.

"진령아. 네 영험함으로 우리 원자를 살려 다오. 네 가까이에 백의정승이라는 의원이 있다질 않았느냐. 우리 원자만 회생한다면 내 너의 소망을 모두 들어줄 것이니라."

박진령은 목구멍이 말라터지는 듯하였으나, 유홍기의 권고를 정중히 전해 올린다.

"중전 마마, 아뢰옵기 송구하오나……, 발달한 서양의 의학으로는 원자 아기씨의 옥체에 항문을 내어 통변하게 하는 것만이 목숨을 구하는 길이라고 하옵니다."

"나도 그리 생각하고는 있다마는……, 그 어른의 고집이 어디어지간해야지."

중전 민씨는 돌연 문밖을 향해 큰 소리로 고함치면서 비틀비틀 몸을 일으킨다.

"얘들아, 어서 나를 원자가 있는 곳으로 인도하라. 지금 당장!"

지밀상궁이 반쯤 몸을 일으킨 중전 민씨에게 달려들어 부액하면서 울부짖듯 애원한다.

"중전 마마, 고정하오소서. 동짓달 찬바람이옵니다!"

"찬바람이면 대수라더냐. 원자를 살리는 일이니라. 어서 문을 열라. 어서!"

"마마, 이러시면 아니 되옵니다. 고정하오소서……!"

"물러서라지 않았느냐."

중전 민씨는 산후의 몸을 뒤틀면서 발버둥 친다. 지밀상궁이 달려들어 비틀거리는 중전의 몸을 감싸 안으며 극력 만류하였으나, 필사의 완력으로 버둥거리는 중전 민씨의 힘을 당할 수가 없다.

산실청에서의 실랑이가 어찌나 요란하였던지 방 밖에 있던 상궁나인들이 툇마루로 뛰어올라와 장지문에 등을 대고 서야 할 지경이다.

"물러들 서라. 원자를 살려야 한다."

"마마, 쇤네가 달려가 다시 고할 것이옵니다. 쇤네를 믿으시고 고정하오소서."

"아, 원자를 살려야……, 원자를 살려야 할 것이니라."

중전 민씨는 땀투성이의 몸으로 허덕이다가 그대로 이불 위에 쓰러졌고, 지밀상궁은 대전으로 가려는 듯 허둥거리며 방을 나간다. 박진령은 재빨리 중전 민씨에게로 다가가 앉는다.

"중전 마마, 항문을 내는 것이 원자 아기씨를 구하는 유일한 길이옵니다. 서둘러 주오소서."

"암, 암……, 그렇다마다."

중전 민씨의 대답은 허망하게 들렸다. 그녀는 이미 지칠 대로 지쳐 있다. 출산의 고통이 채 가시기도 전에 불어 닥친 원자의 대변불통은 가슴에 상처를 내고도 남을 변괴가 아니고 무엇인가.

갈등의 고조

홍선대원군은 대변불통의 원량에게 산삼을 넣어서 달인 탕제를 먹일 것을 강권하면서도 중전의 완강한 저항이 마음에 걸려서인지 결단을 내리지 못한다.

"어쩌면 좋습니까. 아버님……."

고종이 창백해진 모습으로 다시 입을 연다.

"그냥 두면 살지 못하는 것은 불문가지가 아닙니까. 이젠 결단을 내려야지요."

"그렇습니다. 어느 방법을 택하시렵니까."

대왕대비 조씨도 다급하기는 마찬가지였던 모양으로 타는 입술을 적시며 옥죄듯 묻는다.

"그야 탕제를 써야지요."

"배가 차서 젖을 토하는 마당인데 탕제가 들겠습니까……?"

"어차피 둘 중의 하나가 아니겠습니까. 원량의 몸에 쇠붙이를 대는 것도 불경입니다만……, 설혹 쇠붙이를 댄다고 하더라도 항문의 바른 자리를 찾을 수도 없겠고…… 천우신조하여 바르게 찾아서 뚫었다고 하더라도 출혈은 어찌할 것이며, 또 그 자리가 두고두고 탈이 없다는 보장이 있겠습니까. 그러니 성패 간에 탕제를 쓸 밖에요. 산삼이 정녕 영약이라면 안으로부터 저절로 뚫릴 수도 있을 것이 아니겠습니까."

결국, 흥선대원군의 강경하면서도 간절한 주청에 고종과 대왕대비 조씨가 동의할 수밖에 없다. 마침내 갓 태어난 원량의 몸에 쇠붙이로 항문을 내지 아니하고, 탕제를 쓰기로 결정된다.

소식에 접한 중전 민씨는 경악을 금치 못한다.

"내 분명히 아니 된다 일렀거늘, 구멍이 있어야 통변이 될 것이 아니더냐!"

"중전 마마, 어의들도 그리 간했다 하옵니다."

"그렇다면 따라야 마땅하질 않더냐!"

"천하에 다시없는 영약인 산삼을 쓴다 하옵니다."

"아, 우리 원자를……!"

중전 민씨는 몸을 가누지 못한다. 그녀는 산실청을 뛰쳐나가 대전으로 갈 것이라며 발버둥질을 거듭하다가 혼절하고야 만다.

마침내 산삼을 달인 탕제가 마련이 되었고, 어의들은 고종과 대왕대비가 지켜보는 앞에서 그 탕제를 원량에게 먹인다. 그날 밤부터 원량의 몸에는 불덩이와 같은 신열이 일었다. 상궁나인들은 말할 나위도 없고 심지어 어의들까지도 안절부절못한다.

"데려오너라. 원자를 어미 품으로 데려오너라……!"

혼절에서 깨어난 중전 민씨의 처절한 발버둥도 아랑곳 아니한 채 원량은 태어난 지 나흘 만에 대변불통으로 숨지고 만다.

"물러서라. 당장 물러서렷다!"

중전 민씨는 만류하는 상궁과 내시 들을 뿌리치며 유모의 거처로 달려가 식어 가는 핏덩이를 안아 든다.

"원자야, 원자야……, 어미가 왔다."

때로는 절규와 같고 때로는 오열 같은 중전 민씨의 흐느낌은 듣는 사람들의 가슴을 갈기갈기 찢어 내기에 부족함이 없다. 얼마나 참혹한 일이던가. 중전으로 간택되어 입궁한 지도 어언 5년……, 완화군이 태어나면서부터 심리적인 갈등에 부대껴야 했다. 넓은 침방을 홀로 지키다가도 단 하룻밤이라도 지아비와 잠자리를 함께하게 되기를 천지신명에게 빌고 또 빌었다. 애타도록 회임을 기다리던 뼈아픈 세월을 보내고서야 마침내 소망을 이루었는데……, 그리고 천금보다 귀한 원량을 생산하지 않았던가.

비로소 중전의 위엄을 세우고 고종의 만기친재를 앞당기게 되었다는 환희에 젖었었는데……, 원자는 강보에 싸인 채 싸느랗게 식어 가고 있다. 그것도 태어난 지 나흘 만에…….

산실청은 거두어지고 중전 민씨는 다시 중궁전으로 돌아왔다. 그러나 중전 민씨는 침식을 잊은 채 허허한 가슴에 원한의 응어리를 싹 틔우고 있다.

'대원위가 원자를 죽였다!'

중전 민씨의 뇌리에는 흥선대원군이 완화군을 안고 가가대소하던 모습이 지워지지를 않는다. 그녀는 흥선대원군이 원량을 죽이기 위해 자신의 반대를 무릅쓰고 산삼을 달여 먹인 것이라고 생각한다. 그 생각은 곧 믿음으로 변했고, 그 믿음은 원한의 응어리로 자라날 수밖에 없다.

며느리가 시아버지를 원한의 대상으로 삼는다면, 그것도 권력의 최상층부인 왕실에서 일어나는 일이라면 이보다 더 불행한 일은 없을 것이 아니겠는가.

밀항의 계책

광통방 공동에 수상한 사내 한 사람이 나타나 두리번거리고 있다.

괴나리봇짐을 메고 초립을 쓴 우락부락한 젊은이다. 그의 행색으로 미루어서 상민이라기보다는 천민이라는 쪽이 더 어울릴 것이지만, 시절이 어수선한 때라 변장한 사대부일 수도 있다.

사내가 유흥기의 약국으로 들어서자, 최우동, 강창균, 다슬이가 그의 행보를 막듯 둘러싼다.

"뉘시오……!"

"혹, 여기가 백의정승 유대치 선생의 약국인지……?"

사내가 더듬더듬 묻는다. 어투로 보아서는 해를 끼칠 사람 같지는 않다.

"뉘시냐고 여쭙질 않았소?"

"유대치 선생께 긴히 전해 올릴 것이……."

안에서 밖의 동정을 살피고 있었던 듯, 유홍기가 방을 나오면서 젊은이에게 묻는다.

"내가 대치오만……, 어디서 오신 뉘신지?"

젊은이는 그제서야 긴장감을 풀면서 사위를 둘러본다. 미행이 없었음을 확인한 그는 유홍기의 앞으로 한 발 다가서며 조용히 고한다.

"동인 스님의 서찰을 가지고 왔사옵니다."

젊은이의 말이 채 끝나기도 전에 유홍기가 버선발로 댓돌을 내려서는가 싶더니, 안에서 무불 탁정식도 튕겨지듯 나와 선다.

"동인이라 했던가. 그래, 지금 그 사람 어디에 있는가."

"잠시 안으로 들었으면 하옵니다만……."

"오, 이런 내 정신 하고……. 다슬이는 서둘러 원거 선생 모셔 오너라!"

유홍기는 젊은이를 인도하고, 송죽재 쪽으로 걸음을 옮긴다. 무불 탁정식은 최우동에게 당부한다.

"혹여 모르니……, 잡인의 근접을 막아 주시오."

탁정식이 송죽재로 들 때까지 젊은이는 자리에 앉지 않고 서 있다. 탁정식이 유홍기의 곁에 좌정을 하면서 채근한다.

"앉지 않으시고."

젊은이는 유홍기를 향해선지 혹은 두 사람을 향해선지 알 수

없는 엉거주춤한 절을 하고 앉는다.

"소인, 성은 김가이옵고 이름은 정선이라 하옵니다."

"오, 그래요. 동인 선사는 지금 어디에 있다는 말씀이오?"

김정선은 품속에서 봉서封書를 꺼내 연상 위에 놓으면서 말한다.

"대치 선생님께 직접 올리라는 동인 스님의 각별하신 당부가 계셨사옵니다."

유홍기는 다급하게 봉서를 집어 든다. 그리고 서찰을 꺼내 진지하게 읽어 내려가던 유홍기의 얼굴이 점차 굳어지기 시작하더니 이윽고 탄식을 쏟는다.

"이 사람이……, 대체 어쩌자고."

무불 탁정식이 유홍기에게로 다가앉으면서 서찰을 받아 드는 순간 다슬의 소리가 들렸다.

"아버님, 원거 선생님 드셨사옵니다."

"어서 뫼시어라."

방문이 열리고 오경석이 들어서는데 그 역시 다급해하는 모습이 완연하다.

"동인 선사에게서 기별이 왔다고……?"

"음……. 동인이 왜국으로 밀항을 한다는구먼……."

"그야 늘 하던 소리가 아닌가. 어디 이리 줘 보게!"

무불 탁정식은 들고 있던 이동인의 서찰을 오경석에게로 넘긴다. 긴장은 일시에 고조되기 시작한다.

　　오랜만에 안부 여쭈옵니다. 그동안 삼남지역을 두루 주유하는 동
안 바다 건너 왜국의 사정이 빈도貧道의 심신을 옥죄어 오는지라
밀항을 하기로 정했사옵니다. 유신에 성공한 일본국의 근대정부
가 어떤 것인지를 이 두 눈으로 확인하지 않고서는 조선의 진로
를 정할 수가 없음을 뼈저리게 느꼈습니다.
　　또한 우리 조선의 개항은 천지신명께서 열어 주시는 것이 아니
라, 우리 스스로 열어 가야 한다는 생각으로 배편을 마련하였사
옵니다. 소승이 세계 대세의 흐름을 몸에 익히고 돌아오는
날……, 기득권을 보전하기에만 급급한 조선의 사대부들이 큰 깨
달음을 얻을 것이옵니다. 지원하여 주소서.

　　긴 문장은 아니었어도 개항을 염원하는 이동인의 기개를 읽
을 수 있는 명쾌한 글이다. 유홍기와 오경석은 이동인의 서찰을
전하기 위해 통영統營에서 한양까지 달려온 김정선을 무불 탁정
식에게 맡기고 재동으로 향한다. 환경 박규수의 자문을 구하기
위해서다.

미행자

박규수의 일성은 이동인의 안전부터 우려한다.

"고깃배라니. 그게 바로 밀항이면 목숨을 걸어야 하는 일이 아닌가."

송죽재에서 김정선을 처음 만났을 때만 해도 이동인의 밀항을 위험시했던 오경석이었으나, 막상 박규수의 심려를 듣고 보니 이동인의 결단을 옹호해야겠다는 생각이 불같이 일어난다.

"대감, 도와주소서. 저희는 대감의 신임이 필요하옵니다. 대감의 신임이야말로 저희들 중인들에게는 힘이 되고 용기가 될 것이옵니다."

"……!"

유홍기도 오경석의 결연한 의지에 감동하고 있다.

"동인에게 전해 줄 경비는 저희들에게도 있사옵니다. 하오나,

대감께서 얼마만이라도 내려 주신다면……, 동인에게는 조정 대관의 지원이 있었다는 사실에 더 큰 자부심을 갖게 될 것이옵니다. 통촉하소서."

박규수의 얼굴에도 미소가 담긴다. 그는 유홍기에게로 시선을 옮긴다. 비로소 유홍기가 입을 연다.

"대감, 더는 기다릴 수가 없다는 것이 저희들의 생각이옵니다. 저희 중인들에게 믿음을 주소서."

"장하이!"

마침내 박규수는 두 사람에게로 다가와서 손을 잡으면서 부연한다. 조선의 개항을 열망하는 사람들의 눈물과도 같은 다짐이다. 그날 밤 박규수는 엄지손가락보다 조금 더 큰 금봉金棒 한 개를 내주면서 이동인의 밀항을 독려하였다.

밤이 이슥해서야 두 사람은 재동을 나와 수진방 쪽으로 발걸음을 느긋하게 옮긴다. 박규수의 후의가 이들의 마음을 흡족하게 하였기 때문이다.

"원거의 결기를 들으면서…… 어찌나 가슴이 뛰던지."

"송죽재를 떠나 재동으로 걸으면서 위험을 무릅쓰고서라도 동인 선사가 왜국을 보고 오는 것이 우리 조선의 개항을 앞당기는 첩경이라고 생각했어."

"이심전심이었어. 내 결기도 그러했으니까."

유홍기와 오경석은 별도로 마련한 금봉 두 개를 무불 탁정식

에게 맡긴다. 김정선과 동행하게 하여 이동인의 밀항을 도우라
는 뜻이리라.

　무불 탁정식과 김정선이 마포나루에 당도하여 도강하는 배를
기다리고 있을 때, 이들의 예감을 자극하는 불길한 일이 생긴다.
상복 차림에 삿갓을 쓴 사람의 눈초리가 예사롭지 않아서다.
　"미행이 붙은 것 같습니다."
　"모른 척하게나."
　노량진 나루에서 내린 두 사람이 발걸음을 재촉할 때도 상복
의 사내는 적당한 거리를 두고 따르고 있다.
　"따돌려 버리시지요."
　무불 탁정식은 김정선의 권유를 듣질 않는다. 안성을 지나고
수원에 이르면 상복의 정체가 드러날 것이라고 여겼기 때문이다.

〈제2권으로 계속〉